Manfred Brüning

Gnadenlose Engel

*Handlung und Figuren sind frei erfunden. Darum sind eventuelle Über-einstimmungen mit lebenden oder verstorbenen Personen zufällig und nicht beabsichtigt.*

13. Auflage 2025

© Prolibris Verlag Rolf Wagner
Rasenallee 23d, 34128 Kassel
Tel.: 0561/766 449 0, Fax: 0561/766 449 29
Lektorat: Pamela Levertz/Anette Kleszcz-Wagner
Korrektur: Christiane Helms
Titelfoto: © Maik Nern
Druck: OSDW Azymut Sp. z o.o.
ul. Senatorska 31
93-192 Łodz
ISBN: 978-3-95475-005-4
www.prolibris-verlag.de

# Manfred Brüning

# Gnadenlose Engel

## Oldenburg Krimi

Prolibris Verlag

**Der Autor**

Manfred Brüning wurde 1944 in Bad Salzuflen geboren. Der gelernte Schlosser wurde später Diakon, arbeitete 27 Jahre als Pastor einer Evangelisch-reformierten Kirchengemeinde in Ostfriesland und erlebt jetzt seinen Ruhestand im Ammerland. Er ist verheiratet und Vater von vier erwachsenen Kindern.

Nachdem er mehr als eintausend Predigten geschrieben hat, legt er mit *Gnadenlose Engel* seinen ersten Kriminalroman vor, dem weitere folgten.

Für Christa,
die eigentlich keine Krimis mag,
aber versprochen hat,
diesen zu lesen.

*Wer das Schwert nimmt,*
*wird durch das Schwert umkommen.*
*Matthäus 26,52*

## PROLOG

Die Generalprobe für die Show an den nächsten Wochenenden misslang total. Eine geile Nacht hatten sie anschließend feiern wollen. Daran dachte keiner der drei Freunde mehr, die unter einem Kronleuchter aus Hirschgeweihen um einen Eichentisch saßen. Die matten Glühlampen verbreiteten ein diffuses Licht. Die Männer stierten schweigend aneinander vorbei. An ehemals weißen Wänden hingen Bilder mit Jagdszenen und Rehgeweihe auf Trophäenbrettern.

Der Wortführer am Kopfende des Tisches brach endlich das Schweigen. »Wo ist Evert?« Mit stocksteifem Rücken saß er in einem Sessel mit geschnitzter Lehne. Auf dem Stuhl neben ihm lag eine Maske. Deren lange Hakennase baumelte in Fetzen über dem platt gedrückten Kinn. Er schob die Stulpen seines schwarzen Morgenrocks bis zu den Ellenbogen hoch. Am rechten Arm wand sich eine farbig tätowierte Schlange auf das Handgelenk zu. In ihrem aufgerissenen Maul züngelte die gespaltene Zunge, als wolle sie die Anwesenden einschüchtern.

Er faltete seine Finger wie zum Gebet. Während er von einem zum anderen blickte, behielt sein Gesicht das berufsmäßige Lächeln.

»Evert wischt auf.« Zusammengesunken füllte der zweite Mann seinen Sessel völlig aus. Eine Hand lag schlaff auf dem Tisch. Die andere umschloss ein schlankes Glas, in dem der Rest einer klaren Flüssigkeit den Boden bedeckte. Unter seinen wässrigen Augen hingen schwere Tränensäcke. Der Gürtel seines goldbraunen Seidenmorgenmantels hielt den Stoff nur dürftig zusammen. Der Ausschnitt klaffte auseinander und ließ eine grau behaarte Brust sehen. Er trank mit weit zurückgelegtem Kopf.

»Hör auf zu saufen!« Klatschend haute der dritte im Bunde, ein muskulöser Typ mit kurzen, leicht welligen schwarzen Haaren und einem Bart rund um seine vollen Lippen, mit der Hand auf den Tisch. Sein Siegelring gab dem Schlag einen harten Klang. »Das regeln wir schon. Wir haben ganz andere Probleme in den Griff gekriegt. Wenn wir zusammenhalten, kann uns keiner was.« Er suchte vergeblich Blickkontakt.

»Wie das ausgeht, wenn wir etwas in den Griff kriegen, das haben wir ja gerade gesehen«, sagte der Tätowierte.

Sie schwiegen mit versteinerten Gesichtern.

»Und was passiert mit Evert? Der Bastard hat uns nach dem Zwischenfall vollständig in der Hand. Wir sind ihm ausgeliefert. Er wird uns erpressen, bis unser letzter Euro in seiner Tasche ist«, gab der Dicke mit matter Stimme zu bedenken.

»Um Evert kümmere ich mich. Der wird dichthalten«, entschied der Siegelring.

Der Tätowierte äußerte mit eingefrorenem Lächeln: »Wenn du dich da mal nicht irrst. Du musst ihn jetzt schon bestechen, damit er seine Klappe hält.«

»Ich wiederhole: Lasst Evert meine Sorge sein. Klärt ihr das Problem mit Natalie.«

Der Dicke im goldbraunen Morgenmantel fasste die Ginflasche am Hals, schenkte sich erneut ein und trank, bevor er die Flasche verschlossen hatte. »Ich telefoniere mit den Lieferanten. Vielleicht lassen sie sich hinhalten. Vielleicht.«

»Gut. Ich übernehme Natalie. Sie verschwindet heute Nacht für immer«, bestimmte der Tätowierte und stemmte schon seine Hände auf den Tisch, um aufzustehen.

»Und Gabriela? Was ist mit der?« Der Gin schwappte im Glas des Dicken.

»Da warten wir ab! Kommt Zeit, kommt Rat.«

Mit einem Mal entstand Aufbruchsstimmung. Als wären die Pläne bereits gelungen und die Probleme schon gelöst.

Sie erhoben sich, gingen aufeinander zu, legten die rechten Hände flach aufeinander und sprachen gleichzeitig mit fester Stimme »Ja!«

# DIENSTAG, 6. SEPTEMBER

Kriminalhauptkommissar Adi Konnert hechelte. »Wenn ich in diesem Land etwas zu sagen hätte, gäbe es kein Haus mit mehr als drei Stockwerken ohne Fahrstuhl.« Sein Bauch wölbte sich nicht einmal besonders auffällig unter seinem Mantel, er hielt es nur mit Winston Churchill: »No sports.« Konnert war nicht nur der Dienstälteste im Fachkommissariat für Straftaten gegen Leben und Gesundheit, er war auch der an Jahren Älteste. »Er hat seine Ernennungsurkunde noch persönlich von Kaiser Wilhelm überreicht bekommen«, witzelten seine Kollegen, und er lachte darüber.

Konnert drehte sich zum Fenster. Wie Schleier überzogen fettige Schlieren die Scheiben. Der Himmel war eintönig grau. Es nieselte seit Tagen. Den ganzen Sommer über hatte es keine richtigen Sonnentage gegeben. Ihm machte das nichts aus. Aber Dauerregen erschwerte die kriminaltechnische Arbeit bei Gewalttaten im Freien. Er befürchtete auch eine magere Spurenlage beim aktuellen Fall.

Auf der anderen Straßenseite verstellte ein Wohnblock den Blick, und daneben stand noch einer dieser schnell hochgezogenen Wohnsilos der Siebzigerjahre. Hinter vielen Fenstern fehlten die Gardinen. Auf einigen der kleinen Balkone hingen Wäschestücke schlapp zum Trocknen. Farbe brachten sie nicht ins Bild. Die Fassaden waren übersät mit Satellitenschüsseln. Die schmalen Rasenflächen zwischen den Blocks hätten lange gemäht werden müssen. Autos, mit und ohne Kennzeichen, parkten am Straßenrand. Menschen entdeckte Konnert nicht auf den Waschbetonwegen.

»Los, komm weiter, alter Mann«, Kriminaloberkommissar Bernd Venske beugte sich über das Treppengeländer: »Die paar Stockwerke schaffst du noch.«

Konnert ließ sich nicht von seinem Kollegen hetzen. Es war nicht nur sein Alter, das ihn aufhielt. Was er gleich zu erledigen hatte, das ging ihm trotz der vielen Dienstjahre immer noch unter die Haut.

Er versuchte die nächsten Stufen sportlich zu nehmen. Vier Halbtreppen höher musste er erneut eine Pause einlegen. Als sich sein Atem beruhigt hatte, schloss er die Augen. Konnert betete. Das tat ihm gut und vermittelte ihm die Gewissheit, mit Gottes Weisheit, Liebe und Kraft rechnen zu können. Stufe für Stufe stieg er dann weiter die Treppe hinauf.

Venske erwartete seinen Chef vor einer grünlichen Tür in braunem Stahlrahmen. »Hier ist es.«

Konnert fiel auf, dass nur Ilona Evert auf dem Klingelschild stand. Warum fehlte der Name des Mannes, der Anlass ihres Besuches war? Er trat näher an die Tür heran und horchte. Er hörte Stimmen und Musik wie aus einem Fernsehfilm. Nach einem kleinen Schritt zur Seite drückte er den Klingelknopf. Nichts rührte sich in der Wohnung. Konnert wartete, ging zurück in den Flur und überließ Venske den zweiten Versuch. Der behielt seinen Daumen auf der Klingel, bis sich der Türspion verdunkelte. »Machen Sie auf! Polizei! Öffnen Sie die Tür!« Nach einem Augenblick drehte sich ein Schlüssel zweimal im Schloss. Die Tür wurde einen Spaltbreit geöffnet, gerade so weit, dass das müde Gesicht einer Frau zu sehen war. Sie mochte zwischen zwanzig und fünfundzwanzig Jahre alt sein. Ihre blonden Haare hingen in Strähnen bis auf die Schultern. Sofort fielen die Ohren auf, die durch ihre Frisur hindurch abstanden und von ihrem hübschen Gesicht ablenkten. An ihrem Hals lag der Kopf eines schlafenden Babys. Misstrauisch betrachtete sie die beiden Männer und fragte leise: »Was wollen Sie von mir?«

Überdeutlich konnte Konnert Angst und Ablehnung in ihrer Stimme wahrnehmen. Er trat vor und schob seinen Kollegen mit einer ruhigen Handbewegung zur Seite. Er hielt seinen Dienstausweis hoch und lächelte freundlich. »Sie sind Ilona Evert?« Die Frau nickte. »Wir sind von der Polizei. Das ist Oberkommissar Venske. Mein Name ist Konnert. Wir würden gern mit Ihnen sprechen. Dürfen wir hereinkommen?«

Die Frau strich sich mit ihrer freien Hand eine Haarsträhne aus dem Gesicht und verglich das Bild auf dem Ausweis mit dem Hauptkommissar. »Dauernd kommen irgendwelche Leute und stellen mir Fragen. Ich lasse keinen mehr rein. Sagen Sie, was Sie sagen müssen, und dann gehen Sie. Ich will in Ruhe gelassen werden.«

Konnert bemerkte die kleine Veränderung ihrer braunen Augen. Mit um Millimeter zusammengezogenen Lidern sah sie ihn direkt an und hielt seinem Blick stand. Er spürte jetzt auch Aggression und Kampfwillen, wie bei einem in die Enge getriebenen Kettenhund. Mit einem kleinen Ruck schob sie das Baby ein paar Zentimeter höher. Sein Köpfchen lag nun friedlich auf ihrer Schulter. Eine Mutter eben, die ihr Kind verteidigt, dachte Konnert. Es würde nicht leicht sein, an sie heranzukommen.

Er versuchte, seinen Worten Ruhe und Sanftheit zu geben. »Es ist sehr wichtig, was wir mit Ihnen besprechen müssen. Es geht um Ihren Mann. Darüber möchten wir nicht hier zwischen Tür und Angel mit Ihnen reden. Bitte lassen Sie uns herein.«

»Mama!« Durch die Musik und die Stimmen des Fernsehfilms rief ein Junge und lugte wenige Momente später an ihren Beinen vorbei. Sein blauer Trainingsanzug hatte drei Streifen, sein Pony hing ihm ungekämmt bis über die Augenbrauen. Auch in seinem Gesicht konnte Konnert Misstrauen und Angst erkennen.

Konnert lächelte ihn an. Zum zweiten Mal erklärte er: »Wir sind von der Polizei und möchten gern mit deiner Mutter sprechen.«

Die Bedenken wichen nicht aus den Kinderaugen. Frau Evert machte keine Anstalten, die Tür zu öffnen. Konnert erlebte zum ungezählten Mal, dass die Polizei nicht immer als Freund und Helfer willkommen war.

»Geh weg!« Jetzt war auch Aggression bei dem Jungen zu spüren. »Meine Mama soll nicht wieder Leute in unsere Wohnung lassen. Geh weg!«

Konnert wusste nicht weiter. Sie standen schon viel zu lange auf dem Flur. Er konnte sich vorstellen, wie sie durch den Spion der gegenüberliegenden Wohnung beobachtet wurden. Er sah zu Venske. Der ging auf die Tür zu. »Nun machen Sie endlich! Erlauben Sie uns hereinzukommen! Es ist wichtig. Wir haben nicht den ganzen Tag Zeit hier rumzustehen.«

Aber seine Vorgehensweise hatte keinen Erfolg.

Still entschied Konnert: ein letzter Versuch. Er sagte leise, flehend: »Bitte!«

Frau Evert sah ihn forschend an. Während ihre Augen von Konnert zu Venske und wieder zurückwanderten, schien es so, als wäge sie ab und vergleiche die Situation mit früheren Erfahrungen. Bedächtig strich sie sich die Haarsträhne aus dem Gesicht. Noch zögernd öffnete sie die Tür ganz. Ohne etwas zu sagen drehte sie sich dann um und ging in ihre Wohnung. Konnert und Venske folgten ihr.

Links hingen mehrere Mäntel und Jacken übereinander an einer kleinen Garderobe. Darunter lag ein Haufen Schuhe. Ein Korb mit Schlüsseln stand auf einem Tischchen unter einem Spiegel, einer mit einem Anhänger der OLB, keiner für ein Auto, merkte sich Konnert. Vom Ende des Flurs drangen Licht und die kurzen Sätze eines Werbespots durch die offene Tür.

»Alexander, geh fernsehen. Mach die Tür zu und lass uns allein.« Gehorsam zog der Junge ab. »Können wir uns in die Küche setzen? Da haben wir Ruhe.«

Die Frau öffnete eine Tür und ließ Konnert und Venske den Vortritt. »Ich lege noch das Baby ins Bett, dann fragen Sie, was Sie mich fragen müssen.« Sie drehte sich um und verschwand im Schlafzimmer.

Die Küche war schmal. An einer Wand stand ein Tisch mit zwei Kiefernstühlen und einem Hochstuhl. Darauf eine Decke mit einigen Flecken und Goldrandteller, auf denen Reste von Fischstäbchen und Pommes mit Mayo klebten. Herd und Spüle waren genauso unaufgeräumt. Venske sah Konnert an und machte ein bedenkliches Gesicht. Kein Platz für den Ehemann. Hier wird niemand erwartet. Die Frau weiß wahrscheinlich nicht, wo ihr Mann ist und was er zurzeit macht. Wir werden nicht viel von ihr erfahren. Was wir zu sagen und zu fragen haben, wird ihr Leben dennoch verändern. Er setzte sich auf den Stuhl zwischen Kühlschrank und Tisch und wartete. Venske lehnte mit dem Rücken am Fensterbrett und beobachtete die offene Tür.

Sie schwiegen.

Die Frau hatte sich gekämmt, als sie zurückkam. Ihre blonden Haare konnten die Ohren trotzdem nicht bedecken. Sie waren einfach zu groß und standen zu weit ab. Wie oft wird man sie im Kindergarten, in der Schule, als Jugendliche gehänselt haben, fragte sich Konnert. Er erinnerte sich an die Hänseleien, die er selbst wegen seines Vornamens Adolf hatte ertragen müssen. Seine Mutter war eine Anhängerin des Führers und seiner Überzeugungen geblieben. Alles, was lebt, kämpft ums Überleben. Die Stärkeren gewinnen. Die sich als minderwertig erweisen, gehen unter. Dieses Mal hatte sich das deutsche Volk als zu schwach erwiesen. So ist das eben, meinte sie und glaubte an eine siegreiche Zukunft. Rigoros wies sie die Bedenken ihres Ehemannes zurück.

Die Peinlichkeiten mit seinem Vornamen fingen schon an, so hatte ihm sein Vater später erzählt, als er die vorsichtige Rückfrage des Standesbeamten »Wollen Sie sich das mit dem Namen nicht noch einmal überlegen?« mit einem knappen »Nein!« beantwortete und zu hören bekam: »Nun gut. Es ist Ihr Sohn. Sie werden ja wissen, was Sie tun.«

Seitdem stand in seinen Dokumenten »Adolf Konnert«, was ihn stets auch an die Fähigkeit seiner Mutter erinnerte, ihren Willen durchzusetzen. Sein Vater umging den politisch unkorrekten Namen, indem er ihn einfach Adi rief. So nannte er sich dann auch selbst. Aber immer wenn es offiziell wurde, kam es heraus: Er hieß nun mal Adolf.

Die Lehrer fanden Gefallen daran, ihn mit vollem Namen aufzurufen. Wenn seine Mitschüler ihn ärgern wollten, hoben sie die rechte Hand zum Gruß und schrien: »Heil, mein Führer!« Und wenn er versuchte, sich in Diskussionen zu behaupten, seine Stimme engagierter wurde und den anderen die Argumente ausgingen, gifteten sie: »Diktator bleibt Diktator.« Oft sollte es ein Scherz sein. Es tat ihm dennoch weh. Darum vermied er es, laut zu werden. Ärgerte er sich, wurde er eher leiser. Und wer ihn kannte, wurde vorsichtiger, je leiser Konnert agierte.

Ohne die beiden Männer anzusehen, begann die Frau, die Teller auf dem Tisch zusammenzustellen und das Besteck zu sortieren.

Sie setzte sich und fragte:»Was wollen Sie denn nun von mir?«

Venske ging über die Frage hinweg:»Sie sind verheiratet mit Robert Evert?«

»Ja.«

»Wo ist Ihr Mann jetzt?«

»Das weiß ich nicht.«

»Wann haben Sie ihn zum letzten Mal gesehen?«

»Vor einer Woche? Vor zehn Tagen?«

»Haben Sie denn keine Angst um ihn?«

»Er macht, was er will. Mal ist er weg, mal ist er da. Meinen Sie, er fragt mich, ob ich damit einverstanden bin?«

»Telefonieren Sie ab und zu mit ihm?«

»Er ruft nie an.«

Konnert schaltete sich ein:»Haben Sie eine Telefonnummer von ihm? Könnten Sie ihn anrufen?«

Sie zögerte für Konnerts Empfinden einen Moment zu lange. »Nein. Der Kerl interessiert mich nicht mehr.«

Sagte sie die Wahrheit oder überlegte sie, welche Antwort für sie und ihre Kinder oder für ihren Mann die vorteilhafteste war?

Weil Konnert nicht weiterfragte, hielt sich auch Venske zurück. Ilona Evert sah von einem zum anderen:»Ist das alles, was Sie von mir wissen wollen?«

Konnert schaute sie direkt an:»Welchen Beruf hat Ihr Mann?«

»Gelernt hat er Bäcker. Er hat aber als Fernfahrer gearbeitet. Ein paar Jahre bevor wir uns kennengelernt haben, hatte er einen schweren Verkehrsunfall. Er war sehr lange krankgeschrieben und anschließend arbeitslos. Seitdem arbeitet er als Aushilfsfahrer. Mal hier 'ne Weile, mal da. Wo er jetzt beschäftigt ist, weiß ich nicht.«

Konnert registrierte, dass sie nicht mehr so einsilbig antwortete. Hatte sie Vertrauen gefasst?

»War der Unfall von ihm verschuldet?«, wollte Venske wissen.

»Er sagt Nein. Die Berufsgenossenschaft sagt, er sei am Steuer eingeschlafen. Ich weiß nicht, wem ich glauben soll.«

»Wann war das?«

»Irgendwann im Sommer vor fünf Jahren«, überlegte sie, »oder sind es sechs Jahre gewesen? Genau weiß ich das nicht. Wir waren da ja noch nicht zusammen.«

Konnert beachtete verschiedene Küchenmaschinen, die zwischen Töpfen, Pfannen und den nicht abgewaschenen Tellern und Bechern auf den Küchenschränken standen. Von der Mikrowelle bis zur Fritteuse war alles da. Alle Geräte von namhaften Herstellern. Auch die Einbauküche war nicht die in Blockwohnungen übliche Billigware. Er überlegte, welche Frage er als nächste stellen sollte, und blickte dabei auf die bunten Kinderzeichnungen, die an den Hängeschränken klebten. »Frau Evert, hat Ihr Mann ein künstliches Kniegelenk?«

»Ja. Das hat er nach seinem Unfall bekommen. Meistens konnte er damit schmerzfrei gehen und wieder als Lkw-Fahrer arbeiten.« Mit einem Mal war ihr Interesse geweckt. »Was wissen Sie von ihm?«

Aus ihrem Tonfall hörte Konnert heraus, dass sie Schlimmes ahnte. Sie denkt vielleicht an einen erneuten Zusammenstoß, an eine Kündigung oder sogar an eine Straftat. Aber wie sagt man einer Frau, dass ihr Ehemann auf grausame Art und Weise ums Leben gekommen ist, auch wenn es um die Ehe offensichtlich nicht zum Besten stand?

Konnert wartete mit der Antwort, sah der Frau ins Gesicht, räusperte sich und schwieg weiter. Ihr Gesichtsausdruck verriet gespannte Erwartung. Sie liebt ihn nach wie vor, dachte Konnert, obwohl sie doch gesagt hat, dass er sie nicht mehr interessiert. Sie wartet noch auf ihn. Zwischen Liebe und Enttäuschung ist sie hin und her gerissen und gleichzeitig wütend auf ihn.

Er hüstelte und berichtete dann ruhig: »Frau Evert, in der vergangenen Nacht wurde auf einem Parkplatz an der A 28 ein Mann von einem Lastwagen überfahren. Es ist unsere Aufgabe, seine Identität zweifelsfrei festzustellen. Wir müssen auch herausfinden, ob es ein Selbstmord oder ein Unfall war oder ob er einem Gewaltverbrechen zum Opfer gefallen ist.«

Sie kniff, wie schon an der Tür, ihre Augen etwas zusammen. Sie war nicht entsetzt.

Konnert beobachtete ihr Mienenspiel. Überlegte sie, was das mit ihr zu tun haben könnte oder ob Gefahr für sie bestand, oder wusste sie schon, was passiert war? Fragend blickte sie von einem Kommissar zum anderen. »Was habe ich damit zu tun?«

»Wir haben bei dem Toten keine Ausweispapiere gefunden.«

»Das ist nicht mein Mann gewesen. Mein Mann springt nicht vor einen Laster. Mein Mann bringt sich nicht um. Der Tote kann nicht mein Mann sein. Und warum sollte ihn jemand umbringen? Nein, mein Mann ist das nicht.«

Venske überhörte ihre Einwände. »Die Leiche hat ein künstliches Kniegelenk. Solche Implantate besitzen eine Codierung mit dem Namen der Herstellerfirma und dem Fabrikationsdatum. In den Unterlagen ist vermerkt, an welche Klinik das Gelenk geliefert wurde. Wir konnten herausfinden, dass es vor sechs Jahren, am 23. März, Robert Evert hier im Klinikum Oldenburg eingesetzt worden ist. Der Tote ist mit an Sicherheit grenzender Wahrscheinlichkeit Ihr Ehemann.«

Konnert sah seinen Kollegen an und zog die Augenbrauen hoch. Plumper ging es nicht. Venske zuckte mit den Achseln. Das sollte wohl heißen: So oder so, egal wie man es sagt, es sind eben die Fakten.

»Mein Mann bringt sich nicht um!«, beharrte Ilona Evert.

Konnert beobachtete, wie sie bedächtig ihre Hände faltete und plötzlich die Arme in ihren Schoß sinken ließ. »Wenn er überfahren wurde, muss es ein Unfall gewesen sein. Mein Mann bringt sich nicht um.« Sie suchte Blickkontakt. »Das tut er nicht. Bestimmt nicht.«

Sie kämpft schon um sein Andenken, dachte Konnert.

Es war noch nicht alles gesagt, als der Junge in die Küche kam. Er sah Konnert und Venske feindselig an. »Was wollen diese Männer, Mama? Schick sie weg.«

Sie zog ihn an sich, drückte ihn und hielt seinen Kopf mit ihrer rechten Hand an ihrer Brust fest, als müsste sie ihn vor den beiden Beamten beschützen. »Die Polizisten haben mir nur ein paar Fragen gestellt. Geh wieder fernsehen. Ich erzähle dir nachher alles.«

16

»Ich will bei dir bleiben. Im Wohnzimmer bin ich so allein. Kann ich nicht hier bleiben? Ich bin auch ganz still.«

»Jetzt nicht. Geh! Ich erzähle dir dann, was die Männer wollten.« Der Junge maulte und trollte sich. Seine Mutter stand auf, schaute in den Flur, horchte kurz und schloss die Küchentür. Sie setzte sich vorgebeugt auf die Kante ihres Stuhls. Ihre Hände hielten sich gegenseitig fest.

Konnert erklärte:»Frau Evert, die Leiche war unbekleidet. Wir haben die Kleidung nicht finden können. In der Mundhöhle des Toten befand sich ein Zettel, vielleicht ein Abschiedsschreiben.«

Der Hauptkommissar vermied es, von ihrem Mann zu sprechen. Er nahm sich zusammen, um ruhig und sachlich zu bleiben. Ein Blick zu Venske signalisierte dem: Halt jetzt bloß den Mund. Der schob seine Hände in die Hosentaschen und überließ Konnert das Weitere:»Ich habe hier eine Kopie des Schreibens. Soll ich es Ihnen vorlesen oder möchten Sie es lieber allein …?«

»Sie können das machen«, unterbrach sie mit einer zurückweisenden Handbewegung.

Konnert las vor, was wie ein Gedicht aufgeschrieben war:

*Nackt bin ich auf die Welt gekommen.*
*Nackt gehe ich von dieser Welt.*
*Niemand hat mich gefragt, ob ich leben wollte.*
*Mich fragt auch niemand, ob ich sterben will.*
*Immer musste ich tun, was andere befahlen.*
*Jetzt geschieht, was ich entschied.*
*Ich schäme mich für das, was ich tat.*
*Auf das, was ich heute tue, bin ich stolz.*
*Es gibt keine Gerechtigkeit.*
*Geld und Gewalt und Sex regieren.*
*Glaube, Hoffnung und Liebe verlieren.*
*Das habe ich erkannt.*
*Wer Ohren hat zu hören, der höre, was ich sage.*

»Das hat mein Mann nicht geschrieben!« Ilona Everts Stimme klang klar und entschieden.»Mein Mann ist kein religiöser Spinner. Und wenn er einer wäre, würde er sich vor einen Laster werfen? Der Tote ist nicht mein Mann. Das muss eine Verwechslung sein.« In ihren Augen leuchte etwas wie Triumph auf, als hätte sie einen schwierigen Knoten gelöst. Erleichtert hob sie den Kopf und strich sich eine Haarsträhne aus dem Gesicht.

Venske starrte auf ihre Ohren. »Sehen Sie sich bitte die Kopie an. Erkennen Sie die Handschrift?«

»Nein!« Sie schob das Blatt mit spitzen Fingern von sich, als wäre es gefährlich, das Papier zu berühren. »Ich sage Ihnen, das hat mein Mann nicht geschrieben.«

Eine Pause entstand.

»Kann ich den Toten sehen?«, wollte Ilona Evert plötzlich wissen. »Wenn ich ihn sehe, kann ich feststellen, ob es mein Mann ist oder nicht.«

Mit einem Mal saß sie aufrecht auf ihrem Stuhl. Sie schien froh über ihren Vorschlag zu sein. Zuversicht war dem Trotz gewichen.

Nur das nicht, dachte Konnert sofort und sagte: »Frau Evert, die Reifen des Lkws sind über Körper und Kopf gerollt.« Das Bild vom zertrümmerten Schädel und den zerquetschten, nackten Körperteilen erschien vor seinem inneren Auge. Er schluckte trocken und holte tief Luft durch die Nase. »Frau Evert, wir haben als ziemlich sicheren Anhaltspunkt für die Identität des Verstorbenen die registrierte Knieprothese Ihres Mannes. Sie sollten ihn so in Erinnerung behalten, wie Sie ihn kannten.«

Ilona Evert schwieg. Sie stand auf, ließ einen Moment Wasser ins Spülbecken laufen, bis es kalt wurde, holte ein Glas aus dem Küchenschrank, füllte es und bot es stumm Venske an. Der schüttelte den Kopf. Sie hielt es Konnert hin. Der nahm es, murmelte »Danke, vielen Dank«, trank aber nicht. Sie ließ einen benutzten Becher von der Spüle volllaufen, leerte ihn in einem Zug, stellte ihn hart auf den Tisch und starrte ihn an. Der Wasserhahn tropfte. Venske wechselte sein Standbein von links nach rechts. Konnert trank einen Schluck.

»Das ist fürs Erste alles, Frau Evert. Wahrscheinlich müssen wir wiederkommen. Wir sagen vorher Bescheid.« Er hielt ihr seine

Hand hin. Sie aber starrte weiter den Becher auf dem Tisch an, als könne sie auf ihm lesen, was sie als Nächstes tun müsse.

Venske drückte sich an ihr vorbei, öffnete die Küchentür und ging hinaus.

»Es tut mir sehr leid!«, sagte Konnert leise, legte seine Visitenkarte auf den Tisch und ging zur Tür.

Die beiden Kommissare stiegen die Treppen langsam und schweigend hinab. Abstiege sind leichter als Aufstiege, stellte Konnert fest. Aber das war nur ein schneller Gedanke, bevor sich sein Gehirn mit der Frage beschäftigte, womit eine zweifache Mutter es verdient hatte, dass der Vater ihrer Kinder sie erst für Wochen und nun für immer allein ließ. Oder waren es nicht seine Kinder? War das für die Aufklärung dieses Falles wichtig?

Vor der Haustür atmete Konnert tief ein. Es nieselte noch. Auch jetzt war niemand zwischen den Wohnblocks zu sehen.

Im Auto fragte Konnert: »Glaubst du ihr?«

Venske drehte den Zündschlüssel um, der graue Passat sprang an, aber Venske fuhr nicht los. »Von uns beiden bist du für den Glauben zuständig. Ich halte mich an die Fakten. Sie ist seine Frau! Sie bestätigt, dass ihr Mann eine Knieprothese hatte. Sie weiß nicht, wo er ist. Sie kann sich nicht vorstellen, dass er Selbstmord begangen hat. Das hat sie mit Nachdruck betont.« Er machte eine Pause. »Ich habe von Anfang an gesagt, dass das kein Selbstmord ist. So bringt sich doch niemand um. Es ist auch erst recht kein Unfall. Niemand stolpert nachts nackt über einen Rastplatz und fällt tragischerweise vor die Reifen eines 36-Tonners. Nein, nein, Robert Evert ist einem Gewaltverbrechen zum Opfer gefallen. Das steht für mich fest.«

»Und was ist mit dem Abschiedsschreiben?«

Venske fuhr forsch an. »Dieses merkwürdige Gedicht sollten wir einem Psychologen zur Begutachtung übergeben. Ich kann mit kryptisch-lyrischen Sätzen und religiösen Andeutungen nichts anfangen. Und ein Lkw-Fahrer, der Gedichte schreibt, wo gibt es denn so was?«

»Das mit dem Psychologen kannst du morgen als Erstes erledigen.« Konnert schielte rüber zum Tacho. »Es gibt eine Straßenverkehrsordnung!«

Venske nahm den Fuß für eine Sekunde vom Gaspedal.

»Für einen Aushilfsfahrer muss Evert ausgesprochen gut verdient haben. Für mich sieht es so aus, als hätte er mehr Euros heimgebracht, als man hinter dem Steuer eines Lkws verdienen kann.« Die Markengeräte sind ihm auch aufgefallen, dachte Konnert. Laut sagte er: »Sie hat Angst. Selbst der Junge hat Angst. Wovor? Vor wem?«

Konnert stemmte seine Beine in den Fußraum, als Venske vor einem Zebrastreifen scharf abbremste. Eine ältere Dame zog ihren Trolley über die Straße und hob eine Hand zum Gruß.

Als Venske Gas gab, sagte Konnert: »Entweder hat Evert den Zettel geschrieben und sich in den Mund gesteckt, bevor er sich selbst vor die Reifen gelegt hat. Oder sein Mörder hat ihm den Text zwischen die Zähne geschoben. Auf jeden Fall sollte die Mitteilung gefunden werden.«

»Das sehe ich auch so. Einem nackten Mann etwas in die Tasche stecken, ist schwierig.« Venske fuhr noch bei Gelb über eine Ampel. »Du schließt also einen Unfall aus.«

Konnert zögerte. »Ja. Wahrscheinlich war es Mord.« Er war nicht restlos überzeugt. Zu oft hatte er feststellen müssen, dass andere Menschen anders dachten und fühlten und handelten als er. Was er sich nie hätte ausdenken können, erlebte er in der Wirklichkeit seines Berufs. Seine Erfahrung hatte ihn gelehrt, so lange mit dem Verrücktesten zu rechnen, bis der tatsächliche Hergang eines Verbrechens zweifelsfrei geklärt war.

Stumm blickte Konnert über die Kühlerhaube.

»Wohin jetzt?«, fragte Venske an der nächsten Kreuzung.

Konnert fummelte umständlich eine Uhr aus der rechten Hosentasche. Es war kurz nach achtzehn Uhr. »Für heute ist Schluss. Wir machen Feierabend. Bring mich bitte nach Hause.«

»Ach ja, richtig, heute ist Dienstag und Bibelstunde. Ich verstehe. Der Mensch lebt nicht allein von frommen Worten. Ab und zu braucht er vorher ein ordentliches Abendbrot.«

Konnert reagierte nicht darauf. »Wir treffen uns morgen zur allgemeinen Lagebesprechung. Sag bitte den anderen Bescheid. Und weil du so gut die Fakten behalten kannst, schreib noch eben einen Bericht.«

Venske steuerte den Passat durch die Koopmannsiedlung in eine Sackgasse. Sein Chef wohnte am Ende der Straße. Hinter einer niedrigen, akkurat geschnittenen Buchenhecke stand sein Eigenheim. Wie alle Häuser in der Siedlung war es mit Klinkern verblendet. Hier waren sie rötlich-braun und gaben dem Haus mit seinen dunklen Holzfenstern und den Scheibengardinen ein gemütliches Aussehen. Die Haustür war dunkelgrün gestrichen. Auf den Stufen davor standen Margeriten in Tontöpfen und mächtige Buchsbaumkugeln in schwarzen Maurerkübeln. Der Rasen müsste schon längst gemäht worden sein, aber die Erde um die Birke zwischen dem schmalen Weg zur Haustür und der Garagenauffahrt war immerhin unkrautfrei. Die ersten bunten Herbstblätter lagen nass auf dem Rasen.

»Dann bis zur Teambesprechung.« Konnert tippte zum Gruß mit dem Zeigefinger an seine Schläfe und stieg aus. Schnell wendete Venske den Wagen, hupte kurz und fuhr ab.

*** 

Er stemmte Eisen mit nacktem Oberkörper. Abwechselnd wölbte sich sein rechter Bizeps und gleich danach der linke. Jedes Mal verzerrte sich sein Mund und entblößte strahlend weiße Jacketkronen. Er biss die Zähne zusammen, um den Schmerz in den Muskeln besser zu ertragen. Nach fünfzehn Einheiten pro Arm und einer kurzen Pause hob er die Hanteln an, streckte die Arme aus und führte sie zur Mitte seines muskulösen Brustkorbs. Gleichgültig schaute er dabei aus dem niedrigen Fenster des gemieteten Ferienhauses auf das Nachbarhaus, in dessen Fenster Blumen in einem leeren Wasserglas verwelkten. Nach zwanzig Übungen drehte er sich um.

»Du solltest dich mehr bewegen. Körperliche Fitness wirkt sich positiv auf das Denkvermögen aus.«

»René, hör endlich auf damit.«

»René, hör endlich auf damit«, äffte er seinen Kumpel Dave weinerlich nach. »Wechsel den Job. Geh zum Zirkus. Da kannst du mit deiner Tollpatschigkeit den dummen August spielen und kriegst dafür auch noch Applaus.«

»Hör doch endlich auf damit.«

»Den Spruch kenne ich jetzt. Lass dir was anderes einfallen. Vielleicht, wie wir aus dem Schlamassel rauskommen, in den du uns mit deiner Dämlichkeit geritten hast, mein lieber Freund. Wir müssen nächste Woche nach Frankfurt liefern. Kannst Du mir mal sagen, wo wir die Weiber herbekommen sollen? «

René legte sich rücklings auf den Flickenteppich vorm Bett, faltete die Hände hinter seinem Kopf und zog langsam das rechte Knie zum linken Ellenbogen. Er atmete hörbar ein und aus.

Dave saß angezogen mit Hemd und Krawatte, Anzughose und schwarzen Schuhen auf dem Bett. Er sah René zu, wie er die Übung wechselte und seinen rechten Ellenbogen wie in Zeitlupe zum linken Knie brachte. Er beneidete René um sein Sixpack und seine muskulöse Figur. Aber er würde sich nie so schinden. Für ihn reichte es, dass er seinen Schlagstock schwingen konnte.

Irgendwann kommt der Tag, an dem ich dir deine Beleidigungen zurückzahle, schwor er sich und wollte wieder zum Playboy greifen, als René erneut anfing.

»Zwei vermietete Nutten weg in einer Nacht«, er musste Luft holen, »und dir fällt nichts Besseres ein, als den Kontaktmann zusammenzuschlagen.« Zwei Übungen später presste er hervor: »Der hat doch auch prima Material besorgt, im Osten. Wenn wir nicht liefern können, laufen uns die Kunden weg.«

»Wie oft willst du mir das noch unter die Nase reiben?«

René richtete sich auf. »Bis du zugibst, dass du ohne mich zu nichts taugst.«

Dave schwieg.

René ging ins Badezimmer, lugte nach einem Augenblick wieder um den Türrahmen und spottete: »Statt sich nur mal eben zu bücken, um zu kontrollieren, ob er noch lebt, fällst du über ihn her. Bist du schwul?«

»Ich bin gestolpert! Das hast du doch gesehen.«

René verschwand wieder im Bad, steckte kurz darauf noch mal seinen Kopf durch die Tür: »Weißt du eigentlich, dass so was in unseren Kreisen nicht gut ankommt?« Er lachte dröhnend.

Dave ballte die Fäuste.

»Und dann die absolute Spitzenleistung.« René stellte sich breitbeinig in Boxershorts in die Tür. »Wäscht sich auf einer Tankstellentoilette das Blut ab. Ich fasse es nicht.« Er schlug sich mit der flachen Hand gegen die Stirn. Kopfschüttelnd zog er die Tür hinter sich zu.

Dave spuckte trocken aus. Irgendwann kommt der Tag, da poliere ich dir deine dreckige Fresse. Verlass dich drauf!

\*\*\*

Konnert schloss die Haustür leise auf und achtete darauf, sie behutsam zu schließen. Er zog seine Schuhe aus und ging auf Socken durch den Flur in die Küche. Neben Frühstücksbrettchen, leerer Brötchentüte, Kaffeebecher, Butter und Marmelade lag die zusammengefaltete Nordwest-Zeitung. Im Abwaschbecken stand ein Weinglas vom vorherigen Abend. Der übrige Raum wirkte aufgeräumt.

Die Tür zum Wohnzimmer war geschlossen. Sacht drückte er die Klinke hinunter und trat ein. Die cremefarbenen Vorhänge waren vor die Fenster gezogen. Das weiße Rohrgestell und die glatt gezogenen Laken eines leeren Krankenbetts schimmerten im Dämmerlicht. Auf der Anrichte neben dem Sofa standen um einen kleinen Blumenstrauß herum die Bilder seiner Familie. Das von der Hochzeit in einem goldenen Rahmen, daneben seine Kinder Elias und Ruth als Babys und etwas zurück zwei Urlaubsfotos. Eins zeigte Konnerts lachende Frau in der Mitte ihrer Lieben, in den Dünen von Kittmøller. Ein freundlicher Däne hatte es für sie aufgenommen. Auf dem anderen waren die Kinder schon halb erwachsen. Mit ihren Eltern posierten sie stolz mit neuen Skiern in ihren Händen vor einer verschneiten Hütte in den österreichischen Alpen. Auf einer Seite stand das Hochzeitsbild von Elias, seinem Ältesten, mit dessen Frau Inga und dem zwölfjährigen Lasse. In die rechte untere Ecke hatte Konnert ein kleines Foto seiner Enkeltochter Britta gesteckt, deren Bruder Jens war allein bei seiner Einschulung zu sehen. Die jüngste Aufnahme stammte von der Hochzeit seiner Tochter Ruth mit ihrem Sven, Kinder hatten die beiden noch nicht.

Konnert presste für einen kurzen Augenblick seine Lippen zusammen. »Ich bin zurück«, murmelte er und strich sanft über eine Fotografie seiner krebskranken Frau. »Ich bin zurück«, wiederholte er und seufzte. Er riss sich aus seinen Erinnerungen los und ging in die Küche. Leise schloss er die Tür hinter sich.

Konnert entschied sich, erst einmal zu duschen.

Er ließ das heiße Wasser über seinen Körper rauschen, sah an sich runter und musste unwillkürlich an Zahra denken. Jeden Morgen begegnete er ihr, wenn er sich seine beiden Brötchen und die Tageszeitung im Backshop um die Ecke holte. Sie hatte alle Tage ein fröhliches Lachen und für jeden Kunden einen aufmunternden Spruch auf den Lippen. Er war davon überzeugt, dass auch andere nur deshalb ihre Brötchen hier kauften, weil Zahra da war und jeden anstrahlte. Es kam vor, dass er wartete, bis alle Kunden bedient waren und er mit ihr allein im Laden war. Lächelte sie ihn dann an, fühlte er sich jung und stark. Bin ich etwa in sie verliebt? Mag sie mich vielleicht auch? Aber Zahra war bestimmt dreißig Jahre jünger als er. »Hör endlich auf, an Zahra zu denken«, ermahnte er sich und griff zum Shampoo.

Als er ein wenig später in die Küche kam und die Brötchentüte auf dem Tisch liegen sah, musste er doch wieder an sie denken. Ein bisschen freute er sich auf den nächsten Morgen und seinen Einkauf im Backshop. Auch wenn seine Freude ihn verunsicherte.

\*\*\*

Sie lag zusammengekrümmt auf dem Bett.

Am Wunderburgpark hatte Darija das Auto geparkt, mit dem sie geflohen war. Von dort aus konnte sie die Pension in der Nähe des Oldenburger Klinikums zu Fuß erreichen. Sie bewegte sich nicht. Sie lag nur da, auf der rechten Seite, und betrachtete die mit Holz verkleidete Wand. Sie zählte wieder einmal die nachgedunkelten Bretter. Es waren achtzehn Stück. Sie kannte jedes Astloch und verfolgte die Maserungen vom Teppichboden bis zur Zimmerdecke zum ungezählten Mal. Zwischen ihren Erkundungsfahrten hatte sie schon Stunden so dagelegen. Jetzt wartete sie auf einen neuen Tag.

Ich brauche Geld, dachte sie.

Heimweh quälte sie. Zuweilen zweifelte sie daran, dass sie ihr kleines Dorf in der Ukraine wiedersehen würde. Aber wenn es ihr doch gelingen sollte, dann wollte sie nicht ohne Geld zurückkommen.

Die Toilettenspülung aus dem Zimmer nebenan holte sie in die Gegenwart. Sie stand vorsichtig auf und ging zur Dusche in die kleine Nasszelle. Als sie ihre Kleidung auf den Hocker legte, wurde ihr bewusst, dass sie sich endlich frische Unterwäsche besorgen musste. Der Gedanke an Geld ließ sie nicht los.

Sie seifte sich ein und berührte einige Stellen ihrer Lenden sehr behutsam. Ihre Vagina war immer noch entzündet. Die Blutergüsse und Striemen auf Rücken, Bauch und Oberschenkeln schmerzten. Als sie sich vorbeugte und ihr rechtes Bein anhob, um ihren Fuß zu waschen, durchzuckte sie ein stechender Schmerz in der Nierengegend. Sie hielt die Luft an, biss die Zähne zusammen, ballte die Fäuste und überwand den Schmerz.

Schmerzen auszuhalten, darin habe ich mehr Übung, als ich jemals für möglich gehalten habe, stellte sie still fest. Ich muss mir stärkere Schmerzmittel besorgen. Auch dafür brauche ich Geld.

Sie blieb noch einige Augenblicke unter der Dusche und ließ das heiße Wasser über ihren Körper perlen. Langsam entspannte sie sich.

Mit dem Handtuch wischte sie den Dunst vom Spiegel. Große, fast schwarze Augen sahen sie an. Unter dem rechten schimmerte ein Bluterguss durch die gebräunte Haut. Zwischen den sauber gezupften Brauen bildete sich über der schmalen Nase eine senkrechte Falte. Die nassen, leicht gewellten, schulterlangen Haare schimmerten jetzt, nach dem Duschen, tiefschwarz und umrahmten ihr schönes, schlankes Gesicht mit den hohen Wangenknochen, den vollen Lippen und der klaren Kinnkontur. Den langen Hals entlang wanderte ihr Blick weiter hinunter zu den Brüsten. Sie waren fest mit großen Vorhöfen um die Brustwarzen. Ich sehe gut aus, sagte sie sich in Gedanken. Es war für sie nicht verwunderlich, dass sich Männer von ihr angezogen fühlten.

Ohne sich abzutrocknen, schlüpfte sie unter die Bettdecke.

Vor einiger Zeit hatte sie einem Kunden das Handy gestohlen, die SIM-Karte fortgeworfen und nach ihrer Flucht eine neue gekauft. Sie wählte die sechzehnstellige Nummer ihres Elternhauses und stellte sich vor, wie das Telefon an der Wand im Flur läutete. Ihre Schwester würde angelaufen kommen, zum Hörer greifen und »Urban!« sagen. So haben sich schon meine Eltern gemeldet, erinnerte sie sich und ein zaghaftes Lächeln huschte über ihr Gesicht.

Sie wartete vergeblich. Niemand hob den Hörer ab. Ihr Heimweh nahm zu.

Noch mit dem Handy in der Hand zog sie vorsichtig die Knie an. Morgen besorge ich mir Geld, entschied sie.

***

Bernd Venske fuhr über die Alexanderstraße in die Innenstadt. Er parkte den grauen Passat neben dem Kommissariat am Friedhofsweg. Die zweiundsiebzig Stufen in den dritten Stock empfand er als Herausforderung. Er hatte mehrfach mit seiner Uhr am Handgelenk gestoppt, wie lange er bis in sein Büro brauchte. Dieses Mal wollte er seinen persönlichen Rekord nicht brechen und nahm nur zwei Stufen gleichzeitig. Vereinzelt kamen ihm Beamte entgegen. Sie hatten Dienstschluss. Venske grüßte und überhörte die ironischen Bemerkungen: »Alle sind gleich. Nur einer ist gleicher und darf noch ein paar Stunden länger bleiben.«

Der zentrale Kriminaldienst für die Stadt Oldenburg und den Landkreis Ammerland nahm eine Etage für sich ein. Eine Mischung aus Großraumbüro und Einzelbüros sollte die Arbeitsatmosphäre und Zusammenarbeit der Beamten und Angestellten mit ihren Vorgesetzten positiv beeinflussen, hatten die Architekten des Neubaus versprochen.

Die Flachbildschirme auf den grauen, kunststoffbeschichteten Schreibtischen der Ermittler, Sachbearbeiter, Internetspezialisten, Datenerheber und Auswerter drehten sich die Rücken zu. Die farblich zur Einrichtung passenden Lampen mit ihren runden Schirmen sahen aus, als wären sie zum Nachtschlaf eingenickt. Auf einigen Arbeitsplätzen lagen nur die Schreibunterlagen, auf anderen stapelten sich Papiere zwischen Krimskrams und halb leeren Kaffeebechern.

In der Mitte des Raumes stand ein gewaltiger Konferenztisch aus poliertem Buchenholz. Die Putzkolonne hatte schon die gepolsterten Buchenstühle exakt darum herum ausgerichtet. Über dem »großen Tisch«, wie er genannt wurde, hingen Strahler. Jemand hatte vergessen, sie abzuschalten.

Venske arbeitete als stellvertretender Leiter der Ermittlungsgruppe in einem abgetrennten Raum mit Glastür zum Chefbüro. Diese war nur angelehnt.

Jemand musste hier drin gewesen sein. Venske wusste, dass Konnert es nicht mochte, wenn man in seiner Abwesenheit sein Büro betrat. Das stand zwar meist sperrangelweit offen, wenn er da war. Verließ er aber seinen Schreibtisch, schloss er so sorgfältig ab, als hüte er Geheimnisse in Schubladen und Schränken.

Venske fasste mit der rechten Hand die Klinke. Aber statt die Tür zu schließen, wie er es vorgehabt hatte, öffnete er sie dann doch ganz. Der Lichtkegel der Schreibtischlampe schien auf einen kleinen Aktenstapel.

Die Neugier gewann in Venske die Oberhand über den Respekt vor seinem Chef. Er ging zum Schreibtisch. Ein Post-it-Zettel klebte in der Mitte vom Computerbildschirm. »Gibt es neue Informationen?« Unterschrieben war der Zettel mit dem Kürzel von Kriminaloberrat Wehmeyer, dem Leiter des Zentralen Kriminaldienstes. Der »Oberste« war hier gewesen, registrierte Venske.

Die erste Akte auf der Schreibunterlage kam vom 5. Fachkommissariat Kriminaltechnik und Erkennungsdienst und enthielt

27

eine knappe Zusammenfassung neuer Ergebnisse. Venske konnte nicht an sich halten, er musste hineinschauen. Er überflog die Seiten und filterte die für ihn entscheidenden Sätze heraus. Der Mann vom Autobahnrastplatz war schon tot gewesen, als er überfahren wurde. Als Todesursache sei von Erwürgen auszugehen. Sowohl das Zungenbein als auch der Kehlkopf waren gebrochen. Würgemale wurden festgestellt. Der Blutalkoholwert lag bei 1,8 Promille. Außerdem hatte man Spuren von Flunitrazepam in seinem Blut gefunden. Das bedeutete, dass der Tod höchstens drei Tage vorher eingetreten sein konnte, weil sonst das Medikament nicht mehr nachzuweisen gewesen wäre. Magen und Darm waren leer. Ringförmige Blutergüsse an Hand- und Fußgelenken ließen Rückschlüsse auf eine Fesselung mit einem Seil zu. Kot- und Urinanhaftungen an den Innenschenkeln deuteten auf eine Darm- und Blasenentleerung in gefesseltem Zustand hin. Unter einigen Fingernägeln fanden sich winzige Haut- und Blutspuren. Die waren auf dem Weg zur DNA-Analyse. Für den nächsten Tag sei vorgesehen, die zertrümmerten Schädel- und Körperknochen einander zuzuordnen und mögliche Rückstände von den Reifen des Lkws zu finden und zu sichern.

Venske setzte sich auf Konnerts Bürostuhl. Also doch Mord, dachte er und klammheimlich freute es ihn, dass er sich schneller darauf festgelegt hatte, als sein zögerlicher Chef. Ich hatte Recht, triumphierte er und ballte die Faust wie Boris Becker.

Im zweiten Aktendeckel lag der kurze Bericht der Analysestelle.

*1. Ein Robert Evert ist nicht als vermisst gemeldet worden.*

*2. Ein ähnlicher Tathergang, dass ein nackter Mann von einem Lkw überfahren wurde, ist bei Interpol nicht bekannt.*

*3. Robert Evert wurde an Grenzübergängen und bei Polizeikontrollen einige Male wegen Überschreitung der Lenkzeiten verwarnt.*

*4. Robert Evert war nicht vorbestraft.*

Zuunterst lag eine Kurzmitteilung der Bereitschaftspolizei. Im Umkreis von zwei Kilometern um den Rastplatz wurden keine

Kleidungsstücke gefunden, die zur Leiche passen könnten. Zeugen hatten sich in keiner Dienststelle gemeldet.

Bernd Venske legte alles sorgfältig zurück. War es vielleicht angebracht, seinem Chef jetzt die Informationen telefonisch zukommen zu lassen? »Was ändert es, dass ich zwölf Stunden früher erfahre, was doch nicht mehr zu ändern ist?«, würde er vermutlich als Reaktion bekommen. Venske rührte das Telefon nicht an, verließ das Büro, schloss die Tür und setzte sich an seinen Computer, um den Tagesbericht zu schreiben.

Ein langer Abend lag vor ihm. Auf dem Weg zu seinem New Beetle Cabriolet überlegte er: Was hatte ein einfacher Lkw-Fahrer getan, dass man ihn so grausam umgebracht hat?

## MITTWOCH, 7. SEPTEMBER

Als Venske sein Büro betrat, sah er Konnert mit dem Schraubendreher seines Taschenmessers am Schloss der Verbindungstür werkeln.

»Guten Morgen, Chef!«

»Moin.«

»Was wird das denn, wenn es fertig ist?«

»Ich besorge mir ein neues Türschloss.« Konnert war offensichtlich verstimmt. Viel zu früh war er wach geworden und hatte nicht wieder einschlafen können. Brummig hatte er sich auf den Weg zum Backshop gemacht. Seine Vorfreude auf das fröhliche Lachen von Zahra war enttäuscht worden. Sie hatte wohl ihren freien Tag. Ihre Kollegin musste genauso schlecht geschlafen haben wie er. Sie packte mürrisch die beiden Brötchen in die Tüte und legte ihm einfach die Bild daneben. »Geben Sie mir doch die regionale«, grummelte er und nahm sich die Nordwest-Zeitung. Nach dem Frühstück kam er nur ein paar Minuten zu spät zur Bushaltestelle und musste fast eine halbe Stunde auf den nächsten Bus warten. Im Präsidium hatte ihn die Dreistigkeit, dass wieder jemand während seiner Abwesenheit in seinem Büro gewesen war, endgültig verärgert. »Zukünftig schließe ich dann ab!«

»Vergiss nicht, mir den Reserveschlüssel zu geben.« Venske erntete einen Blick, der sagen sollte: »Halt den Mund!« Er wechselte schnell das Thema. »Hast du wenigstens schon gelesen, was auf deinem Schreibtisch liegt?«

»Du wirst es mir doch sowieso gleich in allen Einzelheiten erzählen. Warum soll ich es lesen, wenn du schon jedes Detail bewertest und vorsortierst. Also, was steht drin?«

»Es war Mord!« Etwas leiser, aber mit Nachdruck, fügte er an: »Wie ich es sofort gesagt habe.«

»Merde!«, schimpfte Konnert. Er hatte das Wort Scheiße noch nie leiden können. Er fand es vulgär, Gossensprache. Aber manchmal waren die Umstände einfach beschissen, und dann sprach er es französisch aus. Er klappte sein Taschenmesser zu, ließ es in seine rechte Hosentasche gleiten und machte sich auf den Weg zur Kaffeemaschine. »Ich bring dir einen mit. Du hast sowieso noch nichts im Magen.«

Die Dienstbesprechung im kleinen Kreis am großen Tisch war kurz. Venske informierte die Kolleginnen und Kollegen über den letzten Stand der Ermittlungen. Er konnte es sich wieder nicht verkneifen, darauf hinzuweisen, dass er von Anfang an von einem Mord ausgegangen war. Einige in der Runde verdrehten die Augen.

Konnert fragte: »Gibt es weitere Erkenntnisse?«

Nur Babsi hielt ihren Kugelschreiber hoch. Barbara Deepe, die jüngste Oberkommissarin im Haus. Sie hatte viel unternommen, um mit Frau Deepe oder wenigstens mit Barbara angesprochen zu werden. Aber alles war erfolglos geblieben. Sie blieb für Kollegen und Mitarbeiter nur Babsi. Selbst der Kriminaloberrat aus der Chefetage nannte sie so. Dann aber mit »Sie«. Höflich manchmal auch »Frau Babsi«.

»Nun rede schon!« Selbst kurze Pausen nervten Venske.

Babsi blicke nicht zu ihm hinüber. Konnert nickte ihr freundlich zu: »Was gibt es noch?«

»Es hat vielleicht nicht direkt mit unserem Fall zu tun. Ich wollte es aber gesagt haben. Die Kollegen vom Bundesamt für Güterverkehr aus Bremen berichten von zunehmender Konkurrenz nicht nur unter den Speditionen, sondern auch zwischen den Fahrern. Was früher so gut wie nie vorgekommen sei, hätten sie in den letzten Monaten wiederholt erlebt. Die Kapitäne der Landstraße verpfeifen Mitarbeiter anderer Firmen wegen Lenkzeitüberschreitungen, gefälschten Ladepapieren oder Mängeln an Fahrzeugen.«

Woher wusste sie solche Einzelheiten, überlegte Konnert. Stand das in der Zeitung?

»Gut, dass du es uns gesagt hast.« Er ließ es bei diesem Kommentar bewenden. »Venske, du kümmerst dich, wie gestern besprochen, um den Text, den wir bei dem Toten gefunden haben. Babsi, du lässt von deinen Leuten bei den Speditionen in der Umgebung abklären, ob, wann und wie lange ein Robert Evert eventuell bei ihnen gearbeitet hat und was ein Fahrer so verdient. Danach sprichst du noch einmal mit seiner Frau. So von Frau zu Frau. Wir müssen uns ein besseres Bild von Evert und seinem Umfeld machen. Wie war er, gab es Probleme, und so? Du weißt schon. Und bring uns möglichst Fotos von ihm mit.«

»Und was sind meine Aufgaben?« Kriminalmeister Kilian Kirchner sah Konnert mit seinen dunkelbraunen Augen an. Mit Krawatte und Anzug versuchte er, davon abzulenken, dass er jünger war als seine Kollegen. Wenn Venske ihn ärgern wollte, sagte er zu ihm »Kleiner« oder »ach Baby«. Manchmal ließ sich der Jüngere damit provozieren.

»Du formulierst Fragen, wie: Haben Sie an der A 28 auf einem Parkplatz Rast gemacht? Welcher Parkplatz war das? Haben Sie etwas Ungewöhnliches bemerkt? Und so weiter. Kopierst einen Packen, setzt dich ins Auto, fährst die Parkplätze und die Raststätten an der Autobahn ab und verteilst die Zettel. Sieh zu, ob du mit ein paar Lkw-Fahrern ins Gespräch kommen kannst. Ich bin sicher, dass der überfahrene Tote das Gesprächsthema Nummer eins unter den Männern ist. Uns interessiert besonders, was die Helden der Landstraße als Hintergrund der Tat vermuten. Frag auch mal, ob man als Fahrer merkt, wenn man beim Anfahren über ein Hindernis hinwegkommen muss.«

»Und was machst du?«, fragte Venske seinen Chef.

»Ich trage wie immer die Verantwortung, drehe ein bisschen Däumchen und warte auf eure Berichte. Wir treffen uns hier um drei Uhr.«

Konnert schickte sein Team mit einer aufmunternden Handbewegung vom Konferenztisch weg. Er selbst blieb sitzen.

Tja, was will ich in dieser Angelegenheit unternehmen? Er versuchte, sich den Ablauf der Tat vorzustellen. Es sah ganz danach aus, als sei sie von langer Hand vorbereitet gewesen. Der oder die Täter mussten erst einmal das Opfer in ihre Gewalt bekommen, es an einen geeigneten Ort bringen. Man foltert und erstickt niemanden auf offener Straße. Wo war der Mord geschehen? Wo und in welcher Form hatte Robert Evert die große Menge Alkohol zu sich genommen? Hatte seine Trunkenheit es dem Täter erleichtert, ihn zu überwältigen? Hatte er ihn zum Trinken animiert oder gar gezwungen? Wozu dann aber noch die K.o.-Tropfen und warum ihn außerdem noch fesseln?

Konnert sah sich um, als ständen die Antworten an den Wänden.

Nein, erst war Evert mit Flunitrazepam fertiggemacht und an einen sicheren Ort gebracht worden. Warum aber hatte man ihn nicht gleich umgebracht? Man wollte etwas von ihm erfahren! Nachdem Evert wieder halbwegs zur Besinnung gekommen war, konnte man ihn ausfragen. Als er schwieg, kam der Alkohol ins Spiel. Um ihn gesprächig zu machen? Und als er immer noch nichts sagte, hatte man ihn geschlagen und als letzte Möglichkeit ihm gewaltsam die Luft abgedrückt. In Todespanik sollte er auspacken. Was wusste Evert? Was war so wichtig, dass man dafür einen solchen Aufwand betrieb? Wurde der Konkurrenzkampf unter den Speditionen mit so harten Methoden geführt? Weil es um viel Geld ging oder die Russenmafia mitspielte? Und waren die Atemwege unbeabsichtigt zu lange blockiert worden? Dann war es Totschlag und kein Mord. Oder hatte man erfahren, was man wissen wollte, und Evert dann für immer zum Schweigen gebracht?

Es könnte natürlich auch alles ganz anders gewesen sein. Aber wie? Fest stand für Konnert bis jetzt nur, dass man Evert tot zum Parkplatz an der A 28 transportiert hatte, um ihn vor die Zwillingsreifen eines Lkws zu legen. Konnert überlegte weiter: Merkt ein Fahrer beim Anfahren, wenn ein Hindernis vor einem Reifen liegt? Vielleicht würde Kilian dazu etwas bei seinen Erkundigungen erfahren. Gehörte der Fahrer selbst zu den Mördern? Und gab es für die Täter nicht das Risiko, beobachtet zu werden oder dass die Leiche entdeckt wurde, bevor der Lkw anfuhr?

Sollte ich diese Fragen nicht mit meinem Team diskutieren? Statt mich mit dem Schloss zu beschäftigen, hätte ich mir Fragen überlegen und aufschreiben können. Zu spät.

Er entschied, noch einmal zum Fundort zu fahren. Manchmal kamen ihm dort Gedanken, die man nicht am Schreibtisch produzieren konnte. Er besorgte sich einen Dienstwagen, um sich das Hinterland vom Autobahnparkplatz aus anzusehen. Er nahm die A 28 in Richtung Westen und verließ sie an der Abfahrt Bad Zwischenahn. Bei Gut Horn bog er im Kreisverkehr nach Griestede ab, suchte den Grenzweg und fand ihn am Ortsausgang. Eine Gruppe Fahrradtouristen kam ihm auf der engen Straße entgegen. Er hielt vorsichtshalber auf dem Grünstreifen an und ließ die Rentner mit ihren Leichtlaufrädern vorbei. Sie bedankten sich mit einem Lächeln und zum Gruß erhobener Hand. Ein paar hundert Meter weiter stand ein Wegweiser am Fuhrmannsweg. Er bog ein. Rechts erstreckte sich hinter dem Straßengraben ein Waldstück. Am Weidezaun links entdeckte er im Vorbeifahren einen alten Warnhinweis. Er las weiß auf blutig-rotem Grund »Achtung, freilaufender Bulle«. Ein Grinsen huschte über sein Gesicht. Dann war der Weg nur noch mit Betonverbundsteinen gepflastert. Er musste das Tempo drosseln. Danach kamen rotbraun gebrannte Klinker, über die schon vor mehr als hundert Jahren Pferdewagen mit eisenbeschlagenen Rädern gerumpelt waren. Konnert nahm den Fuß noch weiter vom Gas. Auf der linken Seite standen jetzt statt schwarzbunten Rindern auf grünen Weiden kunstvoll beschnittene Bäume einer Baumschule in Reih und Glied. Im Hintergrund lagen ein einsamer Bauernhof und das größere Waldstück, das er schon bei der ersten Besichtigung des Tatortes vom Parkplatz aus gesehen hatte. Er hielt an und faltete eine Generalstabskarte auseinander. Er hatte sich einen Feldweg markiert und musste ein Stück zurücksetzen, um gegenüber einem Gehöft in diesen einzubiegen. Der Weg endete vor einer Schranke. Als er ausstieg, hörte er die Autobahngeräusche.

Den Wald im Rücken schaute Konnert zurück. Geschätzte achthundert Meter waren es von der Klinkerstraße bis zu seinem Standort. War die Leiche über diesen Weg transportiert worden? In dem flachen Gelände erkannte er den Bauernhof wieder. Konnte man da ein Auto hören, das in einer stillen Nachtstunde hier entlangfuhr? Gingen Bauern noch mit den Hühnern zu Bett und wachten von Motorengeräuschen auf? Gab es dort einen Hofhund, der anschlug, wenn hier am Wald Menschen eine Leiche aus einem Auto ausluden und wegschleppten? Er erinnerte sich nicht daran, ob die Bewohner dazu etwas zu Protokoll gegeben hatten. Vielleicht hatte der Beamte vergessen, danach zu fragen?

Ein schmaler Pfad führte in den Wald. Ihm folgte Konnert und war sich bewusst, dass die niedergetretenen Grasbüschel eher von den Polizisten aus Westerstede stammen würden, die am Vortag das Gelände abgesucht hatten, als von den Tätern. Trotzdem ging er mit gesenktem Kopf mal auf der einen Pfadseite und wechselte kurz darauf auf die andere. Seine Augen suchten systematisch auch den Waldrand ab. Er ärgerte sich darüber, keine älteren Schuhe angezogen oder ein Paar Stiefel mitgenommen zu haben. Früher hätte er sich dafür am Abend die Vorwürfe seiner Frau anhören dürfen.

Mit einem Mal stand er vor einer Pfütze, die quer über den Weg bis in den Wald hineinreichte. Er versuchte seitlich auszuweichen, rutschte jedoch aus und konnte sich eben noch an einem jungen Baum festhalten, aber nicht verhindern, dass sein Mantelsaum ins lehmige Wasser platschte. »Merde!« Zum zweiten Mal presste er an diesem Tag dieses Wort durch zusammengebissene Zähne. Das kam selten vor.

Konnert sah sich um. Ihm ging der Gedanke durch den Kopf, dass in Krimis die Kommissare in solchen Augenblicken eine

Patronenhülse oder ein Streichholzheftchen fanden, Kleinigkeiten, die von den Suchmannschaften übersehen worden waren und die dann der Aufklärungsarbeit die entscheidende Wende gaben. Konnert fand nichts. Er kam zurück auf den Weg und folgte ihm. Nach einer Biegung endete der jedoch abrupt vor einem mit Brombeerranken durchwachsenen Gebüsch. Über diese Route hatte niemand eine Leiche geschleppt.

Konnert kehrte um und ging etwas nach vorn gebeugt zu seinem Wagen. Er vertrieb ein paar Mücken, die sich auf ihn stürzen wollten, und stampfte zwei-, dreimal kräftig auf, um wenigsten den gröbsten Dreck von den Schuhen zu bekommen.

Fünf Minuten später bog er in Groß Garnholt in die Raschenstraße ab. Über die Einfahrt zu einem Bauernhof führte noch ein Weg bis hinter den Parkplatz. Trecker und schwere landwirtschaftliche Geräte hatten die Fahrrillen so tief ausgefahren, dass sein Wagen immer wieder auf der mittleren Grasnarbe aufsetzte. Auch hier stand das Regenwasser vom Vortag in Senken. Er musste langsam fahren.

Sein Handy klingelte. Er hielt an. Venske meldete sich: »Es gibt neue Informationen vom Institut für Rechtsmedizin. Willst du sie selbst lesen oder soll ich dir jetzt durchgeben, was im Bericht steht?«

»Gibt es darin neue Erkenntnisse, die eine sofortige Entscheidung von mir verlangen?«

»Soweit ich das beurteilen kann, nicht.«

»Dann informiere uns alle nachher in der Besprechung. Hat der Psychologe was zu dem Text sagen können?«

»Ich habe ihn eingeladen. Er wird seine Ergebnisse erklären und unsere Fragen gleich beantworten.«

»Gute Lösung! Dann bis später.« Konnert klappte sein Handy zu und wunderte sich über die neue Bescheidenheit bei Venske.

Der Weg, auf dem Konnert sich dem Parkplatz näherte, führte ein Stück parallel zur Autobahn. Wenn der Tote nicht mit einem Wagen direkt zum Fundort transportiert worden war, hatten ihn die Täter vielleicht hier über den Zaun gehoben. Es wären allerdings mindestens zwei kräftige Männer nötig, um den Ermordeten die Böschung hinaufzuschleppen.

Konnert stieg mühsam den Hang hoch und untersuchte die Umzäunung. Er fand auf der ganzen Länge niedergedrückte Stellen und hinter einigen Büschen Kothaufen und Fetzen von Papiertaschentüchern. Als er über den Maschendraht stieg, achtete er genau darauf, wohin er trat. Er suchte den Fundort der Leiche. Vor seinem inneren Auge entstand das Bild des zerstörten Körpers von Robert Evert, Ehemann und Vater zweier Kinder. Ihm fiel ein Bibelvers ein:»Was ist der Mensch, dass du seiner gedenkst, und des Menschen Kind, dass du dich seiner annimmst? Du hast ihn wenig geringer gemacht als Gott, mit Ehre und Herrlichkeit hast du ihn gekrönt.« Evert – gefoltert, ermordet und seine Leiche geschändet. War er auch nur wenig geringer als Gott? Und seine Mörder?

Hinter dem trennenden Grünstreifen aus Büschen und Bäumen zwischen Pkw- und Lkw-Parkplatz hielten zwei Autos in weitem Abstand voneinander. In einem Audi mit Aachener Kennzeichen telefonierte ein Mann. Zum anderen Auto gehörte wohl eine holländische Familie, die an einem der Tische saß und Kaffee trank. Ein Laster, Zugmaschine und Auflieger mit zwei kleineren Containern, stand mit laufendem Motor zehn Meter von Konnert entfernt. Der Fahrer urinierte an einem Baum.

So ein Lkw könnte es gewesen sein, vor dessen Räder man den toten Mann gelegt hatte, damit ihm auch noch alle Knochen gebrochen würden. Wie viel Hass und Wut musste die Täter angetrieben haben? Waren sie auch mit Ehre und Herrlichkeit gekrönt?

Als die Familie auf ihn aufmerksam wurde und ein blonder Junge mit dem Finger auf ihn zeigte, zog sich Konnert über den Zaun zurück und rutschte vorsichtig den Hang hinunter. Eine Wendemöglichkeit hatte er nicht gesehen. Er musste den ganzen Weg rückwärtsfahren.

Außer nassen Füßen und verdreckter Kleidung brachte seine Erkundung nur die Erkenntnis, dass es sehr umständlich war, eine Leiche von der Rückseite des Parkplatzes aus an den Fundort zu bringen. Also war der Weg direkt über die Autobahn die wahrscheinlichere Variante. Dann könnte die Tat oder der Transport auch nur von einer Person verübt worden sein.

***

Darija hatte sich sorgfältig geschminkt und von den wenigen Kleidungsstücken im Trolley den weichen Pullover angezogen, der farblich zur Chinohose passte. Sie war im Nachhinein dankbar dafür, dass sie sich in ihrer Gefangenschaft immer diesen Koffer mit Kleidung und Kosmetikartikeln bereitgestellt hatte. Unten im Schrank standen zwei Paar Schuhe. Sie wählte die flachen Ballerinas, streckte sich und fand, sie sähe nicht zu auffällig und nicht zu unscheinbar aus, gerade richtig, um einem Scheusal selbstbewusst gegenüberzutreten.

Von ihren letzten Euros leistete sie sich ein Taxi und ließ sich bis mitten auf den Hof der Spedition Rainer Riegelein bringen. »Bitte Sie mich abholen wieder in eine Stunde.«

Dann stieg sie betont langsam aus. Einige Lagerarbeiter schauten zu ihr rüber. Einer pfiff auf zwei Fingern. Ein Lkw-Fahrer hupte in kurzen Intervallen. Jetzt musste doch auch jeder im Büro und in der Lagerhalle merken, dass sich etwas Außerordentliches ereignete. Und tatsächlich erschienen einige Gesichter in den Fenstern und Arbeiter kamen nach vorn, um zu sehen, wie eine auffallend schöne Frau mit langen Beinen und großen Schritten zum Bürogebäude ging.

»Melden Sie mich bei Herrn Riegelein, bitte«, sagte Darija ruhig und bestimmt zu der jungen Sekretärin hinter dem Schild Anmeldung.

»Herr Riegelein ist jetzt nicht zu sprechen. Kann ich ihm etwas ausrichten?«

»Ja. Sagen Sie: Gabriela ist da. Dann er wird sprechen. Bestimmt.«

Die junge Frau verschwand durch eine doppelflügelige Tür und tauchte Sekunden später wieder auf, um sie hereinzubitten.

Die Wände im Büro waren zugestellt mit alten, braun gestrichenen Aktenschränken, deren Türen verschlossen waren. Der Schreibtisch machte trotz der Fülle an Ordnern und Tachoscheiben, Stiften, zwei Bildschirmen und einer Telefonanlage einen aufgeräumten Eindruck. Links standen vier Ledersessel um einen runden Glastisch auf einem quadratischen, etwas abgenutzten Wollteppich. Es roch nach abgestandenem Zigarettenrauch und Staub. Riegelein stand aus seinem schwarzen Chefsessel auf, als sie durch die Tür trat. Er starrte sie an:»Was willst du denn hier?«

»Geld!«

Riegelein lachte laut auf.

»Viel Geld!«

Riegelein klatschte lachend in die Hände.»Du kommst hierher«, er musste wieder lachen,»du traust dich und willst Geld, viel Geld. Ich glaube es nicht!«

»Zehntausend Euro!«

»Für zehntausend Euro bekomme ich zwei von deiner Sorte für immer. Verschwinde! Du weißt, ein Anruf bei der Polizei und ich bin dich los.«

»Zehntausend Euro, jetzt!«

Riegelein wurde laut:»Bist du blöd oder willst du's nicht kapieren. Von mir bekommst du keinen Cent. Hau ab! Mach dich vom Acker! Verschwinde! Und zwar schnell!«

»Erst zehntausend Euro, jetzt! Und wenn du anschreist, wird teurer. Du bist blöd. Du musst kapieren. Du hast Spiel verloren.«

»Dann sag mir mal, warum ich dir zehntausend Euro geben sollte.« Er konnte sich noch nicht beruhigen. Er war immer noch laut.

»Zwanzigtausend.«

»Warum?«

»Ich weiß, was ihr gemacht mit Natalie.«

Sie standen sich Auge in Auge gegenüber. Darija drückte die Schultern zurück, hob ihr Kinn um wenige Millimeter. Ihre Hände auf dem Rücken zitterten. Sie krampfte sie schmerzhaft ineinander. Ihre Augen aber ließen Riegelein frieren. Steif und blass fiel er auf seinen Chefsessel.

»Ich glaube nicht, dass du etwas weißt, mit dem du mich erpressen kannst. Aber gut, komm heute Abend. Du weißt ja wohin. Dann gebe ich dir fünfhundert für die Nacht.«

»Zwanzigtausend! Jetzt!«

»Du bist ja verrückt. Woher soll ich denn jetzt zwanzigtausend Euro nehmen? Sei vernünftig. Überspann den Bogen nicht. Wenn du knapp bei Kasse bist, sind fünfhundert doch besser als nichts.«

»Zwanzigtausend! Jetzt! Fahr mit mir zu Bank. Da du hast Geld.«

»Was machst du, wenn ich dich hier gleich rauswerfe?«

»Alle mich gesehen. Taxifahrer und Arbeiter. Du wirfst mich nicht raus.«

»Und wenn ich dich von der Polizei abholen lasse?«

»Dann noch teurer für dich und deine Freunde.«

Riegeleins Stirn faltete sich.

Überlegt er, ob ich das hier durchhalte? Findet er für sich einen Ausweg? Geht mein Plan auf? Ihr wurde ungemütlich zumute.

»Verdammt. Du hast gewonnen. Fahren wir.« Er kam hinter seinem Schreibtisch hervor. Mit einem schiefen Mund lächelte er sie an und ließ sie vorgehen.

»Ich bin zur Mittagspause zurück«, sagte er zu seiner Sekretärin.

»Wiedersehen«, sagte Darija, »in halbe Stunde Taxi holt mich ab. Bin ich nicht da, ruf Polizei. Bitte.« Sie lächelte der erschrockenen Sekretärin zu und wartete, bis Riegelein ihr die Tür nach draußen aufhielt.

Niemand beachtete das Auto mit Oldenburger Kennzeichen auf der anderen Straßenseite vor der Spedition. Bequem zurückgelehnt las da eine Frau Geschichten von Wladimir Kaminer und lachte herzhaft.

***

Konnert kam eine halbe Stunde früher als geplant zurück ins Kommissariat. Er war zu Hause gewesen, um zu duschen und sich umzuziehen. Gegenüber der Polizeiinspektion im Ziegelhof hatte er zu Mittag eine vorzügliche Portion Heringstopf mit Pellkartoffeln gegessen.

Vor ihm lagen Aktendeckel mit den aktuellen Berichten der Rechtsmedizin und der Spurensicherung. Er brachte sie hinüber auf Venskes Schreibtisch und holte sich einen Kaffee. Gern hätte er sich jetzt eine Pfeife gestopft und angezündet. Sein Körper verlangte von Zeit zu Zeit immer noch nach Nikotin. Oder war es nur die Erinnerung an lange geübte, entspannende Rituale? Er begnügte sich mit dem Kaffee und schrieb sich Notizen und Fragen für die Besprechung auf.

Einer nach dem anderen trudelten seine Leute ein, gingen zur Kaffeemaschine und setzten sich dann mit ihren Unterlagen an den großen Tisch. Konnert sah hinüber und dachte an frühere Fälle, die er mit ihnen gelöst hatte. Er war ein bisschen stolz auf sein Team. Wo blieb Venske mit seinem Psychologen? Sie begannen ohne ihn.

»Babsi, was hast du?«

»Ich habe die Angaben von Frau Evert überprüft. Sie stimmen so weit. Sie möchte informiert werden, wenn ihr der Körper ihres Ehemanns zur Beerdigung freigegeben wird. Das konnte ich ihr zusagen. Ich durfte mich frei in der Wohnung bewegen. Frau Evert ist kooperativ geblieben. Bei den Sachen ihres Mannes habe ich nichts Auffälliges gefunden. Keine teure Kleidung, kein teures Hobby, keine ungewöhnlichen Unterlagen, eigentlich nichts Schriftliches von ihm.« Babsi legte eine kurze Pause ein.

»Robert Evert besitzt eine Lebensversicherung über 100.000 Euro mit Unfalltod-Zusatzversicherung. Na ja, ein Unfall war es ja eher nicht, da wird sie nichts extra bekommen. Frau Evert bestreitet, dass es in ihrer Ehe außergewöhnliche Probleme gegeben hat, was immer sie auch unter außergewöhnlich versteht. Ich finde es ja schon außergewöhnlich, wenn ein Mann mal zu Hause ist, mal nicht, ohne das mit seiner Frau zu besprechen. Aber das scheint sie nicht gestört zu haben. Ich konnte keinen Hinweis dafür finden, wo sich Robert Evert in der letzten Zeit aufgehalten haben könnte.«

Babsi kramte in ihren Unterlagen. »Hier sind noch zwei Fotos von Robert Evert.« Sie reichte einen Packen Kopien herum. Während sich jeder seine Exemplare nahm, fügte sie hinzu: »Es tut mir leid, dass nicht mehr verwertbares Material dabei herausgekommen ist.«

»Ist schon gut«, sagte Konnert mit einem freundlichen Nicken. »Auch mein Ausflug zum Fundort hat nur die Erkenntnis gebracht, dass die Leiche mit sehr hoher Wahrscheinlichkeit über die Autobahn transportiert worden ist.« Er zog die Schultern hoch und machte mit den Händen eine hilflose Geste. »Das war schon mein Bericht. Was hat die Abfrage bei den Speditionen ergeben?«

Babsi wollte gerade etwas sagen, da öffnete Venske die Tür und bat mit einer übertrieben freundlichen Handbewegung einen solariumgebräunten Mittvierziger im sandfarbenen Einreiher mit mintgrüner Krawatte und Einstecktuch einzutreten. »Darf ich vorstellen, Herr Professor Dr. Thomas Tietjen von der Universität Oldenburg. Herr Tietjen hat den Text untersucht, den wir im Mund des Toten gefunden haben, und wird uns seine Ergebnisse vortragen.« Und zum Professor gewandt sagte er: »Bitte nehmen Sie Platz.« Das tat dieser aber nicht, sondern ging zu Konnert, reichte ihm die Hand und begrüßte auch alle anderen per Handschlag. Erst dann setzte er sich neben den Hauptkommissar. Venske musste mit einem Stuhl neben Babsi vorliebnehmen.

Mit Blick auf den Professor sagte Konnert: »Vielen Dank, dass Sie Zeit für uns freimachen konnten. Bitteschön!«

»Gerne.« Professor Tietjen fingerte einen USB-Stick aus seiner Westentasche und bat Babsi: »Würden Sie bitte die Datei über den Beamer projizieren?«

Nach wenigen Augenblicken erschien der allen bekannte Text, versehen mit einigen Randbemerkungen, an der Wand. Etwa zehn Minuten referierte der Psychologe. Er gab sich Mühe, einen speziellen Fachjargon zu vermeiden. Stattdessen gebrauchte er Begriffe wie allgemein gebräuchliche Volksweisheiten, vorwurfsvolle Grundhaltung, religiöse Sprache und Bibelzitate. Er sei kein Literaturprofessor, aber der Texter habe doch offensichtlich etwas Poetisches schaffen wollen, was seiner Meinung nach nur stümperhaft gelungen sei. Als Urheber könne er sich eine traumatisierte Person vorstellen, möglicherweise getrieben von einem Wunsch nach Rache, angefeuert von maßlosem Hass, eventuell als Reaktion auf Gewalterfahrungen, womöglich in der Kindheit. Aggressivität sei nach neuesten Forschungsergebnissen die Reaktion des

Gehirns auf Ausgrenzung und Diskriminierung, ob nun real erlebt oder nur eingebildet. Der oder die Täter würden wahrscheinlich aus der Mittelschicht stammen. Er betonte noch, dass seiner Ansicht nach der Schreiber ein unterdurchschnittliches Selbstwertgefühl zu haben schien, gleichzeitig aber ein übersteigertes, doch unbefriedigtes Mitteilungsbedürfnis. Erstaunlich sei, dass er aus der Rolle des passiven Opfers, hier malte Professor Tietjen ein Fragezeichen in die Luft, zum aktiven Täter geworden sei. »Wenn Sie noch Fragen haben …«, beendete er seine Ausführungen.

Venske meldete sich zu Wort: »Mann oder Frau?«

»Wie meinen Sie das?«

»Hat es ein Mann geschrieben oder eine Frau?«

»Das ist schwer zu sagen, Herr Venske. Manche Passagen, zum Beispiel am Anfang, sprechen eher für eine Frau. Der Text könnte aber auch von einem Mann mit ausgeprägtem Einfühlungsvermögen stammen.«

»Also nicht von dir«, warf Babsi ein und erntete dafür ein Augenbrauenzucken von Konnert. Der notierte sich das Stichwort »Grafologe«.

»Ist es so etwas wie ein Schuldeingeständnis?«, wollte Kilian wissen.

»*Ich schäme mich für das, was ich getan habe,* könnte darauf hinweisen. Jedoch der nächste Satz, *Für das, was ich jetzt tue, schäme ich mich nicht,* klingt eher nach einer Rechtfertigung. Was natürlich nicht ausschließt, dass sich der Schreiber damit zur Tat bekennt.«

Kilian blieb dran: »Ist es möglich, dass es sich um einen Abschiedsbrief handelt?«

»Möglich ist alles, Kilian. Was wirklich passiert ist, nur das interessiert«, konterte Venske.

»Venske!« Konnert warf seinem ungeduldigen Kollegen einen mahnenden Blick zu.

Professor Tietjen sah Kilian an und antwortete ihm: »Das ist möglich. Vielleicht der poetische Versuch einer völlig desillusionierten Person, Abschied zu nehmen, eines Menschen, für den es keinen Grund mehr zu leben gibt. Allerdings fehlt dann eine Unterschrift, die wir in fast allen Abschiedsbriefen finden. Andererseits, wenn der Text wirklich als Gedicht gedacht war, wäre eine Unterschrift nicht angebracht.«

»Möglich ist alles.« Venske ließ sich nicht stoppen.

»Die Erkenntnisse der Kriminaltechnik sprechen gegen deine Überlegungen, Kilian.« Babsi blätterte in ihren Unterlagen. »Hier steht, dass als Todesursache von Ersticken auszugehen ist. Außerdem gibt es da noch die Fesselungen.«

»Nehmen wir also an, der Mörder hat ihm den Zettel in den Mund geschoben. Was sagt das, Ihrer Meinung nach, über den Täter aus?«, wollte Venske wissen.

»Dazu kann ich nur wiederholen: Möglich ist ein starkes Rachebedürfnis, das aus tief empfundener Ungerechtigkeit gespeist wird und sich gegen die tot aufgefundene Person richtet.« Nach einem Moment des Nachdenkens ergänzte er: »Hingegen kann es auch geschehen, dass eine Person stellvertretend für ein autoritäres System oder eine unterdrückende Organisation getötet wird, etwa bei einem Tyrannenmord. Ob das hier zutrifft, ist allerdings sehr vage. Sie können jedoch davon ausgehen, dass auf jeden Fall Wut die Antriebskraft war.«

Eine Pause entstand.

»Noch etwas. Vielleicht ist diese Überlegung für Ihre Ermittlungen noch wichtiger als der Text: Herr Venske hat mich unterrichtet, dass das Opfer nach seinem Tod unter den Rädern eines Lastkraftwagens zerquetscht wurde und ihm dadurch die Knochen gebrochen wurden. Bedenken Sie, dass der Täter möglicherweise diese Art der Leichenschändung bewusst gewählt hat, eventuell um sein Opfer noch nach dessen Tod zu demütigen. Das Motiv der Rache bekäme eine besondere Bedeutung und sollte bei solchen grausamen Tötungen bei der Bewertung der Fakten nicht vernachlässigt werden.«

Weil alle schwiegen, bedankte sich Konnert bei Professor Tietjen. »Sollte es neue Erkenntnisse geben, die Ihre Kompetenzen erfordern, wenden wir uns sicherlich wieder an Sie.«

Tietjen ließ sich seinen USB-Stick geben, stand auf und verbeugte sich: »Sehr gern – und weiterhin viel Erfolg.«

Die Tür war eben zu, als Venske moserte: »O Mann, wie aufschlussreich. Einmalige Einsichten, auf die wir ohne ihn nie und nimmer gekommen wären. Das ist möglich und jenes ist selbstverständlich auch möglich«, karikierte er den Professor, »da kann ich von der Spurensicherung und der Rechtsmedizin härtere Fakten beisteuern.«

Er schlug seine Unterlagen auf, als Konnert ihn bremste: »Erst wird Babsi ihren Bericht beenden. Was haben die Recherchen bei den Speditionen ergeben?«

»Von den vierundzwanzig Speditionen der Region sind fast alle angerufen worden. Ich wusste gar nicht, dass es hier so viele Fuhrunternehmen gibt. Das Ergebnis der Telefonbefragung hat eine Praktikantin zusammengefasst: Robert Evert war in den letzten vier Jahren bei drei Transportunternehmen angestellt. Zuletzt bei Rainer Riegelein in Oldenburg. Er gilt als zuverlässiger Aushilfsfahrer, der bei hohem Frachtaufkommen widerspruchslos Überstunden akzeptiert und gegen Fernfahrten nichts einzuwenden hat.« Babsi blätterte eine Seite ihres Notizbuchs um. »Die Spedition Riegelein bedient regelmäßig die Routen nach Rabat und Marrakesch in Nordafrika und bis nach Donezk im Südosten der Ukraine. Evert ist diese Touren auch allein gefahren. Die Sekretärin der Geschäftsleitung bei Riegelein hat seinen Bruttomonatslohn mit circa zweitausenddreihundert Euro angegeben, plus Überstundenvergütung, plus fünfundzwanzig Euro Spesen pro Tag. Bei längeren Auslandsfahrten sei ein Bonus gezahlt worden. Was davon netto übrig bleibt, kann sich jeder von uns vorstellen.«

»Danke, Babsi.« Konnert dachte an die teuren Geräte in Frau Everts Küche und notierte sich die Stichworte »Einkommen« und »Motiv der Tat«. Er bat Babsi, bei der Spedition vorbeizugehen und sich beim Arbeitgeber über Evert zu erkundigen. Zu Venske sagte er: »Jetzt bist du dran.«

»Also!« Venske machte eine Kunstpause. Ohne in die Unterlagen zu sehen, referierte er: »Also, erstens, die Rechtsmedizin hat Reifenabrieb an der Leiche sichergestellt und der Kriminaltechnik zum Abgleich geschickt. Nach deren Auskunft ist es eine Gummimischung, die einem russischen Hersteller zugeordnet werden konnte. Es wurden außerdem die Profile von zwei Reifen gefunden, die direkt nebeneinander montiert waren, also sogenannte Zwillingsreifen, wie sie auf den Zugmaschinen eines Sattelzuges montiert sind. Nur dass es sich hier offensichtlich um keine eineiigen Zwillinge handelte, man hat unterschiedliche Reifen verwendet. In Deutschland ist das nicht erlaubt. Auch das weist eher auf einen osteuropäischen Fahrzeughalter hin. Also, diese Informationen könnten uns möglicherweise helfen, den dazugehörigen Lkw zu finden.«

»Möglicherweise«, raunte Kilian.

»Sorry, aber was genau muss ich mir unter einem Sattelzug vorstellen?«, wollte Babsi wissen.

Konnert gefiel es, wie sie den Dingen auf den Grund ging, Venske jedoch verdrehte die Augen, ehe er fortfuhr.»Das ist ein LKW, der aus zwei Teilen besteht: einer Zugmaschine und einem Auflieger oder Anhänger, die miteinander über eine spezielle Kupplung verbunden sind.« Venske richtete sich noch weiter auf.

»Alles klar? Dann weiter. Also zweitens: Die unter den Fingernägeln des Opfers gefundenen Blut- und Hautanhaftungen weisen DNA-Spuren von einer unbekannten Person auf. Der Täter muss also kräftige Kratzspuren davongetragen haben.« Venske machte wieder eine Kunstpause:»Zum Abgleich wurde die DNA durch die Datenbanken des Bundeskriminalamtes gejagt. Treffer. Dave Göritsch, geboren in Cottbus, ohne festen Wohnsitz, vorbestraft wegen schwerer Körperverletzung. Die Fahndung ist raus. Also ist es nur noch eine Frage der Zeit, bis wir ihn aufgetrieben haben werden..«

»Wenn du noch einmal also sagst, schicke ich dich vor die Tür«, knurrte Konnert leise.

»Das war es – von mir«, grinste Venske und verkniff sich ein weiteres also.

Eine Pause entstand. Dann begannen alle gleichzeitig zu sprechen.»Moment noch!«, rief Konnert in die Runde,»erst hören wir noch, was Kilian zu berichten hat.«

Kilian schob ein DIN-A4-Blatt über den Tisch. In allen vier Ecken waren Lkws abgebildet, mittendrin eine Liste mit acht Fragen, um deren Beantwortung gebeten wurde, und die Adresse, an die der Zettel zurückgegeben werden konnte. Am unteren Rand die Telefonnummer und das Logo der Polizeiinspektion Oldenburg. »Das habe ich an Fahrer verteilt, auch an Pkw-Fahrer, und unter die Türgriffe der Lkws gesteckt. Die Scheibenwischer waren mir dann doch zu hoch. Mit den Mitarbeitern der Raststätten Hasbruch und der Autohöfe Moorburg und Apen/ Remels ist abgemacht, dass sie jedem Besucher mit dem Kassenbon auch den Fragebogen aushändigen. Mit einigen Fahrern habe ich auch schon gesprochen. Sie haben von dem überrollten Toten gehört, aber keiner hat etwas gesehen oder bemerkt. Von denen hat niemand in der Tatnacht auf dem Parkplatz Helle/Linswege geparkt.«

Kilian legte seine Hände auf dem Tisch übereinander und sah in die Runde. Konnert notierte sich »Kontakt mit Presse und Rundfunk«.

Augenblicklich entbrannte eine rege Diskussion, in der es um zu verfolgende Spuren, um Opfer- und Täterprofile, um Einschätzungen und Vermutungen ging. Bevor die ausartete, fasste Konnert zusammen und verteilte zusätzliche Aufgaben.

\*\*\*

Wenige Minuten früher als bestellt, fuhr das Taxi wieder auf den Hof der Spedition Riegelein. Die Frau im BMW las immer noch schmunzelnd in ihrem Buch. Sie schaute nur kurz auf, als die junge Frau mit den langen Beinen ins Auto stieg. Unter ihrem Arm klemmte eine braune Papiertasche, die sie vor einer Stunde noch nicht dabei hatte. Darija nannte dem Fahrer als Fahrziel das Klinikum. »Mein Mann schwer krank.«

Jetzt endlich beendete die Fahrerin des BMW ihre Lektüre und folgte dem Taxi.

Darija ging über den rot gepflasterten Weg auf den Haupteingang des Krankenhauses zu, verschwand durch die Drehtür und suchte eine Toilette auf. Nach ein paar Minuten kam sie zurück, verließ die Klinik und machte sich auf den Weg zur Engel-Apotheke. Dort kaufte sie sich das stärkste Schmerzmittel, das sie ohne Rezept erhalten konnte.

Das Auto mit Oldenburger Kennzeichen war verschwunden.

***

Konnert nahm den Fahrstuhl hinauf zu Kriminaloberrat Wehmeyer. Er klopfte und wartete, bis er hereingerufen wurde.

»Na, Konnert, gibt's was Neues? Setzen Sie sich. Ich hätte noch das eine oder andere Tässchen Tee in der Kanne. Möchten Sie?«

»Ja, gern. Bitte mit Kandis und Sahne.«

Kriminaloberrat Wehmeyer freute sich, seinen Tee in Gesellschaft trinken zu können. Er förderte eine feine Teetasse aus seinem Schreibtischschrank zutage, fingerte einen Kluntje aus der Zuckerschale und ließ ihn geschickt in Konnerts Tasse gleiten. Dann schwenkte er die Kanne ein wenig, schenkte Konnert und sich ein und gab vorsichtig einen Löffel Sahne hinzu. Umgerührt wurde nicht. Kriminaloberrat Wehmeyer stammte aus Ostfriesland. Da benutzte man den Teelöffel nur am Ende der Zeremonie. Man legte ihn in die leere Tasse, wenn man keinen weiteren Tee wollte.

Es gefiel Konnert, dass nicht gleich wieder losgeredet wurde. Er sammelte seine Gedanken und erst bei der zweiten Tasse schilderte er in kurzen, gut strukturierten Sätzen den Stand der Ermittlungen.

»Ist es in Ordnung, wenn wir für siebzehn Uhr die regionale Presse, Rundfunk und Fernsehen zu einer Pressekonferenz einladen?«, fragte er. »Es ist sicherlich auch in Ihrem Interesse, wenn Sie die Konferenz leiten, natürlich nur, wenn es Ihnen möglich ist«.

Kriminaloberrat Wehmeyer schaute in seinen elektronischen Terminkalender, machte sich noch ein paar Notizen und winkte ab.

»Das machen Sie, Konnert. Da muss ich wirklich nicht dabei sein.«

***

Darija schloss hinter sich ab. Sie ließ die Papiertüte fallen und sackte erschöpft aufs Bett. Es war die seelische und besonders die körperliche Anstrengung, die ihr alle noch vorhandene Energie abverlangte. Sie hatte nicht einmal mehr die Kraft, sich darüber zu freuen, dass ihr Plan geglückt war. Sie hatte ohnehin nur die erste Rate kassiert. Mehr war nicht passiert. Auch die anderen würden bluten. Das stand für sie fest.

Ihre Schmerzen waren unerträglich. Wenn sie sich streckte, aufrecht ging, den Rücken anlehnte, dann brauchte sie jedes Fitzelchen Willenskraft, um nicht zusammenzuzucken. Doch sie hatte gelernt, hart gegen sich zu sein.

Sie erhob sich vorsichtig vom Bett und spülte zwei Schmerztabletten mit Wasser hinunter.

Als sie an die Zukunft dachte, füllten Tränen ihre Augen.

***

Nach der zu kurzfristig angesetzten, nur mäßig frequentierten Pressekonferenz besuchte Konnert seine Tochter Ruth. Sie öffnete die Tür und war überrascht, ihren Vater zu sehen.

»Setzen wir uns doch in die Küche«, schlug sie vor, aber Konnert merkte sofort, dass ihr sein Besuch ganz und gar nicht passte.

Sie ging voraus und überließ es ihm, die Wohnungstür zu schließen. Er kam nicht dazu, sie zu umarmen. Ruth eilte auf das Wohnzimmer zu. Bevor sie die Tür zuziehen konnte, sah Konnert Bierflaschen und ein Schnapsglas auf dem Couchtisch.

Ruths Ehemann Sven war nicht zu Hause. Konnert kam es so vor, als ob er jedes Mal die Wohnung über die Terrasse verließ, wenn er klingelte.

Es lief nicht gut zwischen ihm und seinem Schwiegersohn. Sven brachte es ständig fertig, Konnert in eine Diskussion über die Inquisition in der frühen Neuzeit oder den Reichtum und Prunk der Kirchen oder das Versagen der Christen im Dritten Reich oder die Untätigkeit Gottes gegen Hunger und Ungerechtigkeit in der Welt zu verstricken. So sehr sich Konnert auch vornahm, solche Themen zu vermeiden, Sven schaffte es doch, das Gespräch wieder in diese Richtungen zu lenken.

Ob Konnert die Fehler der Kirchen gleich zugab, oder sie ohne zu beschönigen mit Hintergrundinformationen und Schilderung von zeitgeschichtlichen Umständen zu erklären versuchte, Sven widersprach. Die Dispute endeten damit, dass Konnert von Minute zu Minute leiser argumentierte und die Auseinandersetzung schließlich resigniert aufgab.

Sein Schwiegersohn reagierte darauf beleidigt. »So sind die Christen«, triumphierte er mit hochrotem Kopf, »wenn es um harte Fakten geht, kneifen sie. Das war ja zu erwarten. Religion ist etwas für Weicheier, die eine himmlische Macht brauchen, damit sie sich mit deren Hilfe stark fühlen können.«

Konnert spürte bei solchen Diskussionen immer, wie sich seine Tochter zwischen Vater und Ehemann hin und her gerissen fühlte.

»Wie geht es dir?«, versuchte Konnert in der Küche zwanglos ins Gespräch zu kommen.

»Gut«, kam die einsilbige Antwort. Sie bot ihm keinen Stuhl an.

»Ich wollte ein paar Schritte gehen und mir Gedanken über den Tag machen. Da dachte ich, ich sehe bei euch rein. Passt es dir jetzt nicht so gut?«

»Doch, doch. Schön, dass du gekommen bist. Möchtest du etwas trinken?«

Konnert war sich nicht sicher, wie ernst das Angebot gemeint war. Ruth war unruhig. Sie sah niedergeschlagen aus. Er ging nicht auf ihre Frage ein, sondern legte so viel Leichtigkeit in seine Stimme, wie es ihm möglich war. »Ruth, darf ich dich etwas fragen?«

»Natürlich darfst du mich etwas fragen. Was soll das? Du kannst mich so viel fragen, wie du willst.«

»Ruth, ich glaube, dich bedrückt etwas. Ich kenne doch meine Tochter. Geht es dir wirklich gut?«

»Mir geht's gut!«

»Ruth!«

Einen Moment lang überlegte Konnert, ob er ein anderes Thema ansprechen sollte, als es plötzlich aus ihr hervorbrach: »Nichts ist gut. Sven hat schon vor drei Wochen die fristlose Kündigung bekommen. Er hat wiederholt bei der Arbeit getrunken. Alle Abmahnungen und Gespräche mit dem Betriebsrat hat er in den Wind geschlagen. Papa, Sven ist Alkoholiker.«

Sie legte eine Pause ein, als wäre ihr die Luft weggeblieben und fragte dann:»Papa, was soll ich nur tun?« An ihrem Hals entstanden rote Flecken.»Ich kann nicht mehr und ich will nicht mehr.« Sie schlug die Hände vors Gesicht.

Konnert umarmte seine Tochter liebevoll. Sie schmiegte sich an ihn und weinte hemmungslos.

»Er will es nicht wahrhaben«, schluchzte sie.»Er meint, man könne doch mal ein Bier trinken, ohne gleich ein Säufer zu sein. Es ist mit ihm nicht darüber zu reden. Du kennst ihn ja. Er behauptet, in der Firma würde er gemobbt. Dass er mal ein Bier getrunken habe, sei nur ein Vorwand für seine Kündigung. Er will gegen die Entlassung klagen. Vor dem Arbeitsgericht bekäme er schon sein Recht, sagt er.«

Konnert schwieg. Er sah über die Schulter seiner Tochter. Er fühlte sich unbehaglich.

Im Garten des Mietshauses gegenüber spielten Kinder Fangen. Gut, dass die beiden keine Kinder haben, ging es ihm durch den Kopf. Ruth drängte sich noch enger an ihn. Er roch ihre Haare, die eine Wäsche brauchten, und nahm mit einem Mal wahr, wie abgesessen die Sitzkissen auf den Stühlen aussahen und dass die Tapeten schon lange einen Anstrich nötig hätten und die Hängeschranktür nicht ordentlich schloss. Wann hab ich das letzte Mal hier in der Küche gesessen? Warum hab ich das alles nicht mitbekommen? Tag für Tag registriere ich jede Kleinigkeit und hier war ich wie blind. Wie ist es nur möglich?

»Setzen wir uns«, flüsterte er, rückte einen Stuhl vom Tisch ab und nahm seine Tochter auf den Schoß, wie er es früher getan hatte. Sie kuschelte sich an ihren Papa wie ein kleines Mädchen.

Konnert war nicht besonders gut im Umgang mit solchen Situationen. Still betete er und bat um eine angemessene Reaktion. Nach ein paar Augenblicken sagte er:»Jetzt würde ich gern etwas trinken. Machst du uns einen Kaffee?« Die Beschäftigung würde sie hoffentlich erst einmal ein wenig zur Ruhe kommen lassen.

Sie stand auf, schniefte, wischte die Tränen mit dem Handrücken ab und putzte sich die Nase: »Wie Mama immer gesagt hat: Erst einmal beten, einen Kaffee trinken und etwas essen, dann finden wir einen Weg, wie es weitergeht. Es ist nur Pulverkaffee da. Ist das in Ordnung?«

»Natürlich, mein großes Mädchen.«

Sie tranken Kaffee. Ruth erleichterte ihr Herz und erzählte, während Konnert ab und zu »Hmm« oder »Ja« machte oder nur zustimmend nickte. Zum Schluss holte er tief Luft, schaute seiner Tochter in die verweinten Augen und sagte: »Du weißt, dass ich Dietrich Bonhoeffer sehr schätze. Er schrieb im Gefängnis, er sei gewiss, dass Gott auch aus der verfahrensten Situation Gutes werden lassen kann und will. Das glaube ich auch. Das habe ich so oft erlebt. Damit will ich auch jetzt rechnen.«

Er legte seine Hände über die der Tochter: »Gott segne dich und gebe dir Kraft für diese Nacht und den neuen Tag. Bleib nur. Ich finde den Weg hinaus. Ruf mich jederzeit an. Bis bald.«

Auf dem Weg zur Bushaltestelle murmelte Konnert »Merde! Merde! Merde!«

***

Ein schabendes Geraschel weckte Darija.

Adrenalin schoss ihr ins Blut. Sie war sofort hellwach. Das Licht der untergehenden Sonne tauchte das Zimmer in ein Halbdunkel.

Sie horchte.

Das Geräusch kam von der Tür. Als sich ihre Augen an das diffuse Dunkel gewöhnt hatten, sah sie, wie ein weißer Briefumschlag ruckelnd unter ihrer Tür durchgeschoben wurde. Sie blieb liegen, bewegte sich nicht, versuchte, flach zu atmen und still zu sein. Sie hörte, wie sich Schritte wegbewegten.

Sie wartete.

Sie wagte es noch nicht, Licht anzumachen. So lag sie da, verkrampfte sich, überlegte, wie lange sie wohl geschlafen hatte, horchte wieder zum Flur hin und konnte doch nur ihren eigenen jagenden Pulsschlag wahrnehmen. Ich zähle erst bis hundert, entschied sie, bevor ich mir den Umschlag hole und ansehe.

Auf das Kuvert hatte jemand mit großen Buchstaben drei Wörter geschrieben.

»Hab keine Angst!«

Der Brief war nicht verschlossen. Er enthielt ein zweimal gefaltetes Blatt Papier.

*Wir kennen dich.*
*Wir wissen,*
*was man dir getan hat,*
*was du getan hast.*
*Du gehörst zu uns.*

*Wenn jemand auch kämpft,*
*bleibt er für sich allein,*
*kann er nicht siegen.*

*Sieben Schläge für einen Schlag*
*und noch einmal sieben für eine Wunde*
*und der Tod für tote Herzen.*
*Gerechtigkeit.*
*Wer nicht mit uns ist,*
*ist gegen uns.*

*Bis bald.*

Sie erschrak. Ihr Herz schlug ihr bis zum Hals. Sie las den Zettel ein zweites Mal. Wer kennt mich hier? Oder haben meine Peiniger mich gefunden? Riegelein? Die Gedanken rasten durch ihren Kopf. Panik kam in ihr auf. Sie ließ das Papier fallen, als würde es brennen. Es flatterte unter das Bett.

»Ich muss hier weg«, flüsterte sie. »Ich muss hier weg!« Doch ihre Beine versagten ihr den Dienst. Sie torkelte zurück, fiel auf die Matratze und blieb mit schmerzverzerrtem Gesicht liegen.

\*\*\*

Babsi traf später als geplant im Fitnesscenter ein. Nur wenige Frauen hielten sich in den lichtdurchfluteten Räumen auf. Ihr Freund korrigierte die Schulterhaltung einer attraktiven Blondine. Er lächelte Babsi zu. Sie winkte ihm, suchte eine freie Ruderbank und begann, ihre Arm- und Beinmuskulatur zu dehnen, bevor sie mit dem Training loslegte. Bald floss der Schweiß in Strömen ihren Rücken hinunter. Der erträgliche Schmerz in den strapazierten Muskeln vertrieb die seelische Anspannung des Tages. Man sah Babsi an, dass sie sich leicht und entspannt fühlte.

Ihr Freund kam mit einem Handtuch. Sie wischte sich das Gesicht ab und bot ihm den Mund zum Kuss an. Er küsste sie flüchtig und flüsterte ihr ins Ohr: »Mehr davon nachher.«

\*\*\*

»Soll ich uns etwas zum Essen holen oder wieder ein Luxusmenü aus dem Tiefkühlfach in der Mikrowelle aufwärmen?« Dave hatte Hunger.

»Du denkst immer nur ans Fressen. Überlege dir lieber mal, wie wir das Miststück von Nutte auftreiben. Evert wusste nicht, wo sie abgeblieben ist. Der wusste überhaupt sehr wenig. So wie du.« René zappte durch die Fernsehkanäle.

»Ich kann nicht nachdenken, wenn mir der Magen knurrt.«

»Wenn du überhaupt schon mal denken konntest.«

»Ich denke ständig nach.«

»Ja, über Geld und Sex und wie du dir deinen Magen vollschlagen kannst.«

»Wie wäre es, wenn wir uns den Apotheker vornehmen? Da haben wir doch die Tussis abgeliefert. Vielleicht weiß der was?«

»Mach Essen warm!«

Dave schob »Wirtshausbraten in Pilzsoße mit buntem Gemüse und Spiralnudeln« in die Mikrowelle, legte Messer und Gabeln auf den Tisch und holte zwei Flaschen Grunn Goudhaantje Bier aus dem Kühlschrank.

Ängstlich, aber gleichzeitig voller Ungeduld sah Darija zum Fenster. Als der Himmel über Oldenburg dunkel wurde, packte sie die braune Tüte mit dem Geld in ihren Trolley. Sie legte Kleidungsstücke darüber. Leise verließ sie ihr Zimmer in der Pension. Sie wusste, dass es eine Hoftür zum Garten gab. Sie war nie abgeschlossen. Gebückt lief sie an den Rhododendronbüschen vorbei und fand das Törchen im Zaun. Es war nur mit einem Riegel gesichert. Sie schlüpfte ohne ein Geräusch hindurch und befand sich auf dem Rasen eines angrenzenden Hauses der Parallelstraße. Ein halber Mond schien durch Wolkenlücken und brachte so viel Licht, dass sie den Weg über das fremde Grundstück erkennen konnte. Sie lief an einer Garage vorbei, und bevor sie auf die Straße trat, lugte sie vorsichtig nach rechts und links.

Gegenüber parkte ein BMW.

Darija ging in Richtung Wunderburgpark und setzte sich in das Auto, mit dem sie geflohen war. Das war der einzige Ort gewesen, der ihr als Bleibe für die Nacht eingefallen war. Ihr Körper schmerzte, weil sie vergessen hatte, neue Tabletten einzunehmen. Sie suchte das Handy aus ihrer Tasche heraus, wählte die sechzehnstellige Nummer und hörte den vertrauten Ton. Niemand nahm das Gespräch an. Mit der Nachtkälte kroch die Angst an ihr hoch. Starr blickte sie über das Steuer in den Park.

Eine dunkel gekleidete Frau öffnete behutsam die Beifahrertür, setzte sich neben sie und flüsterte: »Hab keine Angst.«

## DONNERSTAG, 8. SEPTEMBER

Konnert fuhr mit dem Auto zum Dienst. Er hatte sich verspätet. Das Geständnis seiner Tochter hatte ihn die halbe Nacht wachgehalten. Wohl hundert Mal hatte er sich gesagt, dass es nichts nutzt, sich Sorgen zu machen. Er hatte gebetet. Er kam trotzdem nicht zur Ruhe. Es war schon weit nach Mitternacht, als er sich aus dem alten Medizinvorrat seiner verstorbenen Frau eine Schlaftablette heraussuchte. Das Verfallsdatum war abgelaufen. Das störte ihn nicht. Er wollte nur endlich zur Ruhe kommen.

Und dann hatte er verschlafen. Am liebsten wäre er zu Hause geblieben. Aber wie immer fuhr er pflichtbewusst zum Dienst. Er konnte sich nur schwer auf den Straßenverkehr konzentrieren. Um sich auf andere Gedanken zu bringen, schaltete er das Autoradio ein. NDR Info sendete Informationen aus dem Norden. Ein Thema waren die Ergebnisse der Ermittlungen im Fall des überfahrenen Opfers vom Autobahnparkplatz. Konnert hätte gern einen ausführlicheren Bericht gehört, aber von dem Mord war schon gestern und vorgestern berichtet worden. Viel Neues gab es ja auch nicht. Wenigstens den Aufruf an die Bevölkerung, Beobachtungen an die Polizei zu melden, brachten sie in voller Länge.

Venske starrte ihn an, als er zur Tür hereinkam. »Bist du krank? Du siehst echt scheiße aus.«

»Ich habe nur zu lange geschlafen. Dann sehe ich immer so aus«, brummelte er leise. Venske verstand und schwieg, wunderte sich aber, dass sein Chef den zweiten Tag nacheinander verdrießlich ins Büro kam.

Auf Konnerts Schreibtisch lagen zwei Mitteilungen. Die erste betraf die Zeugenaussage einer Frau aus der August-Lauw-Straße. Sie habe gestern Vormittag einen dunkelgrauen Wagen am Waldrand stehen sehen und beobachtet, wie ein Mann aus dem Wald gekommen sei. Er habe verwirrt und aggressiv gewirkt, um sich geschlagen und immer wieder mit den Füßen aufgestampft. Dann sei er in hohem Tempo weggefahren. Sie fragte auch nach der Belohnung für sachdienliche Hinweise und hinterließ ihre Adresse mit Telefon- und Kontonummer.

Konnert sah zu Venske. Der senkte blitzschnell seinen Kopf. Konnert bekam trotzdem mit, dass er seinen Mund zu einem Grinsen verzog. Ohne aufzublicken, flüsterte er: »Sind unsere Dienstfahrzeuge nicht inzwischen blau? Dass die Frau aber bei der Entfernung feststellen konnte, dass du aggressiv und verwirrt bist, ist schon erstaunlich.«

Die zweite Nachricht kam vom 3. Fachkommissariat. Das Team dort befasste sich mit Betrugsdelikten. Eine Pensionswirtin hatte Anzeige erstattet. In der Nacht habe eine Mieterin die Pension unbemerkt verlassen, ohne die Rechnung zu bezahlen. Daraufhin hatte man eine Streifenwagenbesatzung geschickt, um den Fall aufzunehmen. Die Polizisten durchsuchten das Zimmer und fanden zunächst nur zurückgelassene Kleidungsstücke. Dann entdeckten sie blutiges Bettzeug und unter dem Bett stießen sie auf einen Zettel mit einem merkwürdigen Gedicht. Sie erinnerten sich an eine Hausmitteilung vom Vortag, in der berichtet wurde, dass Konnert und sein Team an einem Fall arbeiteten, in dem ein ähnlich eigenartiger Text eine Rolle spielte. Weil sie außer dem Betrugsdelikt noch weitere Straftaten vermuteten, hatten sie Mitarbeiter vom 3. Fachkommissariat angefordert, und die ließen die Spurensicherung kommen.

Gute Arbeit, dachte Konnert.

Eine Kopie des Textes lag bei der Mitteilung. Kleidung, Bettlaken und der Originalzettel untersuchte das 5. Fachkommissariat bereits kriminaltechnisch.

Konnert las den Text.

»Es geschehen noch Zeichen und Wunder«, kommentierte Venske, »dass die vom Dritten mitbekommen, was bei uns los ist, sogar mitdenken und uns umgehend informieren. Kommt nicht alle Tage vor.«

Konnert antwortete nicht. Ihm gingen andere Dinge durch den Kopf. Hier passten Fakten zusammen. Die Zettel und die Gedichte glichen sich. Das könnte ein Ansatz sein. Hatte die Frau aus der Pension beide geschrieben? Vielleicht würde ihre DNA auch in ihrem Fall auftauchen? Wo versteckte sich die Flüchtige jetzt?

Sofort kamen ihm Zweifel. Die Frau konnte genauso gut ein Opfer sein. Das Blut auf dem Bettlaken legte diese Überlegung doch nahe. Aber wie hatte man sie unbemerkt wegschaffen können? Wann und wo und wie zugerichtet würde man sie finden? Sein Instinkt ließ ihn Witterung aufnehmen wie ein Wolf, der die Spur einer Beute kreuzt und ihr folgt.

Er stand auf, signalisierte Venske mit einer ausladenden Handbewegung mitzukommen und ging auf den großen Tisch zu. Das war das verabredete Zeichen für die Ermittler, alles andere stehen und liegen zu lassen und sich zu versammeln. Die übrigen Mitarbeiter blieben an ihren Schreibtischen und recherchierten weiter. Diesmal kam nur Babsi. »Kilian geht einem Anruf vom Autohof Moorburg nach.«

»Nun gut. Was macht ihr gerade?«

»Wir vervollständigen das Profil von Robert Evert und überprüfen das Umfeld seiner Frau.«

Er hielt ihr die zweite Mitteilung hin. »Deine Leute kümmern sich allein um die Profile. Fahr du raus nach Kreyenbrück. Sieh dir das Zimmer in der Pension an. Befrag die Bewohner und die Pensionswirtin. Bitte ohne dass die vom Dritten etwas davon mitbekommen, sonst denken die noch, wir kommen ihnen in die Quere. Venske und ich machen die Runde zu Wehmeyer, zu Struß, in die Kriminaltechnik und erkundigen uns noch einmal bei den Streifenpolizisten.«

*** 

Kriminaloberrat Wehmeyer saß bequem in seinem Bürostuhl mit hoher Cheflehne und aufgesetzter Nackenstütze. Auf seinem Schreibtisch standen wieder Stövchen mit Teekanne, Teetasse, Kandisschale und Sahnekännchen. Der Löffel lag noch auf der Untertasse. Während andere Ostfriesen um elf Uhr zwei oder drei Schnäpse als Elführtje trinken, begnügte sich Kriminaloberrat Wehmeyer mit Ostfriesentee. Er bot den beiden Kommissaren keinen an, sondern zeigte auf eine Akte neben seinem Bildschirm. »Da passt wohl was zusammen. Sie wollen in diesem Fall den Vorrang haben, stimmt's? Kriegen Sie. Aber ich kläre das mit Struß.«

»Hans-Gerhard, mit Bindestrich, und Struß, mit Eszett, nicht mit doppeltem S«, wie er sich immer vorstellte, war ein unangenehmer Charakter mit einem phänomenalen Gedächtnis. Er vergaß einfach keine Einzelheit. Das machte ihn einerseits zu einer der besten Informationsquellen im Haus, andererseits aber auch zu einem unbeliebten Kollegen. Denn er war nachtragend. Konnert war für ihn gestorben, seit sie sich beide gleichzeitig für eine Fortbildung angemeldet hatten und Konnert hinfahren durfte. Das war vor elf Jahren gewesen. Struß war seitdem der Überzeugung, Konnert sei ein Arschkriecher.

Vorgänger von Kriminaloberrat Wehmeyer hatten versucht, Struß mit besten Empfehlungen nach Hannover oder ins Bundeskriminalamt wegzuloben. Struß hatte immer abgelehnt. Er kam aus dem Dörfchen Hoffe in der Wesermarsch und hatte sich dort aufwendig das Haus seiner Eltern renoviert. Im Jachthafen von Großensiel bei Nordenham lag sein Segelboot. Er war unverheiratet, lebte für Heim und Boot und machte ansonsten seine Arbeit als Kommissar.

Als Konnert und Venske wieder auf dem Flur standen, entschieden sie, sofort zur Kriminaltechnik zu gehen und erst später zu Struß.

»Ihr könnt es nicht abwarten«, feixte Kriminalhauptkommissar Derk van Stevendaal, als er aus seinem Büro ins Labor kam. Wenn er nicht anwesend war, redete man über ihn mit seinem Spitznamen »Graf«, obwohl er gar nicht adelig war. Er wusste das natürlich und amüsierte sich darüber.

»Na, ein bisschen wirst du wohl schon sagen können, Derk«, meinte Konnert und reichte ihm die Hand. »Alles tipptopp in Ordnung hier. Du hältst deinen Laden gut in Schuss. Wie kriegst du das bloß hin? Hast du schon wieder einen neuen Mitarbeiter bekommen?« Weil van Stevendaal nicht antwortete, sah sich Konnert um. Die Einrichtung wirkte so, als sei die Kriminaltechnik hervorragend mit Hilfsmitteln ausgestattet. Überall standen Apparate, Bildschirme und Mikroskope, Regale mit Gläsern und Flaschen. Die meisten Gerätschaften schienen so neu zu sein, als sei das Labor erst vor Kurzem eingerichtet worden. Der Graf galt als pingelig und litt angeblich unter einem Putzfimmel. Was für seine Arbeit ja nicht von Nachteil sein muss, dachte Konnert und warf einen Blick in die angrenzende Werkstatt. Da untersuchten

Techniker auf einer Hebebühne ein Motorrad, das bei Reinigungsarbeiten am Küstenkanal im Wasser gefunden worden war.

Konnert sah durch die offene Tür in Stevendaals Büro. In Wandregalen standen Bücher und Aktenordner wie mit dem Lineal gezogen gerade ausgerichtet. Auf dem Schreibtisch lag nur die eine Akte, die er zurzeit bearbeitete.

Derk van Stevendaal war lang und dünn. Er wog weniger als siebzig Kilo bei einer Größe von knapp zwei Metern. Seine weiße Arbeitslatzhose schlotterte so weit um ihn, dass sie auch noch eine zweite Person seines Umfangs hätte aufnehmen können. Würde er eine runde Nickelbrille auf der Nasenspitze tragen, sähe er aus, wie der superkluge Superprofessor einer Kinderfernsehserie.

Er lehnte sich an einen Labortisch und sagte:»In der Bettwäsche war nicht so viel Blut, wie anfangs vermutet wurde. Es hat nur so dramatisch ausgesehen, weil es über das gesamte Bettzeug verschmiert war. Das lässt auf großflächige Wunden schließen. Eine Schürfwunde könnte es gewesen sein oder viele Kratzer, die man sich zuzieht, wenn man fast nackt in ein Dorngestrüpp fällt.« Derk van Stevendaal zwinkerte mit seinen hellblauen Augen und spielte spitzbübisch auf ein Ereignis im vorletzten Sommer an. Venske war bei einer Observation am Flötenteich, nur mit einer Badehose bekleidet, von einer Sanddüne in ein Gestrüpp von wilden Rosen gerutscht.

»Dem äußeren Anschein nach gleicht das Papier aus der Pension dem aus dem Mund des Ermordeten vom Autobahnparkplatz. Wir vergleichen die Zettel im Labor mit unseren Papierproben. Die Texte wurden nicht von derselben Person geschrieben. Die Abdrücke vom Zettel werden aufbereitet und ausgewertet. In der Pension wird wohl nicht so gründlich geputzt – Unmengen an Fingerabdrücken konnten wir sicherstellen. Auch alle anderen Spuren sind in Arbeit. Das war es, was jetzt schon zu sagen ist.« Van Stevendaals Lachfältchen um die Augen vertieften sich und er fügte hinzu:»Wenn es neue Ergebnisse gibt, erfahrt ihr es natürlich wie immer zuerst. Ihr habt doch den Vorrang in diesem Fall, oder?«

Ein wenig enttäuscht antwortete Konnert: »Klar. Danke Derk! Und weiter gute Erfolge.«

»Werden wir haben.« Der Graf war ein optimistischer Mensch.

»Warum geht das alles nicht schneller?«, meckerte Venske, als sie auf dem Flur standen. Konnert wunderte sich, dass er das erst jetzt anmerkte, und belehrte ihn wieder einmal: »Weil es immer noch Menschen sind, die die Apparate bedienen und Menschen sind in ihrer Beschleunigung begrenzt. Geduld Venske, alles kommt schon zur rechten Zeit.«

»Amen.«

***

Hans-Gerhard Struß saß hinter seinem Schreibtisch und empfing die beiden Kommissare, wie es zu erwarten war, missgelaunt: »Wenn du so schnell aus dem Bett kämst, wie du bei Wehmeyer auf dem Schoß sitzt, könntest du den Fall schon gelöst haben.«

Es musste die Nachricht des Vormittags gewesen sein, dass Konnert verschlafen zum Dienst gekommen war.

»Was willst du wissen?« Er ignorierte Venske und sah nur Konnert an.

Weil sie nicht eingeladen wurden, sich auf die mit grünem Stoff bezogenen Besucherstühle vor den Schreibtisch zu setzen, blieben sie in der Nähe der Tür stehen.

»Welchen Eindruck hat das Zimmer auf dich gemacht?«

»Die Frau ist fluchtartig abgehauen. Eine Frau lässt lieber Geld zurück als ihre Kosmetikartikel. In der Nasszelle standen Flaschen und Tiegel, damit hättest du ein ganzes Revuetheater schminken können.«

Struß, der Frauenkenner, dachte Venske, sagte aber nichts.

Für ihn sind alle Beobachtungen gleich feststehende Fakten, befand Konnert und fragte: »Die Botschaft auf dem Zettel könnte der Auslöser der Flucht gewesen sein. Was meinst du, Hans-Gerhard?«

»Davon gehen wir aus.«

»Und wenn die Frau ein Opfer war?«, war Venskes Frage.

»Kannst du nicht lesen? Da stand: *Du gehörst zu uns*. Und: *Hab keine Angst*. Und: *Bis bald*.«

Konnert schwieg dazu.

»Gibt es Hinweise der Vermieterin oder der Gäste auf Alter, Aussehen oder Eigenarten? Soll ein Phantombild angefertigt werden?«

»Die Beschreibungen lassen wie üblich zu wünschen übrig. Für die einen ist sie blond gewesen, andere meinen, sie sei doch eher dunkelhaarig und so weiter. Ein Phantombild bringt bei diesen Aussagen nichts. Und außerdem ist ein solcher Aufwand für eine Zechprellerin ja wohl mehr als übertrieben.«

Konnert war auch hier anderer Meinung, sagte aber wieder nichts.

Hans-Gerhard Struß blätterte in seinen Unterlagen, sah allerdings nicht hinein. »Zwei Übereinstimmungen gibt es bei den Zeugenaussagen. Sie war auffallend groß und sie sprach Deutsch, wie man es von vielen Russlanddeutschen kennt.«

»Hat sie eine Adresse angegeben?«

»Hat sie. Haben wir überprüft. Ist frei erfunden. Eingetragen hat sie sich als Erika Müller aus Kassel.«

Struß steckte sich eine Zigarette an und blies den Rauch durch die Nase aus. »Und was habt ihr für mich?«

»Nichts Konkretes!«, kam Venske seinem Chef zuvor, »leider alles wieder nur Vermutungen und Spekulationen bei uns, Fernfahrerstreit oder Russeninkasso oder vielleicht doch nur ein kleiner Raubüberfall. Dazu passt die Dame aus der Pension natürlich nicht so ganz. Der Text auf dem Zettel scheint die einzige Verbindung zu sein. Aber weiß man`s? Wie du richtig angemerkt hast, *Hab keine Angst!* passt auch nicht zu Russeninkasso. Oder sehe ich das falsch?«

Bei Struß bildete sich eine Zornesfalte zwischen den Augen. Er zog hastig an seiner Zigarette. »Verdammt, jetzt lasst mich doch erst mal meine Arbeit machen. Und macht ihr eure, oder habt ihr nichts anderes zu tun, als mir Löcher in den Bauch zu fragen? Ihr kriegt den Durchschlag von meinem Bericht doch sowieso als Erste serviert.« Er wandte sich ab, griff zum Telefon und wählte eine Nummer.

»Vielen Dank!«, sagte Venske.

»Wird schon werden«, fügte Konnert hinzu.

Sie sahen einander an und verließen das Büro, ohne sich noch einmal umzudrehen.

\*\*\*

Darija wachte benommen auf. Die Sonne schien durch ein Dachfenster direkt in ihr Gesicht. Sie blinzelte. Als sich ihre Augen an die Helligkeit gewöhnt hatten, sah sie sich in einem großen Schlafzimmer mit Kiefernmöbeln um. Sie lag angezogen in einem Doppelbett unter rot-gelber Bettwäsche. Ihre Reisetasche stand am Fußende. Darauf lag ihre Handtasche. Ihr Kopf schmerzte, als wäre sie am Vorabend betrunken gewesen. Sie war schon oft mit ähnlichen Kopfschmerzen in fremden Betten aufgewacht. Sie sah zur Seite. Die Bettwäsche neben ihr war unberührt.

Sie versuchte sich zu erinnern.

Das Letzte, was ihr einfiel, war, dass sie im Auto gesessen hatte und eine Frau sich neben sie gesetzt und gesagt hatte: »Hab keine Angst!« Dann hatte sie einen Stich ins Bein gespürt. An mehr konnte sie sich nicht erinnern.

Sie stand vorsichtig auf und untersuchte ihre Reisetasche. Das Geld lag noch da, wo sie es unter ihren Kleidungsstücken versteckt hatte. Sie probierte, die Klinke hinunterzudrücken. Die Tür ließ sich öffnen. Im Flur schlich sie bis zur Toilette, sie drehte den Schlüssel so leise wie sie nur konnte um. Als sie auf der Kloschüssel hockte, realisierte sie erleichtert, dass sie anscheinend nicht bewacht wurde. Halbwegs beruhigt erhob sie sich und sah im runden Spiegel über dem Waschbecken die dunklen Ränder unter ihren Augen. Der Bluterguss schimmerte vielfarbig. Hohlwangig stand sie da, mit struppigen Haaren und spröden Lippen. Sie wollte sich so nicht sehen.

Sie schlich weiter bis zu einer Treppe und horchte. Küchengeräusche und leise Musik drangen an ihr Ohr. Stufe für Stufe tastete sie sich hinunter. Als sie bis zur halben Höhe gekommen war, sah sie eine kräftige Frau mit asiatischem Aussehen aus einem

Raum treten und ein Tablett mit Tellern und Gläsern über den Flur tragen. Sie stieß mit dem Fuß eine angelehnte Tür auf, aus der die Musik kam und verschwand.

Darija wich zurück. Als ihr Rücken die Wand streifte, zuckte sie mit schmerzverzerrtem Gesicht zusammen. Sie zählte die Stufen bis zum Ausgang. Sieben. Bedächtig tastete sie sich bis zur Haustür vor. Auch unverschlossen. Sie atmete erleichtert auf und schlich zurück, um ihre Taschen zu holen. Geräuschlos kam sie wieder nach unten. Als sie fast draußen war, hörte sie schnelle Schritte hinter sich und eine helle Stimme sagte: »Du nicht uns verlassen, ohne *Auf Wiedersehen* sagen?«

Als sie sich umdrehte, sah sie die Frau aus der Küche. Das Tablett klemmte unter ihrem linken Arm. »Komm rein. Iss zu Mittag. Es wird schmecken. Trink mit uns Wein und Kaffee. Das tut gut. Hab keine Angst! Mit uns du kannst alles reden.« Sie wusste nicht, was sie tun sollte, die Frau lächelte sie an und sagte, als könne sie ihre Gedanken lesen: »Weggehen du immer. Alles offen bleiben.« Das erleichterte ihr die Entscheidung umzukehren. Jetzt verspürte sie auch Hunger und ging zurück in den Flur.

***

Konnert und Venske konnten die Streifenpolizisten nicht befragen. Die hatten keinen Dienst und waren auch telefonisch nicht zu erreichen. Mit dem Fahrstuhl fuhren die beiden Kommissare hinauf zu ihrer Etage. Vielleicht gab es ja Neuigkeiten. Weder Babsi noch Kilian saßen an ihren Plätzen.

Konnert fuhr seinen PC hoch und suchte nach Morden mit besonders grausamen Tötungsarten. Siebenundneunzig Fundstellen zeigte ihm die europäische Datenbank aus den letzten zwölf Monaten an. In der näheren Umgebung Oldenburgs waren zwei Fälle dokumentiert. Aus dem Kiekutsee, südlich von Delmenhorst, hatte ein Landwirt einen Putzmittelschrank aus Blech gezogen. In ihm lag die verkohlte Leiche eines Bankangestellten. Bei Sögel im Emsland hing eine männliche Leiche mit dem Kopf nach unten neben einem Ameisenhaufen nahe einem Wegkreuz.

In den Händen hielt sie eine Geißel, wie sie Mönche im Mittelalter zur Selbstkasteiung benutzten. Verletzungen deuteten darauf hin, dass der Mann vor seinem Tod intensiv damit geschlagen worden war. Todesursache war das Öffnen der Armschlagadern in den Ellenbogenbeugen. Konnert sah sich die dazugehörenden Dateien an und machte sich Notizen zu Tatortbildern, toxikologischen Befunden, geografischen Beschreibungen und vor allem zu angenommenen Verhaltensweisen der Täter und ihren Motiven. Beide Fälle waren noch nicht aufgeklärt.

Verwirrende Gedanken schwirrten in seinem Kopf, während er seine Aufzeichnungen nochmals durchging. Er musste darüber mit jemandem sprechen. Beim Reden würden sich Verknüpfungen ergeben, Lösungsansätze und vielleicht sogar die ein oder andere Idee, wie und wo es sich lohnen könnte nachzuhaken.

Als er hinüber zu Venskes Schreibtisch blickte, war der verwaist. Konnert lehnte sich zurück und starrte die Zimmerdecke an. Dann muss ich eben Selbstgespräche führen. Verhalten ist immer bedürfnisorientiert, sagte er sich, das habe ich schon auf der Polizeischule gelernt. Welches Bedürfnis wird befriedigt, wenn man ein schon ermordetes Opfer anschließend auch noch vor die Zwillingsreifen eines Lkws legt oder in einen Schrank sperrt oder kopfüber an ein Kreuz nagelt?

Er nahm ein Blatt Papier aus dem Drucker, assoziierte und notierte, was ihm als Erstes in den Sinn kam: »Platt machen, wegsperren, in den Dreck treten, unter die Räder kommen, zerquetschen, blutleer, alle Knochen einzeln brechen, auslöschen.«

Auslöschen!

Hätte Evert keine Knieprothese getragen, wüssten wir nicht einmal, wer die Leiche ist. Unwahrscheinlich, dass uns das zerbrochene Zahnprofil, die Fingerabdrücke oder die DNA zu Robert Evert geführt hätten, überlegte Konnert. Selbst die Vermisstenliste hätte uns nicht eindeutig weitergeholfen.

Konnert vermutete, dass der oder die Täter bei Evert das Bedürfnis gehabt haben könnten, die Erinnerung an einen verhassten Menschen total auszulöschen.

Depersonalisierung.

Den Begriff hatte er gesucht und war nicht darauf gekommen. Depersonalisierung! Der oder die Täter wollten ihrem Opfer die Identität nehmen, seine Persönlichkeit zerstören, ihn vollständig auslöschen. Wer könnte solch ein Bedürfnis haben? Seine Erfahrung sagte ihm, dass es Menschen beherrschen konnte, die selbst missachtet, nicht als Person wahrgenommen wurden.

Unter seine Notizen schrieb er »gedemütigt, hasserfüllt, skrupellos«, jedoch noch mit einem Fragezeichen. Aber was für Menschen konnten das sein, die zuerst foltern, dann morden, die Leiche durch die Nacht transportierten, um sie vor die Reifen eines Lkws zu legen, in dem der Fahrer schläft oder in seiner Ruhepause fernsieht? Wer ist so kalt, so abgebrüht, so verzweifelt? Er dachte an Männer oder Frauen, die als Kinder missbraucht worden waren. Von Evert? War Evert der Typ, der sich an kleinen Jungen oder Mädchen verging? Von Everts Frau hatte er nicht den Eindruck, dass ihr Gewalt angetan worden war. Aber konnte man's wissen?

Und was war mit Konkurrenten unter den Speditionen und ihren Fahrern? Konkurrenzfirmen, die der Mafia angehörten oder einem Syndikat in der Ukraine? Würden die solche Morde in Deutschland begehen? Die Überlegung überstieg Konnerts Vorstellungskraft. Vernachlässigen wollte er die Spur allerdings nicht.

Er stand auf und ging diesmal zum Mittagessen in die Kantine, gönnte sich Rinderroulade mit Rotkohl und neuen Kartoffeln. Er fand einen Tisch am Fenster. Mit einem Mal kam ihm in den Sinn, ob es gut sein könnte, wenn seine Tochter und ihr Mann zu ihm zögen. Beim Gedanken an Ruths Problem verließ ihn der Appetit. Lustlos stocherte er auf seinem Teller herum und zerschnitt, ohne es zu bemerken, Kartoffeln in dünne Scheiben. Dann legte er Messer und Gabel zusammen und wischte sich den Mund mit der Serviette ab, obwohl er noch keinen Bissen gegessen hatte. Mit einem Ruck stand er auf und stieß seinen Stuhl hart unter den Tisch. Uniformierte Kollegen am Nachbartisch blickten erschrocken von ihrem Essen auf, setzten aber ihr Gespräch über das Heimspiel der EWE Baskets fort.

Konnert verließ innerlich aufgewühlt das Präsidium. Mit den Händen auf dem Rücken überquerte er die Straße und kickte einen

Kronenkorken über den Bürgersteig, bis der in einem Gully verschwand. Ungezählte Male war er schon auf diesem Weg ins Grün des nahen Friedhofs mit seinen mächtigen Linden und sauber gestutzten Buchsbaumeinfassungen geflüchtet. Venske hatte Kilian einmal mit den Worten losgeschickt: »Wenn du nicht weißt, wo der Chef ist und ihn über sein Handy nicht erreichen kannst, dann geh zuerst auf den Friedhof. Wahrscheinlich findest du ihn da.«

Konnert ging ziellos die geharkten Alleen entlang. Er brauchte Bewegung. Der Rhythmus der Schritte sollte seine Gedanken ordnen. Die Fahrgeräusche von der nahen Autobahn störten ihn dabei nicht. Sie lieferten ihm den Soundtrack zu seinem Fall. Am Ende eines Weges setzte er sich auf eine Bank und streckte die Beine von sich. Wieder überkam ihn das Verlangen nach Pfeife und Tabak. Er schloss die Augen. Die Erinnerung an den Genuss seines Lieblingstabaks erfasste ihn. Und noch ehe er über den ermordeten Robert Evert nachdenken konnte, schlief er ein.

***

Nach dem Frühstück war sie zurück in ihr Zimmer gegangen, um erneut einzuschlafen, zu groß war ihre Erschöpfung. Die kräftige Frau aus der Küche hatte sie abgeholt und nach unten geführt, in einen Raum, der vor dem Umbau des Hauses ein Stall gewesen war. Im vorderen Teil stand ein rechteckiger Tisch. Unter der Decke konnte man alte Balken und darüber Bohlen sehen und an den Seiten die tragenden Pfosten. An weißen Wänden hingen Aquarelle von Blumen und blühenden Büschen in zarten Pastelltönen. Der Fußboden war mit quadratischen, roten Fliesen ausgelegt.

Ein Mädchen, eindeutig die Tochter der Asiatin, saß in einem Sessel und las. Es stand auf, als Darija hereinkam. Gemeinsam mit seiner Mutter geleitete es Darija an den Esstisch, auf dem eine cremefarbene Tischdecke lag. Ein geschmackvoll arrangierter Strauß Gartenblumen in Rot und Gelb und Blau prangte zwischen Porzellan, Gläsern und Bestecken, die teuer aussahen.

Eine ältere Frau wartete schon am oberen Ende des Tisches. Sie mochte in den Vierzigern sein, hatte erste graue Strähnen im Haar. Ihre Kleidung hatte eine schlichte Eleganz. Sie bewegte sich ruhig und beherrscht, strahlte Selbstvertrauen und Würde aus. Ihre wachsam hin und her blickenden Augen bildeten einen merklichen Kontrast zu ihrem bedächtigen Auftreten. Mit einem freundlichen Blick und einer einladenden Geste wies sie Darija einen Stuhl neben ihr zu. Auch am unteren Kopfende waren Teller, Besteck und Gläser gedeckt. Der Platz blieb jedoch leer.

Hinter ihren Stühlen stehend, gaben sich die drei Frauen und das Mädchen die Hände und schwiegen einen Moment. Dann setzten sie sich, und die Asiatin schob ihr eine Schüssel mit Reis zu und forderte sie auf, kräftig zuzulangen. Dazu gab es Putengeschnetzeltes und junge Erbsen mit einem Stich guter Butter. Es schmeckte köstlich. Auch der Wein war gut. Ein leckerer Nachtisch rundete das Menü ab. Darija kam sich vor, als wäre sie im Schlaraffenland.

Viel wurde während der Mahlzeit nicht gesprochen.

Als der Esstisch abgeräumt worden war, setzten sich alle gemütlich in die Nähe eines großen Fensters, das man anstelle des Stalltores eingebaut hatte. Verschiedene Sessel standen dort zusammen mit einer Sofaecke um einen niedrigen Couchtisch. Kaffee wurde eingeschenkt und Zigaretten angesteckt. Im Hintergrund sang Enya sanfte Liebeslieder.

»Wir wissen über dich gut Bescheid«, begann die Frau, die ihr den Platz zugewiesen hatte. »Bevor du mehr von uns erfährst, musst du uns feierlich absolute Verschwiegenheit versprechen.« Sie sah Darija mit einem prüfenden Blick direkt ins Gesicht und suchte Augenkontakt. Darija aber sah an ihr vorbei aus dem Fenster. Sie erblickte einen umzäunten Garten mit einem Kartoffelfeld und daneben eine Wiese, auf der Obstbäume wuchsen. Die Früchte waren noch nicht reif. Gleich hinter dem Jägerzaun lagen Weiden und Felder, links und rechts von Waldstücken begrenzt. Nebenan konnte sie einen Teil einer Scheunenwand sehen.

Woher wissen sie so viel über mich? Was sind das für Frauen? Was wollen sie von mir? Welche Gefahr verbirgt sich hinter der

Freundlichkeit? Darija rutschte angespannt auf ihrem Sessel nach vorn.

»Das können wir sagen«, schaltete sich die Asiatin ein: »Du keine Angst bei uns. Wenn du verlassen willst, sagen. Wir bringen dich. Geh nicht aus Haus allein.«

»Das ist eine Vorsichtsmaßnahme für uns und für dich«, ergänzte die ältere Frau.

Sie hätte gern etwas dazu gesagt. Sie war aber zu verwirrt und wusste nicht so recht, was angebracht sein könnte. Deshalb schwieg sie. Sie wollte wachsam bleiben und sich nicht in Sicherheit wiegen lassen.

Auch die anderen Frauen schwiegen, schenkten Kaffee nach, rauchten, lehnten entspannt in ihren Sesseln und hörten auf die Musik.

»Wenn du damit einverstanden wärest, könnte ich deine Wunden versorgen«, bot die ältere Frau nach gut zwei Zigarettenlängen an. »Ich habe früher als Krankenschwester gearbeitet. Ich lasse dir zusätzlich ein Bad ein, in dem du dich entspannen kannst. Dann wirst du dich besser fühlen.«

Warum nicht, dachte sie. Ich muss herausfinden, ob es wirklich gute Menschen sind. Sie willigte ein.

\*\*\*

Im Großraumbüro saß nur eine Verwaltungsangestellte mit Kopfhörern über den Ohren und tippte Protokolldiktate oder Verhörmitschnitte von einem Aufnahmegerät ab. Ohne zu grüßen setzte sich Venske an seinen Schreibtisch, schloss seine Augen und verschränkte die Hände hinter seinem Kopf, um Muskeln und Sehnen zu dehnen.

Dabei tauchte wieder einmal ein Gedanke auf, der ihm schon so oft zu schaffen gemacht hatte. Wir kommen immer erst, wenn ein Verbrechen längst passiert ist. Wir rennen immer hinterher.

Die Fabel vom Wettlauf zwischen Hase und Igel kam ihm dabei in den Sinn. In der Schule hatten sie einen Aufsatz darüber schreiben müssen. Für die anderen in seiner Klasse waren der Igel und seine Frau die Cleveren und der Hase der Dumme. Er hatte sich in die Lage des Hasen versetzt und geschrieben, die Igel wären doch Gauner und hätten den redlichen Hasen um seinen Sieg betrogen. Er könne nicht verstehen, warum die Igel wie Vorbilder behandelt würden und für den Hasen nur ein hämisches Lächeln bliebe. Sein Deutschlehrer hatte seinen Aufsatz teilweise vorgelesen. Seine Sicht sei unkonventionell, hatte er gesagt und: »Denk mal darüber nach, wie du dich selbst verhalten willst. Redlicher Streiter sein und dich zu Tode rennen, oder doch lieber zu den Cleveren gehören, die schon gewonnen haben, bevor die Ehrlichen ankommen.« Es tat ihm merkwürdig weh, als er sich jetzt wieder in der Rolle des Hasen erkannte. So schnell er auch rannte, das Verbrechen war immer schon vor ihm da. Waren denn alle Anstrengungen vergeblich?

Um seine positive Motivation wegen solcher Gedanken nicht zu verlieren, hatte er ein Schild auf dem Schreibtisch stehen. »Wir decken den Betrug auf. Wir sorgen für Gerechtigkeit.«

Er las die Sätze, schloss die Augen und murmelte: »Wir sorgen für Gerechtigkeit.« Sein Gesicht hellte sich auf.

»Träumst du etwas Schönes?« Babsi lehnte im Türrahmen. Sie wartete nicht auf eine Antwort. »Kannst du mal nach vorn kommen? Kilian hat möglicherweise eine weitere Spur und bei mir gibt es auch Neuigkeiten.«

Venske wurde bewusst, dass er Konnerts Stellvertreter war und die Besprechung zu leiten hatte.


Kilian berichtete: »Ich habe auf dem Autohof Moorburg mit einer jungen Frau gesprochen, die heute bei ihrem Dienstantritt meinen Informationszettel gefunden hat. Als sie in der Nacht von Sonntag auf Montag gearbeitet hat, sei ihr ein großer Geländewagen, eventuell ein Mercedes-Benz ML, aufgefallen, der so gegen vier Uhr von zwei Männern betankt worden sei. Nacheinander seien die beiden dann zum Klo gegangen, wobei der zweite sehr lange dort geblieben sein soll. Währenddessen habe der andere neben dem Auto gewartet und ärgerlich telefoniert. Sie seien dann einfach abgefahren, ohne den Toilettenschlüssel zurückzubringen. Unsere Zeugin hat ihn noch in der Tür steckend gefunden. Waschbecken und Fliesenspiegel seien mit Blutspritzern übersät gewesen. Sie dachte, die Männer hätten vielleicht ein Reh überfahren und der eine von ihnen habe sich das Blut von den Händen gewaschen. Um am nächsten Morgen keinen Ärger mit ihrem Chef zu bekommen, hat sie den Waschraum geputzt und alle Spuren beseitigt.«

Venske schaute ihn an. Kilian antwortete, ohne gefragt worden zu sein: »Ja, es gibt Überwachungskameras für die Zapfsäulen und im Verkaufsraum. Die Aufnahmen werden in einer Achtundvierzig-Stunden-Schleife gespeichert und dann überschrieben. Nein, es wurde nicht mit Karte, sondern bar bezahlt. Ja, die Spurensicherung ist verständigt und unterwegs.«

»Das ist ja prima, Kleiner.« Nach einem Moment murmelte Venske: »Statt etwas mehr Klarheit in den Fall zu bekommen, wird er immer chaotischer.«

Kilian zuckte zusammen. »Dafür kann ich doch nichts.«

»Nun heul man nicht gleich.«

Venske ging zur Wand, an der sie die bisherigen Ermittlungsergebnisse aufgelistet hatten, und fügte die neue Spur hinzu: »Autohof Moorburg – vier Uhr Sonntag/ Montag – zwei Männer – Mercedes-Benz ML (?) – Blut auf Toilette (Menschenblut?)« Als er sich umdrehte, sah er Babsi mit einem ungeduldigen Blick an.

»Ich war ja gestern bei der Spedition Riegelein und habe mit dem Chef gesprochen. Ist aber nicht viel herausgekommen. Evert sei ein zuverlässiger Fahrer gewesen, immer bereit zu Überstunden. Nie habe er über die weiten Touren gemeckert. Ich habe ihn gefragt, ob er sich denn dann nicht gewundert habe, als Evert nicht zur Arbeit erschienen sei. Nein, er habe geglaubt, der hätte Urlaub angemeldet. Darüber sei er nicht immer informiert, das behielte seine Mitarbeiterin im Auge. Ich habe nachgehakt, wer denn die Routen und die Fahrer festlege. Das macht er selbst. Dann muss er aber doch wissen, wer wann Urlaub hat, oder?« Als ihre Kollegen schwiegen, fuhr Babsi fort. »Ich bin dann noch einmal über den Hof geschlendert und auf einen älteren Fahrer getroffen. Als ich ihn nach Robert Evert gefragt habe, ist er mit mir hinter einen Lastwagen gegangen und hat mir hinter vorgehaltener Hand zugeflüstert, das sei der Liebling des Chefs. Der hätte ihn oft zu besonderen Einsätzen geschickt, manchmal auch ganz kurzfristig, und sie hätten dann seine Touren übernehmen müssen. Zum Schluss sei er fast ausschließlich in die Ukraine unterwegs gewesen.« Babsi blätterte in ihren Notizen und las dann vom Blatt vor: »Er hat wörtlich gesagt: Ich glaub, der Chef hat da was am Laufen, der will seinen Partner dort über den Tisch ziehen, und der Evert hat für ihn spioniert.«

Eine Pause entstand. Kilian machte den Mund auf, sagte dann aber doch nichts.

»Was wolltest du sagen?«, Venske bewegte herausfordernd seine Hand. »Komm schon, lass uns hören, was in deinem klugen Köpfchen vor sich geht.«

»Ich meine, wir sollten Babsis Kontakte zu den Kollegen vom Bundesamt für Güterverkehr nutzen und sie auf die Spedition Riegelein aufmerksam machen.«

»Gut mitgedacht, Kleiner.« Zu Babsi sagte Venske. »Gib denen mal einen Tipp.«

Kilian hatte noch einen Vorschlag: »Könnten wir nicht auch mit den Kollegen in der Ukraine Kontakt aufnehmen und sie bitten, sich die Partnerfirma von Riegelein etwas genauer anzusehen?«

»Es heißt ersuchen, Kleiner, nicht bitten, wenn wir Informationen von anderen Behörden kriegen wollen. Wir werden also ein Gesuch abschicken und die nächsten Monate auf eine Antwort warten.«

Kilian wusste nicht, ob Venske nun seinen Vorschlag umsetzen würde, und fragte nach: »Machen wir das jetzt oder nicht?«

»Ja, ja. Babsi, kümmer du dich darum.«

Sie nickte kurz und ging an ihren Schreibtisch, um zu telefonieren. Als sie zurückkam, hatte Venske an die Tafel geschrieben: »Spedition Riegelein – Evert fuhr oft in die Ukraine – Spuren aus Pension in Arbeit – Frau aus Pension unbekannt.«

»Du, Babsi, hast du Riegelein gefragt, wann er Evert zuletzt gesehen hat?«

»Er hat mir versichert, er könne sich nicht genau erinnern. Es müsse so vor einem Monat gewesen sein.«

»Der lügt doch«, behauptete Venske, »er macht sich verdächtig. Babsi, da bleiben wir dran.« Er meinte, da bleibst *du* dran.

Ohne eine Antwort abzuwarten, berichtete Venske von den Gesprächen mit Wehmeyer, dem Grafen und Struß. Er wollte ins Büro gehen, als Babsi ihn aufhielt.

»Während du geträumt hast, war ich in der Pension. Ich habe einen Gast getroffen, der noch nicht vernommen worden ist. Er hat ausgesagt, er könne die Frau genau beschreiben. Er habe sich sofort in sie verliebt, als er sie zum ersten Mal gesehen habe. Sie sei wunderschön. Genau das hat er gesagt, sie sei wunderschön. Besonders aufgefallen seien ihm ihre langen Beine und ihr guter Geschmack bei ihrer Kleidung. Ihr Gang sei sinnlich und auf eine gewisse Weise erhaben.« Babsi sah von einem zum anderen. »Er kommt morgen früh und will uns helfen, ein Phantombild von der Frau anzufertigen.«

»Erst morgen früh?«, fragte Venske.

»Die Fachkraft für das Computerprogramm kommt aus Hannover. Sie kann erst morgen mit dem Zug um sieben Uhr hier sein.«

»Es geht alles zu langsam«, stöhnte Venske, machte eine Klammer um das Wort »unbekannt« und schrieb »Phantombild« daneben.

»Wenn auch langsam, so kommen wir doch vorwärts«, versuchte Babsi dem Gespräch einen positiven Schluss zu geben.

Venske schrieb an die Wand: »Wir kriegen dich. Darauf kannst du einen lassen!«

***

»Geht es Ihnen gut?« Die freundliche Stimme einer Frau in Trauerkleidung weckte Konnert aus einem schönen Traum. Er hatte in einem großen Saal mit einer unüberschaubaren Menschenmenge gefeiert. Alle lachten und scherzten und tanzten miteinander in einem Wirbel aus Farben und Musik und Jubel. Seine Tanzpartnerin war Zahra. Er kannte sonst niemanden der Feiernden und hatte sich doch ausgesprochen wohlgefühlt.

»Ja, ja, mir geht es gut. Ich muss eingenickt sein. Alles in Ordnung.« Er wurde mit einem verständnisvollen Lächeln der jungen Frau belohnt, als er aufstand und sich leicht verbeugte.

Zurück im Kommissariat ließ Konnert sich von Venske auf den neuesten Stand bringen. »Wozu braucht ihr mich denn noch«, fragte er halb scherzhaft. »Macht man ohne mich weiter.«

\*\*\*

Die ältere Frau hatte ein Bad mit entspannenden Essenzen aus einem geschliffenen Glasflakon eingelassen. »Erhol dich! Ich komme nach dir sehen, wenn wir in der Küche fertig sind.« Damit hatte sie die Tür hinter sich geschlossen, und Darija war allein in einem Badezimmer mit zwei Spiegeln über dem breiten Waschbecken. Außer einer Dusche gab es noch den frei stehenden Whirlpool. Ein herrlicher Duft nach Lavendel breitete sich aus. Ihre Kleidung lag in einem Haufen auf dem gefliesten Fußboden. Es war ihr peinlich, dass sie keine frische Wäsche hatte kaufen können. Als sie ins Wasser stieg, verlor sie zum ersten Mal seit vielen Wochen ihre Angst.

Darija schlief im warmen Wasser ein und wachte auf, als die ältere Frau mit verschiedenen Kleidungsstücken über dem Arm ins Bad kam. Mit einem freundlichen Lächeln hielt sie ihr ein Badetuch hin, das sie von der Wandheizung genommen hatte. Vorsichtig, ja zärtlich tupfte sie Darijas Rücken trocken und trat einen Schritt zurück, damit sie sich selbst weiter abtrocknen konnte.

Sie wunderte sich, wie leicht es ihr in diesem Haus fiel, eine fremde Person so nah an sich heranzulassen. Müsste sie nicht in Panik geraten und sich in die hinterste Ecke des Raumes verkriechen? Aber eine bemerkenswerte Atmosphäre von Ruhe und Verlässlichkeit umgab die Frau und breitete sich im Bad aus wie vorher der beruhigende Duft des Badewassers.

»Setz dich hier auf den Hocker. Lass dich ansehen.« Mehr sagte die Frau nicht. Sie sprach auch nicht, als sie behutsam Salbe über die eitrigen Striemen auf ihrem Rücken, Busen und Bauch auftrug. Dann hielt sie ihr den Salbentiegel hin, damit sie sich selbst die Entzündung im Schambereich behandeln konnte. Danach bot ihr die Frau aufmunternd verschiedene Kleidungsstücke an. Darija entschied sich für einen weichen, cremefarbenen Hausanzug. Alles geschah mit wohltuender Ruhe, mit einer angenehmen Selbstverständlichkeit. Als die Frau sich hinter sie stellte und ihr die Haare erst trocken föhnte und dann lange bürstete, erinnerte sie sich an ihre Schwester. So hatten sie sich ungezählte Male gegenseitig die Haare gebürstet. Ein Tropfen Heimweh fiel in das wohlige Gefühl entspannter Freundlichkeiten.

Die ältere Frau verließ leise das Bad.

Darija sah in einen der Spiegel. »Lass dich jetzt bloß nicht wieder mit falschen Versprechen in die nächste Falle locken«, flüsterte sie.

***

Als Konnert nach Hause kam und sich im Wohnzimmer vor den Familienfotos zurückgemeldet hatte, versuchte er, bei seiner Tochter anzurufen. Niemand meldete sich. Er ließ die Schultern hängen und wünschte sich einen Menschen herbei, der ihn sanft in den Arm nähme. Erstaunt stellte er fest, dass er dabei nicht an seine verstorbene Frau, sondern an Zahra dachte.

***

Sie wurde zum Abendessen gerufen. Die anderen Frauen standen schon hinter ihren Stühlen. Am unteren Kopfende wartete eine Afrikanerin, die auf sie zukam, als sie das Wohn- und Esszimmer betrat. »Herzlich willkommen! Mein Name ist Ayana. Bitte stell dich zu uns.« Es folgte dasselbe Ritual wie beim Mittagessen, mit einem Moment der Stille und dass sie einander die Hände gaben. Nach dem Essen versammelten sie sich wieder in der Sofaecke, rauchten und tranken Kaffee. Diesmal hatte jemand eine uralte CD der Bee Gees aufgelegt.

Als Ayana ihren Sessel zurückschob und aufstand, stoppte die Asiatin die Musik. »Wir würden dir gern mehr von uns erzählen. Vorher möchten wir aber von dir das Versprechen bekommen, dass du zu niemandem außerhalb unserer Gemeinschaft von dem erzählst, was du hier erlebst und was wir dir mitteilen. Bist du dazu bereit?«

Sie hatte schon im Bad darüber nachgedacht. Sie nickte und versicherte leise: »Ich verspreche, verschwiegen zu sein.«

»Gelobe es jedem in die Hand.« Alle standen auf, und sie ging von einer Frau zur nächsten, gab jeder die Hand und sagte: »Ich gelobe es!«

Ayana hielt ihre Hand fest, und alle anderen legten ihre Rechte darauf und sagten feierlich: »Wir vertrauen dir.« Dann umarmten sie sich. Es entstand eine Atmosphäre gelöster Fröhlichkeit. Als neuer Kaffee eingeschenkt war, Zucker und Milch die Runde gemacht hatten, sah Ayana sie an und sagte: »Zuerst sollst du hören, was wir von dir wissen. Du heißt Darija Urban. Man hat dich mit dem Versprechen nach Deutschland gelockt, dir Arbeit in einem Restaurant zu besorgen. Aber man hat dich zur Prostitution gezwungen. Zuletzt wurdest du als Sklavin vermietet. In dem Durcheinander, das nach der Tötung einer anderen Frau entstand, bist du geflohen. Du kannst dir denken, dass die Männer dich suchen, die dich als ihr Eigentum betrachten.«

Darija zitterte mit einem Mal am ganzen Körper. Erinnerungen, Eindrücke, Worte jagten durch ihren Kopf. Bilder, schaurige Bilder überlagerten vor ihrem inneren Auge den Blick in die Runde der Frauen. Sie spürte Schmerzen, als würde sie eben jetzt geschlagen, gedemütigt, missbraucht. Unruhig schaute sie von einer zur anderen. Plötzlich erschien ihr die Situation unwirklich, unheimlich. Sie wollte aufspringen, fliehen, sterben.

Da legte ihr die Frau, die ihr die Wunden versorgt hatte, zart die Hand auf den Arm und sagte mit ihrer weichen, wohlklingenden Stimme: »Hab keine Angst. Niemand wird dich noch einmal verletzen. Hier bei uns bist du in Sicherheit. Vertrau uns.«

Ein paar Minuten verstrichen, bis Ayana auf die Asiatin zeigte: »Das sind Charito und ihre Tochter Rizal. Sie kommen von den

Philippinen.« Mit einem Blick zu der Frau, die sich so liebevoll um Darija gekümmert hatte, wurde auch sie vorgestellt: »Martina gehört dieses Haus.«

Darijas Atem normalisierte sich zunehmend.

»Was wir tun«, sprach Ayana weiter, »davon berichten wir dir ein anderes Mal. Du kannst dich gleich getrost schlafen legen. Wir schließen das Haus ab, damit niemand von außen eindringen kann. Du bist aber nicht eingesperrt. Ein Haustürschlüssel liegt auf dem Fensterbrett neben der Tür.« Ayana sah ihr in die Augen und bat: »Geh nicht weg. Vertrau uns. Hab keine Angst.« Mit der Hand wies sie zum Obergeschoss und fügte hinzu: »Im Bad liegt alles für deine Abendtoilette. Zum Frühstück rufen wir dich. Schlaf in Frieden.«

Es wurde keine Antwort von ihr erwartet. Als alle aufstanden, stand auch sie auf und verabschiedete sich bei jeder Frau mit einem Kopfnicken. Martina wünschte ihr eine gute Nacht.

Darija sah aus dem Dachfenster den vorbeiziehenden Wolken nach. Einzelne Sterne blinkten. Dieselben Sterne, die auch über meinem Elternhaus blinken. Werde ich meine Familie wiedersehen? Sie lag noch lange wach. Im Haus wurde es still. Sie hörte den Wind durch die Bäume streichen. Es klang friedlich. Aber sie wusste, dass im Wald Eulen Mäuse jagten und durch die Wiesen der Fuchs schlich.

\*\*\*

Venske war zu seiner Einzimmerwohnung gefahren. Er wollte sich etwas zu essen machen, musste aber feststellen, dass im Kühlschrank nur noch Käsereste und ein paar Flaschen Bier lagen. Auf dem Weg zum Supermarkt beschloss er, in ein Restaurant zu gehen und verschob den Einkauf auf den nächsten Tag.

Weil er nicht wusste, was er sonst mit seinem Feierabend anfangen sollte, fuhr er diesmal nach Westerstede.

Ein fremdes Geräusch weckte Darija. Sie horchte angestrengt in die Dunkelheit. Angst berührte sie von Neuem. Sie hielt den Atem an. Es war nur ein knatterndes Motorrad auf der Straße durch den Wald. Sie konnte nicht wieder einschlafen. Die Minuten vergingen. An die Stelle der Angst trat Heimweh. Sie schloss die Augen und sah die Küche in ihrem Elternhaus mit dem Tisch in der Mitte vor sich. Gegenüber saß ihre Schwester. In Gedanken stellte sie sich ans Fenster und schaute in die Weite der Felder hinter ihrem kleinen Bauernhof. Sie ließ den Teich für die Enten vor ihrem inneren Auge entstehen. Sie dachte an die Hühner und musste schmunzeln, als sie sich daran erinnerte, dass sie immer über den Zaun in den Gemüsegarten flogen. »Du bist wie sie«, hatte ihre Mutter gemeint, »Zäune sind für dich auch nur zum Darüberklettern da. Dich kann man nicht einsperren.« Wie sehr hatte sich ihre Mutter getäuscht. Man hatte sie eingesperrt. Ihre Augen füllten sich mit Tränen. Und doch hatte Mama auch Recht behalten. Sie war geflohen.

Mich sperrt keiner mehr ein, schwor sie sich.

Sie wollte so gern zurück in ihr Dorf. Mit dem Geld in der Papiertüte könnte sie die Menschen glauben lassen, sie habe wirklich als Kellnerin gearbeitet und viele Trinkgelder sparen können. Sie würde die Schulden ihrer Eltern bezahlen, ein paar Kühe und Schweine kaufen und mit ihrer Schwester den Hof renovieren und wieder in Gang bringen. Es würde alles wie früher sein. Aber vorher wollte sie noch etwas in Deutschland zu Ende bringen.

Darija lag wach im dunklen Zimmer. Sie horchte angestrengt, hörte aber nur das Rauschen des Waldes.

\*\*\*

Faustschläge auf Holz drangen an Konnerts Ohr. Es dauerte, bis er realisierte, dass jemand gegen seine Haustür schlug.

»Adi, bist du da?« Das war Venskes Stimme. Der hockte vor dem Briefschlitz und versuchte, seinen Chef zu wecken.

Konnert richtete sich im Bett auf. Es war dunkel. Er tastete nach dem Schalter der Nachttischlampe. Ein Blick auf den Wecker zeigte ihm, dass es fünf vor fünf war.

»Adi, ich bin es, Bernd. Mach doch auf.«

Konnert schlurfte durch den Flur.

»Adi, wir haben ein neues Opfer. Wir müssen los.«

Als käme Konnert nicht selbst auf die Idee, riet ihm Venske: »Zieh dich an. Ich warte im Auto.«

Auf der Fahrt über die A 28 informierte Venske: »Du warst telefonisch nicht zu erreichen. Da haben sie mich auf dem Handy angerufen und mich aus meiner brünetten Freizeitbeschäftigung gerissen. Warum stellst du deine Klingel ab? Wolltest du untertauchen?«

»Das ist jetzt unwichtig. Was ist passiert?«

»Wie ich das verstanden habe, hat ein Porschefahrer die Autobahnpolizei alarmiert, weil er gesehen hat, wie eine Person unter einem Lkw mitgeschleift wurde. Er konnte den Laster stoppen, indem er mittig vor ihm hergefahren ist und gebremst hat. Zusammen mit dem Trucker hat er die Reste einer Leiche unter dem Fahrzeug entdeckt. Eine Polizeistreife ist hingefahren und hat schon nach dem Parkplatz Helle/Linswege Blutspuren und einzelne Leichenteile auf der Fahrbahn gesehen. Sie haben die Autobahn in dem Bereich abgesperrt und uns benachrichtigt.«

Streifenwagen mit eingeschaltetem Blaulicht parkten quer auf der Autobahn. Polizisten leiteten an der Abfahrt Zwischenahner Meer den Verkehr auf Nebenstraßen. Für die Fahrzeuge, die hinter der Ausfahrt standen, also nicht mehr abfahren konnten, ohne verbotenerweise auf der Autobahn zu drehen, ging es weder vor noch zurück. Die Insassen spähten nach vorn, schimpften miteinander über die Polizei oder telefonierten. Konnert und Venske fuhren durch die Rettungsgasse bis zur Vollsperrung. Die begann vor demselben Parkplatz, auf dem man die Leiche von Robert Evert gefunden hatte. Die Feuerwehr aus Westerstede hatte Scheinwerfer aufgestellt. In ihrem Licht arbeiteten Mitarbeiter der Spurensicherung in ihren weißen Schutzanzügen. Sie suchten nach Leichenteilen und stellten immer neue Zahlenschilder auf die Fahrbahn, wo sie Blutspuren, Hautreste oder Körperteile entdeckt hatten. In unregelmäßigen Abständen erhellte der Blitz des Fotografen die Autobahn.

Die Kriminalbeamten grüßten, ließen die Männer und Frauen aber in Ruhe weiterarbeiten. Im Halbdunkel schritten sie die Spur der Plastikschildchen mit den Zahlen entlang bis zu dem Lkw, unter dem die Leiche gehangen hatte. Auch hier tauchten Scheinwerfer den Fundort in gleißendes Licht. Auf der Gegenfahrbahn verlangsamten Autofahrer ihr Tempo und gafften herüber.

Unter dem Lkw lag der Graf. Konnert ging in die Knie und tippte mit dem Finger auf sein Bein. Van Stevendaal robbte hervor und stand auf. Sein weißer Overall war blut- und ölverschmiert. Er hielt den Kollegen seinen Ellenbogen zur Begrüßung hin, damit er seine Handschuhe nicht ausziehen musste.

»Moin, und um gleich zur Sache zu kommen. Hier an der Zugmaschine hing ein Mann, nackt, mit gespreizten Beinen mit zwei Seilen so festgebunden, dass sein Körper mit dem Gesicht nach unten über die Fahrbahn gezerrt wurde. Haut und Fleisch und Teile der Rippen und des Gesichts sind bei der Fahrt abgeschliffen oder abgerissen worden. Ich habe so etwas noch nicht gesehen.« Er machte eine Pause und fuhr sich mit dem Handrücken über die Stirn.

»Das Opfer ist auf dem Weg ins Institut für Rechtsmedizin. Da werdet ihr erwartet.« Von Neuem rieb er sich die Stirn, diesmal mit den Fingern. »Das wäre alles. Bitte keine Fragen. Ich muss mich beeilen. Die Kollegen wollen die Autobahn schnellstens reinigen lassen und freigeben. Die Staatsanwaltschaft war übrigens schon hier. Neuerdings kommt ihr immer erst als Letzte.«

Konnert ließ sich auf keine Diskussion ein, er merkte dem Grafen seine Anspannung an. Stattdessen dankte er für die Informationen und ließ sich von einem Streifenbeamten den Lkw-Fahrer zeigen.

Venske fragte nach dem Porschefahrer. »Der ist nach seiner Meldung einfach weitergefahren. Wir haben ihn telefonisch erreicht. Jetzt sitzt er in der Nordhorner Polizeidienststelle und wird als Zeuge befragt.«

Als Konnert den Lkw-Fahrer fand, stand er neben der Leitplanke. Im Scheinwerferlicht wirkten seine blonden Haare wie weiß. Sein Gesicht war gebräunt. Seine Arme und überhaupt die ganze Figur hinterließen einen athletischen Eindruck. Die Nackenmuskulatur ließ an einen Bodybuilder oder Kraftsportler denken. Dazu passte der Wulst nicht, der die blaue Cordweste anspannte.

Er telefonierte offensichtlich mit seinem Chef: »Nein, ich komme hier noch nicht weg.« Er hörte angestrengt zu und machte Konnert ein Zeichen, dass er gleich mit dem Gespräch fertig sei. »Ja, so schnell es geht. Ich mache Druck. Ist gut.« Irgendetwas wurde ihm gesagt, dann beendete er den Anruf und ließ das Handy in der Brusttasche der Weste verschwinden. Aus einer anderen Tasche holte er ein Päckchen Zigarillos. Er zündete sich einen an und sah zu Konnert.

»Alles in Ordnung?«

»Geht schon.«

»Mein Name ist Konnert, Hauptkommissar. Ich bin der ermittelnde Kriminalbeamte. Das Protokoll Ihrer Aussage werde ich später lesen können. Ich möchte jetzt nur von Ihnen wissen, wie lange Sie auf dem Parkplatz gestanden haben und was Sie in der Zeit beobachten konnten.«

»Ungefähr eine gute Stunde. Ich war erst zum Pinkeln, dann habe ich mir einen Kaffee gekocht, geraucht und mich danach schlafen gelegt. Vorgeschriebene Ruhezeit, Sie verstehen? Zu sehen gab es nichts. Solange ich wach war, hat kein anderes Auto auf dem Parkplatz gehalten.«

»Wann genau war das?«

Der Fahrer stampfte mit schweren Schritten zum Lkw und stieg ein. Durch die geöffnete Tür sah Konnert, dass er am Tachografen seine Fahrerkarte aktivierte. Er las die Uhrzeiten ab. »Ankunft um ein Uhr siebenundvierzig. Abfahrt um zwei Uhr achtundfünfzig.«

Konnert wollte wissen, wie weit er sich von seinem Lastwagen entfernt hatte und fragte: »Wo haben Sie gepinkelt? Es gibt dort keine Toiletten.«

»Irgendwo an einem Baum. Da stehen ja genug rum.«

»Konnten Sie die Pkw-Parkplätze einsehen?«

»Ich habe kein anderes Auto gesehen.«

»Könnte eins auf den Pkw-Parkplätzen gestanden haben?«

»Vielleicht! Zwischen der Lkw-Spur und den Plätzen für die Pkws wachsen eine Menge Büsche.«

»Noch eine Frage, dann lasse ich Sie in Ruhe. Woher sind Sie gekommen, und was ist Ihr Fahrziel?«

»Von Rostock und ich muss bis in die Nähe von Lemmer in den Niederlanden.«

»Vielen Dank!«

Konnert schaute sich um. Die Witterung, die er gestern aufgenommen hatte, die aber wegen der Ereignisse um seine Tochter verflogen war, hauchte ihn an. Er nahm sie auf, kombinierte und ging zurück zum Grafen, der unter dem Lkw seine Instrumente einsammelte.« Konnert bückte sich und fragte: »Habt ihr einen Zettel gefunden?«

»Adi, mein Lieber, wenn ja, dann hättest du ihn schon längst in deinen Händen. Alles klar?«

Konnert hob entschuldigend seine Hände. »Hätte ja sein können, in all der Hektik.«

»Konnert, nun ist gut«, fiel van Stevendaal ihm ins Wort. Er zog seine Tasche unter dem Wagen hervor und ging zum Lkw-Fahrer: »Haben die Kollegen Ihre Anschrift, Ihre Handynummer?« Als der Fahrer seinen Zigarillo aus dem Mund nahm und nickte, gab er ihm ein Zeichen. »Dann können Sie jetzt Ihre Fahrt fortsetzen.«

»Wollt ihr den Wagen nicht in der Werkstatt nach Fingerabdrücken untersuchen?«

»Adi! In dem Dreck da unten ist nichts zu finden.«

Konnert verzog seinen Mund zu einem verlegenen Grinsen.

Van Stevendaal deutete das Grinsen falsch und sagte: »Lach du nur. Ich weiß, wie ich nach solchen Aktionen aussehe. Übrigens, Frau Dr. Landmann, du kennst ja die Leiterin vom Institut für Rechtsmedizin besonders gut, ist persönlich hier gewesen – vor euch! Sie zieht die Obduktion dieser Leiche in ihrem Terminkalender vor. Sie meinte, *extraschnell* sei wohl geboten. Ich denke, es ist auch in deinem Sinn, dass sie schon ohne dich anfängt.«

Er hielt Konnert die Hand hin, um sich mit Handschlag von ihm zu verabschieden. Etwas überrascht griff Konnert zu und bemerkte zu spät, dass der Graf seine Handschuhe noch nicht ausgezogen hatte. Er griff voll in Dreck und Ölschmiere.

»Handwaschpaste und Desinfektionsmittel gibt es auf dem Parkplatz. Fürs Erste kannst du dir ein Papierhandtuch in meinem Wagen abreißen.« Er zeigte auf einen VW-Transporter auf dem Standstreifen.

Konnert holte sich eines und ärgerte sich nur ein bisschen, auf diesen alten Trick hereingefallen zu sein. Als er sich auf die Suche nach Venske begab, erloschen plötzlich die Hochleistungshalogenstrahler. Seine Augen gewöhnten sich nur langsam an das Zwielicht des frühen Morgens. Bald würde die Sonne aufgehen. Er mochte die Atmosphäre, wenn das Dunkel verschwand und das Licht die Oberhand gewann.

***

Im Institut für Rechtsmedizin spülte ein Sektionsassistent Schmutz und Blut und Gewebereste vom Obduktionstisch in einen Gully. Frau Dr. Landmann saß an ihrem Schreibtisch unter den Oberlichtfenstern. Sie vervollständigte noch einen Absatz im Obduktionsbericht. In ihrer linken Hand hielt sie einen Zettel, den sie zuvor sorgfältig von Kotresten gesäubert und getrocknet hatte. Einen Moment überlegte sie und diktierte dann in ein Aufnahmegerät: »Im Enddarm der Leiche befand sich gefaltet und dann aufgerollt ein Papier in der Größe von …« Sie legte das Diktiergerät auf den Schreibtisch und suchte in einer Schublade nach einem Lineal, legte es an die Seiten des Zettels, diktierte dann weiter: »Einundzwanzig Zentimeter in der Länge und 14,8 Zentimeter in der Breite, das entspricht DIN A5. Absatz. Auf dem Papier ist folgender Text zu lesen – Absatz, Leerzeile: Bin reich …«

Das Signal ihres Telefons unterbrach ihr Diktat. Sie nahm ab. »Adi, ich habe mit deinem Anruf gerechnet. Wenn du in zwei Stunden hier sein könntest, kann ich dir zuverlässige Fakten geben.«

»Hast du bei dem Toten einen Text gefunden?«

»Ja, im Darm. Ich war gerade dabei ihn für das Protokoll zu diktieren. Soll ich ihn dir vorlesen?«

»Tu das!«

»Es sind wieder einzelne Zeilen:

*Bin reich,*

*habe genug,*

*brauche nichts,*

*kann mir alles leisten,*

*bin elend,*

*blind,*

*nackt,*

*arm,*

*jämmerlich.*

*Ich ernte,*

*was ich gesät habe.*

*Bedauert mich nicht.*

Der Text ist handschriftlich. Er sieht so aus, als sei er in großer Eile geschrieben worden.«

»Das hört sich wie ein bitterböser Nachruf an.« Nach einer kurzen Pause fügte er an: »Ich komme dann.«

»Ich werde hier auf dich warten.«

Mit dem Hörer in der Hand erinnerte sie sich, dass sie vor langer, langer Zeit an Adi Konnert sehr interessiert gewesen war. Auf ihre zaghaften Annäherungsversuche hatte er abweisend reagiert. Er hatte ihr sehr leise und deutlich klargemacht: »Ich bin verheiratet. Mehr muss ich ja wohl nicht sagen.« Die Erinnerung amüsierte sie. Sie fand ihn immer noch sympathisch. Aber jetzt hatte sie einen Mann fürs Leben gefunden. Mit verstellter, tiefer Stimme äffte sie ihn nach: »Ich bin verheiratet. Mehr muss ich ja wohl nicht sagen.« Sie lächelte und griff wieder zum Diktiergerät.

\*\*\*

»Die Zentrale hat angerufen«, sagte Venske, als er den Zünd-schlüssel herumdrehte. »Die Mitarbeiterin vom Autohof Moor-burg hat sich gemeldet. Die beiden Männer haben wieder bei ihr getankt. Du weißt, die in der Nacht, als Evert gefunden worden ist, die Toilette mit Blut versaut haben. Sie hat noch bis acht Uhr Dienst.«

»Fahren wir doch mal hin.«

Die junge Frau erkannte sie sofort als Polizisten und kam hinter dem Verkaufstresen hervor. »Sie waren wieder da«, platzte sie aufgeregt heraus. »Sie haben getankt und wieder bar bezahlt. Dann sind sie abgefahren, ohne diesmal die Toilette zu benutzen.«

Venske stoppte sie: »Guten Morgen!«

»Guten Morgen«, sagte auch Konnert. »Ich bin Hauptkommis-sar Konnert. Das ist mein Kollege Oberkommissar Venske. Haben Sie die Möglichkeit, sich ein paar Minuten mit uns zu unterhal-ten?«

Sie schaute zum Tresen und bekam von einem blassen Mann ein zustimmendes Handzeichen. Sie nahmen am Fenster Platz, und Konnert fragte: »Wann sind die beiden Männer da gewesen?«

»Ich habe mir alles aufgeschrieben.« Sie holte einen Block aus der Tasche ihres Kittels. »Bezahlt haben sie genau um drei Uhr und neununddreißig Minuten. Sie fuhren einen schwarzen Hon-da Geländewagen, also doch keinen Mercedes, wie ich beim letz-ten Mal gedacht habe. Das Kennzeichen habe ich ebenfalls notiert. PR-MB-44. Das ist ein niederländisches Kennzeichen.« Sie war ganz hibbelig. Der Stolz sprühte ihr nur so aus den Augen.

»Können Sie die Männer beschreiben?«

»Den, der bezahlt hat, den schätze ich auf vierzig. Er hat rötli-ches, welliges Haar, ein längliches Gesicht, blaue Augen, ist kräf-tig gebaut und circa ein Meter achtzig groß. Heute habe ich genau hingesehen, weil ich mir dachte, dass Sie danach fragen würden.«

Ihr Verhalten amüsierte Konnert. Seine Lippen kräuselten sich ein wenig.

»Der andere, der letztes Mal so lange in der Toilette geblieben ist, hat getankt, und ich konnte ihn nicht so genau sehen. Er ist jünger. Es kann sein, dass er sehr viel jünger ist. Ich denke, er könnte der Sohn von dem Älteren sein. Er ist schlank, hat etwa die gleiche Größe und trug einen dunklen Anzug.«

»Welchen Eindruck hatten Sie von den Männern?«

»Normal. Sie sind an die Zapfsäule gefahren und ausgestiegen. Der eine hat getankt, während der andere langsam in den Verkaufsraum gekommen ist. Er hat etwas bei den Zeitschriften geguckt, weil der andere noch nicht fertig war. Dann hat er bezahlt. Da war diesmal nichts Außergewöhnliches.«

»Sie hatten nicht das Gefühl, die beiden hätten es eilig oder fühlten sich beobachtet?«

»Nein, da ist mir nichts aufgefallen.«

»Es gibt hier doch eine Videoüberwachung«, schaltete sich Venske ein, »können wir das Band bekommen?«

»Ja, mit vier Kameras. Die filmen innen und außen. Ich kann aber nicht an den Schrank, in dem der Aufnahmeapparat steht.« Man sah ihr an, wie leid es ihr tat, nicht helfen zu können. »Mein Kollege kommt um acht Uhr. Dann ist meine Schicht vorbei. Ich sage ihm, er soll das Band gleich zu Ihnen schicken.«

»Wir warten auch noch auf das Band von Montag.«

»Ich erinnere ihn daran. Bestimmt. Sie können sich auf mich verlassen.«

»Wir danken Ihnen ganz herzlich. Sie waren sehr aufmerksam. Wenn alle Bürger so achtsam wären, würden viele Verbrechen schneller aufgeklärt werden. Wenn wir weitere Fragen haben, melden wir uns. Nochmals vielen Dank, dass Sie uns gleich verständigt haben, und einen guten Tag wünsche ich Ihnen.« Venske war die Freundlichkeit selbst. Er dachte daran, hier einmal privat zu tanken. Dann würde man sehen, was sich sonst noch so ergäbe.

\*\*\*

»Wo frühstückst du, wenn du überhaupt mal frühstückst?«, fragte Konnert, als sie in Westerstede West wieder auf die Autobahn fuhren.

»Wir hätten im Autohof frühstücken können.«

»Ich wollte da nicht sitzen und die ganze Zeit beäugt werden.«

»Ich favorisiere ein Café in der Wallstraße. Man kann am Waffenplatz parken und braucht nur ein paar Schritte zu gehen. Der Kaffee und die Croissants sind hervorragend«, antwortete Venske endlich auf die Frage.

»Ich habe Hunger. Fahr schneller.«

»Mit Blaulicht und Sirene?«

Konnert ignorierte ihn.

Sie waren schon an der Abfahrt Neuenkruge vorbei, als Venske sich räusperte. Konnert sah ihn an. »Und?«

»Bringt uns das weiter?«

»Werden wir sehen. Kilian kann sich auf die Spur setzen. Bevor wir zur Obduktion fahren, muss ich erst etwas in meinen Magen bekommen. Für elf Uhr setze ich eine Besprechung an. Ruf alle zusammen.«


Konnert schnitt ein zweites Brötchen durch, als sein Handy klingelte. Er legte erst die beiden Hälften auf seinen Teller und das Messer zurück in den Brotkorb, um dann umständlich sein Telefon aus der rechten Hosentasche zu fummeln. »Ja?«

»Ich will dich ja nicht beim Brötchenschneiden stören, du könntest dir den Finger absäbeln«, hörte Konnert und war irritiert, dass jemand wusste, was er gerade tat. »Es wundert mich, dass du seelenruhig im Café sitzt und frühstückst, während ein zweites Opfer des Parkplatzmörders und Leichenschänders auf dem Seziertisch liegt.«

Konnert blickte sich um.

Drei Tische weiter hob jemand die Hand und nickte ihm freundlich zu. »Ich störe wirklich ungern, aber kann ich mal eben rüberkommen?«

»Du störst, auch wenn du es nicht willst. Komm rüber!«

Ein schwerer Mann, etwa in Konnerts Alter, im grauen Anzug mit Fliege und Weste erhob sich. Mit ein paar Zeitungen unter dem Arm und einer Kaffeetasse in der rechten Hand kam er an Konnerts Tisch und setzte sich. »Moin, Venske. Dich sieht man hier ja öfters. Willst du deinen Chef in dein Lotterleben einführen?«

»Moin Alois, du hörst doch wohl keinen Polizeifunk ab?« Konnert blickte herausfordernd und drohte mit dem Zeigefinger.

»Natürlich nicht. Wie kannst du nur so etwas von mir vermuten? Niemals käme mir auch nur die Idee, mich eines so schäbigen Vergehens schuldig zu machen.« Alois Weis, freischaffender Kriminalreporter, machte ein unschuldiges Gesicht.

»Und woher weißt du von einer zweiten Leiche?«, wollte Venske wissen.

»Ich habe gute, sehr gute Beziehungen zu Beerdigungsinstituten.«

Konnert kannte Alois Weis seit vielen Jahren. Der Bayer war bekannt, weil er eine Nase für Fälle hatte, die sich später als spektakulär herausstellten. Er wusste, sich exklusive Informationen zu beschaffen. Und eine gute Schreibe hatte er auch. Wahrscheinlich hatte er darauf spekuliert, Venske hier anzutreffen und aushorchen zu können.

Konnert überlegte, wie er die Situation für die Aufklärung ihres Falls nutzen könnte. *Was muss ich anbieten, um im Gegenzug von ihm die ein oder andere Neuigkeit zu bekommen?*

»Also gut, es stimmt, es gibt eine zweite Leiche. Wieder ist sie fürchterlich zugerichtet. Dieses Mal wurde sie nicht von einem Lkw überrollt, sondern mitgeschleift. Mehr wissen wir auch noch nicht.«

»Das weiß ich doch schon«, winkte Alois Weis ab, »gibt es einen Zettel mit kryptischen Zeilen?«

*Woher konnte er davon wissen? Darüber wurde noch auf keiner Pressekonferenz gesprochen*, wunderte Konnert sich. *Hatte Venske ihm das bei einem früheren Treffen gesteckt? Unwahrscheinlich.* Eilig überschlug Konnert, wer alles über den Zettel und den Text informiert war. *Hatte der Psychologieprofessor geplaudert?*

»Du fragst dich, woher ich das weiß, stimmt's?«

*Er kann auch noch Gedanken lesen*, staunte Konnert und gab zu: »Ja, du hast Recht. Sagst du uns, wer dich informiert hat?«

»Ich habe vorgestern einen Brief bekommen, zugestellt von der

Citypost, ohne Absender. In ihm lag ein Blatt mit einem handgeschriebenen, merkwürdigen Text. Darauf klebte ein Post-it mit den Worten: Erkundigen Sie sich über den Toten vom Parkplatz zwischen Oldenburg und Westerstede und schreiben Sie darüber. Unterschrift: Schwarze Engel. Daneben ein schwarzes Schwert in einem kleinen roten Oval. Ich hab meine Quellen durchtelefoniert. Unter anderem habe ich die Beerdigungsinstitute hier angerufen und die Firma interviewt, die die Überführung der Leiche durchgeführt hat.« Alois Weis machte eine Pause. »Und heute Morgen hat mich dieser Beerdigungsunternehmer freundlicherweise wissen lassen, dass eine zweite Leiche auf der Autobahn liegt.« Er blickte selbstbewusst mit blitzenden Augen von Konnert zu Venske. »Ich wäre sowieso gleich ins Kommissariat gekommen, um euch den Brief nebst Inhalt zu überlassen.« Er zog unter dem Zeitungsstapel eine dünne Ledermappe hervor und entnahm ihr eine verschließbare Plastikhülle, in der Briefumschlag, Zettel und die gelbe Notiz lagen. »Bitteschön. Und jetzt seid ihr dran. Was gebt ihr mir?«

Konnert schaute zu Venske hinüber und sah in ein erstauntes Gesicht. Dann fasste Konnert sich kurz an die Nasenwurzel und zog sein Portemonnaie aus der hinteren Hosentasche. Er nahm eine Visitenkarte heraus. »Mehr kann ich dir im Moment nicht bieten, Alois. Gegen fünfzehn Uhr gibt es eine Pressekonferenz. Dann waren wir in der Rechtsmedizin und bei der Staatsanwaltschaft. Um die Zeit ist entschieden, was an die Öffentlichkeit gehen kann. Anschließend rufst du mich an. Du bekommst etwas exklusiv von mir. Versprochen.«

Alois Weis schob die Visitenkarte unter Konnerts Tasse. »Davon habe ich schon ein Dutzend. Ich verlasse mich auf dich!« Er stand auf. Mit einer angedeuteten Verbeugung ging er zu seinem Tisch zurück.

Venske schenkte sich nach und fragte: »Kaffee?«

Konnert nickte.

»Was steht auf dem Zettel? Lies vor!«

Konnert suchte in seiner linken Hosentasche nach einem Einmalhandschuh. Da war keiner. Dann suchte er zwischen Schlüsselbund, Taschenmesser, Chips für Einkaufswagen, Kleingeld,

Handy und Papiertaschentüchern in der rechten Hosentasche. Er fand einen Handschuh, der allerdings aussah, als sei er bereits gebraucht worden. Darum griff er zur unbenutzten Serviette neben Venskes Frühstücksteller. Er legte sie sich auf die linke Hand und schüttelte den Zettel aus der Plastikhülle. Er hatte Glück, der Text lag so, dass er ihn lesen konnte.

*Ohne Gerechtigkeit geht die Welt zugrunde.*
*Gerecht ist, wenn jeder bekommt, was er verdient.*
*Wer Gutes tat – Lob,*
*wer Böses tat – Strafe.*

*Genugtuung!*
*Striemen für Striemen*
*und Wunde für Wunde.*
*Todesangst für Todesangst.*
*Tod für Tod.*

*Liebe den Geschundenen.*

Konnert reichte die Serviette mit dem Zettel rüber zu Venske. Dann fasste er sich an die Nasenwurzel und sah nachdenklich seine Brötchenhälften an.

Venske hätte jetzt gern etwas dazu angemerkt, wusste aber, dass sein Chef dann sehr leise knurren würde: »Halt doch mal den Mund. Halt doch bitte mal den Mund.« Er rührte in seiner Kaffeetasse, obwohl er ihn immer schwarz, ohne Zucker trank. Er fand, dass er schon lange nichts mehr gesagt hatte.

Gedankenverloren nahm Konnert den Zuckerspender, hielt unvermittelt in der Bewegung inne, um Venske anzusehen: »Bevor wir in die Rechtsmedizin fahren, muss ich nach Hause. Ich brauche meine Bibel.«

»Ich dachte, die kennst du mittlerweile auswendig.«

Venske war nicht überrascht, als Konnert seelenruhig zum Messer griff und Butter auf die Brötchenhälften strich. Er war nur gespannt darauf, ob sein Chef Käse oder Schinken als Auflage wählen würde. Der entschied sich für Käse. Nach dem ersten Bissen und einem Schluck lauwarmem Kaffee sagte Konnert: »Iss, wann du das nächste Mal etwas zwischen die Zähne bekommst, weißt du nicht. Also iss deine Croissants!« Wieder staunte Venske über die Gelassenheit, mit der sein Chef die Dinge anging, und ärgerte sich auch ein wenig darüber.

***

Im Kommissariat saß Babsi mit ihrem Zeugen neben der Computerfachfrau für die Herstellung von Phantombildern. Der Zeuge hatte wirklich mehr auf Beine, Busen und Hintern der gesuchten Frau geachtet, als auf die Besonderheiten ihrer Gesichtszüge. Trotzdem näherte sich das Porträt auf dem Bildschirm mehr und mehr dem an, was dem Mann in Erinnerung geblieben war. Schon nach zwanzig Minuten war er mit der Darstellung zufrieden: »Ja, ja, so sah sie aus. Kann ich bitte als Belohnung für meine Bemühungen einen Computerausdruck davon bekommen?«

Babsi grinste und stimmte zu. Mit einem Klick wurde die Datei gespeichert, nach einem zweiten Klick begann der Drucker zu rattern.

***

Frau Dr. Landmann beendete ihr Diktat. Sie winkte ihren Mitarbeiter zu sich und übergab ihm die Kassette aus ihrem Diktiergerät, damit er sie zur Abschrift brächte. Dann ging sie duschen.

Erfrischt sah sie danach in den Spiegel, kämmte sorgfältig ihre Haare, legte ein wenig Rouge auf und vergaß auch den Lidstrich nicht. Im Spiegel konnte sie einen blauen Streifen Himmel sehen. Es kündigte sich ein sonniger, warmer Spätsommertag an. Sie verzichtete auf Bluse und Rock und begnügte sich mit frischer Unterwäsche, die sie aus einem abschließbaren Spind holte. Darüber zog sie nur ihren hochgeschlossenen Arztkittel an. Den untersten Knopf ließ sie offen. Konnert sollte ruhig etwas von dem zu sehen bekommen, was er so hartherzig abgelehnt hatte.

Zurück an ihrem Schreibtisch zündete sie sich eine Zigarette an und schlug ein Bein über das andere. Der Kittel fiel genauso auseinander, wie sie es wollte. Ihr schlankes Knie und ein kleines Stück ihres Oberschenkels blieben unbedeckt. Als sie das weiße Mundstück ihrer Zigarette ansah, dachte sie: Lippenstift hätte auch nicht geschadet.

»Moin, die Herren.« Frau Dr. Landmann war bestens aufgelegt.

»Guten Morgen, Eveline.«

»Guten Morgen, Frau Doktor«, meldete sich auch Venske.

»An der Fundstelle habe ich auf dich gewartet.« Frau Dr. Landmann sah zu Konnert. »Doch dann kam der Staatsanwalt und meinte: Es ist eilig. Wir lassen die Leiche sofort abtransportieren und beginnen mit der Obduktion.« Sie sah Venske an: »Sie haben schon gefrühstückt? Es ist kein schöner Anblick.« Für sie war es selbstverständlich, dass die beiden Kriminalbeamten die Leiche sehen wollten. Sie ging voraus zu den zwölf Edelstahlkühlboxen. Konnert und Venske folgten ihr.

Frau Dr. Landmann klemmte ihre Zigarette in den linken Mundwinkel und öffnete eine quadratische Tür. Mit einer Hand zog sie den Schlitten samt Bahre und der unbekannten Leiche heraus. Als sie das Laken zurückzog, erschraken die beiden Männer.

»Oh Mann«, stöhnte Venske, »von dem Gesicht ist ja nichts übrig.«

Teile des Unterkiefers wurden in einer blanken Nierenschale neben dem Kopf aufbewahrt. Die Nase fehlte. Eigentlich fehlte das gesamte Gesicht. In den Augenhöhlen lagen die Reste der geplatzten Augäpfel. Die Schädeldecke war aufgebrochen. Die Gehirnmasse hatte man für mikroskopische und mikrobiologische Untersuchungszwecke entnommen. Niemand würde das Bild des zerstörten Kopfes vergessen.

»Ich gehe davon aus, dass der Kopf mehrfach auf der Fahrbahn aufgeschlagen ist«, erklärte Frau Dr. Landmann und zog das Leinentuch weiter zurück. Die Arme der Leiche schienen von oben betrachtet unverletzt.

Konnert stellte sich vor, wie die Leiche unter dem Lkw gehangen hatte. Die Unterseite der Arme und die Innenhandflächen waren über die Fahrbahn geschliddert.

Das gebrochene Brustbein lag blank, sowie auch die vorderen Rippenknochen. Die Bauchdecke war nach der Obduktion notdürftig geschlossen worden. Dennoch waren immer noch die ausgefransten, zerrissenen Fleisch- und Hautenden zu erkennen. An einigen Stellen quoll das Unterhautfettgewebe, in dem sich Sand und Schmutzpartikel verfangen hatten, gelblich heraus. An Ober- und Unterschenkeln waren ringförmige Hämatome zu sehen.

Venske wandte sich ab und sah hinüber zum halb offenen Oberlicht. Er sah ein Stück vom blauen Spätsommerhimmel.

»Der oder die Täter wussten genau, wie lang die Seile an den Füßen sein mussten, damit nur der Oberkörper geschunden wird«, dozierte die Rechtsmedizinerin und beobachtete Konnert. Der hielt sich tapfer, während Venske blasser geworden war.

»Es fehlen Penis und Hoden. Sie wurden bis jetzt auch nicht auf oder neben der Autobahn gefunden.« Mit dieser Mitteilung drehte sie die Leiche zur Seite. Konnert bewunderte die Kraft und Geschicklichkeit, mit der sie sich bewegte. Jetzt sahen sie die abgeschürften Knochen von Elle und Speiche der Unterarme. Adern und Sehnen hingen zerrissen in ausgefranstem Muskelfleisch. Die Handflächen und Finger waren bis auf die blanken Knochen abgeschliffen. Daumen und ein Glied am Ringfinger der rechten Hand fehlten. Überrascht stellten sie fest, dass der Rücken und das Gesäß über und über mit tiefen, blutigen Striemen bedeckt war.

»Mit an Sicherheit grenzender Wahrscheinlichkeit wurde der Mann vor seinem Tod ausgiebig und mit voller Wucht ausgepeitscht. Ich kenne mich mit Peitschen nicht so genau aus, vermute darum nur, dass die Wunden von einer sogenannten Bullenpeitsche stammen«, sagte Frau Dr. Landmann. Sie ließ den Körper zurück auf den Rücken gleiten und fasste das Leichentuch an zwei Enden. »Genug gesehen?«

Sie sog kräftig an ihrer Zigarette und inhalierte tief.

Konnert trat einen Schritt zur Seite. Venske folgte ihm. Während sie die Bahre in die Kühlkammer schob, informierte die Forensikerin: »Der Mann war zwischen fünfundvierzig und fünfundfünfzig Jahren alt. Wir konnten an seinen inneren Organen feststellen, dass er erstens nur oberflächlich betrachtet gesund war. Zweitens: Er hatte schon vor längerer Zeit einen Herzinfarkt. Drittens: Die Leber war leicht vergrößert, was auf mäßig erhöhten Alkoholkonsum schließen lässt. Viertens: Magen und Darm waren entleert. Er wurde wahrscheinlich mit einem Einlauf zum Entleeren gebracht. Der Schließmuskel wurde gewaltsam geöffnet. Im Darm haben wir einen beschriebenen Zettel gefunden. Fünftens: Der Mundhöhle haben wir vorverdaute Essensreste entnommen. Ich gehe davon aus, dass er sich erbrochen hatte. Sechstens: Die Blutuntersuchungen laufen. Siebtens: Todesursache war Ersticken. Ich konnte fremde Hautpartikel an Nase und Mund finden, die zur DNA-Analyse unterwegs sind. Achtens: Todeszeitpunkt war vor circa zehn bis zwölf Stunden. Neuntens: Es wurden absolut keine Anhaltspunkte dafür gefunden, dass die Person noch gelebt haben könnte, als man sie unter dem Lkw festband.«

»Danke, Eveline.« Konnert quetschte die Worte heraus, als drückte ihm jemand die Kehle zu. »Sag uns, wie du dir die letzten Stunden des Opfers vorstellst.«

Frau Dr. Landmann warf ihre Kippe in einen Gully zu ihren Füßen, schüttelte eine nächste Zigarette aus der Schachtel und zündete sie mit einem vergoldeten Feuerzeug an. Sie inhalierte tief, bevor sie sprach: »Ich gehe von folgenden Aktionen aus: Zuerst hat man dem Opfer die Unterschenkel an die Oberschenkel gebunden, damit er nicht um sich treten oder strampeln konnte. Dann wurden ihm die Hände gefesselt. An der Form der Blutergüsse an den Handgelenken ist abzulesen, dass er an diesen Fesseln aufgehängt wurde. Dann folgten das Auspeitschen und das Abtrennen der Genitalien. Irgendwann hat man ihm den Zettel in den After geschoben. Zum Schluss hat man ihn erstickt, indem ihm Mund und Nase zugehalten wurden. Mit gelösten Fesseln lag er dann auf dem Rücken. Ich nehme an, damit die Leiche nach dem Erstarren gestreckte Beine hatte, an denen er unter dem Lkw befestigt werden sollte.«

»Armes Schwein«, stöhnte Venske.

Die Leiterin des Instituts für Rechtsmedizin ging zu einem Schreibtisch und schnippte die Asche von ihrer Zigarette in einen Aschenbecher voller Kippen. Sie sah Venske an. »Auf dem Zettel steht ausdrücklich, dass man ihn nicht bedauern soll. Jeder soll das bekommen, was er verdient hat.« Sie überreichte Venske den kopierten Text.

Als warte sie auf eine Reaktion, sah sie Venske an, setzte sich dann auf den Schreibtisch und schlug die Beine übereinander. Ihr Kittel rutschte wie beabsichtigt am unteren Ende auseinander. Konnert beachtete das Manöver nicht. Er wollte raus an die frische Luft, wollte allein sein, wünschte sich, auf einer Bank auf dem Friedhof zu sitzen, wollte in Ruhe nachdenken. Er hätte sich gern eine Pfeife gestopft und geraucht.

»Nochmals vielen Dank, Eveline. Wir müssen los. Wir telefonieren miteinander, wenn wir deinen schriftlichen Bericht durchgearbeitet haben.« Konnert war etwas verlegen, bedankte sich noch einmal und wünschte einen guten Tag. Die letzten Worte sagte er mit dem Türgriff in der Hand.

Venske folgte ihm.

»Ich könnte jetzt einen Schnaps gebrauchen. Von mir aus auch zwei oder drei Doppelstöckige. Das ist ja ungeheuerlich. Wer macht so etwas? Man kann es nicht glauben, was Menschen einfällt, um andere zu quälen. Man könnte zum Befürworter der Todesstrafe werden. Ich …«

»Bernd, halt doch mal den Mund. Halt doch bitte einfach mal den Mund.«


\*\*\*


Nacheinander traten die anderen Ermittler und Teammitarbeiter ihren Dienst an. Sie holten Kaffee, fuhren ihre PCs hoch, riefen ihre E-Mails ab, erledigten Telefongespräche und brachten sich so auf den neuesten Stand in ihrem Verantwortungsbereich.

Als Kriminaloberrat Wehmeyer kam, ging er von Schreibtisch zu Schreibtisch und reichte jedem die Hand zur Begrüßung.

Auch die Staatsanwaltschaft erschien. Zuständig war Dr. Görner. Er gesellte sich sofort zum Kriminaloberrat und fragte: »Kennst du den schon? Richter: Ich kenn Sie doch! Hab Sie schon tausendmal gesehen! Sie sind doch sicher vorbestraft!« Angeklagter: »Nein. Ich bin Türsteher im Eros-Center ...« Er lachte über seinen eigenen Witz. Wehmeyer tat ihm den Gefallen und lachte auch.

Sie nahmen am großen Tisch Platz.

»Ich habe noch einen: Was ist der Unterschied zwischen einem guten und einem sehr guten Anwalt? Antwort: Der gute Anwalt kennt die Gesetze. Der sehr gute Anwalt kennt den Richter.« Wieder lachte der Staatsanwalt und Kriminaloberrat Wehmeyer machte gute Miene zum alten Witz.

Konnert und Venske kamen einige Minuten nach neun.

Venske rief »Moin, allerseits!« und entdeckte dann erst die Vorgesetzten am großen Tisch.

Konnert ging zu den beiden und bat noch um einen Augenblick Geduld. Er brauchte wenigsten ein, zwei Minuten Alleinsein und ging zur Toilette, hockte sich hin und schloss die Augen. Nach einem tiefen Seufzer murmelte er: »Ich brauche einen Ansatz. Ich brauche mehr Durchblick. Ich brauche deine Hilfe.«

Nachdem er die Hände gewaschen und sich kaltes Wasser ins Gesicht gespritzt hatte, trottete er zurück. Er holte aus seinem Büro Notizen und Papier, um sich dann ans Kopfende des Konferenztisches zu setzen.

»Guten Morgen. Willkommen die Herren Wehmeyer und Dr. Görner.« Erstaunt stellte er fest, dass van Stevendaal auch am Tisch saß und begrüßte ihn ebenso mit höflichen Worten.

»Es sieht ganz so aus, dass der Getötete dieser Nacht dem oder den Tätern im Fall Robert Evert zugerechnet werden kann. Wir kommen gerade aus der Pappelallee. Die Obduktion ist weitgehend abgeschlossen. Auch dieses Opfer wurde gefoltert und erstickt, bevor es unter einen Lkw gehängt wurde.«

Konnert zählte detailliert die Ergebnisse der Leichenschau auf. Dann las er den Text aus dem After des Opfers vor. Alle am Tisch notierten Fakten und eigene Gedanken. Niemand fragte nach. Babsi war kreidebleich, entspannte sich wieder, als Konnert die

Begegnung mit Alois Weis schilderte und die Botschaft von dessen Zettel vorlas. Er griff nach dem Blatt Papier des Reporters und stand auf, um die beiden Dokumente zu den anderen ans Bord zu heften.

»Kurz zusammengefasst«, begann er, bevor er sich setzte, »wir haben zwei Leichen, verschiedene, sich ähnelnde Mitteilungen. Wir befassen uns mit möglichen Tatverdächtigen, besitzen aber keine Anhaltspunkte, in welche Richtung wir gezielt vorgehen sollten. Es fehlt ein übergreifendes Motiv. Irgendwer will uns über irgendwas in Kenntnis setzen. Der Zettel von Alois Weis legt das nahe. Wir wissen leider nicht, was dahintersteckt.«

Ich sehe den Wald vor lauter Bäumen nicht, ging es Konnert durch den Kopf. Er setzte sich und faltete resigniert die Hände auf seinen Papieren zusammen und schwieg.

Kriminaloberrat Wehmeyer sah forschend in die Gesichter der anderen am Tisch, als wolle er fragen: Seit wann formuliert Konnert so umständliche Sätze?

Venske hob einen Finger und bekam von Konnert ein Handzeichen zu sprechen. »Kriminalhauptkommissar Konnert und ich waren heute Morgen noch einmal auf dem Autohof. Die beiden Fahrer, die dort in der Nacht aufgetaucht sind, als die Leiche von Robert Evert gefunden wurde, haben wieder da getankt. Die hübsche Angestellte war sehr aufmerksam und konnte eine recht brauchbare Beschreibung der Männer geben. Die Videobänder der Überwachungskamera schickt uns ihr Kollege. Sie hat auch das Kennzeichen des Geländewagens notiert, eine holländische Nummer. Es sollte nicht schwer sein, den Halter ausfindig zu machen und von ihm eine Speichelprobe entnehmen zu lassen, die wir mit den DNA-Spuren aus dem Fall vergleichen könnten.« Er sah rüber zu Staatsanwalt Dr. Görner.

Der war in Gedanken und reagierte nicht auf Venskes Blick.

Kilians Kaumuskeln arbeiteten heftig. Er dachte daran, dass Venske ihn so oft schulmeisterlich darauf hingewiesen hatte, dass die Nachbarn im Westen Niederländer seien und Holland nur eine Provinz. Was auch nicht ganz stimmte. Holland, zwischen Nordsee und Ijsselmeer, bestand aus zwei Provinzen, Nordholland und Südholland, wie er mittlerweile wusste. Und jetzt redete Venske selbst von einem holländischen Kennzeichen. Gern hätte er ihm das untergejubelt. Aber er sagte nur: »Wenn das Nummernschild nicht gestohlen wurde.«

»Ich übernehme den Kontakt zur niederländischen Dienststelle«, erbot sich Kriminaloberrat Wehmeyer, »und ersuche um grenzüberschreitende Amtshilfe.«

Man sah Kilian die Enttäuschung an. Er blickte sauer drein. Er war doch dieser Spur zuerst nachgegangen, und nun nahm ihm der Oberste die Aufgabe aus der Hand.

Wehmeyer sah zu ihm hinüber und fragte: »Ist das in Ordnung, Herr Kirchner, wenn ich die Verbindung herstelle, weil das auf der Führungsebene leichter und schneller geht? Sie arbeiten dann konkret mit dem zuständigen niederländischen Kollegen zusammen.«

Kilian schoss das Blut in die Ohren. »Ja, bestimmt, das ist ganz in meinem Sinne.«

»Fahndung, der Begriff stammt aus dem Mittelhochdeutschen und bedeutete einen Besuch machen. Aber Scherz beiseite. Ich sorge dafür, dass Sie die zwei von der Tankstelle besuchen dürfen.« Dr. Görner präsentierte seine umfassende Bildung.

Venske verdrehte die Augen in Richtung Babsi.

Van Stevendaal meldete sich zu Wort. Er informierte über zusätzliche Ergebnisse seines Kommissariats. Für Konnert war wichtig, dass die DNA der Blutspur aus der Pension nicht mit den DNA-Spuren übereinstimmten, die man unter den Fingernägeln von Robert Evert gefunden hatte. War die flüchtige Frau nur nicht direkt, möglicherweise aber indirekt an der Ermordung beteiligt?

»Wir haben in der Zwischenzeit auch ein Phantombild.« Babsi hatte wieder Farbe im Gesicht. Sie reichte Kopien herum.

»Eine tolle Frau«, sagte der Staatsanwalt, »aber Scherz beiseite. Wir werden eine Pressekonferenz einberufen und das Bild dort verteilen. Wir sagen nur, dass sie gesucht wird und dass wir sachdienliche Hinweise aus der Bevölkerung erbitten. Außerdem geht das Phantombild mit entsprechendem Text an alle Dienststellen. Babsi, aber Scherz beiseite, Frau Deepe, Sie machen das bitte.«

Babsi blickte den Staatsanwalt erstaunt an. Frau Deepe?

»Wäre Ihnen fünfzehn Uhr für die Pressekonferenz recht«, fragte Konnert und bekam eine zustimmende Kopfbewegung als Reaktion.

Er sprach Kilian an: »Du kümmerst dich jetzt gleich um die Besuche.«

Venske sah irritiert zu Konnert. Er kapierte nicht.

Babsi grinste.

Kilian amüsierte sich stiekum über Venskes Begriffsstutzigkeit. Ohne sich formell zu verabschieden, stand Görner auf und Wehmeyer fühlte sich gedrängt mitzugehen. »Kennst du den schon? Wer ...« waren die Wortfetzen, die die Kommissare noch hörten, bevor die Tür geschlossen wurde.

»Mann, ist der nervend mit seinen blöden Gags.« Venske äffte ihn nach: »Kennst du den schon? Kommt ein Staatsanwalt und erzählt Witze. Aber Scherz beiseite.«

Lachend entlud sich die Spannung. In der verbliebenen Runde wurde kurz weiterdiskutiert.

Konnert gab zu bedenken, dass die Frau aus der Pension sehr wohl am Mord beteiligt gewesen sein könnte. »Dass am Fundort und an der Leiche keine DNA-Spuren von ihr gefunden wurden, bedeutet nicht, dass sie nichts damit zu tun hat.«

Venske beharrte darauf, dass die Holländer eindeutig die Täter seien. Kilian wagte »Niederländer« zu sagen und bekam Venskes Geringschätzung zu spüren: »Ja, ja, Kleiner.«

Für Babsis Geschmack wurde zu viel geredet. Sie wollte an ihren Schreibtisch und die Vermisstenanzeigen der letzten Wochen durchsehen.


Konnert nahm die Zettel mit den Texten von der Pinnwand, machte davon Kopien auf DIN-A4, um sie dann vor sich auf dem Schreibtisch nebeneinanderzulegen. Auch ohne Grafologen war eindeutig zu erkennen, dass jeder Zettel eine andere Handschrift hatte. Auf den ersten Blick waren es vier verschiedene Schriftstile. Also hatten sie es wohl mit mehreren Tätern zu tun, und wahrscheinlich gehörte mindestens eine weibliche Person dazu. Denn der Zettel, den er von Weis erhalten hatte, zeigte eine zierliche

Handschrift, mit Kringeln über dem i – eher Buchstaben, wie Frauen sie schreiben.

Zusätzlich zu seiner Bibel hatte Konnert von zu Hause ein Bibellexikon mitgenommen. Darin suchte er den Begriff »Gerechtigkeit«. Der stand auf dem ersten Zettel, den sie in Everts Mund gefunden hatten. Ihm wurde beim Lesen von Neuem klar, dass es keine einheitliche Gerechtigkeit für alle Zeiten und jede Situation gab. Gerecht ist, was dem geltenden Recht entspricht. Das weiß jeder, der sich mit Rechtsfragen beschäftigt. Ob das auch der Verfasser des Textes wusste? Und meinte er das Recht der Bundesrepublik oder richtete er nach seinen eigenen Maßstäben? Er schrieb an den Rand: »stellen sich über das geltende Recht« und »richten nach eigenen Maßstäben«.

Er ließ sich durch den Kopf gehen, dass die Holländer allgemein als fromm galten. Reformierte Frömmigkeit gepaart mit Strenge und Sanktionen der Gemeinde bei moralischen Vergehen des Einzelnen. Er notierte sich: »Holländer plus Frau aus der Pension?«

Die Behauptung der nächsten Zeile »Geld und Gewalt und Sex regieren« kam ihm so vor, als wetterte ein armer, unterprivilegierter, sexfeindlicher Moralist neidisch gegen eine herrschende Klasse. Die Begriffe »Glaube, Hoffnung und Liebe« stammten eindeutig aus der Bibel. Nur sagte sie – im Gegensatz zum Zetteltext – ausdrücklich, dass der Glaube, die Hoffnung und die Liebe sich durchsetzen und für immer bleiben würden. Davon war er selbst überzeugt. Das allein ließ ihn jeden Tag ins Kommissariat fahren. Darum war er Polizist geblieben. Daran glaubte er! Am Ende würden sich Glaube, Hoffnung und Liebe behaupten und für immer und ewig alles bestimmen. Der Verfasser des Textes auf dem Zettel irrte!

Er nahm sich den zweiten Text vor. Wieder fand er Anklänge an biblische Texte. Er überlegte, woher er die Passage »sieben für eine Wunde« kannte. Im Anhang seiner Bibel gab es eine Konkordanz. Mit ihrer Hilfe konnte er für einzelne Wörter die dazu passenden Bibelstellen finden. Er fand eine Entsprechung bei dem Stichwort »siebenmal«. Im ersten Buch Mose sagt Lamech, dass seine Rache fürchterlich sei. Schon für eine Wunde habe er den Täter ermordet, für eine Beule sogar einen Jungen. Und wenn Kain siebenfach gerächt worden sei, dann bestehe er auf einer siebenundsiebzigfachen Rache für seinen eigenen Tod.

Konnert fasste sich an die Nasenwurzel, als könne er sich gute Gedanken aus der Nase pressen. Ihn quälte der durchgängig grobe, dreiste Umgang mit der Bibel. Für ihn waren das Worte, hinter denen die Autorität Gottes stand. Sie bedeuteten ihm viel. Was bringt einen dazu, sich Bibelverse so zurechtzubiegen, dass sie einem in den Kram passen?, überlegte er. Es muss jemand sein, der einen christlichen Hintergrund hat, sich aber nicht an die übliche Auslegung von Bibeltexten hält. Es muss jemand sein ..., es muss jemand sein, der ... Konnert kam in seinen Gedanken nicht weiter. Es liegt doch auf der Hand, dachte er, warum komme ich nicht darauf? Überheblichkeit, kam ihm in den Sinn, und Besserwisserei und Sektierertum und Extremismus und Protest und ... Er notierte seine planlosen Überlegungen auf der zweiten Kopie.

Unvermittelt schoss ihm der Name seines Schwiegersohns durch den Kopf. Der hatte auch etwas gegen die etablierten Kirchen. Seine Gedanken schweiften ab zu seiner Tochter. Wäre es gut, ihnen schon bald den Umzug in sein Haus vorzuschlagen? Er hielt es für eine prima Idee. Warum damit warten? Ich verschiebe sowieso zu viel auf später. Kurz entschlossen griff er zum Telefon und rief sie an.

»Hallo Ruth«, sagte er, als sie sich meldete, »ich habe wenig Zeit. Ich stecke mitten in einer komplizierten Überlegung. Ich muss aber erst einen Gedanken loswerden, der mir so zugeflogen ist. Sonst geht es mit meinem Fall nicht weiter.« Er ließ Ruth gar nicht zu Wort kommen. »Kannst du dir vorstellen, mit Sven zu mir zu ziehen? Das Haus ist groß genug. Ich könnte oben wohnen. Ihr hättet die ganze untere Etage für euch. Ich finde, es gäbe eine ganze Menge Vorteile für euch und für mich.«

»Papa, das kommt sehr überraschend. Ich weiß nicht, ob dein Vorschlag ...«

Er schnitt ihr das Wort ab, was selten bei ihm vorkam. »Überlegt es euch. Ich rufe wieder an. Ich hab dich sehr lieb.« Damit legte er auf und wunderte sich selbst über seine spontane Aktion.

Er fand jedoch nicht zu seinen Mordfällen zurück. Selbst ein erneuter Angriff auf seine Nasenwurzel brachte seine Gedanken nicht dazu, sich wieder auf die vor ihm liegenden Texte zu konzentrieren.

Er brauchte Hilfe.

Wen kann ich fragen? Auf seinen Pastor fiel die erste Wahl. Vielleicht könnte er später auch den Psychologieprofessor vom Vortag anrufen. Ob das was brächte? Er war sich nicht sicher. Also ausprobieren.

Er griff zum Telefon und wählte die Nummer des Büros seiner Gemeinde. Pastor Többens meldete sich nach dem zweiten Klingelton. Sie verabredeten sich noch für den Vormittag. Konnert schob die Zettel zusammen, legte sie in seine Bibel, stand auf und sagte im Vorbeigehen zu Venske: »Ich treffe mich mit meinem Pastor und möglicherweise anschließend mit Professor Tietjen. Ich bin übers Handy zu erreichen.«

Venske sah ihm nach. »Halleluja und gelobt sei Freud.«

Erschrocken blickte er auf, als Konnert wieder neben seinem Schreibtisch auftauchte. »Willst du mit zum Professor?« Ohne eine Antwort abzuwarten, sprach Konnert weiter: »Treffpunkt ist das Denkmal vor der Friedenskirche.«

»Wo ist die denn?«

»Ecke Ofenerstraße und Peterstraße.«

»Wann?«

»Dreizehn Uhr. Wir gehen dann zu Fuß rüber zum Professor.«

»Geht in Ordnung.«

***

Mit seinem Pastor unterhielt sich Konnert über Rache und Vergeltung. Unterhaltung war das falsche Wort. Es redete meistens Pastor Többens, und Konnert hörte zu.

»Sich rächen zu wollen«, dozierte er, »ist etwas ganz Natürliches. Du willst auch, dass ein Mörder nicht ungestraft davonkommt. Deshalb machst du doch deine Arbeit, damit dem Verbrechen die Strafe folgt. Man könnte sagen, dein Job hat ein Sühnebedürfnis zur Grundlage.«

»Ich weiß nicht, ob man das so nennen kann. Bei uns wird keiner umgebracht, weil er einem anderen eine Beule ins Auto gefahren hat.«

»Das ist eine Weiterentwicklung, die Kulturleistung des Judentums gegenüber der ungeordneten, willkürlichen Blutrache. Du kennst den Bibelvers *Auge um Auge und Zahn um Zahn*. Damit wird die Willkür eingegrenzt. Das ist der Fortschritt. Für ein Auge darf man nicht mehr töten. Für einen Zahn gibt es nur noch das Recht einen Zahn als Vergeltung zu fordern und nicht sieben. Dann wird im Alten Testament auch festgesetzt, dass nicht jeder sein Recht selbst durchsetzen darf. Gerichte werden eingeführt und die entscheiden. Und dann wird auch noch geregelt, dass zum Beispiel der Zahn dem Schuldigen nicht mehr ausgeschlagen werden darf, sondern von ihm eine dem Wert des Zahnes entsprechende Geldleistung zu entrichten ist. Im Prinzip ist das immer noch die Grundlage unseres heutigen Rechtssystems.«

Konnert blickte versonnen aus dem Fenster. Was er zu hören bekam, war für ihn nicht neu. Es half ihm in diesem Fall auch nicht weiter. Die Ausführungen ordneten nur seine wirren Gedanken. Schon wieder wünschte er sich, eine Pfeife zwischen den Zähnen zu haben. Er hörte nur noch halb hin, als sein Pastor weitersprach.

»Im Neuen Testament wird die Aufgabe, Recht zu sprechen und durchzusetzen, allein dem Staat überlassen. Christen wird gesagt: Räche dich überhaupt nicht. Überwinde das Böse mit Gutem, weil Strafe nicht wirklich hilft. Das ist christlich. Gnade und Barmherzigkeit statt Gericht und Strafe. Vergebung und Güte öffnen einem Schuldigen die Chance, einen neuen Weg einzuschlagen, ja ein besseres Leben zu beginnen und sich zukünftig an Recht und Ordnung zu halten. Gewalt führt nur zu neuer Gewalt und am Ende bringen sich alle gegenseitig um.«

Nach einer Pause sagte der Pastor: »Du hast mir gar nicht richtig zugehört. Was ist los?«

Ohne groß darüber nachzudenken, vertraute Konnert seinem Pastor an, dass er sich Sorgen um Ruth und ihren alkoholkranken Ehemann mache. Er erzählte von seiner Idee, die beiden in seinem Haus aufzunehmen. »Ist das nicht das, was ich tun soll, Böses mit Gutem überwinden?«, fragte er.

»Versuch es!«

Konnert stand auf. »Danke, dass du dir die Zeit für mich genommen hast. Wenn möglich, sehen wir uns am Sonntag.«

»Gott segne dich, Adi.«

Im Stillen hatte sich Konnert während der pastoralen Ausführungen dazu entschieden, Tabak zu kaufen. Er ging zielstrebig in die Innenstadt zum Tabakladen.

»Das ist aber eine Überraschung, Herr Konnert. Nach langer Zeit beehren Sie mich mal wieder. Ich habe manchmal an Sie gedacht. Ab und zu haben Sie auch vor dem Schaufenster gestanden. Ich hab Sie gesehen, wie Sie sich die Auslagen der Pfeifen angeschaut haben. Was kann ich für Sie tun?« Der Ladeninhaber stützte seine Hände auf den Tresen und sah Konnert erwartungsvoll an.

»Ich möchte eine Dose meiner Lieblingsmischung.« Konnert wollte testen, ob er hier wirklich noch in so guter Erinnerung war.

Tatsächlich, ein Griff ins Regal und vor ihm lag die vertraute runde Tabakdose.

»Pfeifenputzer brauche ich auch.«

»Rot-weiße oder die einfachen? Sie haben immer die rot-weißen genommen, wenn ich mich recht entsinne.«

»Stimmt.«

Konnert sah sich um. Sein Blick blieb an einem Schild mit der Aufschrift »Sonderangebot« hängen. Eine Kollektion Pfeifen war im Preis gesenkt.

»Die Einzelstücke gehören zu Serien der letzten Jahre. Beste Qualität«, warb der Inhaber.

Konnert kannte sich aus. Er nahm eine Savinelli in die Hand. Gleich war das gute Gefühl wieder da, etwas Reelles anzufassen. Er wählte dann aber doch eine Vauen mit hellem Ring um den

Pfeifenkopf aus. Sie war um mehr als dreißig Prozent reduziert.
»Ich muss mit Karte bezahlen. Ich habe nicht damit gerechnet, dass ich mir heute eine Pfeife kaufe.«

Der Mann hinter der Theke lächelte. »Tabak und Putzer spendiere ich.« Er schob die Karte in das Lesegerät. Konnert tippte seine PIN ein und bekam seine Einkäufe in einer Papiertasche über den Tresen gereicht. »Machen Sie es gut, Herr Konnert.«

Schon nach wenigen Schritten war sich Konnert nicht mehr sicher, ob er eine gute Entscheidung getroffen hatte.

Er sah auf die Uhr. Es blieb ihm noch Zeit zum Mittagessen. Er ging zur »Nordsee« und bestellte Alaska-Seelachs, knusprig gebacken, dazu Kartoffelsalat, würzige Remoulade und Mineralwasser.

\*\*\*

Kilian Kirchners Telefon klingelte. Als er den Hörer abnahm, verstand er kein Wort. Aus den Lauten, die er hörte, kombinierte er, dass es ein Anruf aus den Niederlanden sein könnte.

»Sprechen Sie Deutsch?«

»Nee, ik zal alleen spreken Nederlands en Engelse.« Das war langsam und deutlich. Kirchner versuchte sich die einzelnen Worte zu übersetzen, das dauerte. Hieß Engelse Englisch?

»Houdt u daar nog aan de telefoon?«

Kilian versuchte es auf Englisch: »I am not so good English. Please speak slow.«

»I am also not so good English. I think, we will understand each other.«

»Okay, I try", sagte Kilian langsam. »Do you have information for me?«

»Yes, we have. The license plates are stolen. They belong to an old man's car in Amsterdam. He reported them stolen three weeks ago.«

Kilian übersetzte in Gedanken den Text Wort für Wort. Dann antwortete er: »What are you do now?«

»We need an exact description of the two men and the car. So we can initialize manhunt for these two persons.«

»Please send a fax with your information. We will respond with all we know.«

»I will. And by the way, your English is very good. Een goede dag.«

»Ihnen auch einen guten Tag«, stotterte Kilian und merkte erst jetzt, dass seine Kollegen ihm aufmerksam zugehört hatten. Sie hielten ihre Daumen hoch. Er bekam rote Ohren und schaute betreten auf seine Papiere. Ein bisschen stolz war er auch.

Mit Schrecken merkte er, dass er nicht nach dem Namen des Anrufers gefragt hatte. Aber der würde ja ein Fax senden.

\*\*\*

Den Vormittag hatte Darija damit zugebracht, die nähere Umgebung um das Haus im Wald zu erkunden. Sie konnte sich frei bewegen und hingehen, wohin sie wollte. Im Garten sprach sie kurz mit Rizal, die Bohnen erntete. Es war schwer, sich mit ihr zu verständigen. Aber es reichte, um ein paar nette Worte zu sagen.

Sie war durch das Tor am Ende des Gartens hinausgegangen und nach rechts in den Wald hineinspaziert. Nach den vielen Monaten ihrer Gefangenschaft in billigen Hotelzimmern, ungemütlichen Pensionen und zum Schluss in einem Kellerverschlag traute sie der Freiheit nicht. Wie in den ersten Tagen nach ihrer Flucht war sie auch jetzt noch angespannt. Durfte sie wirklich gehen, wohin sie wollte? Gab es einen bestimmten Radius, den man ihr zugestand? Würde sie zurückgeholt, wenn sie sich zu weit entfernte? Sie lief auf einem schmalen Waldweg, bis das Haus nach einer Wegbiegung nicht mehr zu sehen war. Kamen sie jetzt hinter ihr her? Nichts passierte. Sie spazierte weiter, erleichtert, ein wenig befreiter durchatmend. Dann blieb sie stehen und wartete. Kein Rufen, keine eiligen Schritte, keine Gefahr. Darija konnte es so schnell nicht fassen. Sollte die Zeit ihres Elends wirklich zu Ende sein?

Sie ging zurück zur Scheune und schaute durch ein verstaubtes Fenster in das Innere. Ein BMW und ein VW-Multivan waren hier geparkt. Daneben befanden sich ein Wohnwagen, zusammengeklappte braune Gartenstühle und ein Tisch. In einer Ecke lag ein Haufen Brennholz, daneben eine Kreissäge und andere Gartengeräte. Eine grüne, staubige Plane bedeckte zur Hälfte einen kleinen Trecker. Was direkt unter dem Fenster aufbewahrt wurde, konnte sie nicht sehen, auch nicht, als sie sich auf die Zehenspitzen stellte. Und es gab offensichtlich noch einen weiteren Raum, denn sie sah eine Stahltür in einer gemauerten Wand.

»Du kannst ruhig hineingehen.« Ayana stand plötzlich neben ihr und schaute sie mit ihren dunkelbraunen Augen an. Sie waren beide etwa gleich groß, schlank und gut aussehend. Ayana trug zum zartgelben T-Shirt einen leichten Wickelrock aus bunt bedruckter Baumwolle. Eine Halskette aus Perlen hob sich dekorativ vom T-Shirt ab. Die gleichen Perlen trug sie als Armband. Der Duft eines frischen Parfums umwehte sie. Darija war beeindruckt von der schlichten Schönheit und würdevollen Ausstrahlung dieser Frau.

Ayana bemerkte die bewundernden Blicke und sagte: »Du konntest bei deiner Flucht aus der Pension nur wenig Kleidung mitnehmen. Ich leihe dir gern etwas von mir. Meine Sachen müssten dir eigentlich auch passen.« Dann fügte sie noch hinzu: »Ich kann dir aber keine Hosen anbieten. Die besitze ich nicht. Ich lege dir eine Auswahl an Röcken und Kleidern aufs Zimmer. Ist dir das recht?«

»Ja, danke. Das ist freundlich. Ich mag Kleider.«

»Wenn du willst, können wir heute Nachmittag im Internet einige Sachen für dich bestellen.«

»Prima.« Darija war von der Fürsorge der Afrikanerin überwältigt.

»Magst du ein paar Schritte mit mir gehen? Ich möchte dir erzählen, wer ich bin und was ich hier tue.« Sie ging einfach davon aus, dass Darija mitkommen würde, und nahm den gepflasterten Fahrweg, der vom Haus weg zur Straße führte.

Darija folgte ihr.

»Dass ich aus Äthiopien komme, weißt du schon«, begann Ayana. »Geboren wurde ich in einem Dorf in den Bergen an der somalischen Grenze. Morgens sind wir Kinder zu einer Schule der deutschen Entwicklungshilfe gegangen. Da gab es auch Deutschunterricht. Und weil ich nicht die schlechteste Schülerin war, bekam ich einen Platz im Internat der deutschen Schule in Addis Abeba. Das war sehr gut für mich.«

Sie machte eine Pause, als betrachte sie ihre Erinnerung.

»Bei einem Besuch in meinem Heimatdorf haben uns Banditen überfallen und vor allem Mädchen und Frauen entführt, um sie als Sklaven zu verkaufen. So kam ich nach Ägypten. Ich musste als Hausmädchen arbeiten und dem Hausherrn zur Verfügung stehen.«

Wieder stockte ihre Erzählung. Sie hielt ihre Arme schützend über Kreuz vor ihre Brust. Als sie weitersprach, hakte sie sich bei Darija unter. Sie ließ es sich gefallen, ja empfand die Geste als wohltuend, als seien sie vertraut miteinander.

»Sieben Jahre durfte ich das Haus nicht verlassen. Vor vierzehn Monaten und neun Tagen konnte ich nach Alexandria fliehen. Im Hafen habe ich mich in einem Container versteckt. Ein deutscher Maschinist hat mich entdeckt. Nachdem ich ihm meine Geschichte erzählt habe, hat er mich mit Hilfe seines Kapitäns nach Bremerhaven geschmuggelt.«

Wieder schien die Erinnerung an ihre Flucht eine Erzählpause zu benötigen.

»Mein Asylantrag wurde abgelehnt. Wie durch ein Wunder bin ich mit Martina in Kontakt gekommen, und sie ließ mich in ihrem Haus untertauchen.«

Darija schwieg. Sie empfand mehr als Sympathie für die Leidensgenossin neben ihr. Im Gleichschritt gingen sie miteinander. Darija spürte Ayanas Wärme neben sich. Das war fast so, wie sie es mit ihrer Schwester gewohnt war, wenn sie nach der täglichen Arbeit die Sandwege ihres Heimatdorfes entlangspazierten. Es fehlten nur die anerkennenden Rufe und Pfiffe der Jungen aus der Nachbarschaft.

Darija traute sich nicht, ihren Arm um Ayanas Taille zu legen, wie sie es bei ihrer Schwester getan hatte, und betrachtete Ayana von der Seite. Ihre schwarzen Rastazöpfe waren gepflegt. Sie machten aus der schönen Frau eine schöne und interessante Frau. Noch nie hatte Darija zu einer fremden Frau eine solche emotionale Nähe verspürt.

Um wieder etwas inneren Abstand zu gewinnen, fragte sie: »Was tut ihr?«

»Wir beschützen Frauen und helfen ihnen, einen Weg zurück in ein gesichertes Leben zu finden. Das haben wir uns als Hauptaufgabe gestellt.«

Darija war beeindruckt. Als hätten sie beide gleichzeitig denselben Impuls verspürt, wendeten sie und bummelten den Weg zurück zum Haus. Darija erwartete, dass Ayana wieder ihren Arm um sie legen würde. Sie tat es nicht. So gingen sie schweigend nebeneinander.

Kurz vor dem Haus fragte Ayana: »Kannst du Auto fahren? Hast du einen Führerschein?«

»Mein Führerschein, mein Pass abgenommen.« Warum wollte Ayana das wissen?

***

Konnert war pünktlich am Treffpunkt erschienen. Venske hingegen hatte sich verspätet und mit der schwierigen Parkplatzsuche entschuldigt. »Ich hätte besser zu Fuß kommen können.«

»Und warum hast du es nicht getan?«, hatte Konnert knapp entgegnet.

Das Gespräch mit dem Psychologieprofessor hatte eine Stunde gedauert. Und doch waren sich beide Kommissare einig, in ihren Überlegungen nicht wesentlich vorwärts gekommen zu sein. Lag es an ihren unklaren Erwartungen? Konnert war mit sich unzufrieden.

»Wir sollten der Spur vom Autohof Moorburg mehr Aufmerksamkeit schenken. Die ist heiß«, meinte Venske.

Konnert reagierte nicht. Ihm fiel ein, dass er die Papiertüte mit seinen Einkäufen bei dem Psychologen stehen gelassen hatte.

»Die Niederländer haben ermittelt, dass das Kennzeichen gestohlen wurde. Sie werden nach den beiden Männern fahnden.«

»Ich muss noch mal zurück zu Tietjen. Ich habe was bei ihm vergessen. Fahr du ins Kommissariat. Fangt ruhig schon mit der Pressekonferenz an. Ihr kriegt das sowieso besser hin als ich.«

Zügig ging er zurück bis zur nächsten Straßenecke. Vielleicht schaute Venske ihm ja hinterher. Dann verlangsamte er seinen Schritt und versuchte noch einmal die Frage zu beantworten: Was habe ich eigentlich von dem Gespräch erwartet?

Er konnte eben noch einem Jungen auf einem Skateboard ausweichen und hatte schon wieder den roten Faden seiner Überlegungen verloren. Er probierte es erneut, denn irgendwie spürte er, dass sich da eine Vorahnung verdichtete. Was habe ich erwartet?

Mit einem Mal war der Gedanke klar: Ich wollte herausfinden, ob wir mit weiteren Opfern rechnen müssen. Ich wollte mir erklären lassen, wie groß das kriminelle Potenzial der Täter ist. Ich wollte wissen, ob wir es möglicherweise mit einer Serie von Morden zu tun bekommen. Ich wollte fragen, ob sich Rachegelüste irgendwann erschöpfen oder ob sie sich mit jeder Tat neu aufladen. Und ob wir es allein schaffen können oder das LKA einschalten müssen.

Konnert ging immer ruhiger werdend die Auguststraße entlang. Er hatte es nicht mehr eilig. Auch seine Tasche interessierte nicht mehr. Vielmehr bekam eine Passage der Ausführungen von Professor Dr. Tietjen für ihn Bedeutung: »Wir Menschen kennen alle Rachegelüste. Wir wollen Vergeltung für erlittenes Unrecht. Normalerweise kontrollieren wir diesen Impuls, wenn ein Racheakt uns eher selbst Nachteile bringen könnte. Es gibt aber auch so intensiv erlebtes Unrecht, dass wir den Wunsch nach Vergeltung nicht mehr unterdrücken können. Dann kommt es zu Reaktionen, bei denen ein Täter in Kauf nimmt, selbst zu Schaden zu kommen. Das kann bis zur Opferung des eigenen Lebens führen. Wir kennen das auch im positiven Sinn – von Eltern, die ihr Leben aufs Spiel setzen, um ihr Kind zum Beispiel aus einem brennenden Haus zu retten oder von Polizei- und Militäreinsätzen. Aber leider auch von terroristischen Vereinigungen. Eine Aufgabe, eine Vision ist wichtiger als das eigene Leben, wie zum Beispiel bei Selbstmordattentätern, Kamikazefliegern oder Missionaren.«

Diese Informationen waren ja nicht wirklich spektakulär und für Konnert nicht neu. Er war nur wie so oft im Chaos seiner Gedanken und der verzwickten Umstände nicht an sie herangekommen. Dann brauche ich Gesprächspartner, die mir auf die Sprünge helfen, ging es ihm durch den Kopf.

Konnert war in seine Überlegungen vertieft, als sein Handy klingelte. Das Display zeigte ihm die Telefonnummer seiner Tochter an. Konnert ließ sein Handy in der Hosentasche verschwinden. Jetzt nicht, entschied er.

Er wollte auch nicht in die Pressekonferenz. Darum bog er in die Blumenstraße ein und schlenderte zum Botanischen Garten, am Staatlichen Veterinäruntersuchungsamt vorbei zur Ziegelhofstraße. Bei Edeka kaufte er für sein Abendessen ein und rief dann Venske an. »Ist die Pressekonferenz schon zu Ende?«

»Natürlich nicht. Du wirst hier dringend erwartet«, flüsterte Venske und ein Rascheln verriet, dass er seine Hand vor den Mund hielt.

»Dauert es noch lange?«

»Komm her!«

Konnert beendete das Gespräch, ohne zu antworten. Gemütlich genoss er die Spätsommersonne.

\*\*\*

In der Pressekonferenz beugte sich Kriminaloberrat Wehmeyer zu Venske und fragte: »War das Konnert? Warum ist er immer noch nicht erschienen?«

»Er geht einem wichtigen Hinweis nach. Er meint, wir müssten das hier ohne ihn schaffen.«

\*\*\*

Vor dem Kommissariat parkten die Dienstwagen der Rundfunk- und Fernsehstationen. Daneben die Autos der Redakteure von Zeitungen und Magazinen. Die heutigen Informationen würden die Topmeldung in den Medien sein.

Konnert eilte durch den Hintereingang und nahm den Fahrstuhl in den dritten Stock. Babsi stand erstaunt auf, als er ins Büro kam. »Bist du nicht in der Pressekonferenz?«

»Das können andere besser.«

»Du, ein Bote hat eine Papiertasche für dich abgegeben. Die hast du beim Professor stehen lassen. Ich soll dir schöne Grüße bestellen und dazu sagen, dass Rauchen tödlich sein kann.« Sie schaute Konnert fragend an: »Willst du wieder anfangen?«

»Weiß ich noch nicht. Werden wir sehen.«

»Und riechen.«

»Kann sein.«

»Ich mag ja den Duft von Pfeifentabak. Aber wenn du hier deine Pfeifen paffst, geht Kilian mit seinen Zigaretten auch nicht mehr vor die Tür. Dann liegen wieder Zigarettenkippen in seinem Aschenbecher. Und die stinken.«

»Du wirst schon Recht haben.« Im Weitergehen wollte er noch wissen: »Gibt es hier etwas Neues?« Babsi berichtete von Kilians Telefongespräch und dass die Fahndung nach der Frau aus der Pension raus sei.

»Ich habe darauf gewartet, dass du zurückkommst. Ich mache Feierabend. Ich gehe jetzt Verlobungsringe abholen.«

»Verlobungsringe? Das ging aber schnell, dass ihr für euch klar habt, für immer zusammenzubleiben.«

»Wir verloben uns nur, Adi.«

»Nur? Was soll das denn heißen?« Konnert sah auf seinen Ehering. Auch er und seine Frau hatten sich wenige Wochen nach ihrem Kennenlernen verlobt. Sie wussten einfach, dass sie füreinander bestimmt waren. Jetzt hing ihr Ring an einer feingliedrigen goldenen Kette über seinem Herzen. Er sah hinter Babsi her und dachte an Zahra.

Der Gedanke verunsicherte ihn.

***

Die Sonne schien kräftig von einem strahlend blauen Himmel auf Wald und Wiesen. Darija atmete den Spätsommerduft ein. Ab

111

und zu hörte sie, wie die Schoten am Ginsterstrauch aufplatzten und den Samen ins Gebüsch schleuderten. Das Summen von Bienen und das Zirpen von Grashüpfern ergaben ein beruhigendes Hintergrundrauschen.

Nach dem Gespräch mit Ayana hatte sie hier draußen die Ruhe genießen wollen und sich einen Gartenstuhl aus der Scheune geholt. Dabei hatte sie versucht, die graue Stahltür zu öffnen. Sie war überraschenderweise abgeschlossen. Die einzige in Haus und Scheune. Als sie jetzt daran dachte, kam ihr diese Beobachtung merkwürdig vor.

»Wenn du etwas trinken willst, findest du Mineralwasser oder Sprudel im Kühlschrank in der Küche. Bedien dich.« Martina stand mit einem Gartenstuhl in der einen und einem Glas Mineralwasser in der anderen Hand neben Darija. »Darf ich mich etwas zu dir setzen?«

»Ja!«

Darija hielt Martinas Getränk, während die ihren Stuhl aufklappte und sich darauf niederließ. Nachdem sie einen Schluck getrunken hatte, lehnte sie sich zurück und schloss die Augen. Die beiden Frauen genossen die Wärme der Sonne und die friedliche Umgebung. Darija empfand die Stille als wohltuend. Irgendwie hatte sie den Eindruck, als bräuchten sie und Martina nicht zu reden, um sich zu verstehen.

Als die Sonne hinter dem Wald verschwand, wurde es gleich kühl. Die Luft war nach den Nieselregentagen noch nicht aufgeheizt. Darija und Martina brachten ihre Gartenstühle zurück in die Scheune.

»Martina, darf ich dich etwas fragen?«

»Ja, nur zu!«

»Ich kann gehen, wohin ich will. Ich kann aus Küche holen, was ich will. Alle Türen offen. Warum Tür da verschlossen?« Sie sah Martina fragend an.

»Das will ich dir gern erzählen. Dafür brauche ich aber mehr Zeit. Ich muss jetzt mit Charito das Abendessen für uns vorbereiten. Lass uns morgen darüber sprechen. Wenn du willst, kannst du uns in der Küche helfen.«

***

Konnert setzte sich an seinen Schreibtisch und packte seine Pfeife aus. Einrauchen würde er sie am Abend. Aber anschauen konnte er sie ja schon mal. Er legte sie neben das Telefon und betrachtete sie mit Vorfreude, während sein PC hochfuhr.

Er öffnete Protokolldateien und begann zu lesen, kämpfte sich durch die Informationen, von den neuesten zu den ersten. Er hätte sie lieber auf Papier gelesen, aber immer weniger Mitteilungen lagen als ausgedruckte Berichte vor. Seine Augen ermüdeten, er musste sie schließlich zusammenkneifen, um Seite für Seite auf dem flimmernden Bildschirm entziffern zu können.

Ein Telefonanruf lenkte ihn ab. Er klemmte sich den Hörer zwischen Kopf und Schulter und sagte genervt: »Ja!«

»Host du mi ned aruafa woin?«

»Wollte ich, Alois, hätte ich auch gemacht.«

»Wirklich?«

»Wirklich!«

»Also, was hast du für mich?«

Konnert fiel nichts wirklich Exklusives ein. Er versuchte den Mangel an Information zu überspielen: »Denk amoi mit! Beide Opfer wurden nicht im Affekt erstickt, sondern vorsätzlich, nach einer Tortur aus Demütigungen, Schmerzen und Todesangst. Wer macht so etwas? Kriminelle oder brave Bürger, eher Oldenburger oder eher Bayern, eher Männer oder eher Frauen?«

Konnert schwieg einen Moment und überlegte, was er noch sagen könnte: »Denk amoi nach, wie viele Personen braucht's, um so eine Bosheit zu veranstalten?«

Und nach einer weiteren Kunstpause: »Frag di amoi, wo man eine solche Qual durchziehen kann. Das machst du nicht im Wohnzimmer einer Etagenwohnung. Sag du mir, wo das passiert ist, und ich schlage dich für eine Einladung zum nächsten Bullenball vor.«

»Mein Vorschlag ist, ich finde es heraus, und du belegst einen Volkshochschulkurs in bayerischer Mundart im Bayerischen Wald.«

»Wenn du die Kosten dafür aus deinem Erfolgshonorar übernimmst, bin ich einverstanden.«

Alois Weis brummte nur etwas Unverständliches ins Telefon.

»Nun gut«, meinte Konnert, »hast du darüber nachgedacht, was die Täter alles besitzen und können und wissen und bezahlen müssen, um die Morde und Schändungen zu begehen? Das zweigen doch drei Hausfrauen nicht vom Haushaltsgeld ab. Fähigkeiten sind nötig, die man auch nicht bei Mama oder in der Volkshochschule lernt. Denk amoi nach, wer das zur Verfügung hat und besonders gut kann. Und nun lass mich hier weitermachen.«

»Ist das alles, was du mir anbietest?«

»Na gut, weil du es bist, Alois, das erste Opfer hieß Robert Evert und war Fahrer bei der Spedition Riegelein.«

»Danke und pfiat di.«

Konnerts Blick schwenkte rüber zur Pfeife. Er seufzte und machte sich wieder an seine Arbeit.

Einer seiner Mitarbeiter nach dem anderen klopfte an seine Tür, öffnete sie einen Spalt und wünschte einen guten Abend.

Das Großraumbüro lag schon im Halbdunkel, als Konnert sich zu den ersten Berichten vorgearbeitet hatte. Er las erneut das Gedächtnisprotokoll der Befragung von Ilona Evert, das Venske geschrieben hatte. Konnerts Gedanken stolperten über den Satz: »Dauernd kommen irgendwelche Leute und wollen mit mir sprechen. Ich lasse keinen mehr rein.« Wer war zu Ilona Evert gekommen? Was hatten sie von ihr gewollt? Was hatte sie so verschreckt, dass sie niemanden mehr in ihre Wohnung lassen wollte?

Mit dem Gedächtnis wird Venske ein zweiter Struß, dachte er voller Hochachtung für die Genauigkeit des Protokolls, aber hoffentlich nicht so nachtragend wie der. Konnert schrieb noch eine Notiz für Babsi. Gleich nach Dienstbeginn sollte sie sich um diese Fragen kümmern.

Ich muss wohl damit zufrieden sein, nach einem Nachmittag konzentrierter Arbeit diese Fragen aufschreiben zu können, tröstete er sich. Für ihn war jetzt auch Feierabend. Er fuhr seinen PC runter, packte seine Pfeife nebst Utensilien in die Papiertüte, löschte das Licht und zog die Bürotür sorgfältig zu. Auf dem Weg zum Fahrstuhl merkte er die Müdigkeit, die nicht nur seine Augen schwer werden ließ. Der Hunger meldete sich und erinnerte ihn an die Lebensmittel für sein Abendessen. Er ging zurück und griff sich im Dunkeln die Plastiktüte. Er freute sich auf den Abend.

## SAMSTAG, 10. SEPTEMBER

Das Telefon weckte Konnert. Er sah auf die Leuchtziffern seines Weckers. Kurz nach ein Uhr. Mit einem Ruck drehte er sich auf die andere Seite und hielt das Telefon an sein Ohr. »Konnert.«

»Papa, kannst du mich abholen? Sven hat mich geschlagen. Ich will hier weg.«

»Ich bin in zehn Minuten bei dir.«

»Ich bleibe nicht in der Wohnung. Ich warte im Bushäuschen. Komm schnell, bevor er aufwacht.«

Konnert sprang aus dem Bett, stieß sich die Zehen am Bettpfosten. »Merde!« Im Gehen zog er die Hose hoch und stürzte, ohne ein Hemd anzuziehen, barfuß die Treppe hinunter, griff die Autoschlüssel und lief durch die Verbindungstür in die Garage. Während sich das Garagentor automatisch öffnete, trommelte er ungeduldig aufs Lenkrad. Er wünschte sich, ein Blaulicht einschalten zu können. Aber die Straßen waren sowieso frei und die Ampeln blinkten nur gelb.

Im Bushäuschen stand Ruth mit einer Reisetasche, zitterte und winkte.

Sie saß kaum im Auto, als es aus ihr hervorsprudelte: »Sven ist betrunken nach Hause gekommen. Er wollte wissen, was ich den Tag über gemacht habe. Ich habe ihm von deinem Vorschlag erzählt und ihm dann auch gesagt, dass du von seiner Arbeitslosigkeit weißt und warum man ihm gekündigt hat. Da hat er mich angeschrien, mir schlimme Wörter an den Kopf geworfen und mir ins Gesicht geschlagen.« Sie weinte.

Konnert nahm die rechte Hand vom Steuer und streichelte mit dem Handrücken ihre tränennasse Wange.

Sie beruhigte sich etwas und erzählte weiter: »Dann hat er wieder geschrien, ich solle doch zu meinem Vater ziehen, ich verstünde ihn ja doch nicht, niemand verstünde ihn, er käme auch allein zurecht, es sei eben ein Fehler gewesen, mich zu heiraten. Da bin ich ins Schlafzimmer gelaufen, um dich anzurufen und ein paar Sachen einzupacken. Als ich am Wohnzimmer vorbeigekommen bin, hat er im Sessel geschlafen.«

Während sich das Garagentor hinter ihnen schloss, nahm Konnert seine Tochter in den Arm und sagte: »Bald geht die Sonne wieder auf und ein neuer Tag beginnt.«

Konnert machte sich auf den Weg zum Backshop. An seinem schleppenden Gang wurde deutlich, dass er erst in den Morgenstunden, und dann auch nur unruhig geschlafen hatte. Ruth hatte ihm unter Tränen ihr Herz ausgeschüttet. »Papa, du hast mal gesagt, wenn ein Mann seine Frau schlägt, soll sie sofort ausziehen. Ich hab gemeint, klüger als du zu sein. Wenn er betrunken war und ich nicht genau das getan habe, was er befohlen hat, dann hat er mich mit Schlägen bestraft. Ich habe alle Demütigungen hingenommen, weil ich doch versprochen habe, in guten und in bösen Tagen bei ihm zu bleiben. Ich wollte durchhalten und habe gehofft, er würde mit der Zeit ruhiger. Meine Liebe hat mir bis jetzt die Kraft gegeben, trotz allem zu ihm zu stehen. Geändert hat er sich nicht.«

Konnert hatte mit ihr geweint, ihr übers Haar gestreichelt, ihre Hände in den seinen gehalten, ihre und seine Tränen getrocknet. Es wurde draußen schon hell, als er seine Tochter in ihr Kinderzimmer begleitete, wie er es schon getan hatte, als sie noch ein kleines Mädchen war. Erschöpft fiel sie in einen unruhigen Schlaf. Er saß da und starrte benommen auf die Poster mit den schönen Bildern und Bibelversen. Irgendwann war er aufgeschreckt und in sein Schlafzimmer gegangen.

Auf der Ammerlandstraße erreichten die warmen Sonnenstrahlen wohl sein Gesicht, konnten aber sein Herz nicht erwärmen. Er war traurig. Er war traurig über die Ereignisse der letzten Nacht. Er war traurig über sein eigenes Unvermögen, seine Tochter zu schützen. Er war traurig darüber, dass Menschen sich und andere so schlecht behandelten, und fühlte sich obendrein auch noch einsam und überfordert und sogar schuldig am Schicksal seiner Tochter.

Als er den Backshop betrat, war er der einzige Kunde. Zahra sah ihn an und machte ein besorgtes Gesicht: »Geht es Ihnen nicht gut, Herr Konnert?«

»Nein, nein, mir geht's gut«, log er und erschrak, weil ihm die Lüge so leicht über die Lippen ging. »Ich habe einfach zu wenig geschlafen.«

»Ich suche Ihnen die beiden schönsten Brötchen dieses Morgens heraus. Nach dem Frühstück sieht die Welt gleich ganz anders aus. Fröhlicher und sonniger. Die Sonne scheint. Das wird ein guter Tag!«

Und während sie so vor sich hin plauderte, kramte sie tatsächlich im Brötchenfach herum, als fahndete sie nach den schönsten Brötchen des Morgens.

»Das ist lieb von Ihnen. Geben Sie mir heute bitte vier Brötchen.«

»Da finde ich bestimmt noch zwei schöne für Sie. Haben Sie Besuch, wenn ich fragen darf, oder wollten Sie mich zum Frühstück einladen? Meine Frühstückspause beginnt gleich.«

Konnert fummelte seine Uhr aus der rechten Hosentasche. »So spät ist es?«

»Und hier ist Ihre Zeitung. Macht dann zwei Euro zweiundneunzig.«

Konnert überlegte, ob er sagen könnte, dass er sie wirklich gern ein anderes Mal zum Frühstück einladen würde. Nur heute passe es nicht so recht. Eine Frau betrat den Laden. Zu spät. Ich bin zu langsam, dachte er, errötete ein wenig, suchte mit gesenktem Kopf Kleingeld im Portemonnaie und zahlte. Er bemühte sich um ein Lächeln und sagte: »Vielen Dank für Ihre Mühe.«

»Gern geschehen«, antworte Zahra und wendete sich der neuen Kundin zu.

Ruth wollte nicht aufstehen. Sie rührte auch kein Brötchen an. Nur ein paar Schlucke Kaffee trank sie. Auch er ließ seine mit Käse und gekochtem Schinken belegten Brötchen liegen. Der Kaffee schmeckte ihm nicht. Er fühlte sich wie durch den Wolf gedreht. Trotzdem, es gehörte zu seinem Charakter, Befindlichkeiten zurückzustellen, um sich ganz einer Aufgabe zu widmen. Eins nach dem anderen, sagte er sich. Ruth hat alles, was sie jetzt braucht. Ich fahre ins Kommissariat und mache meine Arbeit. So gut ich kann, fügte er noch hinzu.

\*\*\*

Kilian Kirchner hatte sich die Nacht auf dem Autohof Moorburg herumgetrieben. Die aufmerksame Angestellte hatte Nachtschicht, und je später es wurde, desto besser verstanden sie sich. Wenn sie einem Kunden einen Imbiss in der Mikrowelle heiß machte oder Sandwiches mit Salatblatt, Käse oder Salami belegte, dann bemühte er sich, mit den wenigen Lkw-Fahrern ins Gespräch zu kommen. Bei seinen Nachforschungen kam nichts Verwertbares heraus. Er hatte Unmengen Kaffee getrunken, mehrere Brötchen gegessen und mit der jungen Frau gescherzt. Gegen fünf Uhr öffnete sie ein Fläschchen Sekt. Um acht Uhr, als die nächste Schicht antrat, verabschiedeten sie sich mit einer zaghaften Umarmung.

Kilians Hoffnung, die beiden Männer aus den Niederlanden würden wieder in Moorburg tanken, hatte sich zerschlagen.

»Und wie wolltest du dich verhalten, Kleiner, wenn sie wirklich gekommen wären?«, fragte ihn Venske, als Kilian von seiner Nachtschicht berichtete.

Er gab zu, dass er sich keine Gedanken darüber gemacht hatte, wie er als Einzelner gegen zwei potenzielle Mörder vorgegangen wäre.

Aber sie waren ja nicht gekommen.

Konnert und Venske setzten sich mit Kilian an den großen Tisch. Sie blätterten die Tageszeitungen durch. Die Nordwest-Zeitung brachte das Phantombild mit einem ausführlichen Bericht auf der ersten Seite. Eine überregionale Zeitung titelte: »Leichenteile auf der Autobahn – Lkw-Mörder schlägt wieder zu«. Daneben das Bild der Frau mit der Frage: »Ist sie die Lkw-Mörderin?« Auch andere überregionale Blätter berichteten, jedoch im Innenteil.

»Habt ihr die Berichterstattung im Fernsehen verfolgt?«, fragte Babsi gleich beim Hereinkommen. »Auf RTL endete sie mit der Frage, warum der verantwortliche Leiter der Ermittlungsgruppe nicht zur Pressekonferenz erschienen ist.« Zu Konnert meinte sie: »Adi, das war nicht gut, dass du dich gedrückt hast.«

»Ich hatte Wichtigeres zu tun«, verteidigte er sich und überlegte, ob das wieder eine Lüge war oder ob es der Wahrheit entsprach.

Babsi ging zu ihrem Schreibtisch und fand die Notiz von Konnert. »Ich mache mich dann auf den Weg zu Ilona Evert. Könnte was bringen. Bis später!«

Babsi hatte die Türklinke schon in der Hand, als sie sich umdrehte. »Ich bin gegen elf Uhr zurück. Danach können wir uns kurz zusammensetzen und es für diese Woche genug sein lassen.«

Konnert nickte. Venske zog verwundert eine Augenbraue hoch. Er schien sich zu fragen, seit wann Babsi die Arbeitszeiten festlegte.

Kurz darauf klingelte Konnerts Handy. Umständlich fummelte er es aus seiner rechten Hosentasche. Auf dem Display blinkte seine eigene Festnetznummer. Er drückte die grüne Taste und hörte die aufgeregte Stimme seiner Tochter: »Papa? Er steht draußen und schreit rum.« Konnert hörte seine Klingel durchgehend läuten und das Wummern einer Faust an der Tür.

»Ruth, hör mir zu!«

Aber sie achtete nicht auf seine Worte, sondern japste hysterisch: »Er schleicht ums Haus. Er rüttelt an jedem Fenster und brüllt dauernd, ich solle rauskommen. Er will mich holen. Papa! Papa, was mach ich bloß?«

In die kurze Pause rief Konnert: »Bleib von der Tür weg. Ich schicke eine Streife und komme sofort selbst.«

Sein Herz raste. Er wählte mit einem Tastendruck den internen Notruf der Polizei, der extra für Notsituationen von Beamten eingerichtet worden war, und gab seine Adresse und den Grund des Anrufs durch. Gleich danach rief er den Fahrdienst an. »Ich brauche einen Wagen. Jetzt! Schnell! Ich bin schon auf dem Weg.«

»Los komm!«, rief er Venske zu und lief zur Garage. Später erinnerte er sich, dass er die ganze Strecke gerannt war. Trotzdem saß Venske längst am Steuer und wartete mit laufendem Motor und eingeschaltetem Blaulicht. Mit Sirenengeheul jagte er den Wagen auf die Straße und fand den schnellsten Weg durch den dichten Stadtverkehr.

Vor seinem Haus angekommen, versuchte Konnert, sich einen Überblick zu verschaffen. Ein Streifenwagen parkte in seiner Einfahrt. Ein zweiter stand quer vorm Grundstück. Die Haustür stand sperrangelweit offen. Eine Glasscheibe war zerbrochen. In der sonst so stillen Straße hatten sich Anwohner versammelt und diskutierten aufgebracht die Ereignisse der letzten Minuten.

Als Konnert auf sein Haus zulief, hörte er die Frau von gegenüber kritisieren: »Das war nun wirklich nicht nötig.«

Im Wohnzimmer knieten zwei Beamte neben seinem Schwiegersohn. Einer drückte eine Mullkompresse auf dessen Scheitel. Der andere tätschelte abwechselnd seine Wange und spritzte ihm kaltes Wasser ins Gesicht. Eine Beamtin saß mit Ruth auf dem Sofa und hielt sie im Arm. Konnert bahnte sich einen Weg durch das Chaos, fiel auf seine Knie und umarmte seine Tochter. »Ich bin ja da. Ist ja gut. Ist ja gut, mein Mädchen«, flüsterte er ihr zu.

Venske wandte sich an einen Kollegen: »Was ist passiert?«

»Als wir ankamen, stand die Haustür offen. Wir sind rein. Da hat er seine Frau mit einem Messer bedroht. In dem Moment, in dem er uns gehört hat, hat er sich umgedreht, ist auf uns zugekommen und hat mit dem Messer rumgefuchtelt.« Der Polizist zeigte auf ein Brotmesser, das auf dem Wohnzimmertisch lag. »Ich habe den Schlagstock gezogen und es ihm aus der Hand gehauen. Er ist weiter auf mich zugestürmt, da habe ich ihm einen Schlag auf den Kopf verpasst. Dann ist er zusammengesackt.«

Konnert blieb bei seiner Tochter. Bis zu diesem Tag war in seinem Haus niemals geschlagen worden. Jetzt kam ihm sein Heim irgendwie besudelt vor. Er wusste, dass dieses Gefühl übertrieben war. Er konnte sich dennoch nicht dagegen wehren.

Er brühte Kaffee auf. Als er mit zwei Tassen ins Wohnzimmer kam, verzog Ruth ihr Gesicht zu einem mühseligen Lächeln. »Wie wird das nur weitergehen, Papa?«

»Wir trinken Kaffee, dann werden wir schon sehen«, antwortete er sanft und wiederholte nachdenklich, »dann werden wir schon sehen.«

Er sah seine Tochter an. Seine Augen wurden feucht. Vielleicht haben wir unsere Kinder zu nachgiebig, zu weich erzogen, sinnierte er, sie sind nicht durchsetzungsfähig genug geworden. Sie können nicht eindeutig Nein sagen. Sie lassen sich zu viel gefallen. Dummes Zeug, meldete sich ein anderer Impuls in ihm, Unrecht erleiden, ist besser als Unrecht tun. Stimmt das denn? Und ist Gewalt immer gleich Unrecht? Er hatte jetzt nicht die Ruhe, sich diese Frage wieder einmal zu beantworten.

\*\*\*

Darija saß mit zwei Kopfkissen hinter dem Rücken bequem im Bett. Die Wunden heilten gut. Sie hatte ein Buch aus dem Regal im Wohnzimmer mit auf ihr Zimmer genommen. Wegen ihrer begrenzten Deutschkenntnisse musste sie manche Sätze zwei- oder dreimal lesen, um den Sinn zu verstehen.

Wann hatte sie jemals Zeit zum Bücherlesen gehabt? Hatte es in ihrem Elternhaus außer der Bibel noch andere Bücher gegeben? Sie konnte sich nicht erinnern, ihre Eltern einmal mit einem Roman oder einer Zeitschrift gesehen zu haben. Ihr Vater las morgens nach dem Melken und Tierfüttern beim Frühstück einen Abschnitt aus dem Alten und nach dem Abendessen eine Textstelle aus dem Neuen Testament vor. Nachdem sie und ihre Schwester in die fünfte Schulklasse versetzt worden waren, wurde das Bibellesen ihnen übertragen. Aber mehr Zeit zum Lesen gestatteten ihnen ihre Eltern nicht. Als sie starben, hörten sie mit dem Ritual auf.

Darija las in der Lebensgeschichte einer Frau aus einem Indianerstamm in Südamerika. Sie hatte ein Kind bekommen, aber kein Mann wollte sich als Vater bekennen. Die Tradition des Stammes verlangte, dass ein Kind ohne Vater getötet werden musste. Deshalb floh sie mit ihrem Neugeborenen in die Stadt. Darija sah von ihrem Buch auf. Ihr kam die Geschichte von Hagar aus dem Alten Testament in den Sinn. Sie erwartete ein Kind von Abraham, dem Ehemann ihrer Herrin, und floh hochschwanger in die Wüste. Dort fand sie ein Engel und tröstete sie. Sagte der Engel nicht, dass Gott ihr Elend gesehen habe und dafür sorgen werde, dass ihr Sohn der erste eines neuen Volkes würde? Darija fragte sich, ob dieser Gott auch die Frau in Mittelamerika gesehen und ihr geholfen hatte. Und sah Gott sie jetzt?

Als sie ein neues Kapitel anfangen wollte, hörte sie ein Auto auf den Hof fahren. Das Scheunentor wurde geöffnet, es schleifte über das Pflaster. Darija kam nur einen Satz weiter, als sie die Stimmen von Ayana und Martina vernahm. Was die Frauen redeten, war nicht zu verstehen. Es kam ihr aber so vor, als stritten sie sich. Dann sprach eine andere Frau. Deren hohe, kreischende Tonlage kannte Darija nicht. Vorsichtig stand sie auf und schlich zum Dachfenster. Sie beobachte, wie Ayana und Martina auf eine korpulente Frau im engen Minirock und fast durchsichtiger Bluse einredeten. Die Frau war blass. Ihre hellrot gefärbten Haare hingen strähnig bis auf ihre Schultern hinab. Darija schätzte ihr Alter auf über fünfzig. Mit einer Handbewegung forderte Martina sie auf, ins Haus zu gehen, aber die Frau sträubte sich. Schließlich legte Martina ihren Arm um sie und schob sie in Richtung Eingangstür. Da gab die Frau ihren Widerstand auf und ließ sich hineinführen.

Aus dem Flur drangen wohlbekannte Worte an Darijas Ohr: »Hab keine Angst. Hier bist du in Sicherheit. Niemand wird dir hier Böses tun.«

*** 

Ilona Evert sah müde und abgespannt aus. Ihre abstehenden Ohren leuchteten hellrot. »Möchten Sie einen Kaffee?«

Babsi ließ sich auch Milch und Zucker geben, obwohl sie sonst ihren Kaffee schwarz trank. Sie rührte ihn länger als nötig um.

»Sie wollten mich was fragen.«

»Ja.« Schon auf dem Weg hatte Babsi sich Sätze zurechtgelegt. Trotzdem wusste sie nicht so recht, wie sie jetzt anfangen sollte. Sie versuchte es mit einer Erklärung. »Frau Evert, wir haben noch keine heiße Spur. Wir wollen aber unter allen Umständen herausfinden, wer Ihrem Ehemann das angetan hat.« Sie vermied es, von Mord und Folter und Verstümmelung zu sprechen. »Bei der Durchsicht unserer Protokolle ist uns aufgefallen, dass Sie in dem Gespräch mit den beiden Kommissaren gesagt haben, dauernd kämen irgendwelche Leute und wollten Sie sprechen. Welche Leute sind denn zu Ihnen gekommen?«

Ilona Evert musste nicht lange überlegen. Ohne zu zögern, antwortete sie: »Einmal morgens zwei Männer und am selben Nachmittag eine Frau. Na ja, dauernd ist vielleicht übertrieben, aber das war vorher nicht passiert.«

»Verstehe. Und wann genau war das? Können Sie sich daran erinnern?«

»Gestern vor einer Woche.«

»Also am Freitag der vergangenen Woche. Ist das richtig?«

»Ja, das stimmt.«

»Kannten Sie die Männer? Haben Sie sie früher schon einmal gesehen?«

»Nein, noch nie.«

»Könnten es vielleicht Kollegen von Ihrem Mann gewesen sein?«

Wieder strich sie sich die Haarsträhne aus dem Gesicht. Die Ohren leuchteten nicht mehr. Sie überlegte. »Eigentlich nicht. Die Männer haben Anzüge getragen. Ihre schwarzen Schuhe waren blank geputzt. Das tragen Lkw-Fahrer nicht. Nein, Kollegen von meinem Mann sind das nicht gewesen. Bestimmt nicht.«

»Was wollten die Männer von Ihnen?«

»Wo mein Mann ist, sollte ich sagen. Ich wusste es nicht. Sie haben weiter gefragt, wo sie noch suchen könnten. Ich habe immer wieder versichert, dass ich es nicht weiß. Sie haben keine Ruhe gegeben. Sie sind immer gröber geworden. Einer, der Kräftigere von beiden, hat auf den Tisch geschlagen und mir mit der Faust gedroht. Ich hab Angst bekommen und wollte, dass sie weggehen. Da habe ich ihnen gesagt, sie könnten ja mal in unserer Laube nachschauen. Dann sind sie gegangen.«

»Sie besitzen einen Schrebergarten?«

»In Bürgerfelde, bei einem Kleingärtnerverein. Mein Mann hat dort eine Parzelle mit einem kleinen Wochenendhaus.« Die Haarsträhne fiel Ilona Evert wieder ins Gesicht. Sie schob sie mit zwei Fingern zurück.

»Ist Ihnen noch etwas an den Männern aufgefallen? Vielleicht hatte einer einen Bart oder eine Narbe oder eine Tätowierung oder etwas anderes, was auffällt?«

Sie schüttelte den Kopf. »Nichts. Bestimmt nicht.«

Babsi dachte nach und fragte: »Sprachen die Männer Deutsch?«

»Es hat immer nur der ältere Mann geredet. Er hat ein grobes Deutsch gesprochen. Der Jüngere hat die ganze Zeit mit verschränkten Armen in der Tür gestanden. Er hatte einen goldenen Ring am linken Ringfinger.«

Babsi zog eine kleine Kladde aus der Tasche und machte sich Notizen. Ilona Evert trank ihren Kaffee und schenkte sich nach. Sie sah, dass die Kommissarin nicht ausgetrunken hatte, und stellte die Glaskanne zurück in die Maschine. Wieder beschäftigten sich ihre Finger mit der Haarsträhne.

»Sagen Sie mir bitte etwas zu der Frau, die am Nachmittag gekommen ist. Was wollte die von Ihnen?«

»Sie hat gleich an der Tür gefragt, was die Männer von mir wollten. Keine Ahnung, woher sie von ihnen wusste. Sie hat es mir nicht verraten. Sie hat nur betont, dass es für sie sehr wichtig sei. Also habe ich ihr alles gesagt.«

»Auch das vom Schrebergarten?«

»Ja, das auch.«

»Wie sah die Frau aus?«

»Sie hatte schon einige graue Haare, streng nach hinten gekämmt und einen feinen dunkelblauen Sommermantel an. Der war bestimmt sehr teuer. Das konnte ich auf den ersten Blick sehen.

Ihre Fingernägel waren farblos lackiert. Mehr ist mir nicht aufgefallen. Bestimmt nicht.«

»Hat sie auch ein … grobes Deutsch gesprochen?«

»Nein, sie sprach so, wie man hier spricht. Nur vielleicht etwas gewählter. Sie ist bestimmt eine vornehme Frau.«

»Und sie hat sich dann gleich verabschiedet?«

»Ja.«

Babsi merkte, dass ihr Gegenüber noch etwas sagen wollte. Darum schwieg sie. Sie schätzte die Situation richtig ein.

»Ich bin rüber zum Fenster und habe gesehen, wie die Frau in ihr Auto stieg und telefonierte, bevor sie abgefahren ist.«

Babsi kam eine Idee. »Haben Sie auch hinter den Männern hergesehen?«

»Sie müssen nicht denken, dass ich neugierig bin. Bestimmt nicht. Ich lasse die Leute sonst in Ruhe. Ich will ja auch in Ruhe gelassen werden. Aber es war mir so unheimlich zumute, als die Männer weg waren. Ich wollte wissen, ob sie wirklich gehen. Darum habe ich aus dem Fenster geschaut. Sie sind mit einem schwarzen Geländewagen abgefahren.«

Also doch die Männer vom Autohof, dachte Babsi. Sie sagte: »Ich glaube nicht, Frau Evert, dass Sie neugierig sind. Ich meine eher, dass Sie sich richtig verhalten haben.« Als sie sah, wie sich die Ohren von Frau Evert wieder rot färbten und sie, verlegen über das Lob, ihre Haarsträhne aus dem Gesicht strich, wusste sie, dass sie den passenden Ton getroffen hatte. »Noch eine Frage. Haben Sie einen Schlüssel für die Laube?«

Ilona Evert ging voraus in den Flur, fand den Schlüssel im Korb auf dem kleinen Tischchen unter der Garderobe und gab ihn Babsi.

»Vielen Dank! Darf ich Sie noch etwas fragen?« Sie wartete ihre Antwort nicht ab. »Wo sind Ihre Kinder?«

»Bei meiner Mutter. Ich konnte sie nicht mehr um mich haben. Es ist alles zu viel für mich.«

Als Babsi im Auto saß, rief sie Kilian Kirchner an: »Liest du noch Zeitung? Pack sie weg. Such mir die Adresse vom Kleingärtnerverein Bürgerfelde raus.«

Sie wartete ungeduldig.

Umgehend kam die Antwort: »An der Bullwisch 20. Wozu willst du das wissen?«

»Das erfährst du gleich. Nimm deine Waffe, setz dich ins Auto und komm dahin. Aber ohne Blaulicht und Sirene. Ich warte auf dich. Wir müssen eine Laube überprüfen.«

*\*\**

»Bitte, Ruth, setz dich. Komm zur Ruhe, so schwer es dir auch fallen mag.« Konnert sah besorgt hinter seiner Tochter her, die hektisch auf und ab ging. Mal verließ sie das Wohnzimmer, um wenige Augenblicke später wieder hereinzukommen. Ein anderes Mal blieb sie vor dem mittlerweile unnützen Krankenbett stehen, schüttelte den Kopf und begann ihre ruhelose Wanderung von Neuem. Ihr Gesicht war blutleer, ihre Augen irrten von einem Punkt zum nächsten. Fahrig zog sie die Finger durch ihr wirres Haar. Wenn sie in seine Nähe kam, konnte er ihren Schweißgeruch wahrnehmen.

»Ruth, wie wäre es, wenn du ein Bad nehmen würdest. Das beruhigt dich ein bisschen.«

»Nein, will ich nicht.« Sie hastete zu den Stühlen am Esstisch und zurück zum Sofa und weiter in den Flur.

»Du machst mich ganz konfus, Ruth, bitte setz dich!«

»Wenn es unbedingt sein muss.« Damit nahm sie in einem Sessel Platz, um doch kaum zwei Augenblicke später wieder aufzuspringen. »Papa, bleibt Sven im Gefängnis?«

»Nein, wahrscheinlich ist er schon längst in eurer Wohnung und schämt sich.«

»Das glaube ich nicht.« Ruth lachte hysterisch auf. »Und sollte er sich tatsächlich schämen, dann ertränkt er seine Gefühle in Bier und Schnaps.«

Konnert sah ein, dass seine Tochter wohl Recht hatte. Er wusste aber nicht, was er noch sagen oder tun könnte.

Das Telefon klingelte. Er nahm den Hörer ab und wurde gefragt: »Adi, bist du dran?«

Er erkannte die Stimme von Svens Mutter. »Helga, wo bist du?«

»Ich bin bei Sven in der Wohnung. Er hat mich angerufen. Er weiß nicht, was er machen soll.« Es sprudelte nur so aus ihr hervor. »Ich bin sofort zu ihm gefahren. Ist Ruth bei dir?«

»Wo sollte sie sonst sein.«

»Ich muss sie sprechen!«

Konnert sah hinüber zu seiner Tochter: »Willst du mit deiner Schwiegermutter telefonieren?«

Sie zog ihren Kopf zwischen die Schultern.

»Ich lasse Ruth mithören.«

»Ruth, komm nach Hause! Es tut Sven so leid. Dauernd sagt er, dass er dich so sehr liebt. Er will auch mit dem Trinken aufhören. Nur komm wieder zu ihm zurück.«

Ruth schwieg.

»Bitte, er weiß nicht, was er ohne dich machen soll. Er schwört, dass er ohne dich nicht leben kann. Er liebt dich wirklich. Komm nach Hause!«

Ruth blieb stumm.

»Ruth?«

»Dass er sich ändern will, verspricht mir Sven nach jedem Ausrasten. Er hält seine Versprechen aber nicht.«

»Jetzt ist es ihm ernst. Er wird alle Bierflaschen ins Waschbecken ausleeren und die Schnapsflaschen auch. Er hat es mir fest versprochen. Er meint es ehrlich. Komm zurück! Dann wird alles wieder gut. Gib ihm eine Chance! Du liebst ihn doch auch.«

Ruth sagte nichts. Hin- und hergerissen zwischen ihren Gefühlen sah sie zu ihrem Vater und sagte: »Ich überlege es mir.«

Konnert hielt den Hörer wortlos in der Hand. Als niemand mehr etwas sagte, legte er auf.

»Papa, was soll ich tun? Was soll ich tun?«

Für Konnert war völlig klar, dass sie nicht sofort zu ihrem Ehemann gehen sollte. Jeder, der sich schon mit prügelnden Alkoholkranken auseinandergesetzt hatte, käme zu diesem Ergebnis.

Er sagte: »Entscheiden musst du. Ich an deiner Stelle würde aber erst zu ihm zurückgehen, wenn er eine Therapie erfolgreich durchgestanden hat.« Er fügte hinzu: »Ich weiß, wie schwer ein

Entschluss für dich ist. Es ist aber für Sven und für dich das Beste, wenn du wartest.«

Ruth antwortete nicht. Sie ging nach oben in ihr Zimmer. Konnert konnte sie auf und ab laufen hören.

Nach einer knappen Stunde kam Ruth herunter. Sie schien gefasst: »Papa, du kannst ruhig wieder zur Arbeit fahren. Ich nehme dann mal ein Bad und mache mir etwas zu essen. Wirst schon sehen, es wird alles wieder gut.«

Konnert war sich nicht sicher, ob er Ruth wirklich allein lassen konnte. Aber er hatte einen Fall zu klären. Zum zweiten Mal an diesem Tag ignorierte er sein Bedürfnis, bei seiner Tochter zu bleiben, und bestellte sich ein Taxi.

***

Kilian traf Babsi auf dem Parkplatz vor den Schrebergärten und sie informierte ihn in aller Kürze über ihr Gespräch mit Frau Evert. Die beiden Kommissare betraten das Gelände durch ein weiß gestrichenes Holztor. Rechts und links vom Weg waren die einzelnen Parzellen sauber eingezäunt oder mit üppig grünenden Thujahecken abgegrenzt. Der Sandweg war geharkt und unkrautfrei. Schon beim dritten Gartentor entdeckten sie einen bärtigen Mann, der kniend Unkraut aus den Fugen seines Gartenwegs kratzte. Sie fragten nach der Laube von Robert Evert. Mühsam stand er auf und kam zu ihnen: »Wen möchten Sie sprechen?« Er legte eine Hand hinter ein Ohr und hörte der Frage aufmerksam zu.

»Wir würden gern wissen, wo wir die Gartenhütte von Robert Evert finden.« Kilian sprach laut und überdeutlich.

»Ganz einfach. Gehen Sie den Weg bis zum Ende.« Der Mann hatte seine Hand vom Ohr genommen und zeigte mit ihr die Richtung. Er sprach schnell, als hätte er Sorge, unterbrochen zu werden. »Da biegen Sie ab. Sein Garten ist ziemlich verwildert. Daran erkennen Sie ihn. Der Vorstand hat Robert dreimal aufgefordert, sein Grundstück in Ordnung zu bringen. Aber der rührt sich nicht. Jetzt wird ihm der Pachtvertrag gekündigt. Ist ja auch eine Schande für unsere Anlage, wenn einer alles verkommen lässt.«

Die Kommissare nickten im Gleichtakt nach jedem Satz. »Ja, da haben Sie wohl Recht«, sagte Babsi und Kilian fügte an: »Vielen Dank für die Auskunft.«

Sie waren schon einige Schritte gegangen, als Babsi sich noch einmal umdrehte und mit deutlich erhobener Stimme fragte: »Hat in letzter Zeit schon jemand nach Everts Parzelle gefragt?«

»Warum wollen Sie das wissen?«, rief der Mann. Er klang misstrauisch.

»Wir sind von der Polizei.« Babsi ging zurück, um ihren Dienstausweis zu zeigen. »Wir wollen uns nur das Gartenhaus ansehen.«

Der Mann sah sich den Ausweis an. »So schlimm ist es nun auch wieder nicht«, beschwichtigte er. »Wenn einer seine Parzelle verwildern lässt, muss man doch nicht gleich die Polizei rufen. Da ist der Vorstand übers Ziel hinaus geschossen. Meinen Sie nicht?«

Auch Kilian ging die kurze Strecke zurück und drückte die Frage erneut sehr deutlich aus. »Hat in der letzten Zeit jemand nach dem Garten von Robert Evert gefragt?«

»Das weiß ich nicht. Das geht mich nichts an. Und damit will ich nichts zu tun haben.« Mit abgespreizten Fingern hob er abwehrend beiden Hände.

Die Beamten schritten den Weg entlang. Das Wort »Polizei!«, vom Unkrautkratzer über den Zaun gebrüllt, schreckte andere Gartenliebhaber auf. Sie warteten vor ihren rot und blau und grün gestrichenen Hüttentüren oder schauten aus ihren Fenstern. Die Polizisten unterhielten sich, als bemerkten sie nicht, dass sie unter Beobachtung standen.

Die Parzelle von Robert Evert war wirklich nicht zu verfehlen. Die Thujahecke war ungeschnitten und wucherte bis über den Weg. Das Tor hing schief in den Scharnieren und quietschte, als die Beamten es öffneten.

Babsi blieb hinter Kilian. Sie hielt die Hand an ihrer Waffe. Kilian pirschte sich lässig an die Haustür heran. Sie war geschlossen.

Vorschriftsmäßig, mit dem Rücken zur Wand, schob er sich zum ersten Fenster vor. Vom Schmutz fast blinde Scheiben und eine vergilbte Gardine machten es unmöglich, einen Blick in die Hütte zu werfen. Nicht anders war es bei dem Fenster auf der Rückseite. Zurück am Eingang, legte Kilian sein Ohr an die Tür, konnte aber nichts hören. Babsi trat mit dem Schlüssel vor, aber er ließ sich nicht umdrehen. Als sie die Türklinke anpackte, um an der Tür zu rütteln, sprang sie auf.

Es gab keinen Flur. Man stand gleich in einem Wohnraum mit einer Küchenzeile. Sofort war klar, dass hier ein Kampf oder eine grobe Durchsuchung stattgefunden hatte. Stühle lagen umgestoßen herum. Ein eckiger Flickenteppich warf Falten unter dem umgeworfenen Tisch. Ein großer Aschenbecher mit dem Aufdruck »Jägermeister« war in eine Ecke gerollt. Kippen und Asche lagen verstreut im gesamten Zimmer. Geschirr war an den Wänden zerschellt. Die Lampe an der Dunstabzugshaube über dem Gasherd brannte.

»Stopp!«, kommandierte Babsi, »hier muss die Spurensicherung her. Ruf an! Wir warten!«

Kilian ging vor die Tür und rief beim Grafen an. Mit der anderen Hand angelte er sich eine Zigarette aus der Packung. Er inhalierte den ersten Zug tief.

»Holst du mal Flatterband aus dem Auto?« Die Frage meinte sie als Befehl. »Gleich haben wir hier einen Auflauf von Neugierigen. Beeil dich!« Und ich habe gemeint, wir könnten heute schnell ins Wochenende gehen, dachte sie.

***

Abgestützt auf seine Ellenbogen saß Konnert am Schreibtisch und stopfte sich eine seiner älteren Pfeifen. Die neue musste ausruhen. Er hatte sie am Abend vorher auf die altmodische Weise mit nur einer Drittelfüllung Tabak eingeraucht. Ihm war davon übel geworden. Sein Körper musste sich erst wieder an Nikotin und Teer und Aromastoffe gewöhnen, bevor der Genuss sich einstellen würde. Die Pfeife, die er sich jetzt fertig machte, sollte ihm schon besser schmecken. Seine Zunge erkannte den Tabakgeschmack, als er das Mundstück zwischen die Zähne klemmte. Das Ritual des Ansteckens vollführten Daumen und Zeigefinger wie in früheren Zeiten automatisch. Pfeife rauchen verlernt sich ebenso wenig wie Radfahren, kam ihm in den Sinn. Das Gefühl vom Wohlbefinden einer oft wiederholten Routine wollte sich eben einstellen, als das Telefon klingelte. Konnert meldete sich mit der Pfeife im Mund.

»Hier ist Babsi. Wir sind beim Kleingärtnerverein. Robert Evert hatte da eine Parzelle. In seinem Gartenhaus sieht es wie nach einem Kampf aus oder nach Vandalismus. Wir haben die Spurensicherung angerufen. Willst du auch kommen?«

Konnert überlegte und nuckelte an seinem Mundstück. »Nein, das schafft ihr ohne mich. Bestell dem Grafen einen Gruß von mir. Wenn sich keine neuen Fakten ergeben, besuche ich ihn am Montag in seinem Keller.«

»Okay, wenn's was Besonderes gibt, sage ich Bescheid. Mach du ruhig Feierabend, hattest ja eine harte Woche.«

Babsi wollte ihr Handy schon zuklappen, als Kilian rief: »Auch von mir einen lieben Gruß und ein entspanntes Wochenende.«

Konnert legte auf und nahm die Pfeife aus dem Mund. Sagen mir neuerdings meine Mitarbeiter, was ich zu tun habe?

Die Pfeife wurde in seiner Hand kalt. Er steckte sie wieder zwischen die Zähne und wie von selbst griff die rechte Hand zum Feuerzeug und setzte den Tabak erneut in Brand. Konnert lehnte sich zurück und blies Qualmwölkchen in Richtung Zimmerdecke.

Sein Magen meldete sich, und er erinnerte sich daran, dass er bis jetzt nicht einmal gefrühstückt hatte. Kein Wunder also, dass ihm das Rauchen auf den Magen schlug. Er legte die Pfeife in den Aschenbecher und suchte im Schreibtisch nach ein paar Keksen oder Schokolade. Er fand nur Krümel in einer Zellophantüte.

Konnert sah sich auf der Etage um. An diesem Samstagvormittag war er hier allein. Er sah die Schreibtische und dunklen Bildschirme der Mitarbeiter, die gestern noch Bankkonten überprüft,

Telefonkontakte aufgelistet oder Datenbanken durchforstet hatten. Ohne diese fleißigen Helfer zögen sich die Ermittlungen endlos hin. Er dachte an die Mitarbeiter vom großen Tisch, wie er sie nannte. Kilian. Wie lernbereit er doch war. Babsi. Sie konnte so einfühlsam Gespräche führen. Und Venske. Wo ist eigentlich Venske?, schoss es ihm durch den Kopf.

Er griff zum Telefon und wählte Venskes Handynummer. Der nahm nicht ab.

Konnert unternahm einen neuen Versuch zu rauchen. Paffend kamen seine Gedanken auf Venske zurück. Auf Venske, den Antreiber, das Multitalent, den Witzigen, die Mimose, wenn jemand ihn hart anging. Konnert bedankte sich bei Gott für jeden Einzelnen und erbat für sie Kraft und Bewahrung vor Schaden.

Da meldete sich wieder sein Magen, und er beschloss, eine Pizza zu bestellen.

\*\*\*

An den Tisch im ehemaligen Stall setzten sich fünf Frauen und die Tochter von Charito. Ayana stellte die Rothaarige vor. »Angelika hat zuletzt in Bremerhaven gelebt. Vor knapp zwei Wochen hat ihr Zuhälter sie krankenhausreif geschlagen. Wir haben sie aus dem Krankenhaus abgeholt. Sie kann sich bei uns erholen und dann entscheiden, wie es für sie weitergehen soll.« Sie wandte sich zu Angelika und sagte mit einem gewinnenden Lächeln: »Noch einmal, Angelika, sei uns herzlich willkommen.«

Sie gaben einander die Hände und schwiegen.

Die Suppe war kräftig und erinnerte Darija an Gemüsesuppen ihrer Mutter mit Rindfleischstückchen und Fettaugen, so groß wie Mantelknöpfe. Angelika sah unsicher von einer Frau zur nächsten. Als sie Darija anschaute, trafen sich ihre Blicke, und Darija lächelte sie ermutigend an. Verlegen blickte die ältere Frau auf ihren Teller und rührte langsam ihre Suppe um, ohne sie zu essen.

Die Gespräche drehten sich um das Wetter und ob sie am Abend nicht draußen grillen könnten und was im Fernsehen angeboten würde und wie sie den Sonntag gestalten wollten.

Nachdem sie in der Kaffeerunde geraucht und geplaudert hatten, stand Martina auf und trat hinter Darijas Sessel: »Wenn du magst, kann ich dir jetzt den Raum hinter der verschlossenen Tür in der Scheune zeigen.« Sie sprach mit einem Tonfall, als wollte sie einem Kind bei einer schwierigen Hausaufgabe helfen.

Martina tippte eine siebenstellige Kombination auf das Zahlenfeld neben der Stahltür, ohne Darija die Sicht zu verstellen. Darija wollte sich die Zahlen merken, behielt aber nur die ersten fünf und war nicht sicher, ob sie noch die richtige Reihenfolge im Kopf hatte. Martina öffnete die Tür und ließ Darija den Vortritt.

Der Raum lag im Dunklen. Damit hatte Darija gerechnet. Sie hatte ja schon von außen gesehen, dass hier die Fensterscheiben von innen schwarz angestrichen worden waren. Sie trat einen vorsichtigen, tastenden Schritt ins Dunkel. Es roch nach der herben Note eines Parfüms, das sie kannte. Sie spürte ein leichtes Unwohlsein und eine Anspannung ihrer Muskeln, als würde sie wieder mit verbundenen Augen in eine Folterkammer geführt. In Sekundenschnelle durchflutete Misstrauen ihr Denken. Sie blieb stehen.

Martina machte Licht.

Darija erstarrte.

Mit weit aufgerissenen Augen schrie sie »Nein!« und wollte zurückweichen. Doch Martina hielt sie mit kräftigem Griff an den Schultern fest. Sie drängte Darija in den Raum hinein. Die Tür fiel hinter ihnen ins Schloss. Darija zitterte am ganzen Körper. Sie versuchte, sich aus Martinas Griff zu winden. Vergeblich.

Die Falle ist zugeschnappt. Ich bin wieder gefangen. Es ist vorbei.

\*\*\*

Als die Pizza angeliefert worden war und Konnert auf seinem Schreibtisch Platz zum Essen freigeräumt hatte, fand er ein Post-it von Venske. Er hatte notiert: »Frau Riegelein hat ihren Mann als vermisst gemeldet. Ich kümmere mich darum.«

Konnert holte sich aus der Kiste neben der Kaffeemaschine eine Flasche Mineralwasser und packte seine Pizza aus. Dabei kombinierte er in Gedanken die Tatsache, dass Robert Evert ein Fahrer der Spedition Riegelein war mit dem Verdacht, den Babsi geäußert hatte, dass dort nicht alles mit rechten Dingen zuging. Und jetzt die Vermisstenanzeige. Sollte sich da eine weitere Spur abzeichnen?

Er rief Venske an. Der hatte sein Handy immer noch abgestellt. Konnert aß zwei Drittel seiner Pizza. Jetzt sollte es aber wirklich mit dem Pfeiferauchen gelingen. Er stopfte den Tabak etwas nach und zündete ihn an. Zurückgelehnt genoss er den Geschmack seines Lieblingstabaks und die beruhigende Wirkung vom Nikotin. Sein Magen hielt still.

***

Panische Gedanken wirbelten in Darijas Kopf durcheinander. Vor ihr standen Geräte und Instrumente, spezielle Möbelanfertigungen und Monturen, die denen ähnelten, mit denen sie monatelang gequält worden war. Ihre Beine gaben unter ihr nach.

Martina ging mit ihr zu Boden und fing sie auf. Sie drückte Darija an sich und legte ihre Arme um sie. »Hab doch keine Angst! Niemand tut dir hier etwas zuleide.«

Darija schwebte zwischen Panik und Vertrauen. Sie spürte den schnellen Herzschlag Martinas an ihrem Rücken. Fast war es ihr, als schlüge ihr eigenes Herz im selben harten Rhythmus. Martinas Umarmung war nicht einengend. Ihre starken Arme taten ihr sogar gut. Es fühlte sich wie Geborgenheit an.

Aber vor ihr, nur wenige Meter entfernt, stand auf einem Podest ein schwarzes, lederüberzogenes Andreaskreuz. In den blanken Ösen und Ringen an den Balkenenden strahlte das Licht von Scheinwerfern wie kleine Sterne zurück. Ihr schauderte wieder. Sie ballte ihre Fäuste und zog ihre Knie an. Sie verkrampfte sich und schloss die Augen.

Martina hielt sie in ihren Armen und legte ihren Kopf an den von Darija. Wie ein Liebespaar saßen sie auf dem Boden und hingen ihren Gedanken nach.

»Ich helfe dir, den Schrecken vor diesen Folterinstrumenten zu verlieren. Ich helfe dir, deine Vergangenheit hinter dir zu lassen.

Ich helfe dir, dich ohne Angst auf die Zukunft zu freuen. Ich helfe dir.«

Während Martina mit ruhiger Stimme sprach, lockerte sie ihre Umarmung. Sofort vermisste Darija ihre Nähe und Kraft.

»Auch ich musste lernen, mich meiner Vergangenheit zu stellen.« Martina machte eine Pause und holte tief Atem, bevor sie in einem zärtlichen Tonfall weitersprach. »Es hat über ein Vierteljahr gedauert, bis ich diesen Raum wieder betreten konnte. Ich habe ihn nämlich zusammen mit meinem Mann entworfen und ausgestattet. Der Käfig dort links wurde nach meinen Vorstellungen und meinen Körpermaßen für mich angefertigt. Die Halsausschnitte im Pranger und im Joch passen zentimetergenau um meinen Hals. An den Bock habe ich mich ungezählte Male von meinem Mann fesseln lassen. Ich habe mit verbundenen Augen am Schmerz erkannt, welche Peitsche er benutzt hat.«

Wieder entstand eine Pause. Unschlüssig überlegte Martina, ob sie weitererzählen oder schweigen sollte. »Komm«, sagte sie schließlich, »komm und berühre das Gitter, die Handschellen und Brustklemmen. Es sind tote Gegenstände. Sie tun dir nichts. Es sind Menschen, die andere Menschen erniedrigen und quälen und bestrafen und zerbrechen. Fass ruhig an.« Martina griff neben sich und hielt Darija eine goldglänzende, kräftige Kette hin, die von der Decke hing. »Hier ist niemand, der dich an sie fesselt und dich hochzieht, bis du den Boden unter den Füßen verlierst und hilflos in der Luft hängst.«

Darija verschränkte ihre Arme hinter dem Rücken. Sie wollte nichts anfassen. Sie wollte hier raus, weg aus dieser Folterkammer, zurück in ihr Zimmer, sich unter der Bettdecke verkriechen und weinen.

Als sie sich umdrehte, fiel ihr Blick auf Pinnwände rechts und links der Stahltür. Sie blieb stehen. Auf der linken Seite waren mit Stecknadeln Bilder von Männern und Frauen angeheftet. Sie erkannte sofort zwei Gesichter von Männern, die sie in den vergangenen Monaten bewacht hatten. Die Männer, vor denen sie mehr Angst als vor dem Tod hatte. Diese beiden hatten sie geschlagen, wenn sie nicht widerspruchslos gehorchte. Sie waren es, die sie zu den Bars und Privathäusern und abgelegenen Villen brachten, sie dort ablieferten und nach Stunden voller Schmerzen, Ekel und Geringschätzung abholten, um sie wieder in einen kleinen Raum einzusperren. Um ein Stück Seife musste sie diese Männer anbetteln, wenn sie den Schmutz und das Blut von ihrem Körper waschen wollte. Sie musste ihnen zu Willen sein, wenn sie saubere Kleidung bekommen wollte. Nur wenn sie für eine weitere Nacht in irgendeinem der Studios oder irgendeiner Privatwohnung gebucht war, hatte sie alles bekommen, was sie brauchte, um sich sexy herauszuputzen. Sie hasste diese Männer und wünschte ihnen einen langsamen Tod mit anschließender ewiger Marter in der Hölle.

Martina trat neben sie. »Wir wissen, was die beiden tun.« Sie wartete.

Darija sah zur Tür. Vielleicht einen Meter entfernt standen Besen und Schrubber und Wischeimer mit Aufnehmern, dazu verschiedene Putzmittel und eine Flasche Sagrotan. Die Utensilien sahen nicht so aus, als seien sie lange nicht benutzt worden. Es fiel ihr nicht auf.

Ihre Gedanken konzentrierten sich auf die Tür. War sie unverschlossen, dann würde alles gut werden, prophezeite sie sich. War sie jetzt abgeschlossen, war die Falle zugeschnappt. Das konnte nur ihren Tod bedeuten. Nicht noch einmal, hatte sie für sich entschieden, wollte sie eine Sklavin sein. Sie würde sich das Leben nehmen. Sie ging auf die Tür zu. Sie griff nach der blanken Klinke und stemmte sich gegen das Metall. Sie öffnete sich, ohne einen Ton abzugeben. Darija atmete noch nicht auf. Noch war sie nicht aus der Scheune raus. Sie trippelte mit unsicheren Schritten an den Autos und Gartengeräten vorbei. Ihr Blick war starr auf das Scheunentor gerichtet. Sie fasste den Querbalken, mit dem das Tor verriegelt war. Sie konnte ihn leicht anheben. Sie stieß einen Flügel auf und trat hinaus ins Sonnenlicht.

***

»Du bist ja immer noch hier!« Babsi erschien im Türspalt. »Und paffst genüsslich. Oh, oh!« Sie ließ ein süffisantes Lächeln über ihr Gesicht huschen. »Kilian steht hinterm Haus und raucht und unser aller Chef qualmt hier oben vor sich hin. Oh, oh!«

Konnert fühlte sich nicht mehr ganz so wohl in seiner Haut.

Babsi setzte sich ihm gegenüber auf den Besucherstuhl. »Schöne Grüße zurück vom Grafen. Seine Leute haben mächtig zu tun. Im Nebenraum der Hütte gab es Blutspuren. Er freut sich auf dein Kommen und lässt fragen, ob er für dich Kuchen backen soll.«

»Nun ist aber gut.« Ihm fehlte heute der Sinn für Scherze. »Habt ihr was gefunden?«

»Ohne Quatsch jetzt, Chef. Van Stevendaals Leute haben leere Konservendosen entdeckt und gleich eindeutig als osteuropäische Marken identifiziert. Sie könnten von Evert stammen. Er ist ja häufig in den Ostblock gefahren. Vielleicht haben auch andere in der Hütte übernachtet und gekocht. Der Graf überprüft das. Montag weiß er mehr.«

Kilian kam herein und lehnte sich an einen Aktenschrank. Auch Venske tauchte auf und setzte sich mit einer Pobacke auf Konnerts Schreibtischkante. Es wurde eng in dem kleinen Büro.

Mit ausholenden Handbewegungen legte Venske los: »Rainer Riegelein wird seit Mittwochabend von seiner Frau vermisst. Er ist nicht von der Arbeit nach Hause gekommen. Das hat sie noch nicht beunruhigt, weil es schon häufiger vorkommen ist. Als er aber auch am Donnerstag und Freitag nicht aufgetaucht ist, hat sie sich doch ein bisschen Sorgen gemacht und angefangen, seine Handynummer im Abstand von einer halben Stunde anzurufen. Er ist nicht rangegangen. Familienangehörige, Freunde und Bekannte haben auch nicht gewusst, wo er sich aufhalten könnte. Heute Morgen hat sie dann eine Vermisstenanzeige aufgegeben. Eigentlich ist das ja nicht unser Ressort. Aber weil der Name Riegelein in unserem Fall vorkam, bin ich gleich zum Privathaus der Familie gefahren.«

»Mittwoch war Babsi noch bei ihm im Büro«, erinnerte Kilian.

»Freitagmorgen wurde eine Leiche unter einen Lkw gebunden«, dachte Babsi laut vor sich hin.

»Evert und Riegelein, zwei Männer aus derselben Spedition. Vielleicht wurde auch der Chef auf bestialische Weise umgebracht und seine Leiche auf demselben Parkplatz unter einen Lkw gelegt, wo wir seinen Angestellten gefunden haben. Wir müssen sofort unseren Kontakt mit den niederländischen Kollegen intensivieren.« Für Venske war der Fall schon so gut wie gelöst.

»Und auch noch mit den Kollegen vom Bundesamt für Güterverkehr sprechen«, warf Kilian ein.

»Nun mal nicht so hastig.« Konnert steckte sich seine erloschene Pfeife an. Kilian meinte das Kommando »Feuer frei« vernommen zu haben und holte seine Zigaretten heraus.

»Ich habe es gesagt«, protestierte Babsi, »jetzt verpesten sie zu zweit die Luft. Wir sollten uns dann wenigstens an den großen Tisch setzen.«

Sie zogen um, auch wenn die Besprechung dann sehr kurz ausfiel.

»Kilian, du baust den Kontakt mit den Holländern aus und informierst sie über unsere Ermittlungsergebnisse«, bestimmte Konnert. Kilian hatte es auf der Zunge, biss jedoch die Zähne zusammen und verbesserte ihn nicht.

»Wir anderen machen Feierabend. Babsi macht ihren zukünftigen Verlobten glücklich. Ich kümmere mich um meine Tochter. Und du, Venske, wirst schon was finden, womit du am Wochenende die Zeit totschlagen kannst. Protokolle schreiben, wäre mein Vorschlag.« Mit einem gewinnenden Lächeln in Richtung Venske sagte er noch: »Deine detaillierte Aufzeichnung von unserem Besuch bei Ilona Evert hat uns letztlich auf die Gartenhüttenspur gebracht.«

Niemand widersprach.

»Wenn sich nichts Außergewöhnliches ereignet, treffen wir uns am Montag um neun Uhr hier am großen Tisch wieder.«

***

Darija fand Ayana in ihrem Büro unterm Dach. Sie saß vor ihrem PC. Als sie Darija bemerkte, schloss sie die Seite, an der sie gearbeitet hatte. Darija spürte, es war Ayana nicht recht, dass sie heraufgekommen war. Ihre Augen hatten einen lauernden Blick und eine gewisse Schärfe lag in ihrer Stimme: »Was möchtest du?«

»Ich möchte wissen, wo liegt diese Haus.«

Ayana stand auf und ging zu einer Europakarte an der Dachschräge. Sie zeigte auf einen kleinen roten Kreis. »Hier sind wir, im Naturpark Wildeshauser Geest.«

Darija sah andere Markierungen auf der Karte verteilt. Einige lagen in Städten, andere verstreut in der Landschaft. Sie versuchte, die Anzahl der Kreise zu zählen, aber Ayana stellte sich wie unbeabsichtigt vor die Karte und fragte: »Was kann ich noch für dich tun?«

»Ich möchte Autoschlüssel. Ich nach Oldenburg. Ich Privates in Oldenburg. Zum Abendessen zurück.«

Obwohl sie es versuchte, konnte Ayana ihr Erstaunen über diese Bitte nicht hinter einem Lächeln verbergen. Sie überlegte. »Darf ich wissen, was du in Oldenburg zu erledigen hast?«

»Ich will Besuch machen. Schuldet mir Geld.«

»Soll jemand von uns mitkommen?«

»Danke, ich kann allein.«

Ayana hatte ihre Souveränität zurückgewonnen. »Fahr nicht!«

»Ich telefonieren, wenn Hilfe nötig.«

»Du wirst von der Polizei gesucht.«

Darija erschrak. Ayana legte ihre Hand auf Darijas Arm. »Ich würde an deiner Stelle nicht ohne Begleitung nach Oldenburg fahren. Man könnte dich erkennen. Die Polizei könnte dich verhaften. Darf einer von uns den Besuch machen und das Geld holen?«

Das kam für Darija überhaupt nicht infrage. Trotzdem tat sie so, als erwäge sie den Vorschlag.

»Und die Männer, vor denen du geflohen bist, suchen dich auch. Es ist wirklich besser, du lässt uns das Geld holen.« Sie wartete auf eine Antwort.

Darija schüttelte ihren Kopf. »Nein«, sagte sie mit fester Stimme, »mache ich.«

Ayana lächelte: »Martina gibt dir den Autoschlüssel. Ich wünsche dir Erfolg und dass du heil zurückkommst.«

Bevor Darija losfuhr, stieg sie noch einmal hinauf in ihr Zimmer. Sie hatte sich genau überlegt, was sie tun wollte. Sie zog ein Kleid an, das Ayana ihr geliehen hatte. Vor allem die Farben des Kleides sollte den Menschen, denen sie begegnete, im Gedächtnis haften bleiben und die Aufmerksamkeit von ihren Gesichtszügen ablenken. Vorsichtshalber schminkte sie sich im Bad mit Ayanas Utensilien sehr grell und steckte ihre Haare hoch. So würde sie später nur schwer identifiziert werden können. Der Mann, den sie besuchen wollte, würde sie dennoch sehr schnell wiedererkennen. Sie war mit sich zufrieden.

Als Darija sich die Route nach Oldenburg eingeprägt hatte und wenige Minuten später aus der Scheune rollte, um über die Zufahrt zur Straße zu fahren, setzten sich Ayana und Martina in den Multivan und folgten ihr in sicherem Abstand.

\*\*\*

Konnert hatte seine Aktentasche unter den Arm geklemmt und seine leichte Sommerjacke darübergelegt. Im Gehen kramte er in seiner ausgebeulten Hosentasche. Er schleppte zu viel Zeugs mit sich rum. Er stand schon an der Wagentür, als er die Schlüssel endlich fand, aufschloss und sich in den Sitz fallen ließ. Was für eine Woche!, dachte er und startete den Wagen.

Er fuhr aber nicht los. In Gedanken versunken, stellte er den Motor wieder ab. Was haben wir denn erreicht?, fragte er sich und zählte an den Fingern ab. Er hob den Daumen: ein toter Lkw-Fahrer der Spedition Riegelein, in dessen Mund ein merkwürdiger Text steckte und in dessen Gartenhütte es möglicherweise einen Kampf gegeben hat. Er streckte den Zeigefinger: Vermutungen und psychologische Erklärungen über Motive. Er spreizte seinen Mittelfinger ab: die DNA einer flüchtigen Zechprellerin, die in der Zwischenzeit mit Phantombild zur Fahndung ausgeschrieben war. In ihrem Zimmer war ein ähnlicher Text wie bei dem Lkw-Fahrer gefunden worden. Es fiel ihm schwer, nur noch den kleinen Finger angewinkelt zu lassen: zwei Männer in einem Wagen mit niederländischem Kennzeichen, die Blutspuren mit der DNA des toten Lkw-Fahrers in einer Tankstellentoilette hinterlassen haben. Der kleine Finger schnellte nach oben: einen noch nicht identifizierten Toten, der unter einem Lkw gehangen hatte, ebenfalls mit einem merkwürdigen Text, diesmal im After. Er sah sich den Daumen der rechten Hand an: die Vermisstenanzeige von Frau Riegelein. Konnert ließ beide Hände auf die Oberschenkel sinken. Und ein weiterer Text, der einem Reporter zugespielt worden war. Dazu eine Menge anderer Fakten und Details, viele Annahmen und vor allem Spekulationen.

Er wusste, das war so ganz normal.

Dann fiel ihm noch etwas ein. Er ächzte. Und zu Hause eine verprügelte Ehefrau, die meine Tochter ist. Bevor er seiner Tochter begegnen wollte, brauchte er Stille und die Chance, in Ruhe nachdenken zu können. Er stieg aus dem Wagen. Mit einer gestopften Pfeife in der linken Hand machte er sich auf den Weg zum Friedhof.

Spätsommerblumen blühten in den Vorgärten. Das Leben konnte so schön sein. Aber dieser Gedanke passte so gar nicht zu seinen Überlegungen.

Er fand eine Bank, setzte sich ganz an die Kante und lehnte sich mit weit von sich gestreckten Beinen zurück. Nur seine Schultern berührten die Rückenlehne. Er sog an seiner Pfeife, und wie von selbst wurden seine Gedanken wieder zu einem Gebet. Es dauerte nicht lange, da tat ihm sein Po weh und er setzte sich auf.

Um die richtigen Antworten zu bekommen, muss man die richtigen Fragen stellen. Aber was sind die richtigen? Sein Mund verzog sich zu einem Lächeln, als ihm dazu ein Beispiel einfiel. Darf man beim Beten rauchen? Natürlich nicht, oder? Aber wenn man sich erkundigte, ob man beim Rauchen beten darf, dann hieß die Antwort doch klar: Ja, natürlich. Konnert beunruhigte der alte Trick, sich die Dinge so zurechtlegen zu können, wie sie einem passten.

War es ein Zufall, dass sie sich bislang nicht gefragt hatten, ob die bis jetzt zusammengetragenen Fakten wirklich alle etwas miteinander zu tun hatten? Oder verunreinigten einige Spuren und Ergebnisse, die nichts mit dem Fall zu tun hatten, seine Überlegungen? Andererseits …?

Sein Handy klingelte. Die übliche Prozedur, bis er sein Handy aus der rechten Hosentasche gefummelt hatte. »Bist du schon zu Hause?« Venske war am anderen Ende der Leitung. Er wartete wie üblich nicht auf eine Antwort. »Hast du was dagegen, wenn ich am Wochenende rüber nach Holland fahre und mich mit den Kollegen direkt unterhalte?«

»Mach das, wenn du das für notwendig hältst. Klär aber mit Kilian ab, ob er mitfahren will. Er sollte doch den Kontakt pflegen.«

»Und bist du damit einverstanden, dass ich mich auch noch intensiver um Riegelein kümmere? Ich meine, sein Umfeld und so etwas genauer unter die Lupe nehmen. Vielleicht hat er ja auch eine Gartenhütte.«

»Ruf Babsi an und stimm dich mit ihr ab. Vergiss nicht, dass nicht immer gleich Gefahr im Verzug ist. Bisweilen hat man auch noch die Zeit, einen Staatsanwalt einzuschalten oder seinen Chef anzurufen.«

»Da mach du dir man keinen Kopf drum. Erhol du dich gut!«

Konnert drückte die rote Taste und dachte, dass er sich sehr wohl Gedanken über die Aktivitäten seines Stellvertreters machen sollte. Und wie das mit der Erholung ausfiele, würde sich gleich ergeben, wenn er zu Hause mit seiner Tochter sprechen musste.

Der Anruf von Venske hatte ihn aus dem Konzept gebracht und nun hatte er Schwierigkeiten seine Überlegungen fortzusetzen. Er ging zurück zu seinem Auto.

\*\*\*

Zügig fuhr Darija durch den Wald. Sie erreichte die Landstraße und brauste in Sandkrug auf die Autobahn Richtung Oldenburg. Es war wenig Verkehr. Sie gab Gas und verpasste zunächst die richtige Ausfahrt. Der Langenweg, an dem links mehr uralte Eichen als auf der rechten Seite standen, brachte sie ihrem Ziel nahe: das Haus, in dem man sie an einem Abend abgeliefert hatte. Sie hatte sich den Straßennamen, aber nicht die Hausnummer merken können. Sie fuhr langsam die Häuserreihe entlang. An der ungeschnittenen Ligusterhecke erkannte sie es wieder, wendete und parkte das Auto an einem abzweigenden Weg. Sie stieg aus und schloss sorgfältig ab. Als sie zurückging und um die Straßenecke bog, hätte sie in einiger Entfernung den Multivan entdecken können.

Sie hielt sich in der Mitte des Bürgersteigs. Man sollte sie sehen und sich daran erinnern, dass eine Frau in einem farbenfrohen Kleid die Straße entlanggegangen war. Es waren aber keine Fußgänger unterwegs, und auch Autos begegneten ihr nicht. Sie hörte nur die Verkehrsgeräusche von der nahen Autobahn. Sie konzentrierte sich auf die Begegnung in den nächsten Minuten.

Durch ein halbhohes Holztor betrat sie das Grundstück, auf dem ein villenartiger Bau aus der Vorkriegszeit stand. Es gab einen kleinen Vorgarten mit Rasenflächen rechts und links vom gepflasterten Weg. In den Rondellen blühten keine Blumen, aber hier und da Unkraut. Die Erde war glatt und fest. Mehrere hölzerne Sprossenfenster waren über die Häuserfront verteilt. Die Lasur begann auf den unteren Sprossen abzublättern. Eine Steintreppe führte zur massiven Haustür mit einem wuchtigen Türknauf. Auf dem blankpolierten Messingschild las sie: »Dr. Justus Kretschmer, Apotheker.«

Kretschmer heißt er, dachte Darija, und Apotheker ist er. Sieh einmal an. Sie kannte ihn nur unter dem Namen »Doktor Justus«.

Darija klingelte zweimal kurz und einmal lang. Das hatte sie sich gemerkt. Niemand öffnete ihr. Sie versuchte es erneut. Zweimal kurz und einmal lang. Sie meinte im Haus Geräusche zu hören. Es kam jedoch niemand, um ihr zu öffnen. Sie hatte aber einen Schatten hinter dem abgetönten Türfenster gesehen, da war sich Darija ganz sicher. Sie klingelte nochmals zweimal kurz und einmal lang. Mit heftigem Schwung wurde die Tür aufgerissen. Dr. Justus Kretschmer, ein stämmiger, schwammiger Mann in grauem Anzug, Weste und leicht schmuddeliger Fliege, stand vor ihr und riss seine Augen auf. »Gabriela, was willst du denn hier?«

Statt auf eine Antwort zu warten, griff er Darija am Arm und zog sie roh ins Haus. Er schaute noch zur Straße und ließ dann die Tür hart ins Schloss fallen. »Bist du verrückt? Kommst hierher, als wenn nichts wäre. Weißt du nicht, dass du von der Polizei gesucht wirst? Dein Bild ist in allen Zeitungen.«

Sie sah ihn ohne Scheu an. Sie fühlte sich stark und überlegen. Doktor Justus würde genau so klein beigeben wie Riegelein, auch da war sie sich sicher.

Kretschmer hielt Darija immer noch am Arm fest und zog sie weiter durch den dämmrigen Flur in ein Zimmer mit weichem Teppichboden, dunklen Möbeln, großen Bildern in goldverzierten Rahmen und schweren burgunderfarbenen Vorhängen. Ein zwölfarmiger Leuchter mit Kerzenimitationen hing von der Decke herab. Seine Lampen brannten.

Sie kannte diesen Raum nicht. Sie hatte im Flur warten müssen, bis man ihr die Augen verbunden und sie in einem bequemen Auto weitertransportiert hatte.

»Willst du jetzt mich umbringen? Meinst du, ich wüsste nicht, dass du bei Riegelein in der Spedition gewesen bist? Und dann ist er verschwunden. Ich befürchte ja, er ist der zweite Tote vom Parkplatz an der Autobahn. Und nun bist du hier. Bin ich der Nächste, den du unter einen Lkw legst?« Er schüttelte Darija wütend hin und her. »Blödes Weibsstück!«

Darija hatte sich diese Begegnung ganz anders vorgestellt. Sie hatte Eindruck machen und Doktor Justus einschüchtern wollen. Stattdessen hielt er sie mit eisernem Griff am Arm fest und tat ihr weh. Mit Geschick und einer schnellen, kräftigen Drehung wand sie sich aus seiner Hand. Vielleicht hatte er sie auch von allein losgelassen, um zu einem kleinen, geöffneten Sekretär zu gehen, in dem verschiedene Flaschen standen. Er goss Gin in ein Glas und bot es ihr an. Sie reagierte nicht. Da trank er es selbst in einem Zug aus und schenkte sich gleich nach.

»Was willst du also von mir?«

Vor ihrer Forderung wollte Darija ihn unter Druck setzen. Sie trat mutig einen Schritt vor und sagte ihm ins Gesicht: »Ich weiß, was ihr gemacht mit Natalie.« Bei Riegelein hatte dieser Satz genügt, um ihn gefügig zu machen.

Der Apotheker lachte laut auf. »Das ist doch Schnee von gestern.« Darija verstand nicht, was Schnee mit dem Tod von Natalie zu tun hatte. Kretschmer bemerkte es und lachte wieder. »Die Angelegenheit ist längst geregelt. Damit kannst du mich nicht erschrecken und erst recht nicht erpressen.«

Er kam auf Darija zu. Sie wich zurück. »Ach, lassen wir die Spielchen.« Er blieb stehen. »Setz dich und warte hier.« Damit verließ Kretschmer den Raum durch eine Schiebetür, die in ein weiteres Wohnzimmer führte.

Darija blieb stehen und sah sich um. Der Raum wirkte, als sei er übereilt aufgeräumt worden. Einige Kissen auf dem Sofa hatten noch einen Knick in der Mitte, andere lagen da wie schnell hingeworfen. In einem schweren Aschenbecher befanden sich Aschenreste, die Kippen lagen zwischen kalten Holzscheiten im Kamin.

Sie hörte, wie Kretschmer telefonierte. Es war nur ein kurzes Telefonat. Verstehen konnte Darija nichts von dem, was gesprochen wurde. Seine nervösen Schritte aber waren deutlich zu vernehmen, wenn er seine Absätze hart auf einen glatten Fußboden aufsetzte.

Die Minuten verstrichen.

Darijas Gefühle schwankten. Einerseits wurde der Wunsch zu verschwinden immer stärker. Andererseits hatte sie sich geschworen, ihre Peiniger für das erlittene Unrecht zahlen zu lassen. Sie blieb und ging leise zu den Fenstern, zog den Vorhang ein Stück zur Seite und stand vor einer zweiflügligen Terrassentür. Der Garten bestand im Wesentlichen aus einer schlecht gepflegten Rasenfläche, in deren Mitte ein Swimmingpool eingelassen war. In ihm fehlte das Wasser. In einigen Fugen wuchs Gras. Zwischen zwei Bäumen baumelte eine Schaukel. Das Holz des Sitzbretts war vom Regen verschmutzt und an den Rändern verwittert. Auch hier hinten gab es keine Blumen. Sie drehte sich zu einem der großen Bilder. Es zeigte eine Brücke mit fünf Bögen. Im Hintergrund ragten gelbliche Häuser mit roten Dächern vor einen blauen Himmel.

An einer anderen Wand hing ein Gemälde, auf dem Segelschiffe zu sehen waren, die sich gegenseitig beschossen. Darija war sich sicher, sie würde sich diese Bilder nicht in ihr Wohnzimmer hängen.

Sie lauschte. Im Nebenzimmer war alles still. Hatte sich Kretschmer aus dem Staub gemacht?

Wieder vergingen Minuten, in denen sich Darija zunehmend unwohl fühlte. Sie wurde immer unsicherer und bezweifelte mehr und mehr ihre Entscheidung zu bleiben.

Nach einiger Zeit vernahm sie, dass sich zwei Männer im Nebenraum unterhielten. Eine Stimme gehörte Kretschmer. Auch die andere Stimme kannte sie. Sie gehörte dem langen, schwarz gekleideten Mann mit der Maske. Sie war rot, mit einer langen, gebogenen Nase und zwei mächtigen Hörnern. In der Nacht, in der Natalie starb, hatte er ihr die Nase und die Hörner immer wieder in ihre Körperöffnungen gestoßen und begeistert in die Hände geklatscht, wenn ihre Schmerzensschreie wegen des Knebels im Mund nur wie ein armseliges Krächzen klangen. Er hatte mit einer leisen, näselnden Stimme gesprochen, die Darija jetzt wiedererkannte. Mit dieser Stimme hatte er nach dem Tod von Natalie die anderen Männer herumkommandiert. Sie hatten getan, was er ihnen befohlen hatte.

Es waren also zwei Männer, mit denen sie es jetzt zu tun hatte. Damit hatte sie nicht gerechnet. Das war eindeutig zu gefährlich. Sie wollte gerade die Flucht ergreifen, da schob Doktor Justus die Schiebetür auseinander. Hinter ihm betrat der andere den Raum. Er trug keine Maske. In seinem blassen Gesicht sahen seine dünnen Augenbrauen aus wie aufgemalt oder wie aus Filz geschnitten und aufgeklebt. Der Kopf war glatt rasiert und glänzte. Alles an ihm war schwarz: seine Schuhe, sein Anzug, sein Hemd, das Muster seiner Krawatte … die Handschuhe, die er trug. Auf weichen Sohlen bewegte er sich lautlos. Ein aufgesetztes Lächeln spielte um seinen Mund. Seine blassblauen Augen sahen kalt zu Darija hinüber.

»Setz dich hin«, befahl er ihr, und seine näselnde Stimme klang kompromisslos. Darija wollte sich nicht herumkommandieren lassen und blieb stehen. Da kam er auf sie zu. Mit einer plötzlichen Bewegung schoss seine knöcherne Faust nach vorn und traf sie hart unterhalb des Halses. Sie taumelte zurück, fand ihr Gleichgewicht nicht und plumpste rückwärts auf das Sofa. »Bleib sitzen!«, diktierte er. »Tu, was ich dir sage!«

»Ja, tu besser, was er dir sagt«, schaltete sich der Apotheker ein. Er ging zu seinem offenstehenden Sekretär und goss Gin in sein Glas. Mit Blick zu dem Schwarzgekleideten fragte er: »Du auch?« Der winkte abfällig ab und setzte sich Darija gegenüber in einen tiefen, weichen Sessel mit hoher Rückenlehne. Doktor Justus blieb stehen und trank seinen Gin in kleinen Schlucken.

Es entstand eine angespannte Stille.

\*\*\*

Ich muss ein Stück Karton hinter die kaputte Scheibe kleben, dachte Konnert, als er seine Haustür aufschloss. Im Flur entstand vor seinem inneren Auge sofort das Bild mit den Polizisten und seinem blutenden Schwiegersohn. Er wählte den direkten Weg ins Wohnzimmer, wo er seine Tochter erwartete. Es war leer.

Leise stieg er die Treppe hinauf. Vielleicht schläft sie, überlegte er. Er horchte vor der Tür des alten Kinderzimmers. Nichts war zu hören. »Ruth, schläfst du?« Er lauschte und versuchte es erneut. »Ruth?« Er bekam keine Antwort. Behutsam drückte er die Klinke hinunter, öffnete und schaute ins Zimmer. Ihr Bett war zerwühlt. Ruth war nicht da. Laut rief er ins Treppenhaus: »Ruth?«, und noch einmal »Ruth?«

Das Haus blieb still.

In der Küche wählte er ihre Telefonnummer, doch niemand nahm ab. Resigniert setzte er sich.

Er sah die Brötchentüte vom Morgen. Sie erinnerte ihn an Zahra. Ihre Voraussage für den Tag war nicht eingetroffen. Bis auf die wenigen Minuten auf dem Friedhof war es kein guter Tag geworden. Er sah auf. Ein Zettel mit Ruths Handschrift klemmte unter einem Magneten am Kühlschrank. »Papa, versteh mich bitte. Ich liebe Sven doch. Ich muss zu ihm. In Liebe Ruth.«

»Eben weil du ihn liebst, hättest du hier bleiben müssen«, sagte Konnert laut, als stände seine Tochter vor ihm, und fügte wütend hinzu: »Du lässt den Dampf aus dem Kessel. Ohne Druck wird er sich nicht ändern.«

Er ging zurück ins Wohnzimmer und stellte sich vor die Anrichte mit den Fotos seiner Familie. Lange blieb sein Blick an dem Hochzeitsfoto von Ruth und Sven hängen. Er würde ihnen so gern helfen. Was sollte er bloß tun?

Er hatte sich schon so oft gefragt, was Menschen in solchen Situationen tun, die nicht an einen fürsorglichen Gott glauben. Sie können doch nur resignieren oder auf günstige Zufälle hoffen. Er nahm sich vor, bei einer passenden Gelegenheit endlich einmal Venske danach zu fragen oder vielleicht auch Babsi.

Behutsam legte er seine Hand auf das Bild seiner Frau und murmelte: »Da bin ich wieder, müde und verzagt.«

*** 

Apotheker Dr. Justus Kretschmer stellte sein Glas hart auf die Mahagoniplatte seines Schreibsekretärs und füllte sich erneut Gin nach.

»Lass das Saufen sein!«, herrschte ihn der Schwarzgekleidete aus seinem Sessel heraus an. »Setz dich endlich hin und lass uns entscheiden, was wir mit dem Miststück von einer Nutte machen!«

»Bist du nicht der Experte für das Verschwindenlassen von Nutten?«

»Erst wenn sie tot sind. Aber du als Apotheker hast doch bestimmt Mittel und Wege, die feine Dame vom Leben zum Tod zu bringen – und das bitteschön ein bisschen plötzlich.« Als der Apotheker nicht antwortete, sah er zu einer mächtigen Standuhr. Das Pendel schwang wie in Zeitlupe von einer Seite zur anderen. Ungeduldig näselte er: »Wir können hier nicht ewig sitzen. Also was machst du mit ihr?«

Es klang überrascht, als Kretschmer fragte: »Du meinst wirklich mich?«

Darija kämpfte den Impuls nieder, aufzuspringen und wegzulaufen. Sie wusste, sie würde es nicht einmal bis zu einer der Türen schaffen. Sie sah sich um und suchte mit ihren Augen einen Gegenstand, mit dem sie sich verteidigen könnte. Auf keinen Fall wollte sie sich wehrlos ergeben. Vor ihr auf dem niedrigen Couchtisch stand ein rötlicher Aschenbecher. Er schien aus Marmor oder einem anderen Stein gefertigt worden zu sein und sah schwer aus. Innen war die Höhlung poliert. Der äußere Rand war grob behauen. Wenn ich den zu packen bekomme, überlegte Darija, das Überraschungsmoment ausnutze und mit ein wenig Glück einen der beiden treffe, dann hätte ich eine Chance, in der Schrecksekunde des anderen aufzuspringen und eine Tür zu erreichen.

Sie wartete.

In dem Moment, in dem sich auch der Apotheker in einen der tiefen Sessel fallen ließ, griff sie zu und schleuderte den Aschenbecher mit aller Wucht auf den Schwarzgekleideten. Der duckte sich instinktiv. Er wurde unter dem rechten Auge getroffen. Er sackte mit schmerzverzerrtem Gesicht und einem Aufschrei tiefer zurück in den Sessel.

Darija sprang auf und rannte los. Der Apotheker warf ihr sein Ginglas hinterher, verfehlte sie und kam dann erst mühsam auf die Beine.

Darija riss eine Tür auf und stand in einem weiten Küchenraum. In Sekundenschnelle erfasste sie die Gegebenheit. Die Küchenschränke auf der linken Seite reichten bis zur Decke. In der Mitte stand ein heller Eichenesstisch, darum herum sechs Eichenstühle mit hohen Lehnen und geflochtenen Sitzen. Rechts von ihr verlief an der gesamten Wand entlang eine Arbeitsplatte mit eingearbeiteter Spüle und mit Küchengeräten und aufgestellten Schneidebrettern. Ihr Unterbewusstsein registrierte einen Messerblock, während sie auf den Durchgang zwischen Tisch und Spüle zuhastete.

Als sie sich im Laufen an der Arbeitsplatte abstützte, stand plötzlich der Apotheker in der gegenüberliegenden Tür. »Miststück! So schnell entwischst du uns nicht.« Er knallte hinter sich die Tür so kräftig zu, dass sie wieder aufsprang. Auf seinem Gesicht lag ein wütendes, siegessicheres Lächeln. Er genoss es, in Darijas vor Schreck aufgerissene Augen zu blicken. Langsam und ein wenig wackelig vom Alkohol kam er auf sie zu. Er grinste sie an. »Das wird meinem Freund nicht gefallen haben, dass du ihm einen Aschenbecher an den Kopf geworfen hast.« Nun lächelte er bösartig. »Er wird dich dafür büßen lassen. Du erinnerst dich bestimmt noch an sein Geschick, dich zu quälen.« Nachdem er einen weiteren Schritt nähergekommen war, versperrte er ihr mit seiner rechten Hand auf der Lehne eines Küchenstuhls und der linken auf dem Rand der Arbeitsplatte den Weg.

Ich muss an ihm vorbei, entschied Darija. Sie griff neben sich und erwischte aus dem Messerblock ein Messer mit breiter, spitzer Klinge.

»Du willst einen Kampf? Na, dann mal los.« Er täuschte einen Schritt in Darijas Richtung an. Er lachte sein falsches, bösartiges Lachen und machte dann mit beiden Händen Lockbewegungen. »Komm, na komm schon.«

Auf einmal musste auch Darija lächeln. Sie erinnerte sich an kleine Streitereien mit ihrer Schwester in der Küche ihrer Familie, wie sie immer um den Küchentisch herumgelaufen waren, um sich zu fangen. Wie früher, so täuschte sie nun an, als wolle sie mit vorgestrecktem Messer direkt auf den Apotheker zulaufen. Als der sich wegdrehte, wich sie zur linken Seite des Küchentischs aus und stürmte auf die Tür zu. Kretschmer reagierte und versuchte schwankend, ihr den Weg abzuschneiden, um vor ihr an der Tür zu sein. Darija fuchtelte mit dem Messer in seine Richtung. Er griff nach ihr, stürzte torkelnd nach vorn. Das Messer drang unterhalb seines Brustbeins ein. Blut quoll sofort in mächtigen Stößen hervor.

Darija ließ das Messer los.

Erschrocken blieb der Apotheker stehen, wollte sich am Tisch abstützen, fasste mit beiden Händen ins Leere, taumelte, sank erst auf die Knie, um dann in sich zusammenzusacken. Er wälzte sich auf den Rücken, wollte den Messergriff in seine Hand bekommen, fasste aber beim ersten Versuch daneben. Der nächste gelang. Er warf das Messer nach Darija, verfehlte sie aber weit. Wütend trat er gegen den Stuhl und traf auch den nicht. Dabei flog ihm der Schuh vom Fuß.

Darija stürzte auf die offenstehende Tür zum Flur zu. Doch bevor sie sie erreichen konnte, wurde sie aufgestoßen und der

Schwarzgekleidete stand im Türrahmen. Unter seinem rechten Auge klaffte eine Platzwunde. Das Blut war ihm über das Gesicht bis in den Hemdkragen gelaufen. Auch an seinen Händen klebte es. Süffisant sagte er mit seiner näselnden Stimme: »Hiergeblieben, meine wilde Steppenkatze!«

***

Obwohl es anfing, dunkel zu werden, spielten Kinder auf der Straße vor den Wohnblocks Fußball. Alois Weis parkte seinen silbergrauen Jeep Cherokee etwas abseits und ging die hundert Meter zu Fuß zum Eingang des Hauses, in dem Everts wohnten. Er hatte einen Blumenstrauß in einer Gärtnerei am Weg gekauft und trug ihn lässig in der linken Hand. Er studierte die Anordnung der Briefkästen neben der Tür, wartete, bis jemand herauskam, und schlüpfte dann ins Haus. Ohne Mühe stieg er die Treppe hinauf in den dritten Stock. Er fand den Namen »Ilona Evert« auf ihrem Klingelschild, wandte sich aber zur gegenüberliegenden Tür und klingelte bei Regina und Rolf Schmeißer. Nach wenigen Augenblicken wurde die Tür geöffnet, und ein Mann schaute ihn an. Weis schätzte ihn auf sechzig Jahre. Er trug einen hellblauen Trainingsanzug und ausgetretene Hausschuhe. Sein Gesicht war unrasiert und die ungeschnittenen, langen Haare hatte er streng nach hinten gekämmt. Sein Bauch wölbte sich kräftig vor. Der Mann sah ihn freundlich durch seine großen Brillengläser an und fragte: »Ja?«

»Entschuldigen Sie, dass ich Sie störe. Mein Name ist Alois Weis. Ich bin Reporter. Wissen Sie … Sie würden mir sehr helfen, wenn Sie mir ein paar Fragen … Ginge das? Könnten wir uns nicht irgendwo hinsetzen?«

»Ich gehe mal vor«, sagte Herr Schmeißer. Sie betraten ein Wohnzimmer. Der Fernseher lief. Auf dem niedrigen Tisch zwischen Sofa und Sesseln standen Kaffeetassen und eine Warmhaltekanne.

»Wir warten auf die Sportschau«, erklärte Frau Schmeißer und bot ihm einen Platz auf dem Sofa an.

151

»Können Sie mir bitte etwas über Frau Evert sagen? Wissen Sie, wie es ihr geht?«, begann Alois Weis.

»Das weiß ich nicht. Man sieht sie ja fast nie«, antwortete Frau Schmeißer, und Herr Schmeißer ergänzte: »Wir glauben aber, sie verlässt abends das Haus.«

»Wie kommen Sie darauf?«

»Manchmal, wenn man im Treppenhaus ist, hört man den kleinen Jungen weinen, und der große versucht ihn dann zu trösten oder brüllt ihn an, er soll endlich einschlafen. Nicht dass Sie denken, wir würden lauschen«, beteuerte sie. »Es ist einfach nicht zu überhören, wenn man spät vom Einkaufen oder einem Spaziergang zurückkommt.«

»Ich verstehe Sie schon richtig, Frau Schmeißer.«

Herr Schmeißer schielte ab und zu rüber zum Fernseher. Seine Frau lächelte Alois Weis an und wartete auf die nächste Frage.

»Wann haben Sie Herrn Evert eigentlich zuletzt gesehen?«

»Vorletzte Woche muss das gewesen sein, nicht wahr, Regina? Das war nämlich etwas merkwürdig, weil er mit einer großen Tasche zu seinem Auto hin gehetzt und dann viel zu schnell vom Parkplatz weggefahren ist.«

»Und wissen Sie noch, an welchem Tag das war?«

»Das kann ich Ihnen genau sagen«, Frau Schmeißer drückte ihren Rücken durch. »Es war am Mittwoch. Da kommt immer der Eiermann in die Straße, und ich hatte gerade sechs Eier gekauft, die mir noch fast hingefallen wären, als zwei grobe Kerle sich im Hausflur an mir vorbei nach draußen gedrängelt haben. Und kaum war ich oben, rennt mich dann beinahe der Evert mit seiner Tasche um. Unverschämtheit, nicht einmal gegrüßt hat der.«

Alois Weis erhob sich, bedankte sich und wollte gehen.

»Eine Frage hätte ich noch«, Herr Schmeißer blieb sitzen. »Wann stehen wir dann in der Zeitung?«

»Das ist doch nicht wichtig«, betonte seine Frau, stand auf und schaute entschuldigend zu Alois Weis. Der hob seinen Blumenstrauß auf und gab beiden zum Abschied die Hand.

Er ging hinüber zur Tür der Everts und tat, als klingele er. Da er damit rechnete, dass Schmeißers ihn durch den Türspion beobachteten, schüttelte er ein wenig übertrieben den Kopf, tat resigniert und ging die Treppe hinunter, aber nur bis zum Treppenabsatz und wartete dort eine Minute. Dann stieg er wieder hinauf und klingelte an der dritten Tür auf der Etage. Als ihm geöffnet wurde, versuchte er sein Glück aufs Neue und erkundigte sich nach Robert Evert. Er hatte sogar großes Glück, denn am Ende steckte ein Foto von den Eheleuten Evert mit ihrem ältesten Sohn neben einem Kinderkarussell in seiner Brieftasche. Es war bei einem Straßenfest aufgenommen worden, das die Kirchengemeinde im vorigen Jahr organisiert hatte. Man sah auf dem Bild, dass Ilona Evert schwanger war und Robert Evert sie verliebt ansah.

\*\*\*

Panik füllte Darija ganz aus. Vor ihr der Schwarzgekleidete und der sterbende Apotheker, der in seinem Blut zappelte und zuckte. Er versuchte, sich aufzurichten, sackte aber wieder in sich zusammen. Sie wollte sich abwenden, umdrehen und flüchten. Ihr Körper gehorchte ihr nicht. Nur ihre Augen sprangen in Panik zwischen den Männern und der rettenden Tür hin und her.

Da war aus dem Zimmer hinter ihr das Klirren von zerbrechendem Glas zu hören.

Der Schwarzgekleidete begriff sofort, drehte sich um und verschwand im dämmrigen Flur. Sekunden später krachte die Haustür ins Schloss.

Hinter Darija stürzten Ayana und Martina vom Wohnzimmer in die Küche. »Darija, alles in Ordnung?«

Darija stierte reglos die beiden Frauen an, die auf sie zukamen und sie in die Arme nahmen. Martina starrte auf den Apotheker, der blutend am Boden lag. Ayana trat einen Schritt vor und sah ihn nun auch. Sie fasste Darija am Oberarm. »Was ist passiert? Sag doch was! Darija!« Sie schüttelte sie.

Allmählich löste sich die Lähmung in Darijas Gliedern: »Er wollte mich umbringen.« Dann sackte sie zusammen. Bevor Ayana sie halten konnte, kniete sie in dem Blut, das immer noch in schwächer werdenden Stößen aus der Stichwunde des Apothekers floss.

Martina beugte sich hinunter und suchte am Hals des Mannes den Pulsschlag. Sie spürte ihn kaum noch und tat nichts, um Dr. Justus Kretschmer zu retten. Kurz darauf starb er.

Ayana hob Darija auf und setzte sie auf einen der Küchenstühle. »Was ist passiert?«

Darija berichtete langsam, mit fast tonloser Stimme die Ereignisse der letzten Stunde. Dann wollte sie wissen: »Wie kommt ihr hierher?«

Ayana schilderte ihre Fahrt und ihre Wartezeit im Multivan am Ende der Straße. Sie hatten mit zunehmender Unruhe gewartet. Als sie sahen, wie ein grauer Leichenwagen vor dem Haus hielt, in das Darija gegangen war, befürchteten sie Schlimmes. Sie stiegen aus und untersuchten den Leichenwagen. Danach schlichen sie um das Haus herum. Durch die Terrassentür konnten sie den benommenen Besitzer des Leichenwagens sehen. Sie entschlossen sich, die Scheibe einzuschlagen. Ayana lief zum Multivan zurück und holte Handschuhe. Das einzige Werkzeug, das sie fand, war ein stabiler Schraubendreher. Als sie zurückkam, war der Mann aus dem Sessel verschwunden. Sie versuchten die Tür aufzuhebeln. Als das nicht gelang, zertrümmerten sie mit dem Schraubendreher die Glasscheibe, griffen durch das Loch und entriegelten die Tür.

Sie hatte hastig gesprochen, es gab Wichtigeres zu tun. Ayana entschied: »Wir lassen ihn hier liegen, verwischen aber alle Spuren.« Sie wandte sich an Darija: »Was hast du alles angefasst?«

Martina war schon dabei, einen Lappen unter der Spüle zu suchen und damit den Griff des Küchenmessers abzuwischen. Darija zeigte auf die Arbeitsplatte und dann auf die Tür. Erschöpft blieb sie sitzen. Während Martina den Aschenbecher abwischte und auf den Tisch stellte, suchte Ayana einen Staubsauger, fand ihn in einer Abstellkammer unter der Treppe im Flur und saugte das Sofa und den Teppich ab. Die Scherben vom Ginglas prasselten durch den Staubsaugerschlauch. Auch im Flur und in der Küche saugte sie. Dann entnahm sie den Beutel und gab ihn Martina. Darija beobachtete die beiden Frauen von ihrem Küchenstuhl aus.

»Hast du Geld von Kretschmer fordern wollen?«, fragte Ayana Darija. Sie nickte stumm. Daraufhin untersuchte Martina Schubladen und Schränke in der Küche und den angrenzenden Zimmern. Sie fand kein Geld.

Währenddessen schrieb Ayana auf einen Zettel:

*Blutes Stimme schreit*
*nach Rache.*
*Wer Blut vergießt,*
*dessen Blut soll auch*
*vergossen werden.*
*Blut sühnt*
*nicht genug.*
*Brennen werd ich*
*ewiglich.*
*Amen.*

Sie legte den Zettel auf den Küchentisch. Dann nahm sie einen Lappen, fasste das Messer und stieß es mit Wucht durch den Zettel in den Eichentisch. Das Messer vibrierte noch im Holz, als sie die Tür hinter ihnen zuzog.

\*\*\*

Den Rasen müsste ich dringend mähen, ich müsste mal wieder Wäsche waschen, die Straße müsste endlich gefegt werden, ich müsste meinen Sohn wieder einmal anrufen, ich müsste, ich müsste, ich müsste, ratterten die Forderungen durch Konnerts Kopf. »Aber ich will nicht«, flüsterte er vor sich hin, »ich will nicht!« Doch sein nächster Gedanke war: Du musst. Du musst endlich mal wieder anrufen, ob du willst oder nicht. Du musst!

Er schloss einen Kompromiss mit sich selbst und bewegte sich zum Telefon. Er wählte die Kurzwahlnummer eins und wartete. Fünfmal lasse ich es klingeln. Wenn Elias dann nicht abgehoben hat, lege ich wieder auf. Eins – zwei – drei – vier – fünf. Nichts.

Sechs – sieben. Niemand nahm den Hörer ab. Nun soll es genug sein, sagte Konnert sich.

Er sah sich um. Mit einem Mal kam ihm sein Wohnzimmer altmodisch und auch irgendwie ungemütlich vor. Da standen immer noch die Möbel, die sie sich nach dem Einzug in den Neubau von dem Geld gekauft hatten, das vom Baudahrlehn »übrig« geblieben war. So ganz ehrlich war das nicht gewesen. Damals dachte er noch, wenn das doch alle machen, warum soll ich das nicht auch tun? Heute würde er wahrscheinlich das Baudahrlehn genau abrechnen und mit dem Möbelkauf warten, bis er dafür genug gespart hätte, oder einen weiteren Kredit aufnehmen. Nein, seine Wohnzimmereinrichtung gefiel ihm nicht mehr.

Konnert dachte ans Rasenmähen. Irgendwann würde es sich nicht mehr aufschieben lassen, aber heute war es noch nicht so weit. Und die Straße konnte auch ungefegt bleiben. Er ging in seine Küche, suchte die Brötchen vom Morgen, und während er sie über dem Toaster aufbackte und den Tisch für sich deckte, dachte er wieder an Zahra. Seine Stimmung hellte sich weiter auf.

Und als er sich nach seinem Abendessen auf die dunkle Terrasse setzte, eine Kerze anzündete und seine neue Pfeife rauchte, war die Welt für ihn fast wieder in Ordnung – wäre da nicht der Gedanke an ihre Ermittlungen gewesen. Aber was habe ich eigentlich an diesem Tag ermittelt?

Er verscheuchte den Gedanken mit einigen Tabakwolken, und als ihm wie von selbst ein perfekter Rauchring gelang, entschuldigte er sich damit, dass er sich sagte: »Heute ist Samstag. Eigentlich hätte ich freigehabt.« Er wusste sofort, dass er sich belog.

***

In der Nacht hörte Darija, wie ein Wagen die Einfahrt heraufkam und stehen blieb. Sie stand auf, lugte durch das Dachfenster, konnte aber kein Auto sehen. Als sie wieder im Bett lag, nahm sie sich vor, am Morgen die anderen Frauen zu fragen, ob sie etwas bemerkt hatten. Vielleicht hatte eine aus ihrem Fenster, aus einem anderen Blickwinkel etwas beobachten können. Plötzlich hörte sie den Motor leicht aufbrummen.

Langsam entfernte sich der Wagen.

## SONNTAG, 11. SEPTEMBER

Die braune Kirchenbank vor Konnert ächzte unter einer überge-wichtigen Frau, als sie sich nach dem gesungenen Lobpreis wie-der setzte. Konnert sah zwischen ihren dunklen Locken und den grauen Haaren ihres Ehemannes hindurch zu der Band, die soe-ben ihre Instrumente beiseitelegte und ihren Platz auf dem Po-dium Pastor Többens überließ. Zu seinem schwarzen Anzug und dem weißen Oberhemd hatte er eine rot-gelb gestreifte Krawatte umgebunden, deren Knoten bedenklich schief hing. Der oberste Kragenknopf war nicht geschlossen. Pastor Többens begann aus dem Buch des Propheten Sacharja vorzulesen: »Das ist das Wort des Herrn an Serubbabel: Es soll nicht durch Heer oder Kraft, sondern durch meinen Geist geschehen, spricht der Herr Zebaoth. Wer bist du, du großer Berg, der du doch …«

Konnerts Gedanken schweiften ab: Ruth ist nicht gekommen. Ans Telefon ist sie auch nicht gegangen. Wird sie mir die Tür öff-nen, wenn ich sie nachher besuche? Er stellte sich vor, wie er un-geduldig vor ihrer Wohnung stand und nicht eingelassen wurde. Er sah sich, wie er versuchte das Schloss zu knacken, als sei er im Dienst und es sei Gefahr im Verzug. Als er ein Knarren der Bank vor sich hörte, wurde ihm bewusst, dass er in der Friedenskirche saß. Pastor Többens las: »… wer immer den Tag des geringen An-fangs verachtet hat, wird doch mit Freuden sehen den Schluss-stein in Serubbabels Hand.«

Dann wurde ein Lied gesungen. Konnert war nicht zum Singen zumute. Er blickte hinüber zu seinem Sohn Elias und dessen Frau Inga. Sie schickten gerade Jens und Britta mit einem auf-munternden Klaps in den Kindergottesdienst. Lasse saß be-stimmt mit seinen Freunden aus dem Konfirmandenunterricht oben auf der Empore. Konnert sah sich um, konnte ihn aber nicht entdecken.

Die Stimme der kräftigen Frau vor ihm klang angenehm. Es machte ihr sichtlich Freude mitzusingen. Ihr Körper bewegte sich im Rhythmus der Melodie, und die Bank unter ihr knarrte im Takt mit. Das Lied klang aus mit der Zeile: »Wenn wir heute mutig wagen auf Jesu Weg zu gehen, werden wir in unseren Tagen den kommenden Frieden sehn.« Konnert hatte nicht den Eindruck, als sei der Liedtext realistisch. Er sah mehr Gewalt und Streit und Mord als Frieden.

Auch bei der Predigt war Konnert nicht bei der Sache. Es fiel ihm schwer, sich auf die Gedanken von Pastor Többens zu konzentrieren. Es kam ihm so vor, als sei auch sein Pastor an diesem Sonntag nicht besonders gut drauf. Erst zum Ende hin wurde klarer, was er hatte sagen wollen. Alles brauche seine Zeit. Sie sollten Geduld haben, nicht so schnell aufgeben und darauf vertrauen, dass Gott schon wisse, wann der richtige Zeitpunkt für die Erfüllung seiner Verheißungen sei. Darauf könnten sie sich verlassen. Da erinnerte sich Konnert an den Predigttext, den er mit halbem Ohr mitbekommen hatte: »Werft euer Vertrauen nicht weg, welches eine große Belohnung hat.«

Nach dem Gottesdienst verließen die Teilnehmer unter munterem Geplauder den Gottesdienstraum, um sich zwei Treppen tiefer zu Tee und Keksen wieder zu versammeln. Konnert blieb an einer der Seitentüren stehen. Er wartete auf die Familie seines Sohnes. Zuerst kam Lasse und reichte ihm die Hand. »Hallo, Opa. Ich habe dich die ganze Zeit von oben observiert. Als du zu Papa und Mama rübergeguckt hast, hab ich schon geahnt, dass du mich auf der Empore suchen würdest. Da habe ich mich blitzschnell geduckt.« Er grinste stolz, wie nur ein zwölfjähriger Möchtegernkommissar grinsen kann.

Bevor er seinen Enkel loben konnte, trat die Frau aus der ächzenden Bank vor ihm zu Konnert. Sie ergriff seine Hand mit ihren fleischigen Fingern. »Sie haben es auch nicht leicht, Herr Konnert. Es wird immer schlimmer mit der Gewalt in unserer Stadt. Gott segne und behüte Sie.« Dabei hielt sie Konnerts Hand fest im

Griff und ließ sie erst nach einem tiefen Seufzer los. Konnert nickte ihr zu. Er wusste nicht, was er dazu sagen sollte.

Lasse wartete, bis die Frau außer Hörweite war und warnte: »Rutsch bloß nicht auf dem Schleim aus, Opa!«

»Lasse! Sie meint es doch gut.«

Opa, das Wort hallte noch in der Gefühlswelt von Konnert nach, als sein Sohn ihn begrüßte. »Hallo, Papa! Inga holt die Kleinen vom Kindergottesdienst ab. Gehst du mit vor die Tür?«

Draußen kramte Konnert eine schon gestopfte Pfeife hervor.

»Du rauchst wieder?«

Er suchte in der Hosentasche einen Pfeifenstopfer. Dabei berührte er sein Handy, fummelte es aus seiner Tasche und schaltete es wieder ein. Im selben Moment klingelte es. Er wandte sich ab und hielt es sich ans Ohr, während sein Sohn zurück ins Kirchengebäude ging.

»Konnert.«

»Ist der Gottesdienst endlich aus? Wie viele Stunden müsst ihr da eigentlich jeden Sonntag absitzen? Komm ins Kommissariat! Es gibt Neuigkeiten, fabelhafte Neuigkeiten. Die letzte Runde in diesem Fall ist eingeläutet. Da willst du doch bestimmt dabei sein.«

Konnert erinnerte sich schlagartig an die Worte vom Vortag, als Babsi ansagte, wann Feierabend sein sollte. Und jetzt zitierte ihn Venske barsch in die Polizeiinspektion. Wer ist denn nun der Chef, fragte er sich und sagte laut: »Nun bleib mal ganz ruhig.«

»Welch weiser Rat«, rief ihm ein Radfahrer im Vorbeifahren zu.

Konnert hatte eben erst die rote Taste gedrückt, da klingelte das Handy erneut.

»Papa«, kreischte Ruth in sein Ohr. »Papa! Sven schreit seit Stunden wie ein Wahnsinniger. Er ist ganz rot im Gesicht. Die Nachbarn wollen schon die Polizei rufen.«

Konnert hörte Sven im Hintergrund brüllen: »Sie kommen mich holen! Ich will nicht!« Dann war nur noch ein Winseln von ihm zu vernehmen, und Ruth jammerte mit weinerlicher Stimme: »Er faselt von Monstern, die nach ihm greifen und Spinnen, die ihre Netze nach ihm werfen. Dann nuschelt er Worte, die ich nicht verstehe. Bei jedem Geräusch zuckt er zusammen. Er zittert und krabbelt auf Knien im Zimmer herum. Er hat auch in die Hose gemacht. Papa, ist Sven verrückt geworden?«

»Ruth, hör mir zu!« Konnert hörte Sven lärmen: »Ihr kriegt mich nicht. Lasst mich los!«

»Ruth, wann hat Sven zum letzten Mal Alkohol getrunken?«

»Ich weiß es nicht. Er hat gestern im ganzen Haus nach Bier- und Schnapsflaschen gesucht. Wenn er eine gefunden hat, dann hat er sie in die Toilette geleert. Ich höre auf mit Saufen, hat er gesagt und sich im Wohnzimmer eingeschlossen. Er schreit immerzu.«

Ihre Stimme wurde leiser: »Papa, ich kann nicht mehr.«

»Ruth, Sven muss sofort ins Krankenhaus. Ruf den Notarzt. Nein, nein, ich rufe da an.«

»Papa, komm doch her. Hilf mir! Bitte!«

»Ich rufe jetzt den Rettungswagen an. Dann komme ich schnellstens zu dir.« Er legte auf, wählte gleich 1-1-2 und erklärte dem Feuerwehrmann der Einsatzzentrale, dass es sich wahrscheinlich um ein Delirium nach kaltem Alkoholentzug handelte.

Jetzt will er mit aller Gewalt mit dem Trinken aufhören. Verfluchte Gewalt! Schadet nur sich selbst und seiner Frau. Konnert machte seiner Wut Luft.

Aus dem Taxi rief er Venske an. »Ich komme nicht. Ich muss mit meiner Tochter ins Krankenhaus.«

Venske sagte nur: »Na denn«, und legte auf.

*** 

Ayana fing Darija vor der Treppe ab, als sie gleich nach dem Mittagessen, ohne mit den anderen Frauen Kaffee zu trinken, auf ihr Zimmer gehen wollte. Darija hatte so gut wie nichts vom Schnitzelauflauf angerührt. Sie sah blass aus und hatte dunkle Ränder unter vom Weinen geröteten Augen. Sie hatte in der Nacht immer wieder versucht, sich einzureden, dass sie keine Mörderin sei. Es blieben Versuche. Sie hatte einen Menschen getötet.

Fortwährend sah sie vor ihrem inneren Auge das Messer in der Brust des Apothekers stecken. Sah, wie hellrotes Blut erst langsam, dann verstärkt pulsierend neben der Klinge herausquoll. Sah die aufgerissenen Augen und den leicht geöffneten Mund. Sah, wie der schwere Mann sich bemühte, am Stuhl Halt zu finden, dann doch zusammenbrach, sich den Kopf an der Stuhllehne stieß und dann noch im Liegen wütend nach dem Stuhl trat. Sah, wie ein Zucken durch den Leib lief. Sah die auf sie gerichteten flehenden Augen des Sterbenden. Sie hatte einen Menschen getötet. Martina hatte ihr versichert, es sei ein tragischer Unfall gewesen, aber die Worte trösteten sie nicht. Es hatte sie auch nicht überzeugt und erleichtert, dass Ayana ihr gleich auf der Rückfahrt und dann den Abend über mit immer denselben Argumenten beteuerte: »Die Gerechtigkeit hat gesiegt. Bedenke doch, was er dir und anderen Frauen angetan hat. Er war ein menschenverachtender, brutaler, elender Verbrecher. Er hat den Tod mehr als verdient.« Andere Sätze von Ayana hatten sie sogar zusätzlich verwirrt: »Er wäre sowieso in den nächsten Tagen gestorben. Er sollte dir noch in der Hölle dankbar für seinen schnellen Tod sein, diese Bestie.« Ayanas sonst so melodische Stimme hatte kalt geklungen. Darija hatte einen leichten Anflug von Schadenfreude herausgehört und ein Funkeln in ihren Augen gesehen, als genieße sie den Tod eines Menschen.

Darija konnte sich in der Nacht auch nicht selbst davon überzeugen, dass der vergangene Nachmittag mit einem Unglück geendet hatte, an dem sie wohl beteiligt, aber nicht schuld war. Sie hatte ihn doch nur auf Distanz halten wollen. Es war Notwehr gewesen, als sie mit dem Messer nach ihm gestoßen hatte. Aber durch das Messer in ihrer Hand war er ums Leben gekommen. Ein Mensch war gestorben und kein Schwein oder Schaf, wie am Schlachttag in ihrem Dorf. Sie hatte bestimmt nicht gewollt, dass Dr. Justus Kretschmer stirbt. Wie lange sie auch so auf sich einredete, es blieb dabei, sie hatte einen Menschen getötet. Sie war schuldig, davon war sie am Morgen mehr überzeugt, als am Abend. Auch den Vormittag hindurch hatten Selbstvorwürfe und Schuldgefühle sie weiter gequält.

Und nun stand Ayana vor ihr und fasste sie liebevoll am Arm. »Lass uns einen Spaziergang machen«, bat sie und schaute Darija mit einem sanften, gewinnenden Lächeln an.

Ayana hatte sie unterhaken wollen, um wie Freundinnen im Gleichschritt gehen zu können, aber Darija hatte sich gleich wieder von ihrem Arm gelöst. So ging jede in einer flachen Fahrspur, die Forstfahrzeuge im gelben Sand hinterlassen hatten. In der Mitte des Weges wuchs Gras. Sie schwiegen. Aus den Augenwinkeln beobachtete Ayana Darija, die direkt vor sich auf den Weg schaute. Rechts und links waren Gräben, in denen Binsen wuchsen und abgebrochene Zweige lagen. Hin und wieder kreuzten Spuren von Wildtieren den Weg. Es war windstill. Kein Blatt bewegte sich.

»Darija«, Ayana wandte Darija ihr Gesicht zu, »ich möchte dir mehr davon erzählen, was wir tun.«

Darija sah weiter auf den Weg.

»Wir nennen uns Schwarze Engel. *Schwarz*, weil wir in der Dunkelheit des Verbrechens unterwegs sind. Engel, weil wir im Auftrag Gottes handeln. Die Schwarzen Engel sind eine geheime Schwesternschaft, die in vielen Ländern tätig ist, vor allem in Europa. Ein Stützpunkt in Nordwestdeutschland ist das Haus, in dem wir leben.« Ayana wartete auf eine Reaktion. Sie blieb aus. Darija setzte mit gesenktem Kopf einen Fuß vor den anderen.

»Die meisten Schwarzen Engel haben unter Männergewalt gelitten. Wir haben uns zusammengeschlossen, um Frauen aus der Gewalt von Männern zu befreien. Das war von Anfang an unsere Hauptaufgabe.« Ayana sprach langsam und leise und betonte die Worte Gewalt und Männer.

Darija schwieg.

»Doch schon bald nach der Gründung der Organisation wurde uns klar, dass sich die Männer einfach andere Frauen nehmen, um weiter zu quälen. Die Gründerinnen mussten feststellen, dass Politiker und Gerichte nicht viel gegen Menschenhandel und Ausbeutung von Frauen unternehmen. Das hat sich im Laufe der Jahre nicht geändert. Oft verurteilen Richter Gewalt gegen Frauen nur mit geringen Strafen auf Bewährung oder die Männer werden sogar aus Mangel an Beweisen freigesprochen. Da hat sich die Schwesternschaft gezwungen gesehen, mehr zu tun, als nur Frauen zu befreien. Unsere Leiterinnen, die Schwarzen Erzengel, haben Arbeitsgruppen einberufen, um die Bibel zu befragen und die biblischen Urtexte zu erforschen. Etliche Schwestern haben im Gebet eindeutige Hinweise direkt von Gott bekommen. Am Ende dieses Prozesses stand fest, dass die führenden Männer der Kirche schon in den ersten Jahrhunderten die Botschaft des Neuen Testaments verfälscht hatten. Sie fügten Verse ein, die ursprünglich nicht dazugehörten. Sie dehnten zum Beispiel das Gebot der Liebe auf alle Menschen aus. In der Bibel steht jetzt, dass wir Verbrechern nicht nur vergeben, sondern dass wir sie sogar lieben sollen. Das ist eine ungeheuerliche Verfälschung der ursprünglichen Botschaft von Jesus und von dem gesamten Alten Testament. Das Ziel war, Frauen auch weiter unterdrücken zu können, ohne Strafe befürchten zu müssen. Paulus – du weißt doch, wer Paulus war?«

Darija nickte.

»In einen Brief von Paulus wurde zum Beispiel der Satz hineingeschmuggelt, dass der Mann das Haupt der Frau ist und dass sich die Frauen den Männern unterordnen müssen. Petrus soll das auch so befohlen haben. Die katholische Kirche verteidigt diese Fälschungen immer noch und erlaubt es nicht, dass zum Beispiel Frauen Priesterinnen werden. Für Jesus waren Frauen und Männer aber gleichberechtigt.« Sie blickte zur Seite. »Darija, hörst du mir zu?«

»Ja, natürlich. Rede nur weiter.« Eigentlich interessierte sie das alles jedoch nicht.

»Unsere theologischen Expertinnen konnten Verse wiederentdecken, die vor den Fälschungen zum Bibeltext gehört haben. Darin kommt klar und deutlich zum Ausdruck, dass Gott nicht alle Menschen in gleicher Weise liebt.« Ayana dachte nach und fragte: »Du kennst doch die Weihnachtsgeschichte?«

Darijas Kopf bewegte sich träge. Sie deutete eine Bestätigung an.

»Da spricht der Engel: *Ehre sei Gott in der Höhe und Friede auf Erden bei den Menschen seines Wohlgefallens.* Nicht bei allen Menschen, verstehst du, sondern Frieden nur für die, an denen Gott Wohlgefallen hat. Und damit sind doch mit Sicherheit keine Männer gemeint, die Frauen Gewalt antun. Daran hat Gott doch kein Wohlgefallen. Oder?«

Darija nickte.

»Oder, Jesus sagt: *Wer den Willen tut meines Vaters im Himmel, der ist mir Bruder und Schwester und Mutter.* Auch er betont, dass nur die zu ihm gehören, die das tun, was Gott will. «

Darija fragte sich, was sie das alles anginge.

Ayana redete sich in Rage. »Vor Gott sind nicht alle Menschen gleich, Darija. Er liebt die, die Gutes tun, und verabscheut die, die andere leiden lassen. Das ist doch bei dir und mir und allen Menschen auch so. Das ist normal. Und wer Böses tut, muss bestraft werden.«

Darija wandte Ayana erstaunt den Kopf zu. Das empfand Ayana als Ermutigung. Sie redete so laut, als hätte sie eine große Zuhörerschaft. »Ein Vers ist uns besonders wichtig: *Wer Menschenblut vergießt, dessen Blut soll auch durch Menschen vergossen werden.* Oder einem Übeltäter soll *Leben für Leben, Auge für Auge, Zahn für Zahn, Hand für Hand, Fuß für Fuß, Brandmal für Brandmal, Wunde für Wunde, Strieme für Strieme* vergolten werden. Den Vers kennt von uns jede auswendig.«

Sie holte tief Atem, um fortzufahren. »Selbst Paulus schreibt, schrecklich ist es, in die Hände des lebendigen Gottes zu fallen und dass die Obrigkeit das Schwert nicht umsonst trägt. Sie soll das Strafgericht Gottes an denen vollziehen, die Böses tun.« Ihre Stimme wurde noch eindringlicher: »Und wenn die Regierenden das Schwert nicht benutzen, dann müssen andere die Bösen verfolgen und sie erledigen. Das tun wir, die Schwarzen Engel, die Racheengel Gottes. Wir lieben und schützen die Opfer, aber hassen und verfolgen die Täter.«

Ayana blieb stehen, stellte sich vor Darija und sah ihr ins Gesicht. Sie wollte überzeugen: »Wenn du willst, kann ich dir noch viel mehr Bibelstellen zeigen, die alle den Willen Gottes deutlich machen, dass schon hier auf der Erde Schuld bestraft werden soll.«

Eine Taube flog aufgescheucht auf und schlug mit ihren Flügeln hart gegen Zweige, bis sie über den Bäumen davonflatterte. Dann war es wieder still im Wald.

Darija wäre gern umgekehrt. Aber Ayana ging schon voraus. Ihre Schritte waren während ihrer erregten Erklärungen immer schneller geworden. Innerlich unwillig bemühte sich Darija, ihr zu folgen.

Mit Schweißperlen auf der Stirn blieb Ayana endlich an einer Weggabelung stehen. Sie holte erneut tief Luft und sprach mit Engagement weiter: »Wir sind die Schwarzen Engel, die Strafen im Namen Gottes an gewalttätigen Männern vollziehen – Brandmal für Brandmal, Striemen für Striemen, und für zerstörtes Leben zerstören wir Leben.«

Bei diesen Worten griff sie sich an ihren Hals und zog eine feingliedrige goldene Kette aus ihrem Ausschnitt, an der ein schwarzes Medaillon hing. Es war etwa so groß wie eine Taschenuhr, flach und ohne Verzierungen gearbeitet. Sie öffnete es. In ihm lag auf dunkelrotem Samt ein kleines schwarzes Schwert. »Das ist unser Erkennungszeichen, ein schwarzes Schwert auf blutrotem Grund.«

Darija sah erst auf das Schwert und dann in Ayanas Gesicht. Ein Gesicht, in dem die Augen vor Eifer glühten. Ayana hechelte mit offenem Mund und wartete gespannt auf eine Reaktion.

»Ich gehöre erst seit einem halben Jahr zu den Schwarzen Engeln. Der Tag, an dem ich dieses Medaillon erhielt, war der erhebendste meines ganzen Lebens. Seitdem hat mein Leben einen Sinn.«

Darija wandte sich ab und blickte den Weg entlang, den sie gekommen waren. »Ich würde jetzt gern zurückgehen«, flüsterte sie.

Ayana hielt sie am Arm fest. Ihre langen Finger umschlossen Darijas Handgelenk mit aller Kraft. »Darija, du hast gestern Abend Gottes Werk vollbracht. Du hast wie ein Schwarzer Engel gehandelt. Statt dir Vorwürfe zu machen, solltest du stolz auf dich sein. Du hast ihm das Messer mit der Kraft deines Hasses und deiner Wut in die Brust gerammt. Du hast Rache geübt für all die Leiden, die er dir zugefügt hat. Er hatte den Tod verdient. Du kannst stolz auf dich sein!«, wiederholte sie.

Langsam wand Darija ihren Arm aus Ayanas Hand. »Ich war nicht wütend. Ich hasse nicht. Ich hatte Angst. Ich wollte nicht töten. Ich wollte freien Weg. Ich war auf Flucht, mit Angst, mit Panik. Sagt man so? Mit Panik?« Langsam ging sie in Richtung des Hauses.

Einen Moment blieb Ayana stehen und zeterte hinter Darija her: »Warum willst du das denn nicht verstehen? Kretschmer war ein Schwein, ein elender Verbrecher, ein grausamer Zerstörer. Er verdiente mehr als nur das Messer in seiner Brust.«

Darija blieb nicht stehen. Sie drehte sich nicht um. Sie ging den Weg zurück.

Ayana lief ihr nach und an ihr vorbei, drehte sich ein paar Meter vor ihr um und versperrte ihr den Weg. »Bleib stehen! Ich bin noch nicht fertig! Du sollst auch noch wissen, dass es nicht nur die Sadisten und Perversen sind, die unwürdig sind weiterzuleben. Noch viel grausamer sind die Männer, die Frauen entführen und oft genug sogar Kinder rauben, um sie diesen Untermenschen von Vergewaltigern und Schlächtern zur Verfügung zu stellen. Solche Männer wie die, die dich nach Deutschland gebracht und an die Männer verkauft haben, die dich gefangen gehalten haben. Männer, die dich in die Folterkammern geliefert oder zu den Szenetreffen gebracht und dafür viel, viel Geld kassiert haben. Sie zu fassen und zu bestrafen, ist viel schwerer als einen Kretschmer oder seinen geldgierigen Helfer Evert leiden und sterben zu lassen.«

Die beiden Frauen standen sich gegenüber.

Darija ließ die Arme hängen und schaute über Ayanas Kopf hinweg in den blauen Himmel, an dem sich einzelne Wolkenhaufen auftürmten. Sie empfand in diesem Moment weder Abneigung noch Sympathie für Ayana. Was sie gesagt hatte, schwirrte ihr im Kopf herum. Und gleichzeitig fühlte sie sich leer. Sie sehnte sich nach einem Bett, in dem sie unter die Decke kriechen und sich zusammenkrümmen und allein sein konnte.

Ayana wartete, hoffte auf ein paar Worte von Darija. Als sie stumm blieb, versuchte sie noch einmal Darijas Aufmerksamkeit zu erreichen: »Wir haben dir geholfen und dich beschützt. Du brauchst auch weiter unseren Schutz. Vergiss nicht, die beiden Männer suchen dich immer noch. Nur bei uns, den Schwarzen Engeln, bist du sicher.«

Darija machte einen ersten unsicheren Schritt nach vorn, dann noch einen. Ayana meinte, sie komme auf sie zu und breitete ihre Arme aus, wie Eltern es tun, wenn ihr Kind auf sie zuläuft. Aber bevor Darija sie erreichte, bog sie ab und ging an Ayana vorbei.

***

Mit einem tiefen Stöhnen ließ sich Konnert auf seinen Stuhl im Kommissariat plumpsen. Er war allein im großen Büro. Er warf die Zettel, die er von seiner Tür abgepflückt hatte, auf seinen Schreibtisch und seufzte noch einmal, ohne sich zunächst um die ohne Zweifel wichtigen Nachrichten zu kümmern. Hätte man sie ihm sonst an die Tür geklebt?

In Gedanken war er bei seiner Tochter Ruth, die auf der Intensivstation in der Karl-Jaspers-Klinik am Bett ihres Mannes saß und seine Hand hielt. Die Ärzte hatten die Vermutung Konnerts bestätigt und ein Delirium bei Sven festgestellt. Mit Medikamenten konnten sie ihn ruhigstellen. »Nun müssen wir abwarten, wie sich die Angelegenheit entwickelt. Sie können jetzt nichts mehr für ihn tun. Gehen Sie getrost nach Hause. Wenn sich die Situation ändert, verständigen wir Sie natürlich sofort«, sagte man ihnen. Man wollte sie loswerden, aber Ruth setzte sich trotzig neben Sven und blieb. Ein Pfleger komplimentierte Konnert mit freundlichen, aber bestimmten Worten hinaus. Da hatte er sich von Ruth verabschiedet und war gegangen.

Konnert kannte Menschen, die nach dauerhaftem Alkoholmissbrauch verwirrt oder geistig behindert ihr Leben fristeten. »Der hat seinen Verstand versoffen«, hatte seine Mutter über einen entfernten Verwandten erzählt. Er hatte später die Angehörigen bewundert, die sich liebevoll um den Mann kümmerten, der erfundene Geschichten fabulierte, als habe er sie wirklich erlebt, und nicht mehr recht wusste, wer er war.

»Verfluchte Gewalt, mit der Menschen meinen, das Leben verbessern zu können «, knurrte Konnert und erinnerte sich, dass er das so ähnlich schon einmal an diesem Tag gesagt hatte.

Konnert stand auf und ging zur Kaffeemaschine. Der Pulvertopf war leer. »Merde!« Er hörte sich selbst und war augenblicklich auch emotional im Präsidium angekommen.

Zurück an seinem Schreibtisch legte er sich Pfeife und Tabak zurecht und fummelte sein Feuerzeug aus der Hosentasche. Als die ersten Rauchwölkchen hochstiegen, überflog er die Zettel und ordnete sie einander zu.

Obenauf lagen zwei Mitteilungen mit Venskes Handschrift. Er beschrieb, was er und Kilian in den Niederlanden herausgefunden hatten. Da stand mehrfach unterstrichen: »Die niederländische Polizei ist die kreativste und überhaupt die beste Polizei der Welt! Sie hat angeblich keine Bilder der Ü-Kamera erhalten und dann einfach alles zu den Akten gelegt, statt bei der Tankstelle nachzufragen und Druck zu machen. Natürlich haben sie auch noch keine Fahndung ausgeschrieben.« Auf dem anderen Zettel stand: »Wir haben auch keine Bänder aus Moorburg bekommen.« Nach einem breiten Absatz hatte Kilian darunter geschrieben: »Ich kümmere mich darum.« Die letzte Nachricht war auch von Kilian. In Anführungszeichen und mit Großbuchstaben hatte er das Wort »Merde« in die Mitte des Blattes gesetzt und dazugeschrieben: »Die Bänder sind in der Zwischenzeit überschrieben worden.«

Dann lagen nur noch drei Blätter auf seinem Schreibtisch. Eins betraf die Krankmeldung einer Sekretärin. Auf einem anderen wurde er freundlich daran erinnert, seine Fahrtkostenabrechnung für den Juli endlich einzureichen. Arbeiten die am Sonntag?, fragte er sich und legte das Blatt beiseite.

Der letzte Zettel war wieder von Venske. »Riegelein weiter verschwunden. Weinende Ehefrau. Krokodilstränen.«

Ein mit grüner Tinte beschriebenes kariertes DIN-A4-Blatt kam zum Vorschein. Es stand nur ein Satz darauf: »Ruf mich an!« Konnert wusste sofort, das kam von Alois Weis. Er wählte die Nummer, die er in seinem Telefonregister gefunden hatte.

»Gut, dass du anrufst.« Ohne Begrüßung legte Alois Weis los. »Ich habe meinen Job gemacht und bin von Tür zu Tür getingelt. Evert war am Mittwoch, bevor ihr ihn gefunden habt, in seiner

Wohnung. Nachbarn haben gesehen, wie er mit einer Tasche eiligst das Haus verlassen hat. Ich bin später durch die Kneipen gezogen und hab einen Kumpel von ihm gefunden. Der hat mir erzählt, Evert habe ihn und andere zum Trinken eingeladen. Er habe mal wieder viel Geld gehabt und für sie alle bezahlt. Als sie nicht mehr ganz nüchtern gewesen seien, soll Evert von Frauen aus der Ukraine geschwärmt haben, die ihm leicht verdientes Geld einbrächten. Im- und Exportware, habe er geheimnisvoll geraunt und dann mit eindeutigen Handbewegungen und vor Lachen nicht richtig sprechen könnend von Rein- und Rausware schwadroniert.«

Konnert paffte dicke Tabakwolken. »Sprich ruhig weiter.«

»Kann ich mir denken. Wenn ich eure Arbeit erledige, magst du wohl gern die Ergebnisse hören.«

»Schon gut, ich lade dich mal zu mir zum Essen ein. Ich muss da noch eine Packung Hirschgulasch im Frost haben. Mit Spätzle sollten die dir schmecken.«

»Konnert, Spätzle isst man in Schwaben. In Bayern gehören Semmelknödel und Preiselbeeren dazu.«

»Gut, dann mach ich dir Semmelknödel von Pfanni dazu. Was hast du noch?«

»Ich warne dich schon mal vor. Morgen erscheint ein längerer Artikel von mir über die Parkplatzmorde in der Nordwest-Zeitung. Was ich noch habe, kannst du da nachlesen.«

»Bist nu sauer?«

»Pfiat di.« Das klang versöhnlich.

Konnert sah aus dem Fenster. Die Wolken türmten sich. »Wir kriegen noch ein Gewitter«, sagte er sich und legte die Pfeife in den Aschenbecher.

Ich muss warten. Ich muss nachdenken. Er schob die Zettel zusammen und legte leere Blätter vor sich. Das erste bekam die Überschrift »Evert«. Über das zweite schrieb er »Männer von Moorburg«. Auf das dritte »Noch unbekannter Toter«. Das vierte hieß »Riegelein«, das fünfte »Frau aus Pension«.

Dann notierte er sich unter die Überschriften, was ihm zu jedem Thema einfiel.

Evert: *Evert am Mittwoch getürmt --Woher hat er so viel Geld? –*
*Frauenhandel/Ukraine??*
*Männer aus Moorburg: DNA – Gartenhütte*
Er knipste seine Schreibtischlampe an und schrieb weiter.
*Noch unbekannter Toter = Riegelein? abwarten!!!! – Was wissen wir*
*über ihn?*
*Frau aus Pension: Verbindung zu Evert? – Helferin? – Opfer?*
Mit einem Mal war sein Zimmer lichtdurchflutet. Ein krachender Donner folgte unmittelbar. Regenschauer aus dicken Tropfen gingen nieder. Konnert eilte zum Fenster, um es zu schließen, und sah direkt in den nächsten Blitz hinein und musste die Augen zukneifen. Das Grollen war noch nicht verklungen, als schon der nächste Blitz zuckte. Konnert blieb am Fenster stehen und sah fasziniert hinaus. Als Kind hatte seine Mutter ihm verboten, bei Gewitter am Fenster zu stehen. Es sei zu gefährlich, hatte sie gesagt. Jetzt wusste er es besser und blieb beeindruckt von der Naturgewalt stehen. Als Einsatzfahrzeuge mit Blaulicht und Sirene vom Parkplatz fuhren, erinnerte er sich an den Starkregen, der im vergangenen Jahr Teile der Oldenburger Innenstadt unter Wasser gesetzt hatte. Er wartete ab, bis sich das Unwetter nach Osten verzog und er schon von einundzwanzig bis fünfunddreißig zählen konnte, bis er nach einem Blitz den Donner hören konnte.

Zurück an seinem Schreibtisch fügte er seinen Notizen hier und da noch ein Stichwort hinzu. Dann ging er mit seinen Blättern zum Kopierer. Er stopfte sich eine Pfeife und paffte, während er seine Zusammenfassungen auf DIN-A3-Format vergrößerte, die er schließlich an die freien Flächen neben die Türen zu seinem und Venskes Büro hängte.

Er trat einen Schritt zurück, schmauchte zufrieden und kontrollierte noch einmal seine Aufzeichnungen. Seine Aufmerksamkeit blieb bei der Notiz hängen, dass eine Frau bei Ilona Evert gewesen sei. Er überlegte, ob es die Frau aus der Pension gewesen sein könnte. Morgen muss jemand mit dem Phantombild zu Frau Evert gehen, entschied er.

Nachdem er seine Schreibtischlampe ausgeschaltet und seine Bürotür sorgfältig geschlossen hatte, rollte er seine Blätter am Kopierer zusammen, klemmte sie sich unter den Arm und hinterließ im Hinausgehen eine eindeutige Duftmarke seines Tabaks.

Auf dem Weg nach Hause bedachte er noch einmal den Tag. Das Schönste waren die paar Minuten mit seinem Enkel Lasse gewesen. Verflixt, ich habe verschwitzt, ihm die Anerkennung für seine letzte Eins zuzustecken. Ich rufe Inga an und beauftrage sie, ihm die Euros in meinem Namen zu geben. Gleich Morgen!, nahm er sich vor und fuhr zügig durch die nächtlich leeren Straßen.

*\*\*\**

Den schwarzen Geländewagen sollten die Frauen nicht sehen. Die beiden Männer hatten ihn rückwärts in einen Waldweg gesetzt. Im Dunkeln langweilten sie sich. Dave spielte mit seinem Smartphone. René gähnte und rekelte sich hinter dem Steuer in eine andere Sitzposition.

»Du René, ich habe mir Gedanken gemacht.«

»Soso, du denkst. Interessant.«

»Warum haben wir nicht ihre Schwester hierher gelockt? Mit dem Versprechen, die beiden könnten sich endlich wiedersehen, wenn sie nur schön mitmacht? Wir hätten sie ein paar Tage eingeritten und dann wäre sie ein billiger Ersatz gewesen. Dachte ich.«

»Dachtest du.«

»Ja, wir hätten die zugesagten Termine einhalten können und brauchten uns hier nicht die Nacht im Wald um die Ohren zu schlagen.«

»Wann hast du dir das ausgedacht?«

»Eben.«

»Und warum nicht schon vor Tagen?«

»Da habe ich nicht daran gedacht, daran zu denken.«

»Nun überschlag dich man nicht mit denken.«

René überlegte, was er dagegen sagen könnte. Ihm kam keine Idee. Und weil er nichts sagte, spielte Dave wieder mit seinem Smartphone. Bis es hell wurde.

René hielt seine Armbanduhr in das schwache Licht des Morgens. »Wir brechen ab. Hat jetzt keinen Sinn mehr. Wir kriegen sie ein anderes Mal.« Er richtete sich auf, startete den Motor, ließ den Wagen auf die Straße rollen und fuhr im Schritttempo an der Einfahrt zum Haus im Wald vorbei.

## MONTAG, 12. SEPTEMBER

Weronika Nowak suchte den richtigen Schlüssel aus ihrem dicken Bund. Sie wollte wie an jedem Montag, Mittwoch und Freitag um neun Uhr das Haus von Dr. Justus Kretschmer aufschließen, damit sie die Teppichböden saugen, das Parkett im Arbeitszimmer und die Fliesen im Flur und in der Küche wischen könnte. Sie machte Bad und Toiletten sauber, räumte auch die Küche auf, wusch ab, was der Apotheker in den beiden Tagen an Geschirr gebraucht hatte. Wenn Zeit dafür blieb, wischte sie noch den Staub von den Möbeln. Sie wurde für acht Stunden in der Woche bezahlt, indem sie freitags einen Umschlag mit fünfundsechzig Euro auf dem Küchentisch fand. Sie hatte in den sieben Monaten, in denen sie für Doktor Kretschmer arbeitete, ihren Arbeitgeber nur dreimal persönlich in seinem Haus angetroffen.

An diesem Montag ließ sich die Haustür nicht öffnen. Weronika Nowak vermutete, dass ein Schlüssel von innen steckte, weil der Apotheker zu Hause war. Sie klingelte.

Niemand öffnete.

Sie versuchte es erneut und wartete. Als sich immer noch nichts regte, ging sie die Außentreppe hinunter und über den kleinen Weg aus nebeneinandergelegten Zementplatten am Haus entlang zur Rückseite. Sie entdeckte die zerbrochene Scheibe der Terrassentür und erschrak. Sofort dachte sie an einen Einbruch. Ihre Hand griff zögernd zum Handy in ihrer Umhängetasche, um die Polizei zu alarmieren, hielt dann aber inne. Sie überlegte, das hatte Doktor Kretschmer bestimmt schon selbst erledigt.

Kurz entschlossen wählte sie die Telefonnummer des Apothekers. Sie konnte das Klingeln im Haus hören, doch niemand nahm den Anruf entgegen.

Weronika Nowak ging zurück zur Haustür und versuchte erneut aufzuschließen. Vergeblich. Verstohlen sah sie sich um. Die Straße lag still da. Von den Nachbarn war keiner zu sehen. Plötzlich schoss ihr durch den Kopf, dass ein Unglück passiert oder ihr Arbeitgeber übers Wochenende schwer erkrankt sein könnte. Deshalb öffnete er auch die Tür nicht, er brauchte vielleicht Hilfe.

Sie hastete die Treppe hinunter und ums Haus herum. Beherzt öffnete sie die Terrassentür und rief: »Herr Dr. Kretschmer? Sind Sie da?«

Weronika Nowak überblickte das Wohnzimmer. Sie erwartete herausgezogene Schubladen und durchwühlte Schränke oder einen Schwerkranken auf dem Sofa. Alles schien aber so zu sein, wie sie es montags vorzufinden gewohnt war. Sie eilte auf die offenstehende Küchentür zu und entdeckte sofort das Küchenmesser in der Tischplatte. Sie nahm die abgestandene Luft und einen Geruch wahr, den sie nicht kannte. Dann sah sie hinter dem Tisch einen Fuß. Der Schuh lag vor einem Unterschrank.

»Herr Dr. Kretschmer?« Ihre Stimme klang besorgt und ängstlich.

Nach ein paar unsicheren Schritten sah sie den Apotheker in seinem Blut liegen. Fliegen flogen von seinem Gesicht und der Wunde in seiner Brust auf. Weronika Nowak legte wie in Zeitlupe eine Hand über ihren Mund. Sie starrte auf den Toten. Erst langsam begriff sie, dass sie jetzt doch die Polizei anrufen musste. Sie ging auf Zehenspitzen ins Wohnzimmer und wählte die Notrufnummer.

Hastig schilderte sie, was sie entdeckt hatte und nannte die Adresse. Bevor sie nach ihrem Namen gefragt werden konnte, legte sie auf.

Ohne noch einmal in die Küche zu gehen, verließ sie das Haus durch die Vordertür, als wäre sie wie an jedem Montag mit ihrer Arbeit fertig.

\*\*\*

Am großen Tisch saß Staatsanwalt Dr. Görner auf Konnerts Stuhl. Vor ihm lagen Aktendeckel in unterschiedlichen Farben und die Nordwest-Zeitung. Er blickte auf seine Armbanduhr und stellte fest, dass Konnert schon elf Minuten Verspätung hatte. Er nutzte die Zeit, um Kriminaloberrat Wehmeyer näher an sich heranzuwinken und einen Witz zu erzählen. Der übersah den Wink geflissentlich und beschäftigte sich mit Konnerts Kopien an den Wänden. Erst dann setzte er sich ans andere Ende des Tisches.

Venske lümmelte neben Babsi und einem müde wirkenden Kilian Kirchner auf seinem Stuhl herum, wie immer mit dem Rücken zur Wand und mit Blick aus dem Fenster.

Babsi war enttäuscht. Sie hatte sich am Wochenende verlobt und für den Montagmorgen im Kommissariat eine kleine Feier geplant. Dafür hatte sie Sekt mitgebracht und Schnittchen für elf Uhr bestellt. Stattdessen saß sie vorgebeugt am großen Tisch und schaute sich um. Keiner beachtete den goldenen Ring an ihrer linken Hand. Selbst nachdem sie ihre Hand breit auf die Tischplatte geschoben hatte, bemerkte ihn niemand.

Alle warteten auf van Stevendaal und Konnert.

Nach einem erneuten Blick auf die Uhr entschied sich Dr. Görner, ohne die fehlenden Ermittler zu beginnen. Er räusperte sich, bis alle gemerkt hatten, dass der Staatsanwalt etwas sagen wollte und ihn ansahen. »Meine Dame«, er nickte Babsi zu und lächelte, »meine Herren, guten Morgen. Eine gute, erfolgreiche Arbeitsatmosphäre erfordert Freude an der Aufgabe und hin und wieder auch ein herzhaftes Lachen.«

Venske flüsterte: »Wie wir alle schon einhunderttausend Mal aus seinem Mund hören konnten.« Er wollte demonstrativ gähnen, unterließ es aber doch. Babsi knuffte ihn in die Seite.

»Lachen befreit unsere Gedanken und Empfindungen. Wir können uns leichter konzentrieren, sind kreativer und bekommen mehr Schwung für schwierige Ermittlungen. Das ist wissenschaftlich erwiesen. Lassen Sie mich Ihnen darum zum Einstieg in diese wichtige Besprechung und zum Auftakt in die neue Woche einen Witz erzählen.«

Venske drehte unter dem Tisch Däumchen.

»Ein Vampir kommt mit einem Tandem in eine Verkehrskontrolle. Fragt der Beamte: Haben Sie etwas getrunken? Antwortet der Vampir: Ja, zwei Radler.«

»Hat soooo einen Bart«, raunte Venske Babsi zu und drehte unter dem Tisch mit der Hand an einer unsichtbaren Kurbel. Kilian brauchte ein bisschen länger, bis er begriff, und musste lächeln.

»Aber Scherz beiseite. Herr Venske, bitte …«

Konnert stürzte in den Raum und stützte sich schwer atmend am Türrahmen ab. Er hatte die Treppe nehmen müssen, weil der Fahrstuhl gewartet wurde. »Wir haben wieder einen Toten mit einem Zettel und merkwürdigen Versen.« Konnert holte Luft, bevor er weitersprechen konnte. »Van Stevendaal ist schon unterwegs.« Ihm ging erneut die Luft aus. Er schnaufte und setzte noch einmal an: »Als ich in die Dienststelle kam, wurde die Meldung gerade entgegengenommen.«

Alle sprangen auf. Staatsanwalt Dr. Görner schob stehend mit einer resignierenden Geste seine Unterlagen zusammen. So schnell seine knappe Luft es ihm erlaubte, ging Konnert dem Staatsanwalt entgegen, blickte aber zum Kriminaloberrat: »Wenn Sie und Herr Dr. Görner einen Augenblick Zeit für mich hätten?« Dann erteilte er seinen Mitarbeitern Anweisungen: »Venske und Kilian, ihr fahrt schon hin. Wisst ja Bescheid. Du, Babsi, fährst mit dem Phantombild zu Frau Evert und fragst sie, ob das die Frau ist, die bei ihr zu Besuch war. Auf geht's!«

Dann bat er seine Vorgesetzten: »Würden Sie sich bitte noch einmal setzen. Ich habe Informationen für Sie.«

»Schlechte Nachrichten. Der dritte Tote ist der Apotheker Dr. Justus Kretschmer, eine in der Stadt nicht ganz unbekannte Persönlichkeit. Der öffentliche Druck auf uns wird sich erhöhen. Darum brauchen wir wenigstens zusätzliche Ermittler.«

Konnert setzte bewusst eine Pause zur Bekräftigung seiner Forderung ein.

»Wo wir auch ansetzen, stoßen wir an Grenzen. Ich hatte mir von der Besprechung heute Morgen neue Impulse versprochen. Die Ermordung von Dr. Kretschmer wirft alles über den Haufen. Das Einzige, was wir haben, sind die Zettel. Ich will nicht schwarzmalen, aber ich befürchte weitere Morde.« Er legte seine Hände nebeneinander auf die Schreibtischplatte, als wolle er sich festnehmen lassen.

»Ich könnte Ihnen nur Mitarbeiter aus dem Kommissariat von Hans-Gerhard Struß zuweisen. Ob das geschickt ist?«, fragte Kriminaloberrat Wehmeyer. »Ich stelle Ihnen frei, zusätzliche Streifenbeamte einzusetzen, wenn Sie es für erforderlich halten.« Konnert gab sich damit zufrieden.

»Haben Sie Zeitung gelesen?«, fragte Dr. Görner.

Konnert nickte, wollte sich aber nicht auf Nachfragen einlassen und sagte mit einer resignierenden Geste: »Menschen sind oft eher bereit, einem Journalisten etwas zu erzählen als der Polizei.«

Dr. Görner akzeptierte die Antwort. Mit einem Unterton, der keinen Widerspruch duldete, erklärte er: »Aber Scherz beiseite. Ich nehme Sie mit zum Tatort.«

Jetzt war es an Konnert, zu akzeptieren. Jetzt nur keine Witze, dachte er.

Aber Dr. Görner ging schweigend zu seinem rotbraunen Saab, erst als er sich in den Verkehr eingefädelt hatte, wandte er sich Konnert zu. Ein schwaches Lächeln spielte um seinen Mund.

Konnert nahm es kaum wahr, wandte sich ab, um aus dem Seitenfenster zu blicken und versuchte, sich auf die Arbeit am Tatort einzustellen.

Konzentriert hielt der Staatsanwalt Abstand von einem Toyota, in dem sich ein älteres Ehepaar gestenreich stritt. »Ich teile Ihre Befürchtung, dass wir mit weiteren Morden derselben Täter rechnen müssen, hoffentlich nicht massenhaft«, setzte Dr. Görner an. »Aber Scherz beiseite. Sehen Sie mir bitte meine Frage nach. Kennen Sie sich mit Serientätern aus?«

Von Konnert kam ein undefinierbares »Hm«, was Ja und auch Nein heißen konnte.

»In Göttingen, wo ich zuvor eingesetzt war, hatte ich eine Serie von Frauenmorden zu bearbeiten.« Als keine Reaktion von Konnert kam, sprach er weiter: »Ich habe mich in dem Zusammenhang zwangsläufig mit der besonderen Problematik von Serienstraftaten und Serientätern auseinandersetzen müssen. Wenn Sie Nachhilfe brauchen...« Er vollendete den Satz nicht. Als Konnert weiter schwieg, sagte er: »Aber Scherz beiseite. Wahrscheinlich kommen Sie und Ihr Team auch in diesem Fall ganz gut allein zurecht.« Und nach einer Pause: »Ich wollte es wenigstens gesagt haben. Wenn Sie eine Situation mit mir diskutieren wollen, rufen Sie mich an. Ich werde mir Zeit für Sie nehmen.«

Den Blick geradeaus zuckelte Dr. Görner hinter dem Toyota her. Das Ehepaar hatte sich in der Zwischenzeit beruhigt und schwieg sich an. An Konnerts Augen flogen Bäume und abgestellte Autos, Reklametafeln und leer stehende Geschäfte vorbei. Auf einem Plakat wurde aufreizend für Damenunterwäsche geworben. Seine Frau hatte so etwas nie getragen. Als das Plakat ein paar Kilometer weiter wieder zu sehen war, musste er sich eingestehen, dass ihm sowohl das Model als auch die Dessous gefielen. Er schloss die Augen und öffnete sie erst wieder, als der Saab abgebremst wurde und hinter den anderen Einsatzfahrzeugen zum Stehen kam. Er sah zum Staatsanwalt und bekam ein kurzes ermutigendes Lächeln zu sehen.

Das tat ihm gut.

*\*\*\**

Auf dem Grundstück und im Haus arbeiteten die Mitarbeiter vom Grafen routiniert. Er selbst kam im Flur auf den Staatsanwalt und Konnert zu, zog sich den Latexhandschuh von den Fingern und reichte ihnen die Hand. Unvermittelt begann er mit seinem Bericht: »Die Tatzeit ist einigermaßen sicher festzustellen. Ich gehe von einem Zeitfenster zwischen sechsunddreißig und vierzig Stunden aus, also Samstagnachmittag bis Samstagabend. Außer dem Einstichkanal konnten wir keine anderen Verletzungen feststellen. Soweit ich das hier vor Ort erkennen kann, wurde der Stich waagerecht ausgeführt.« Er machte es mit seiner rechten Hand vor. »Wie beim Florettfechten. Die Tatwaffe ist eindeutig ein Küchenmesser, mit dem später der Zettel im Tisch aufgespießt wurde. An der Tatwaffe sind nur verwischte Fingerabdrücke, wahrscheinlich unbrauchbar. Aber abwarten, was wir im Labor unter dem Mikroskop zu sehen bekommen.«

Ungeduldig verlagerte Dr. Görner sein Gewicht von einem Bein auf das andere.

»Die Scheibe der Terrassentür wurde mit einem spitzen Gegenstand zerschlagen. Ich gehe von einer Stange oder einem Schraubendreher aus. Es könnte aber auch die Spitze eines Hammers gewesen sein. Kein Stein oder Ähnliches.«

Van Stevendaal gab den beiden Männern sterile Überschuhe und Einmalhandschuhe und ging schon voraus in die Küche. Sie folgten dem Kriminaltechniker zum Tatort.

Der Tote lag noch neben dem Küchentisch, wie ihn die Beamten gefunden hatten. Die Augen waren geöffnet und blickten blind zur Zimmerdecke. Der Mund stand weit offen, als wollte er schreien. Konnert wusste, dass nur die Muskelspannung nach dem Sterben nachgelassen hatte und der Unterkiefer heruntergeklappt war. Der Tote hatte nicht geschrien. Der linke Arm lag eng am Körper, die Finger gespreizt. Deutlich war die Einstichwunde zwischen dem obersten und dem zweiten Knopf der Weste zu sehen. An seiner gesamten Kleidung klebte dunkelbraun getrocknetes Blut. Ein Bein war merkwürdig verdreht unter dem anderen eingeklemmt.

Der weiße Linie aus Kreide, mit dem man die Position der Leiche festgehalten hatte, isolierte den Ermordeten vom übrigen Raum, als läge er auf einer Insel.

Konnert saugte die Stimmung in sich auf. Er brauchte in den nächsten Tagen keine Fotos, um sich an den Toten, die Umgebung, den Geruch und die Atmosphäre des Raumes zu erinnern. Er würde nur die Augen schließen müssen, um jedes Detail zurückzurufen.

Van Stevendaal reichte ihm den durchsichtigen Beutel mit dem Zettel. Konnert las den Text, prägte ihn sich ein und gab ihn an den Staatsanwalt weiter. Er blickte fragend zu van Stevendaal.

»Wenn das Schriftbild mit dem von einem der älteren Zettel übereinstimmt, dann können wir das Opfer zu den beiden vom Parkplatz rechnen. Dafür spricht vieles. Es könnte sich aber auch um einen Trittbrettfahrer handeln. Die äußeren Umstände und fehlende andere Verletzungen passen nicht zu den vorherigen Opfern.«

»Stimmt. Gibt es noch mehr?«, fragte Dr. Görner.

»An einem Aschenbecher haben wir Blut gefunden, das Opfer ist aber nicht damit traktiert worden, es gibt keine entsprechenden Verletzungen. Weitere blutige Spuren gibt es an Türgriffen im Flur und auf der Innenseite der Haustür. Da es unwahrscheinlich ist, dass sie vom Opfer stammen und darauf verzichtet wurde, die Spuren wie bei der Tatwaffe zu beseitigen, gehe ich vorerst davon aus, dass sich eine dritte Person im Haus aufgehalten hat.«

Konnert runzelte fragend die Stirn.

»Ja, ein Schlüssel steckte von innen in der Haustür. An ihm befanden sich keine Blutanhaftungen. Die Tür war geschlossen, aber nicht abgeschlossen.«

»Noch etwas?«

»Zurzeit nicht.«

»Wie immer und danke.«

Konnert ging ins Wohnzimmer. Auch hier arbeiteten die Techniker konzentriert. Er grüßte mit einem »Moin!« und sah sich um. Er untersuchte die Terrassentür und trat hinaus. Während er den Garten betrachtete, versuchte er, den Tathergang zu rekonstruieren. Der Täter hatte sich über die Terrasse Zugang zum Haus verschafft, der Tote lag in der Küche. Hatte er versucht, hierher zu fliehen, sich ein Messer zu nehmen, das dann aber vom Eindringling genutzt worden war, um ihn zu ermorden? War es kein vorsätzlicher Mord? Wenn sich zwei Personen im Haus aufgehalten hatten, warum konnten sie eine Einzelperson nicht überwältigen? Waren es mehrere Täter? Wurde die ihnen noch unbekannte weitere Person mit dem Aschenbecher bewusstlos geschlagen und entführt, um sie erst zu foltern und dann zu ermorden? Würden sie in der kommenden Nacht eine weitere Leiche auf dem Autobahnparkplatz finden?

Venske unterbrach Konnerts Gedankenspiele: »Also, Kretschmer hat hier allein gewohnt. Die Nachbarn sagen aus, dass seine Frau vor einigen Jahren gestorben sei und er einen Sohn habe, zu dem nur wenig Kontakt bestehe. Den Kleinen habe ich ins Kommissariat geschickt, um die Adresse herauszufinden und ihn zu benachrichtigen. Eine Nachbarin meint, am Samstag habe an der

Straße, da, wo sie einen Bogen nach links macht – sie zeigte mit dem Finger in Richtung Autobahn – ein Kleinbus geparkt. Der Hund musste raus und sie sei an dem Kleinbus vorbeigekommen. In ihm haben zwei Frauen gewartet. Als sie nähergekommen sei, schauten die Frauen angestrengt ins Wäldchen vom Naturschutzgebiet. Da sei aber nichts Besonderes zu sehen gewesen. Sie erinnerte sich, dass eine der Frauen eine auffallend dunkle Gesichtsfarbe gehabt hätte. Sie ginge mit dem Hund immer einmal um den älteren Teil der Siedlung herum. Der Kleinbus stand auch noch da, als sie mit dem Hund zurückgekommen ist. Ob da die Frauen noch im Bus gesessen haben, konnte sie auf die Entfernung nicht erkennen.«

Weil Konnert sich abwandte und langsam in Richtung Terrasse ging, wurde Venskes Stimme gereizt.

»Sie habe auch ihren Sohn gefragt, ob der Kleinbus noch dagestanden habe, als er vom Training kam. Ihr Sohn hätte die Schultern hochgezogen. Das sei so gegen sechs Uhr gewesen. Er käme immer um die Zeit zurück, weil er dann Sportschau gucken wolle. Die Frau kommt heute Nachmittag ins Kommissariat, um ihre Aussage zu Protokoll zu geben.«

»Prima!«

»Ein anderer Nachbar sagt aus, dass Kretschmer schon immer ein muffeliger und abweisender Zeitgenosse gewesen sei. Es hätte wenig Kontakt zu ihm gegeben.«

»Habt ihr die Nachbarn danach gefragt, ob Kretschmer ab und zu Besuch bekommen hat?«

»Haben wir gemacht. Der Nachbar, von dem ich eben schon berichtet habe, sagt aus, ein Wagen vom Bestattungsinstitut Azrael Faulner parke bisweilen vor Kretschmers Haus. Ein anderer Nachbar, der dazu kam, bestätigte das. Der konnte sich sogar daran erinnern, einen Leichenwagen am Samstagnachmittag dort gesehen zu haben. Nach der Uhrzeit gefragt, sagte er aus, es sei so gegen siebzehn, achtzehn Uhr gewesen. So ganz genau könne er das nicht sagen. Ein weiterer Nachbar – wie ein Rudel drängelten sie sich um mich – sagte aus, dreimal in der Woche käme eine Putzfrau. Montags, mittwochs und freitags. Immer am Vormittag.

Ich kann mir vorstellen, dass sie es war, die Kretschmer gefunden und uns angerufen hat.«

Konnert nahm die Aussagen zur Kenntnis und entschied: »Klär doch mal mit der Frau ab, die mit dem Hund draußen war, ob sie auch den Wagen von Azrael Faulner gesehen hat. Und frag ihren Sohn, ob der Leichenwagen vom Bestattungsinstitut hier noch gestanden hat, als er vom Training gekommen ist. So ein besonderes Fahrzeug ist ja nicht zu übersehen. Im Kommissariat sollen sie die Adresse der Putzfrau herausfinden.«

Venske wollte schon losgehen, da hielt Konnert ihn am Ärmel fest. »Ruf Kilian an. Er soll zurückkommen und die Befragungen fortsetzen. Du kommst mit mir. Wir besuchen Azrael Faulner.«

\*\*\*

Mit dem Zeigefinger der linken Hand klingelte Babsi bei Ilona Evert. Glücklich betrachtete sie ihren Verlobungsring, bis sich die Haustür öffnete.

Ilona Evert war ungekämmt. Ihre Haare hingen vor und hinter ihren abstehenden Ohren strähnig herunter. Sie trug ein mit Rosen bedrucktes Nachthemd in Zartrosa mit tiefem Halsausschnitt, der mit einer Schleife zusammengehalten wurde. Barfuß stand sie in der Tür und erinnerte sich sofort an die Kommissarin. »Ich bin eben erst aufgestanden. Kommen Sie trotzdem herein.«

»Das ist sehr freundlich von Ihnen. Es dauert auch nicht lange. Ich habe eigentlich nur eine Frage.«

Sie gingen wieder in die Küche. Ilona Evert setzte sich auf einen der Stühle und bot ihrem Besuch den anderen an. »Soll ich uns einen Kaffee machen?«

»Vielen Dank, aber das ist nicht nötig.«

Babsi faltete das Fahndungsplakat mit dem Phantombild auseinander. »Kennen Sie diese Frau?«

Ilona Evert sah sich das Bild flüchtig an und schüttelte heftig ihren Kopf. Ihre blonden Haare verdeckten kurz die Ohren. Dann waren sie wieder zu sehen. »Nein, tut mir leid.«

»Es könnte nicht die Frau gewesen sein, die sich bei Ihnen nach den Männern erkundigt hat? Vielleicht mit einer anderen Haarfarbe oder einer anderen Frisur?«

»Nein, bestimmt nicht. Ich habe diese Frau noch nie gesehen.«

»Tja, das wäre es eigentlich schon«, sagte Babsi und schaute sich in der Küche um. Bei ihrem letzten Besuch, erinnerte sie sich, war hier alles aufgeräumt. Heute herrschte Unordnung, so als hätte man alles gerade da hingestellt, wo noch Platz war. Babsi sah zu Ilona Evert. Die blickte ein wenig zu schnell zu Boden, damit ihre Haare ihr Gesicht verbargen. Trotzdem bemerkte Babsi jetzt Schwellungen. Ist sie noch vom Schlaf aufgequollen?, dachte Babsi und fragte: »Geht es Ihnen nicht gut, Frau Evert?«

Ilona Evert sah auf. Sie überlegte kurz und antwortete dann: »Die beiden Männer waren hier. Am Samstag sind sie wieder aufgetaucht, als es dunkel geworden war. Sie haben die ganze Wohnung auf den Kopf gestellt. Sie haben alle Schubladen durchwühlt, jeden Schrank ausgeräumt und selbst im Keller jeden Winkel durchsucht. Ich hab nicht gewusst, was sie gesucht haben. Als sie aus dem Keller wieder nach oben gekommen sind, haben sie mich festgehalten und geschlagen und immer wieder gefragt, wo mein Mann die Adressen versteckt hat. Ich weiß doch nichts von Adressen.« Sie begann zu schluchzen. »Nur gut, dass die Kinder bei meiner Mutter sind.«

Babsi stand auf und hockte sich vor Ilona Evert. Sie nahm ihre Hände und hielt sie fest. Tränen tropften auf ihren Verlobungsring. Nach einigen Sekunden zog Ilona Evert ihre Hände zurück und wischte sich mit den Handrücken durchs Gesicht.

Babsi setzte sich auf ihren Stuhl. »Jetzt wäre es doch gut, wenn Sie uns einen Kaffee aufbrühen.«

Ilona Evert blickte erleichtert auf. Mit sicheren und geschmeidigen Bewegungen goss sie Kaffee auf. »Es fehlen kleine Löffel«, sagte sie und lächelte schüchtern. Sie störten sich nicht daran, und schlürften ihren heißen Kaffee ohne Zucker, ohne Milch.

»Sie konnten mir schon bei meinem letzten Besuch einige Merkmale der Männer schildern. Ist Ihnen am Samstag noch etwas aufgefallen?«

Ilona Evert strich sich eine Haarsträhne aus dem Gesicht. Sie betrachtete angestrengt den Kühlschrank neben der Tür und rieb sich mit dem Zeigefinger ihr linkes Auge. »Einer, der jüngere von beiden, hatte rötliche Haare. Der ältere hat mich festgehalten und mir die immer gleichen Fragen ins Ohr gebölkt. Der andere hat mich geschlagen. Der ältere hat auch den jüngeren rumkommandiert. Ich hatte solche Angst. Ich habe geweint und gefleht und immer wieder gesagt, dass ich doch nichts weiß.« Ihre Augen füllten sich erneut mit Tränen.

Babsi wartete mit ihrer Frage.

»Was ist Ihnen noch aufgefallen, Frau Evert? Sie wissen doch, alles, auch Kleinigkeiten, können für unsere Ermittlungen wichtig sein.«

Die Haarsträhne war Ilona Evert ins Gesicht gefallen. Sie drehte sie einen Moment lang um ihre Finger und schob sie dann zur Seite.

»Ich hatte Angst. Ich habe geweint. Ich kenne keine Schläge. Noch nie habe ich einen Menschen geschlagen.« Für einen Augenblick schloss sie die Augen. »Auch meine Kinder nicht.« Sie wischte sich wieder mit dem Handrücken die Tränen ab. »Ich würde sie wiedererkennen.« Sie hob den Kopf, sah die Kommissarin an und beteuerte: »Ja, ich kann sie wiedererkennen. Beide!«

»Das ist gut. Das ist sogar sehr gut, Frau Evert!«

Babsi trank von ihrem Kaffee.

»Ich organisiere einen Mitarbeiter, der nach Ihren Angaben Phantombilder anfertigen kann. Dazu müssen Sie in die Polizeiinspektion kommen. Ist Ihnen das recht?«

Ilona Evert stimmte stumm.

Bemüht, nicht den Eindruck von Hast entstehen zu lassen, trank Babsi ihren Kaffee aus, bedankte sich und verließ die Wohnung. Im Treppenhaus blieb sie auf einem Absatz vor einem Fenster stehen und telefonierte. Scheiben und Rahmen waren frisch geputzt. Sie blickte an den grauen Blocks vorbei auf einen Spielplatz, auf dem Büsche und einzelne Birken wuchsen. Zwei Mütter saßen auf einer Bank und schoben Kinderwagen vor und zurück. Kinder spielten im Sandkasten oder rutschten von der rot und gelb gestrichenen Rutsche. Die Sonne schien von einem klaren blauen Himmel. Babsi meinte, die Kinder lachen zu hören, und dachte daran, selbst einmal lachende Kinder zu haben.

\*\*\*

Zum Frühstück wurde spät gerufen. Nur Charito erschien mit ihrer Tochter und Darija. Der Tisch war auch nur für sie gedeckt. Bevor sie aßen, reichten sie sich nicht die Hände. Darija fühlte sich unwohl. Die beiden anderen am Tisch schienen unruhig zu sein. Nach einem gemurmelten »Guten Morgen« wurde nicht mehr gesprochen. Für Darija gab es ohnehin genug zum Nachdenken.

Sie hatte wach im Bett gelegen, als sie Geräusche im Haus wahrgenommen hatte. Wenig später war das Schrappen vom Scheunentor auf der Erde zu hören gewesen. Darija war aufgestanden, hatte sich ans Dachfenster gestellt und gesehen, wie die Frau aus Bremerhaven, deren Namen sie vergessen hatte, zu Ayana in den Multivan stieg und sie wegfuhren. Gleich danach folgte der BMW mit Martina am Steuer. Die Scheune verschloss Charito. Das musste so gegen Mitternacht gewesen sein.

Später war sie erneut aufgewacht und hatte von der Straße her den tiefen Ton eines startenden Motors gehört und wie sich ein Auto sehr langsam und leise entfernte.

Es wurde schon hell, als der BMW und der Van zurückkehrten. Charito war aus dem Haus gekommen, um das Scheunentor zu öffnen und sofort hinter den Autos zu schließen. Danach hatte Darija noch lange am Dachfenster gestanden, aber nicht gesehen, dass die Frauen die Scheune verließen.

Und nun fehlten sie auch am Frühstückstisch. Sie mochte trotz aller Neugier Charito nicht fragen, wo die anderen blieben.

Da niemand da war, der sich nach dem Frühstück zum Reden und Rauchen und Musikhören in die Sofaecke setzen mochte, ging Darija in den Garten, ohne draußen den Sonnenschein zu bemerken. Sie schlenderte hinüber zur Scheune. Als sie zur vom Haus abgewandten Seite kam, lugte sie durch ein Fenster. Der BMW und der Multivan standen auf ihren Plätzen. Von den Frauen war nichts zu sehen. Sie schlenderte zum hinteren Teil der Scheune zu den geschwärzten Fenstern. Sie legte ihr Ohr an die Scheibe. Sie hörte, dass drinnen gesprochen, verstand aber nicht, was gesagt wurde. Sie meinte, die Stimme von Ayana zu erkennen. Wer ihr antwortete, konnte sie nicht heraushören.

Als sie zurücktrat, stand Charito hinter ihr. »Du musst nicht wissen, was in Scheune passiert. Ist besser. Komm mit in Haus.« Dabei fasste sie Darija am Arm und zog sie weg. Darija löste sich nach einigen Schritten von ihr und ging hinüber zum Wald. Sie wollte allein sein und nachdenken.

***

Kriminaloberrat Wehmeyer war nervös. Er war mehrfach angerufen worden und musste an verschiedenen Stellen erklären, warum die Polizei weniger Fakten vorweisen konnte als manche Journalisten.

Er schritt in seinem Büro auf und ab. »Das bringt doch nichts«, sagte er zu sich selbst, »ich muss einfach warten, bis Konnert mir mehr sagen kann, als nur die dürftigen Kurzinformationen nach der geplatzten Besprechung.« Er verließ sein Büro, lächelte seiner Sekretärin zu, ging in einen kleinen Nebenraum und setzte zwei Kannen Tee an. Während der genau dreieinhalb Minuten zog, brachte er seiner Sekretärin Stövchen, Tasse, Kandis und Sahne. Er hatte eine ausgezeichnete Sekretärin, nur Tee ostfriesisch ansetzen konnte sie nicht und hatte es auch nicht lernen können. Aber trinken mochte sie ihn, und darum hatte es sich irgendwann eingebürgert, dass Kriminaloberrat Wehmeyer ihr ebenfalls ein Kännchen aufgoss, auch wenn es normalerweise umgekehrt war. Es machte ihm nichts aus. Hauptsache, das ostfriesische Ritual wurde eingehalten.

Zurückgelehnt in seinem Chefsessel schlürfte er in Ruhe Schlückchen für Schlückchen aus seiner Tasse mit der aufgemalten Ostfriesenrose. Als er zum süßen letzten Schluck kam, klingelte das Telefon. »Herr Wehmeyer, der Diensthabende ist am Apparat.«

»Herr Wehmeyer, wir haben eine weitere Leiche.«

Abrupt setzte er seine Teetasse ab. »Ich höre!«

»Bei Wartungsarbeiten an der Staustufe der Hunte-Schleuse haben Arbeiter einen Leichensack mit einer weiblichen Leiche aus dem Wasser gezogen. Eine Funkstreife ist auf dem Weg und müsste jeden Moment dort ankommen. Die Arbeiten im Bereich des Fundortes wurden eingestellt.«

»Dankeschön!«

Kriminaloberrat Wehmeyer legte den Hörer auf und sackte so heftig zurück, dass sein Stuhl nach hinten rollte. Und nun?, überlegte er, soll sich Konnert auch noch darum kümmern? Er rückte wieder an den Schreibtisch, nahm sich Kandis und schenkte Tee ein. Gekonnt ließ er mit der Sahne ein Wölkchen in seiner Tasse entstehen und beschloss, dass sein Hauptkommissar das selbst entscheiden sollte. Er griff zum Telefon und rief ihn an. Als der sich meldete, sagte er ohne weitere Einleitung: »Bei der Hunte-Schleuse ist eine weibliche Leiche gefunden worden. Wollen Sie sich auch noch darum kümmern, oder soll ich Hauptkommissar Struß mit den Ermittlungen beauftragen?«

Er wartete und konnte sich sehr gut vorstellen, in welcher Klemme Konnert jetzt steckte. Er hörte ein Rascheln im Hörer und nahm an, dass er die Hand über sein Handy hielt, um sich mit Venske abzustimmen. Dann meldete er sich: »Ich schlage vor, dass wir das machen, und Kriminaloberkommissar Venske sich hauptsächlich um die weibliche Leiche kümmert.«

Kriminaloberrat Wehmeyers Augen strahlten. »Ja, damit bin ich einverstanden.« Nach einer kleinen Pause fügte er an: »Wenn Sie wieder im Haus sind, melden Sie sich bitte unverzüglich bei mir. Ich brauche mehr Informationen.« Und nach einer weiteren Pause beendete er das Gespräch mit dem Wunsch: »Viel Erfolg!«

Er griff zur Tasse, trank den in der Zwischenzeit abgekühlten Tee und wählte die Nummer des Staatsanwalts.

***

Venske hatte schon die Fahrtrichtung geändert, als Konnert sein Handy in der Hosentasche verschwinden ließ. Statt in die Innenstadt zum Beerdigungsinstitut Azrael Faulner zu fahren, bog er ab zur Autobahn. Er hätte gern mal wieder das Blaulicht aufs Dach gesetzt und die Sirene aufheulen lassen, aber es war ja keine Gefahr im Verzug, und Konnert hätte einen Verstoß gegen die Vorschriften nicht geduldet. Also zuckelte er durch den dichten Straßenverkehr und hatte Zeit, sich auf seine neue Aufgabe einzustellen.

Als könnte Konnert Gedanken lesen, sagte er mit einem Seitenblick: »Ich bleibe dein Vorgesetzter. Du hältst dich an das, was ich dir sage. Keine Alleingänge! Verstanden?« Konnert erwartete keine Antwort.

Wie üblich war van Stevendaal schon da, als Konnert und Venske bei der Staustufe eintrafen. Sie parkten beim Restaurant »Schöne Aussicht« und sahen den Grafen am gegenüberliegenden Ufer über einem verdreckten weißen Leichensack knien. Seine Mitarbeiter suchten das Ufer ab und blickten unter jeden Strauch.

Sie gingen über das Wehr der Staustufe und stellten sich hinter den Kriminaltechniker. Der hatte den toten Körper freigelegt, eine Mitarbeiterin fotografierte ihn aus unterschiedlichen Perspektiven.

Die Frau war nackt, sie lag auf dem Rücken, ihre Arme gekreuzt über dem schlanken Körper. Große Teile ihrer Haut sahen graugrün verfärbt aus. Braunschwarze Linien schimmerten durch die Haut wie ein Spinnennetz. An einigen Stellen hatte sich die Haut vom Fleisch gelöst und hing nur noch mit dünnen, schleimigen Fasern am Körper. An anderen Stellen hatte sich Waschhaut gebildet, die aufgequollen, rubbelig und wässrig weiß aussah. Große Teile ihres blonden Kopfhaares lagen in Büscheln auf dem nassen Plastik.

Die junge Frau musste einmal sehr hübsch gewesen sein. Jetzt aber war sie kein schöner Anblick mehr.

Das Fußende des Leichensackes war mit einem Seil zusammengebunden. Ein Ende lag im Gras. Es war ausgefranst. Oberhalb des Seils klaffte ein rund vierzig Zentimeter langer Riss in dem Kunststoffgewebe, auf dem Algen wuchsen. Möglicherweise hatte ihn eine Schiffsschraube hineingerissen. Auch die Leiche schimmerte an einigen Stellen ein wenig grünlich.

Venske musste Luft holen und seinen Blick abwenden. Er sah über das aufgestaute Wasser der Hunte die Schaulustigen auf der anderen Uferseite. Sie hatten Zweige der Büsche beiseitegedrückt und gafften herüber. Er konnte zwei Ferngläser ausmachen und sich vorstellen, wie die Beobachter den übrigen Neugierigen ausführlich berichteten, was sie sahen. Bald würde die Presse anrücken und Fotos mit Teleobjektiven schießen.

»Habt ihr eine Sichtwand im Auto?«, fragte Venske die etwas abseitsstehenden Streifenbeamten. »Holt sie her und macht euch nützlich.«

Die Polizisten eilten zu ihrem Wagen. Augenblicke später entrollten sie ein Tuch, das sie mithilfe von Stäben als Sichtschutz befestigten. Vom anderen Ufer waren Pfiffe zu hören. Venske wollte gerade seinen Mittelfinger in die Luft strecken, beherrschte sich aber, als er Dr. Görner über das Wehr der Staustufe kommen sah.

Der Staatsanwalt stellte sich zu den Ermittlern und wartete geduldig mit ihnen, bis van Stevendaal mit der Arbeit seiner Fotografin zufrieden war, sich aufrichtete und seinen Bericht abgab. »Frauenleiche, wie Sie sehen, circa zwanzig bis fünfundzwanzig Jahre alt, Todeszeitpunkt, bitte alles noch als äußerst unsicher betrachten, vor zehn bis vierzehn Tagen. Ich weiß ja nicht, wann Wasser durch das Loch in den Leichensack eingedrungen ist. Mehr kann ich dazu zurzeit als Kriminaltechniker nicht sagen.«

Als keiner einen Kommentar abgab, fragte van Stevendaal den Staatsanwalt: »Welche Leiche zuerst? Kretschmer oder diese?«

Dr. Görner fasste an sein Kinn. Venske erwartete, dass er wieder mit »aber Scherz beiseite« beginnen würde. Der Staatsanwalt antwortete jedoch nur kurz: »Das ist ja sicher der Fundort, nicht der Tatort. Ihre Leute sollen sich hier noch zehn Minuten umsehen und sich dann an die Auswertung der Spuren vom Tatort Kretschmer machen.«

Über das Wehr trugen Mitarbeiter eines Bestattungsinstituts einen Zinksarg. Die Männer stellten sich als Beschäftigte der Firma Azrael

Faulner vor, hoben die Leiche mit dem Sack in den Sarg und brachten ihn über das Wehr zu ihrem Leichenwagen. Einem Impuls folgend ging Konnert hinter ihnen her und fragte den Mann am Ende des Sargs: »Hat die Firma Azrael Faulner mehrere dieser Leichenwagen?«

»Wir haben zwei. Diesen schwarzen und einen neueren. Der ist grau. Warum wollen Sie das wissen?«

Konnert ging nicht darauf ein und hakte stattdessen nach: »Haben Sie die beiden Leichen vom Autobahnparkplatz abgeholt?«

»Wer sind Sie überhaupt? Was geht Sie das an?«

»Entschuldigung. Ich bin der ermittelnde Kriminalbeamte.« Konnert suchte seinen Dienstausweis. Sie waren schon am Leichenwagen angekommen, als er ihn endlich vorzeigen konnte. »Was ist nun, haben Sie die Leichen vom Parkplatz abgeholt?«

»Nur die erste, den Evert. Die zweite wurde ebenfalls von unserem Institut transportiert, aber von einem anderen Team.«

»Wird immer Ihre Firma angerufen, wenn ein Opfer zu transportieren ist? Es gibt doch auch noch weitere Beerdigungsinstitute.«

»Darüber weiß ich nichts. Das müssen Sie mit Herrn Faulner besprechen.« Damit luden die beiden Männer den Sarg ins Auto und schlossen die Heckklappe.

Von der Schönen Aussicht klang Schlagermusik herüber. Viele der Schaulustigen saßen auf der Terrasse bei Kaffee und Kuchen und erzählten sich aufgeregt, was sie tatsächlich gesehen hatten und was sie meinten, gesehen zu haben.

Zurück am Fundort erinnerte sich Konnert daran, dass Alois Weis gute Beziehungen zu den Bestattern hatte. Es kann doch nicht sein, dass immer ein und dasselbe Unternehmen von der Polizei beauftragt wird, ging es ihm durch den Kopf. Er fummelte sein Handy aus der Hosentasche und rief den Journalisten an. Er erreichte nur den Anrufbeantworter. Konnert sprach darauf: »Tu mir einen Gefallen. Überprüf einmal, warum immer die Firma Azrael Faulner die Aufträge von der Polizei bekommt. Und frag doch mal bei den anderen Firmen nach, ob die sich nicht auch schon darüber gewundert haben.«

***

Im Institut für Rechtsmedizin war alles vorbereitet für die Obduktionen der Leiche von Dr. Justus Kretschmer und der unbekannten Frauenleiche. Frau Dr. Landmann und ihr Team warteten nur noch auf die Herren Konnert und Görner. Sie rauchte am offenen Fenster und merkte kaum, wie klar die Luft nach dem gestrigen Gewitter war.

Frau Dr. Landmann drückte ihre Zigarette im Aschenbecher aus und trottete hinüber zum Sektionstisch. Es juckte ihr in den Fingern. Aber die Vorschrift besagte, dass sie auf die Herren warten musste. Ungeduldig ging sie zum Schreibtisch, um sich eine neue Zigarette anzustecken.

***

Konnert saß neben Venske im Auto und telefonierte nacheinander mit den Leuten aus seinem Team. So hatte er keine Gelegenheit, sich um die Reklameplakate mit hübschen Models in Unterwäsche zu kümmern.

Babsi berichtete und bekam den Auftrag, mit anderen Mitarbeitern das Umfeld von Kretschmer auszuleuchten. »Überprüft als Erstes, ob es eine Verbindung zwischen Kretschmer und Azrael Faulner gibt – du weißt doch, das Beerdigungsinstitut – und welche Qualität sie eventuell hatte.«

Kilian Kirchner informierte, dass er Kretschmers Sohn ausfindig gemacht und ihn vom Tod des Vaters unterrichtet hatte. Er komme umgehend nach Oldenburg. Kilian hatte auch den Sohn der Nachbarin befragt. Der habe kein Auto vor dem Haus des Apothekers stehen gesehen. Konnert kombinierte: Faulner war vor achtzehn Uhr abgefahren.

Vor dem Forensischen Institut telefonierte Konnert noch mit van Stevendaal und sprach einen Termin mit ihm ab. »Ich muss unbedingt mit dir sprechen, bevor ich zu Wehmeyer gehe und endlich die Ergebnisse der Untersuchungen aus der vergangenen

Woche erfahre. Ich hatte bis jetzt nicht die Gelegenheit, eure schriftlichen Berichte zu lesen.«

Als sie parkten, war der dunkelrote Saab noch nicht da. Konnert erlaubte es sich, eine Pfeife hervorzukramen. Venske schaute zu, wie dicke Rauchwolken aus dem Mund seines Chefs quollen. Er schnupperte. »Riecht ja ganz gut. Aber gesund ist das trotzdem nicht. Dürft ihr frommen Christen eigentlich rauchen?«

»Fang du nicht auch noch an. Gerade du musst mir was über gesunde Lebensweise erzählen. Gerade du.«

Venske war erschrocken über die ungewohnt schroffe Zurechtweisung. Er musste wohl einen wunden Punkt getroffen haben. Er lenkte ein: »Hast ja Recht.«

Konnert fasste sich mit Zeigefinger und Daumen an die Nasenwurzel und überlegte laut: »Nehmen wir mal an, Kretschmer gehört zu den Opfern von der Autobahn, wegen der Zettel. Dann kann es doch so gewesen sein, dass die Täter gestört worden sind. Ich meine, dass sie keine Zeit hatten, ihn zu foltern und anschließend zu töten und zum Parkplatz zu bringen. Das erklärte doch auch, dass er erstochen und nicht erwürgt wurde.«

Venske wollte etwas dazu sagen.

»Halt einen Moment den Mund.«

Wie er diesen Satz hasste. Venske ballte beide Fäuste.

»Nehmen wir auch an, dass es eine Verbindung zwischen Evert und Kretschmer gibt, nein, warte, fangen wir vorne an. Nehmen wir erst einmal an, dass es einen Zusammenhang zwischen Everts Tod«, Konnert schrieb mit der Pfeife in der Hand ein unsichtbares Fragezeichen in die Luft, »und dem Verschwinden seines ehemaligen Chefs gibt. Die zweite Leiche wäre dann die von Riegelein.«

Venske setzte an und wurde gleich wieder mit der erhobenen Pfeife gestoppt.

»Wenn es, wegen der Zettel, zwischen den beiden einen Zusammenhang gibt und Kretschmer hat auch so einen bekommen, dann haben wir schon drei potenzielle Opfer eines Täters oder einer Tätergruppe. Und der Leichenwagen vom Faulner parkte vor dem Haus des Apothekers. Der gehört doch da auch irgendwie rein?« Wieder malte er ein unsichtbares Fragezeichen in die Luft. »Muss nicht, könnte aber sein. Könnte sogar sehr gut sein.« Venske blieb mit geballten Fäusten stumm.

Konnert rauchte ein paar Züge und drängelte plötzlich: »Nun sag doch schon, was du meinst!«

»Ich frage mich immer noch, was ist mit der Frau aus der Pension? Opfer oder gehört sie zu den Tätern, den beiden Männern vom Autohof? Immerhin haben wir von denen Blutspuren, die zu Evert gehören.«

»Gute Fragen!« Konnert wollte gerade sagen, dass er dazu keine Antworten habe, als der dunkelrote Saab auf den Hof fuhr und neben ihnen geparkt wurde.

Konnert klopfte seine Pfeife aus.

Dr. Görner sagte beim Aussteigen: »Dann müssen wir mal wollen. Aber Scherz beiseite. Gehen wir hinein.«

***

Ein Eichhörnchen sprang durch die Äste einer alten Buche. Darija staunte darüber, wie geschickt und blitzschnell das kleine Tier die Richtung änderte, plötzlich ganz still saß, um dann wieder vorwärts zu jagen. Sie verlor das possierliche Tierchen aus den Augen, als es in den Wald rannte.

Darija saß an einem Holzstoß im Gras. Die Platzwunden auf ihrem Rücken waren dank der Pflege von Martina gut verheilt. Es schmerzte nicht mehr, wenn sie sich vorsichtig an etwas Hartem anlehnte.

Sie hatte denselben Weg genommen, den sie am Tag zuvor mit Ayana gegangen war. Sie hatte die rechte Abzweigung gewählt und war weiter in den Wald hineingewandert, bis sich der Weg zu einer kleinen Lichtung weitete. Den Platz nutzten die Forstfahrzeuge als Wendeplatz. Ihr gegenüber wuchsen auf einer stattlichen Fläche Weidenröschen. Die letzten Blüten dieses Sommers leuchteten rötlich. Es war ganz still. Kein Lüftchen regte sich.

Darija zog ihre Schuhe aus und schob Rock und die Ärmel ihrer Bluse hoch. Sonnenstrahlen schienen durch das Laub der Bäume und wärmten ihre Beine und Arme. Sie streckte auch ihr Gesicht der Sonne entgegen, schloss die Augen und lehnte den Kopf an das Holz.

So saß sie da, als schliefe sie.

Eine Libelle setzte sich auf ihr Knie. Darija schaute auf und beobachtete das grüne Insekt, wie es seine Flügel ausbreitete und Sonnenwärme tankte. Mit einem Satz hüpfte es in die Luft. Mit knatterndem Geräusch flog es im Zickzack über die Lichtung. »Ein wunderschönes Raubtier«, erinnerte sich Darija an eine Formulierung ihrer Lehrerin im Biologieunterricht.

Sie wollte nach Hause. Sie wollte vergessen, was vor zwei Tagen geschehen war. Sie wollte vergessen, was in den vergangenen Monaten mit ihr passiert war. Sie wollte vergessen und ein neues Leben beginnen. Das würde nur zu Hause gelingen, davon war sie überzeugt.

Martinas Stimme riss sie aus ihren Gedanken. »Darija! Wir suchen dich. Wo steckst du?«

Darijas erster Impuls war es, sich zu verstecken. Dann wurde ihr klar, dass der Versuch zwecklos war. Früher oder später würde sie herauskommen müssen. So stand sie auf, schlüpfte in ihre Schuhe, strich die Falten am Rock glatt und trödelte den Weg zurück.

Martina hielt eine Zeitung in der Hand. »Wir überlegen, was wir mit dir machen können.«

Darija erschrak. »Was wir mit dir machen können«, die Worte trafen sie wie Peitschenhiebe. Sie zuckte zusammen, ging in die Hocke, schlug ihre Hände vors Gesicht und begann zu schluchzen. Meine Lage ist aussichtslos, dachte sie und fühlte sich verloren.

Als Martina sich zu ihr hinunterbeugte, ihren Arm fasste und sie aufrichtete, ließ sie sich widerstandslos wegführen. Aus den Augenwinkeln schielte sie auf die Zeitung in Martinas Hand und entdeckte darauf eine Zeichnung. Abrupt blieb sie stehen, verstellte Martina den Weg und entriss ihr die Zeitung. »Das bin ich«, flüsterte sie erstaunt.

Es war nicht leicht für sie, den Artikel zu lesen. Aber sie begriff das Wesentliche. Die Polizei suchte nach ihr.

»Die Zeitung ist schon ein paar Tage alt«, erklärte Martina. »Die Polizei sucht dich, weil du die Rechnung der Pension nicht bezahlt hast und sie Blut in deinem Bett gefunden haben. Wenn dich am Samstag jemand in der Nähe des Hauses von Kretschmer erkannt hat, dann suchen jetzt alle Polizisten in Deutschland nach dir.«

Sie kam ganz nah an Darija heran und flüsterte: »Lauf nicht mehr in den Wald, hörst du? Lass dir von uns helfen. Du bist in höchster Gefahr. Die beiden Männer suchen dich ebenfalls.«

Ungläubig starrte Darija sie an. Sie empfand keine Angst, aber ein Gefühl der Hoffnungslosigkeit breitete sich in ihr aus.

\*\*\*

An zwei Obduktionstischen im Institut für Rechtsmedizin war gleichzeitig gearbeitet worden.

Die Obduktion von Kretschmers Leiche hatte keine unerwarteten Erkenntnisse gebracht. Der Stichkanal entsprach dem gefundenen einschneidigen Küchenmesser, das damit eindeutig als Tatwerkzeug feststand. Der Stich hatte knapp unter dem Schlüsselbein die Hauptschlagader durchtrennt. Der Blutverlust hatte zum Tod geführt. Kretschmers stark vergrößerte Leber ließ auf langjährigen extensiven Alkoholmissbrauch schließen. In seinem Blut wurde ein Alkoholgehalt von 2,7 Promille gemessen. Görners Fazit war eindeutig: »Dr. Justus Kretschmer wurde getötet«, gab er zu Protokoll.

Die Obduktion der unbekannten Frauenleiche bestätigte die Annahme von van Stevendaal, dass der Todeszeitpunkt vor zehn bis vierzehn Tagen anzunehmen sei. Als Todesursache wurde zweifelsfrei Ersticken festgestellt. Jemand hatte ihr Mund und Nase verschlossen, bis das Gehirn kollabiert war. Unsicherheit herrschte jedoch darüber, wie dieser Todesfall einzuordnen sei. Für Venske stand fest: »Diese Leiche gehört nicht zu den bisherigen Opfern. Wir haben bei ihr keine Nachricht gefunden. Dies ist mit Sicherheit ein eigenständiger Fall.«

Konnert schwieg dazu, dachte hingegen daran, dass die Leichen vom Parkplatz auch erstickt wurden. Sein Instinkt warnte ihn, voreilige Schlüsse zu ziehen.

***

Charito trug ein Tablett hinüber zur Scheune, als Martina mit Darija im Arm aus dem Wald kam. Auf dem Tablett war etwas mit der Abdeckhaube der Mikrowelle zugedeckt. Als Darija sie entdeckte, versuchte sie das Tablett so zu tragen, dass die beiden es nicht sehen konnten. Darija stutzte kurz, ihre Gedanken wurden aber von Martinas Bemerkung über das bevorstehende Essen unterbrochen.

Der Tisch im ehemaligen Stall war nur für vier Personen gedeckt. Wieder setzte man sich zum Essen, ohne dass sie einander die Hände reichten. Nur Martina hatte ihre Hand flüchtig zu Darija ausgestreckt, dann aber schnell zurückgezogen. Niemand sagte bitte oder fragte: »Möchtest du noch etwas?« Sie schoben nur verstohlen die Schüsseln herum. Mit gesenktem Kopf saß Darija da und ließ ihre Arme zwischen den Knien herunterhängen. Sie hatte keinen Appetit.

In die bedrückende Stille platzte Ayana hinein. Sie sah abgekämpft aus. Ihre schwarzen, zu ungezählten Zöpfen geflochtenen Haare standen durcheinandergewirbelt ab. Sie hatte sich auf die Unterlippe gebissen und das Blut am Kinn verschmiert. Ihr T-Shirt hatte große, dunkle Schweißflecken unter den Achseln und ihren Brüsten. Über ihren bitteren, harten Gesichtsausdruck erschrak Darija.

»Martina, komm mal raus«, presste Ayana zwischen den Zähnen hindurch, indem sie jedes einzelne Wort betonte.

Mit schnellen Schritten verließen die beiden Frauen den Raum. Die Haustür krachte ins Schloss. Dann war es still. Niemand bewegte sich, als seien sie schockgefroren. Ihre starren Blicke betrachteten die Zwiebelschnitzel auf ihren Tellern, die langsam kalt wurden.

Charito rührte sich als Erste und befahl ihrer Tochter: »Nimm Teller und geh auf Zimmer!« Rizal gehorchte und schlich mit gesenktem Kopf davon. Auch Darija wollte aufstehen und gehen, aber Charito bat sie: »Bleib! Bitte!«

»Wir haben einen Dienst«, sagte Charito leise. »Verlangt viel Kraft von uns. Müssen hart sein. Dürfen nicht weich sein. Gerechtigkeit ist schwer zu machen.« Sie versuchte zu lächeln. Es gelang ihr nicht.

Darija wandte ihr Gesicht ab zur offen stehenden Tür.

»Geh nur. Hab keine Angst. Dir tun wir nichts. Dich beschützen wir. Deshalb Ayana und Martina in Scheune. Alles wird gut. Glaub mir. Bitte.« Doch sie spürte, dass ihre Worte Darijas Herz nicht erreichten. Darum wiederholte sie: »Geh nur. Geh nur auf Zimmer.«

Oben stellte Darija sich ans Dachfenster und schaute über die Baumwipfel und sah den Wolken zu, wie sie unter dem blauen Himmel stetig nach Osten zogen. Sie empfand nicht einmal mehr Heimweh. In ihr war es wieder so kalt und tot, wie es das schon in den Nächten in exklusiven Bordellen oder bei privaten Partys in Villen oder einem einsamen Haus im Wald gewesen war.

Sie trat vom Fenster zurück und ging zu ihrem Bett. Erst setzte sie sich, um sich dann nach hinten fallen zu lassen.

***

Lieber rief Konnert sich ein Taxi, als mit Venske zusammen ins Kommissariat zu fahren. Während er wartete, zündete er sich seine Pfeife wieder an und paffte vor sich hin. Sein Magen meldete sich mit leichter Übelkeit. Er achtete nicht darauf, kramte sein Handy aus der Hosentasche, um Ruth anzurufen. Er ließ es klingeln und dachte darüber nach, wie schwer es doch Menschen fällt, sich helfen zu lassen. Lieber versuchen sie es allein und wollen mit Gewalt erreichen, was nur mit Hilfe und Geduld gelingt. »Mit Gewalt geht gar nichts«, murmelte er vor sich hin, »wer Gewalt wählt, wählt sein Verderben.« Ruth ging nicht ans Telefon.

Konnert erinnerte sich wieder an seine morgendliche Bibellese und ermahnte sich, seinen Schwiegersohn nicht zu verurteilen. Wie oft hatte er selbst als junger Polizist eigenbrötlerisch gehandelt, bis er endlich selbstbewusst genug geworden war, andere um Hilfe zu bitten.

Als sein Taxi endlich kam, ließ er sich nach Hause fahren. Mit einer Fertiglasagne im Backofen rief er Babsi an. »Habt ihr eine Verbindung zwischen Kretschmer und Azrael Faulner gefunden?«

»Ja, Chef, wir sind uns nur nicht über die Qualität im Klaren. Auf jeden Fall haben sie sich öfters getroffen. Zu welchem Zweck ermitteln wir gerade.« Sie machte eine Pause.

»Noch etwas. Ob es von Bedeutung ist, kann ich nicht sagen. Azrael Faulner und Riegelein kennen sich auch. Sie gehören beide zum Vorstand eines gemeinnützigen Vereins zur Förderung sozial schwacher Jugendlicher in Oldenburg. Der Verein sammelt Spenden, um mit dem Geld Kindern aus schwierigen Verhältnissen die Teilnahme an Klassenfahrten, Trainingslagern oder Jugendfreizeiten zu ermöglichen. Einer unserer IT-Spezialisten hat das bei seiner Recherche herausgefunden. Er meint aber, der Verein sähe eher wie ein Schreibtisch aus, auf dem vor allem Spendenbescheinigungen für das Finanzamt geschrieben würden.« Babsi hielt die Luft an. »Das ist nicht sehr viel. Der Tag ist aber ja auch noch jung.«

Konnert sah zur Uhr am Herd und sagte: »Sieh mal auf deine Uhr, Babsi. Es ist Mittag. Von wegen junger Tag.«

»Ist mir klar. Übrigens, Azrael Faulner ist heute Morgen nicht ins Büro gekommen. Seine Bürokraft kann sich nicht daran erinnern, dass das jemals vorgekommen ist. Und sie arbeitet länger als neun Jahre für ihn.«

»Du kannst ja heute Nachmittag nachfragen, ob er in der Zwischenzeit aufgetaucht ist.«

»Mach ich, Chef. Kommst du gleich ins Kommissariat?«

»Das ist sehr wahrscheinlich. Ist Kilian da?«

»Ja, er sitzt an seinem Schreibtisch und telefoniert.« Babsi wollte sich schon verabschieden, da fiel ihr noch etwas ein: »Die Spezialistin für Phantombilder wird um fünfzehn Uhr nach Angaben von Frau Evert Bilder anfertigen. Wäre es nicht klug, die Frau vom Autohof käme mit dazu?«

»Gute Idee. Mach das. Und bis nachher.«

Konnert stellte sein Telefon ab. Er roch die Lasagne und stellte Teller und Besteck bereit. Ein Glas Wein verkniff er sich. Wasser musste genügen.

Er aß auf seiner Terrasse und hatte neben den Teller ein Blatt Papier bereitgelegt. Während er kaute, notierte er sich, was ihm durch den Kopf ging und er nicht vergessen wollte. Er war noch nicht satt, da reichte der Platz auf dem Zettel nicht mehr aus. Er drehte ihn um und beschrieb auch einen Teil der Rückseite.

Später kräuselte blauer Qualm aus seiner Pfeife in die Spätsommerluft. Konnert lehnte sich zurück. Er sah den ungemähten Rasen und beim Komposthaufen zwei frische Maulwurfshügel. »Schön, dass du dich bei mir wohlfühlst«, sagte er in Richtung der aufgeworfenen Erde, »du kannst bloß nicht hier bleiben. Ich gewähre dir kein Asyl. Mach, dass du in die Wiesen verschwindest.«

Er wählte die Nummer von Venske. Die Nummer war besetzt. Er probierte sein Glück bei Babsi: »Telefoniert Venske?«

»Ja, der hat seine Beine auf dem Schreibtisch liegen, tut geheimnisvoll und redet ununterbrochen mit irgendwelchen Leuten.«

»Weißt du, ob er eine vermisste blonde Frau im Register gefunden hat?«

»Natürlich waren da passende Frauen gelistet. Er lässt gerade überprüfen, ob eine von ihnen für uns infrage kommt.«

»Ist gut. Ich komme rein.«

»Bis dann.«

Konnert nahm seinen Zettel und schrieb Zahlen vor die Stichworte, strich einige, um sie durch andere zu ersetzen und blies dabei Tabakwolken in die Luft. Mit zusammengekniffenen Augen überprüfte er seinen Zettel, drehte ihn von der Vorderseite zur Rückseite und zurück und wieder nach vorn, um ihn dann zusammengefaltet in die Brusttasche seines Oberhemdes zu stecken.

In der Polizeiinspektion besuchte er zuerst den Grafen in seinem Labor.

»Du bist eine Stunde zu früh«, stellte van Stevendaal fest und versuchte die Scherben der Terrassentür zusammenzusetzen, »ich bin noch nicht so weit.«

»Dann schaue ich dir ein wenig bei deiner Arbeit zu.«

»Hast du nichts zu tun? Wir rackern hier im Schweiße unseres Angesichts, und du nimmst dir die Zeit, Löcher in die Luft zu gucken?«

»Beim Zuschauen arbeiten meine grauen Gehirnzellen. Ich bin Kopfarbeiter.«

»Dann lass deinen Kopf woanders arbeiten. Komm in einer Stunde wieder.«

Während Konnert zum Fahrstuhl ging, entschied er, zu Kretschmers Haus zu fahren. Er besorgte sich die Schlüssel und einen Dienstwagen und fuhr in nördlicher Richtung. Lässig saß er mit einer Hand am Steuer. Der andere Arm lag bequem über der Lehne des Beifahrersitzes. Der Verkehr war wie immer dicht, und vor den Ampeln stauten sich die Fahrzeuge. Konnert suchte einen Sender mit klassischer Musik. Hinter ihm hupte ein Lieferwagen. Die Ampel war auf Grün gesprungen, ohne dass er es bemerkt hatte. Er hob entschuldigend beide Hände und startete, bis er nach zweihundert Metern vor der nächsten Ampel hinter einem Porsche halten musste. Statt Musik fand er NDR Info und bekam die neuesten Nachrichten aus dem Norden. Eine Musikschule hatte einen Preis gewonnen. In Lüneburg gab es einen Prozess vor dem Verwaltungsgericht. Bevor der Fahrer des Lieferwagens wieder hupen musste, preschte Konnert los, dem Porsche hinterher. Aus dem Radio kam die Meldung, dass in Oldenburg ein neues Opfer der Parkplatzmörder gefunden und fast zeitgleich eine weibliche Wasserleiche aus dem Hunte-Wehr geborgen worden sei. Dann kamen die weltweiten Neuigkeiten. Während Konnert wieder nach einem Musiksender suchte, fuhr der Lieferwagen ihm neuerlich beinahe auf die Stoßstange. Er war froh, als er abbiegen und wenig später vor Kretschmers Haus parken konnte.

Einen Moment blieb er neben dem Wagen stehen. Hier hatte also der Leichenwagen von Azrael Faulner geparkt. Fragen über Fragen wirbelten in seinem Kopf herum. Hatte der kein anderes Auto? Wollte er den toten Kretschmer abholen? Hatte den Zettel wieder eine Frau geschrieben? Steckte die Frau mit Faulner unter einer Decke? War Faulner der Mörder und versteckte sich jetzt mit der Frau aus der Pension vor der Polizei?

Konnert wandte sich nach rechts. Da oben hatte der Multivan mit den zwei Frauen gestanden, die auf etwas gewartet hatten. Auf was? Auf wen? Er ging zum Haus, in dem die Zeugin mit dem Hund wohnte. Er klingelte, und als sie öffnete, bat er sie, ihm noch einmal zu schildern, was sie gesehen hatte. Sie legte sich jetzt fest, dass die beiden Frauen bei ihrer Rückkehr nicht mehr im Kleinbus gesessen hatten. Sie habe die Situation vor ihrem inneren Auge ablaufen lassen und sei vollkommen sicher.

Konnert wollte sich schon bedanken, als die Frau ihn am Ärmel fasste: »Warten Sie! Wir haben natürlich in der Nachbarschaft über die Ereignisse gesprochen. Eine Freundin von mir, sie wohnt dort unten an dem Querweg, meint, vor ihrem Haus hätte an dem Nachmittag ein BMW geparkt. Den hätte sie vorher noch nie da gesehen.«

Konnert erkundigte sich nach der Adresse und verabschiedete sich: »Vielen Dank! Sie haben uns sehr geholfen. Bitte vergessen Sie nicht, ins Kommissariat zu kommen, um Ihre Aussage zu Protokoll zu geben.« Ein zweiter Besuch lohnt sich doch, sinnierte Konnert und trottete zurück zu Kretschmers Haus. Wieder schwirrten ihm Fragen durch den Kopf, über die er nachdenken wollte. Später. Vielleicht auf einer Bank auf dem Friedhof.

Er betrat das Haus und sah sich im Wohnzimmer um. In der altdeutschen Schrankwand standen einige Bücherreihen. Er betrachtete sie aus der Nähe. Romane von bedeutenden deutschen Schriftstellern, die üblichen Gesamtausgaben von Goethe und Schiller im Halbledereinband, ein Bertelsmann Universallexikon, auch in Halbleder, und einige dünne Gedichtbände reihten sich ungeordnet aneinander.

Konnert wendete sich zu einem großen Fernseher älterer Bauart. Im Schrank darunter lagen VHS-Kassetten: Doktor Schiwago, Jenseits von Afrika, Die Feuerzangenbowle und ähnliche Titel. Ein leichter Staubfilm lag auf allen. DVDs waren da keine.

Anschließend untersuchte Konnert den Sekretär, in dem statt Papier und Schreibutensilien Gläser und Flaschen mit alkoholischen Getränken aufbewahrt wurden. Die Kriminaltechniker hatten die Behälter zusammengeschoben. Konnert wunderte sich, wie viele verschiedene Sorten Gin es gab.

Das angrenzende Zimmer war offensichtlich ein Esszimmer. Auch hier waren die Möbel alt und hatten unübersehbare Gebrauchsspuren. Zwischen den Fenstern zum Garten stand ein kleiner Tisch mit einem Telefon und Telefonbüchern. Daneben lag ein Adressbuch. Konnert blätterte es auf. Mit den meisten aufgelisteten Namen konnte er nichts anfangen. Andere kannte er, weil sie zu allgemein bekannten Geschäften in Oldenburg gehörten. Er fand auch die Namen Rainer Riegelein und Azrael Faulner. Evert tauchte nicht auf. Auf der Innenseite des Umschlags waren hinter drei Punkten zwei Telefonnummern notiert. Eine Handynummer und eine Nummer mit der Vorwahl 0031. Das ist doch die Vorwahl von Holland, überlegte Konnert und klemmte sich das Adressbuch unter den Arm.

Er öffnete eine weitere Tür und betrat eine kleine Stube. An einer Wand hing ein übergroßer Flachbildschirm. Die dazugehörigen Rekorder und Receiver standen in einem passenden Rack. Davor war ein gemütlicher Fernsehsessel und daneben ein Servierwagen aufgestellt, auf dem verschiedene Fernbedienungen in Reih und Glied lagen. Ein großer Aschenbecher und ein Tumbler mit dem Aufdruck »Gordon's London Dry Gin« vervollständigten den Eindruck von entspannten Stunden im Reich der Illusionen. Auf einer Ablage unter dem Wagen standen die dazugehörige Flasche und eine Kiste Zigarren.

Konnert legte das Adressbuch ab und sah sich um. Er suchte die zu erwartende DVD-Sammlung, konnte sie nicht entdecken. Dann blieb sein Blick am schmalen Schrank neben der Tür hängen. Er stellte fest, dass er abgeschlossen war. Der Schlüssel steckte nicht im Schloss. Was schließt du hier ein?, überlegte Konnert und fummelte erneut sein Handy aus der Hosentasche, um van Stevendaal anzurufen. »Nein, ich bin noch nicht fertig«, schallte es ihm gleich entgegen.

»Das wollte ich gar nicht wissen«, gab Konnert zurück, »ich frage dich, ob ihr bei Kretschmer den Schrank im Fernsehzimmer untersucht und den Schlüssel mitgenommen habt?«

»Es hat kein Schlüssel im Schloss gesteckt. Wir haben ihn mit unseren Mitteln geöffnet und wieder verschlossen.«

»Und was ist im Schrank?«

»Schweinkram.«

»Geht es ein bisschen genauer? Komm schon Stevendaal, lass dir nicht jeden Satz aus der Nase ziehen.«

»Pornos von der übelsten Sorte, wenn du es so genau wissen willst.«

»Und?«

»Nichts und. Wir haben alles wie vorgefunden belassen.« Van Stevendaal klang nun doch ungehalten.

»Dann ist es ja gut. Bis später.«

»Du kannst dich ruhig ein bisschen verspäten. Ich werde hier dauernd von einem gewissen Kommissar bei meiner Arbeit gestört. So werde ich nie fertig.«

»Ist mir recht.« Damit beendete Konnert das Gespräch. Er ging in die Küche und suchte eine Suppenkelle, deren Stiel flach und breit war. Damit brach er den Schrank auf. Er quoll über von DVDs und Videos, auf deren Covern gefesselte Frauen penetriert oder ausgepeitscht oder mit glühenden Brandeisen bedroht wurden. Er klemmte sich acht oder neun DVDs zwischen die Hände, nahm sie heraus, um sich auch dahinterstehende Exemplare anzusehen. Die meisten hatten ähnliche Bilder und Titel wie die in der vordersten Reihe. Oben rechts standen Hüllen ohne Beschriftung. Konnert schätzte, dass da bestimmt über einhundert Filme lagerten.

Er drückte die Türen wieder zu und ließ seinen Blick durch das Zimmer schweifen. Ein Buffetschrank zog seine Aufmerksamkeit auf sich. Blickdichte Gardinen hinter den gläsernen Türen im oberen Teil verdeckten die Sicht. Die Türen waren abgeschlossen. Wieder benutzte Konnert den Stiel der Suppenkelle als Brecheisen. Mit einem Knall sprang die Tür auf. Die Glasscheibe blieb heil.

Auf den Regalfächern waren Taschenbücher aufgereiht. Konnert hielt wieder den Kopf schief und las ein paar Titel. »Ich wurde verkauft«, »Mit Gewalt und Spucke in den siebenten Himmel«,

»Bist du nicht willig …« Er hatte genug gesehen und versuchte eine Schublade im unteren Schrankteil zu öffnen. Die Suppenkelle war hier keine Hilfe.

Konnert rief wieder van Stevendaal an. Als er sich meldete, entschuldigte sich Konnert sofort: »Ich weiß, dass ich störe. Ich komme auch gern noch ein paar Minuten später. Sag mir nur, habt ihr die Schubladen im Fernsehzimmer auch mit euren Mitteln geöffnet?«

»Natürlich!«

»Und was ist drin?«

»Schweinkram.«

»Bitte etwas genauer.«

»Soll ich dir jedes einzelne Stück genau beschreiben? In den Schubladen liegen Handschellen, Seile, Halsfesseln, Peitschen und Brustklammern und Knebel und Dildos und … soll ich alles aufzählen?«

Konnert antwortete: »Das reicht.«

»Und warum blaffst du mich dann an?« Van Stevendaal äffte Konnert nach: »Bitte etwas genauer!« Er war jetzt genervt, das konnte Konnert deutlich hören. Als er nichts mehr sagte, legte der Graf auf.

Konnert streifte weiter durchs Haus. Er fand das Schlafzimmer mit weißem, viertürigem Schleiflackschrank und dazu passendem Doppelbett, Kommode und Nachtschränkchen. Er öffnete einzelne Schubladen, fand aber nur Unterwäsche und Socken. Neben dem Bett lagen ein paar Kriminalromane. Er blätterte einen an der Stelle auf, an der ein Lesezeichen steckte. Er las: »Mit Engelsgeduld wartete Road auf seinem Beobachtungsposten in den Dünen. Der scharfe Seewind trieb ihm Tränen in die Augen. Er zwang sich, sie offen zu halten. Die Wellen schlugen in gleichmäßigem Takt ans Ufer. Im Schutz einer Sandburg liebten sich zwei Frauen im Mondschein. Er würde so lange liegen bleiben, bis sie den Strand verließen, und ihnen folgen.« Konnert legte das Buch zurück und tastete als Nächstes unter der Matratze entlang. Als er an etwas Hartes stieß, zuckte seine Hand zurück. Routinemäßig griff er in seine linke Hosentasche und förderte ein paar Einmalhandschuhe hervor. So unordentlich es in seiner rechten Hosentasche auch zuging, so waren in der linken immer nur Einmalhandschuhe, Asservatenbeutel und Papiertaschentücher zu finden.

Mit der linken Hand hob er die Matratze ein wenig an, schob die rechte Hand vor. Da meldete sich sein Handy. Er fummelte es aus der Hosentasche und sagte: »Konnert.«

»Papa, ich bin es, Elias. Hast du einen Moment Zeit für mich? Ich wollte schon gestern mit dir reden. Da musstest du so schnell weg.«

»Worum geht es denn?«

»Kannst du nicht mal mit Inga sprechen? Ich könnte eine besser bezahlte Stelle in der Firma bekommen. Dazu müssten wir aber nach Süddeutschland umziehen.«

»Du, Elias, ich bin an einem Tatort. Ich kann jetzt nicht mit dir darüber sprechen.«

Elias fiel seinem Vater ins Wort. »Inga will das nicht. Sie will nicht einmal darüber reden. Sie könnte ja wieder anfangen zu arbeiten und dazuverdienen, sagt sie. Das will ich nicht. Sprich doch mal mit ihr.«

»Das mache ich. Später.«

»Bitte heute noch, Papa!«

»Ich will erst noch ausführlich mit dir darüber sprechen.«

»Wann denn?«

»Ich will zusehen, dass ich mich heute noch bei dir melde.«

»Papa, es ist wirklich sehr wichtig!«

»Ja! Bis dann!«

Noch während er das Gespräch beendete, tastete Konnert mit der linken Hand unter der Matratze herum und bekam eine Pistole zu fassen. Er zog sie hervor und hatte eine gesicherte P8 in der Hand. Bundeswehrpistole, ging es ihm durch den Kopf. Kretschmer befürchtete nicht, ermordet zu werden, sonst hätte er sie bei sich getragen und wäre nicht unbewaffnet erstochen worden.

Konnert stieg die Treppe hinauf ins Obergeschoss. Er fand dort ein Zimmer, das ganz offensichtlich Kretschmers Sohn bewohnt hatte. Es hingen noch Poster von AC/DC und den Sex Pistols an den Wänden. Wie lange ist das her, dachte Konnert und wendete sich dem nächsten Zimmer zu. Das sah wie das Arbeitszimmer des Apothekers aus. Ein großer dunkelbrauner Schreibtisch stand unter dem Fenster. Auf ihm waren ein Stundenglas, ein Totenschädel und auf einer gedrechselten Unterlage eine vergoldete Petrischale angeordnet. Konnert beugte sich vor und konnte eine schwache Gravur entzifferte: »Dem Besten des Jahrgangs 1966 – Ruprecht-Karls-Universität Heidelberg«. Unter den Tisch hatte man einen modernen Schreibtischstuhl geschoben. An die Wände war ein Regalsystem geschraubt, auf dem Fachbuch neben Fachbuch stand. Auf allem lag ein feiner Staubfilm.

Hinter der dritten Tür befand sich ein Badezimmer mit Wanne, Dusche, WC und Waschbecken. Der Toilettendeckel stand offen. Konnert warf einen Blick in die Kloschüssel und stellte fest, dass sie nicht ganz sauber war. Die Toilette war noch in letzter Zeit benutzt worden.

Eine vierte Tür war abgeschlossen, aber der Schlüssel steckte. Der Raum war voller Gerümpel. Ein alter Heimtrainer lehnte an der Wand, unter einer Stehlampe mit verblichenem Stoffschirm lagen mehrere Paare Inliner und Schlittschuhe. Gardinen hingen verstaubt vor dem Fenster.

Kartons stapelten sich ungeordnet. Einige standen offen. Aus anderen quoll Bettzeug. Die meisten waren sorgfältig mit Klebeband verschlossen. Klebeband mit der Aufschrift »Spedition Riegelein«. Konnert stutzte.

Aus seiner rechten Hosentasche kramte Konnert ein kleines Taschenmesser heraus und schlitzte das Klebeband an einem Karton auf. Darin befanden sich Spielsachen. Im nächsten wurden Schulhefte aufbewahrt. Konnert zog die Gardine ganz auf und blätterte ein Heft durch. Er entdeckte ein »Sehr Gut« unter einem Aufsatz zum Thema: »Die Revolution 1896 bis 1898 auf den Philippinen«. Er wusste gar nicht, dass es auf den Philippinen eine Revolution gegeben hatte.

Auch die nächsten Kartons, die Konnert öffnete, enthielten Erinnerungen an den Sohn. Konnert gab nicht auf. Er öffnete einen nach dem anderen.

Im zwölften oder dreizehnten Karton fand er alte Fotoalben. Alle enthielten erotische Bilder, manche waren nur einer Frau gewidmet, andere enthielten verschiedene Darstellerinnen. Gefesselt knieten oder krümmten sie sich vor der Kamera. Einige schienen Gefallen an ihrem Leiden zu empfinden und lächelten. Andere schauten trotzig oder auch eingeschüchtert und ängstlich, manche auch mit einem falschen, aufgesetzten Ausdruck von Geilheit.

Aus einem weiteren Album hatte man Fotos herausgerissen. Die weißen Papierreste leuchteten auf dem schwarzen Karton und stachen mehr ins Auge, als die wenigen verbliebenen Abbildungen.

Konnert fummelte erneut sein Handy aus der Hosentasche und rief van Stevendaal an.

»Was willst du jetzt schon wieder?«, stöhnte der Graf.

»Ich brauche einen Mann, der ein paar Kartons aus Kretschmers Haus abholt.«

»Hat das nicht Zeit bis morgen? Wir sind für heute voll ausgelastet.«

Konnert wunderte sich, dass van Stevendaal nicht nachfragte, welche Kartons denn abzuholen wären. Er musste wohl wirklich unter starkem Druck stehen.

»Gut, dann macht ihr eure Arbeit, und ich suche mir eine andere Hilfe. Bis gleich.«

»Moment noch. Wehmeyer hat mich angerufen. Wir sollen zusammen zu ihm kommen. Der Mann denkt mit. Er spart dir die Zeit, die Ergebnisse von mir zu hören, damit du sie ihm dann berichten kannst. Er scheint den Originalton zu bevorzugen. Wir sehen uns um fünfzehn Uhr dreißig bei Wehmeyer.«

»So soll es sein und entschuldige die Störung.«

Konnert schleppte einen Karton die Treppe runter und überlegte: Wenn er diesen alten Kram nach oben verstaut hat, wo sind dann die aktuellen Fotos? Auf dem Rückweg dachte er darüber nach, dass ein reicher Apotheker doch nicht nur Fotos gemacht hatte. Sicherlich hatte er eine Filmkamera. Irgendwo mussten noch Super-8-Filme sein. Er öffnete weitere Kartons und fand mehr als zwanzig Filmspulen.

Er war immer noch nicht zufrieden. Noch einmal ging er an den Schrank im Fernsehzimmer. Zwar waren die DVD-Hüllen nicht beschriftet, wohl aber die silbernen Scheiben darin. Auf der ersten stand: »Phuket 1999«, auf der nächsten »Philippinen 2000«, auf einer weiteren stand »Prag«. Konnert sah sich alle Titel an und stutzte bei der Aufschrift »Ukraine«. Es war der einzige Name, der schon einmal im Zusammenhang mit seinem Fall genannt worden war. Er trug alle DVDs ins Auto.

Konnert kam mit dem Gefühl zurück ins Haus, etwas übersehen zu haben. Er stieg die Treppe hinauf und stand vor einer Tür, die er im Eifer über die gefundenen Kartons nicht beachtet hatte. Sie war unverschlossen. Er betrat ein Zimmer mit einem Dachfenster, unter dem sich ein Computer mit Drucker befand. Rechts und links an den Wänden standen Ordner mit Jahreszahlen auf den weißen Rückenschildern. Konnert zog den mit der Jahreszahl 1989/1 aus dem Regal und sah sich den Inhalt an. Rechnungen und Belege, nach Datum abgelegt. Nach 2006/5 gab es eine größere Lücke.

Die folgenden Ordner mit gelben Rückenschildern waren anders beschriftet. Zwei hatten ein großes »B«, vier ein »S«, zwei weitere ein »M« und noch einer ein »E«. Vier hatten keine Kennzeichnung. Konnert nahm einen heraus. Er hatte nicht mit seinem Gewicht gerechnet, beinahe rutschte er ihm aus der Hand. Darin befanden sich circa zwanzig Folientaschen mit je vier DVDs. Jede mit Nummer und Datum versehen. Sicher mehr als 700 DVDs. Was auf ihnen abgespeichert war, konnte Konnert sich vorstellen. Als er im Schrank unter dem Computer eine semiprofessionelle Videokamera fand, war er sich sicher. Kretschmer besaß eine Videothek mit selbst gedrehten Pornofilmen.

Konnert trug Kamera und Ordner in sein Auto. Er hatte noch lange nicht alles verpackt, als sein Handy klingelte. Zum Glück war er auf dem Weg zurück ins Haus und hatte eine Hand frei.

»Wo steckst du? Wir sitzen hier bei Kriminaloberrat Wehmeyer und warten auf dich.«

»Wie spät ist es denn?«

»Fast vier«, flüsterte van Stevendaal, »vor einer halben Stunde solltest du schon hier sein.«

»Bitte entschuldige mich. Ich habe einen guten Grund für meine Verspätung. In zwanzig Minuten bin ich bei euch.«

Auf der Rückfahrt ins Kommissariat ging Konnert noch einmal in Gedanken durch die Zimmer und erinnerte sich plötzlich an das Adressbuch und die Pistole. An der nächsten Kreuzung wendete er und fuhr zurück.

\*\*\*

Als Konnert in der Polizeiinspektion zum Fahrstuhl ging, baumelte die Pistole an seinem linken kleinen Finger. In der Hand hielt er das Adressbuch.

Neben dem Fahrstuhl stolzierte eine Frau auf und ab. Sie trug gebleichte blaue, schlank geschnittene Designerjeans und ein dazu passendes T-Shirt mit V-Ausschnitt, das locker über die Hose hing. Ein goldenes Kreuz an einer dazu passenden Kette zog die Aufmerksamkeit auf ihren Brustansatz. Einen Tick zu viel, zu auffällig, registrierte Konnert.

»Riegelein«, stellte sie sich vor. Ihre Stimme klang tief und rau. Sie sah Konnert direkt an und polterte los: »Sind Sie Kriminalhauptkommissar Konnert? Ich warte hier schon eine geschlagene Stunde. Ich lasse mich nicht mehr von Untergebenen mit Ausreden vertrösten. Ich will endlich von einem leitenden Beamten wissen, ob hier noch nach meinem Mann gesucht wird oder ob ich ihn für tot erklären lassen kann.«

Sie hat es aber sehr eilig, ging es Konnert durch den Kopf. Er ging nicht auf ihre Frage ein. Freundlich versuchte er, sie zu beruhigen: »Liebe Frau Riegelein! Wir bemühen uns nach Kräften, Ihren Ehemann zu finden. Ich bedaure es sehr, in diesem Moment keine Zeit für Sie aufbringen zu können. Ich bin schon über eine halbe Stunde verspätet. Oben wartet mein Chef auf mich. Es tut mir wirklich leid. Es geht jetzt absolut nicht.«

Als Frau Riegelein ihren Mund öffnete, um wieder loszupoltern, hob Konnert abwehrend beide Hände. Die Pistole schaukelte dabei an seinem Finger. Das brachte sie zum Schweigen. »Bitte, Frau Riegelein, ich verspreche Ihnen, ich komme direkt nach der Besprechung bei Ihnen zu Hause vorbei. Dann habe ich Zeit für Sie. Verstehen Sie mich doch. Es geht jetzt wirklich nicht.«

Frau Riegelein gab auf. »Sie kommen bestimmt? Ich kann mich darauf verlassen?«

»Auf alle Fälle.« Damit drückte er auf den Knopf am Aufzug und ergriff schnell noch Frau Riegeleins Hand. Sie war sehnig, aber ihr Händedruck war lasch.

Bevor Konnert zu Kriminaloberrat Wehmeyer ging, machte er einen Abstecher auf seine Etage und wunderte sich, dass da keiner seiner Ermittler an der Arbeit war. Eine Mitarbeiterin kam zu ihm und teilte ihm mit, alle hätten sich im Büro des Obersten versammelt. Konnert wies sie an, die Kartons und Ordner aus dem Wagen holen zu lassen.

Es widerstrebte Konnert, jetzt nach oben gehen zu müssen, um an einer Besprechung teilzunehmen. Viel lieber säße er auf einer Bank auf dem Friedhof, könnte nachdenken und eine Pfeife rauchen. Stattdessen würde er sich für seine Verspätung rechtfertigen müssen und zuhören müssen und abwarten müssen und argumentieren müssen und dann tun müssen, was andere anordneten. »Was soll's?«, brummte er und dachte daran, dass es nun auf ein paar Minuten mehr auch nicht ankam. Er brachte erst noch die Pistole und das Adressbuch zu seinem Schreibtisch, entschied, dass er müssen musste, und suchte die Toilette auf. Wenigstens die paar Augenblicke Entspannung gönnte er sich und sah seinem Urinstrahl zu, wie er im Wandbecken herumspritzte.

Statt den Fahrstuhl zu benutzen, ging er gemächlich Stufe für Stufe nach oben. Dabei erinnerte er sich an die Predigt vom Vortag und ermutigte sich zu Geduld mit sich und anderen.

\*\*\*

Im Haus war die allgemeine Spannung mit Händen zu greifen. Darija hörte, wie Charito ihre Tochter ausschimpfte, weil sie ein Messer hatte fallen lassen. Martina und Ayana waren in der Scheune. Wo war die Frau aus Bremerhaven?

Darija lag auf ihrem Bett und betrachtete ungerührt die Wolkenpakete, die vermehrt unter dem blauen Himmel am Rechteck ihres Dachfensters vorbeizogen. Sie bewegte sich nicht. Manchmal wurde ihr wie von ferne bewusst, dass ihr Herz noch schlug und sie ein- und ausatmete. Selbst das interessierte sie nicht. Würde ihr Herz an diesem Nachmittag aufhören zu schlagen, sie nähme es gefasst hin.

Das Schrillen eines Telefons zerriss die Stille des Hauses. Darija hatte bislang nicht erlebt, dass angerufen worden war. Wieder und wieder ertönte der Ton. Niemanden schien das Läuten zu interessieren. Dann war es wieder totenstill im Haus. Hatte jemand den Hörer abgenommen? Darija lauschte. Erneut zerriss das Schrillen die Stille. Diesmal blieb es jedoch nach dem dritten Läuten stumm. Darija hörte jemanden sprechen. Die Art und Weise, wie gesprochen wurde, löste in ihr kalte Angst aus. Verspannt am ganzen Körper lag sie da, bis das Gespräch beendet wurde. Als es wieder ruhig im Haus war, betrachtete sie weiter die vorbeiziehenden weißen Wolken. Das Blau am Himmel wurde immer kleiner.

Was ging es sie an, was am Himmel oder im Haus oder in der Scheune geschah?

\*\*\*

Dr. Görner trommelte mit seinen manikürten Fingernägeln auf einem Aktendeckel herum. Am Konferenztisch des Oberrats hatten sich endlich alle versammelt, die eigentlich schon am Morgen zusammenkommen wollten.

Van Stevendaal berichtete: »Unter einem Spezialmikroskop konnten wir Fingerabdrücke vom Handgriff des Küchenmessers rekonstruieren. Sie stimmen unverwechselbar mit den Fingerabdrücken der Frau aus der Pension überein.«

Überall am Tisch wurden Kommentare mit Tischnachbarn ausgetauscht. »Das ist sie also«, war aus dem Stimmengewirr zu hören, und »die Frau bei Ilona Evert sah anders aus« und »zusammen mit den Holländern« und »Ukrainern«.

Mit etwas lauterem Klopfen seiner Fingernägel beruhigte Dr. Görner die Runde.

Van Stevendaal referierte weiter: »Nicht ganz so eindeutig, weil auf der rauen Oberfläche nicht so leicht nachzuweisen, stammen auch die Fingerabdrücke vom Aschenbecher von derselben Person. Ebenso an den Küchenmöbeln, allerdings recht verwischt. Die Frau aus der Pension ist mit hoher Wahrscheinlichkeit die Täterin im Fall Kretschmer.« Van Stevendaal achtete nicht auf das einsetzende Gemurmel. »Weitere Fingerabdrücke einer dritten Person im Ess- und Wohnzimmer, an Türgriffen und dem Küchentürrahmen konnten noch nicht zugeordnet werden.«

Kilian Kirchner hob seinen Kugelschreiber. Der Kriminaloberrat bat ihn zu sprechen. »Die dritte Person könnte Azrael Faulner gewesen sein. Nachbarn haben beobachtet, dass der Leichenwagen seines Instituts bis kurz vor achtzehn Uhr vor Kretschmers Haus stand. Siebzehn bis neunzehn Uhr ist die bis jetzt angenommene Tatzeit.«

»Es gibt ein interessantes Detail«, van Stevendaal war noch nicht fertig. »Wir haben alle Zettel miteinander verglichen, der von Kretschmer trägt eindeutig dieselbe Handschrift wie der von der zweiten Autobahnleiche.«

»Dann ist ja wohl alles klar, oder?« Venske guckte in die Runde. »Die Zechprellerin aus der Pension ist für diesen Mord und auch für die anderen verantwortlich.«

Das ließen alle ein wenig auf sich wirken, schreckten aber auf, als Dr. Görner sehr laut und ein wenig schrill sagte: »Herr Konnert!« Das reichte aus, um einen Schuss Adrenalin durch Konnerts Adern zu jagen. Mit gewohnt freundlicher Stimme fuhr Dr. Görner fort: »Sie hatten uns einen guten Grund für Ihre Verspätung versprochen. Aber Scherz beiseite. Sie haben unsere volle Aufmerksamkeit. Tragen Sie vor!«

Konnert stand auf und ging zum Whiteboard und referierte: »Wir haben es meiner Meinung nach mit einer Tätergruppe zu tun. Die Tötungsart ist zu aufwendig für eine Person.« Er sah Venske an. »Auch der Aufwand, die Leichen auf dem Parkplatz abzulegen, ist für eine Person zu hoch. Ja, ich weiß, die Tötung von Kretschmer passt nicht dazu. Ich gehe außerdem davon aus, dass zur Tätergruppe mindestens eine Frau gehört. Vieles spricht dafür, dass es die Frau aus der Pension ist. Die Gruppe begeht Morde, die in einem inneren Zusammenhang stehen. Den Zusammenhang kennen wir nicht. Ich spreche nicht von Serienmorden, sondern von Rachemorden. Das Motiv werden wir finden, wenn wir wissen, was Evert«, er schrieb den Namen links oben aufs Board, »mit der noch unbekannten Leiche von der Autobahn verbunden hat«, er schrieb »UL« rechts daneben und in eine Klammer darunter: »Riegelein?« »Das hoffe ich, nach dieser Sitzung überprüfen zu können. Zu diesen beiden gehört auch Kretschmer und mit großer Wahrscheinlichkeit auch Azrael Faulner. Sein Firmenwagen wurde, wie wir schon gehört haben, am Samstag zur angenommenen Tatzeit vor Kretschmers Haus gesehen.«

Konnert schrieb die beiden Namen an die Tafel. »Der Bestatter ist heute nicht in seinem Büro erschienen. Wenn er tatsächlich in Verbindung mit den Opfern steht, ist zu befürchten, dass er schon in der Gewalt der Tätergruppe ist. Ob noch weitere Personen bedroht sind, kann niemand von uns wissen.« Konnert schaute in die Runde. Als keiner sich äußerte, schlug er vor: »Konzentrieren wir uns darauf, die Verbindung der Männer untereinander herauszufinden.«

Nach einer kurzen Pause beantragte er einen Hausdurchsuchungsbefehl für Büro und Wohnung von Faulner.

»In Kretschmers Haus habe ich umfangreiches pornografisches Material aus der BDSM-Szene gefunden und sichergestellt. Ich rechne damit, bei Faulner ähnliches Material zu finden. Sollte meine Vermutung zutreffen, hätten wir einen möglichen Anhaltspunkt für die Motive der Morde. Wir wüssten, in welchem Milieu wir vorrangig weiterfahnden sollten. Vorrangig scheint mir weiter zu sein, Faulners momentanen Aufenthaltsort zu finden, um ihn zu befragen oder zu befreien – wenn er in der Gewalt der Tätergruppe sein sollte.« Dr. Görner signalisierte mit einem Kopfnicken, dass er den Durchsuchungsbefehl befürwortete.

»Was die unbekannte Frauenleiche vom Hunte-Wehr angeht«, Konnert räusperte sich bedeutungsvoll, »tendiere ich dahin, dass auch da ein Zusammenhang zu unserer Mordserie besteht.«

Über diese Aussage entbrannte eine erregte Diskussion. Besonders Venske kämpfte gegen diese Sicht an. Mit Erfolg. Am Ende musste Konnert zugestehen, dass er für seine Einschätzung keine ausreichenden Argumente hatte und nur seinem Gefühl gefolgt war – auch wenn es auf seiner jahrelangen Erfahrung gründete. Die weitere Besprechung dieses Todesfalls führten Dr. Görner, Venske, van Stevendaal und Kriminaloberrat Wehmeyer allein, während Konnert Babsi und Kilian in sein Büro bat. Er traf dort als Erster ein, da er den Fahrstuhl genommen hatte. Ein Blick auf sein Handy sagte ihm, dass fünf Uhr vorüber war. Er holte eine Pfeife aus der Tasche seiner Sommerjacke, stopfte sie sorgfältig, gab Kilian Feuer für seine Zigarette und zündete auch seine Pfeife an. »Entschuldige, Babsi. Wir sind schwache Männer. Wir brauchen etwas, an dem wir uns festhalten können.« Indem er das sagte, ging er auf sie zu und nahm ihre linke Hand. »Ihr habt einen sehr schönen Ring ausgesucht. Herzlichen Glückwunsch zur Verlobung.«

Babsi war perplex, als Konnert sie in den Arm nahm und an sich drückte. »Ich wünsche euch von ganzem Herzen Gottes Segen für euer Miteinander. Grüß deinen Zukünftigen. Bring ihn doch mal mit. Wir sind so gespannt, wer dich erobern konnte.« Hinter ihrem Kopf stieg weißer Pfeifenqualm wie Weihrauch auf.

Kilian schaute verlegen zu. »Entschuldige, Babsi, dass ich nicht auf deinen goldenen Ring geachtet habe. Herzlichen Glückwunsch und alles, alles Gute.«

»Tröste dich, außer dem Chef hat es niemand bemerkt. Ich habe mich schon gefragt, ob es überhaupt jemand mitbekommt. Im Kühlschrank liegt eine Flasche Sekt, aber die werden wir wohl ein andermal öffnen. Oder sehe ich das falsch?«

»Das siehst du genau richtig. Wir beide fahren zu Frau Riegelein. Mach dich schlau und blättere eben noch die Protokolle von Venske durch.«

Zu Kilian sagte er: »Gleich kommen drei Beamte vom Streifendienst rauf. Zusammen mit zwei Mitarbeitern von unserem Kommissariat, vielleicht bin ich altmodisch, aber ich möchte, dass es Männer sind, nehmt ihr euch die Videos und DVDs vor. Vergleicht die abgebildeten Frauen mit dem Phantombild und mit dem Foto der Frauenleiche vom Hunte-Wehr. Auch wenn ihr nicht so ganz sicher seid, notiert jede Ähnlichkeit. Schaut auch die männlichen Darsteller genau an. Ich rechne damit, dass ihr irgendwann die beiden Frauen zu sehen bekommt. Dann sind wir einen Ermittlungsschritt weiter.« Indem er sich setzte, sagte er: »Und noch etwas. Ihr werdet viel Brutalität zu sehen bekommen. Macht mal eine Pause und redet miteinander über das, was ihr euch da ansehen müsst.«

Als Kilian das Büro verließ, machte er keinen glücklichen Eindruck. Konnert beneidete ihn wirklich nicht um diese Aufgabe, er wartete auf Babsi und rauchte viel zu hastig.

Ich vergesse zu oft die anderen mit einzubeziehen, ging es ihm durch den Kopf, als er den Tagesverlauf überdachte. Ich sehe nur nach vorn, marschiere los und verliere sie aus den Augen. Auch mit van Stevendaal wollte ich ausführlich reden. Aber dann musste er sich eingestehen, dass er seine Fälle früher auch nicht kollegialer gelöst hatte.

Der Pfeifenkopf wurde heiß in seiner Hand.

***

Im Auto ließ Konnert sich von Babsi informieren. »Gibt es brauchbare Phantombilder von den beiden Männern? Stimmen Frau Everts Beobachtungen mit denen der jungen Frau vom Autohof überein?«

»Sie haben sich wunderbar ergänzt«, berichtete Babsi. »Die Bilder sind raus, auch an die holländischen Kollegen. Kilian hat das organisiert. So müde er heute Morgen ankam, so sehr hat er sich den Tag über reingehängt. Übrigens, als die Frau vom Autohof kam, hatte ich den Eindruck, dass Kilian sie besser kennt, als wenn er sie nur einmal befragt hätte.«

Konnert schmunzelte.

»Und noch etwas musst du wissen. Im Schrebergarten konnten van Stevendaals Leute natürlich Spuren von Evert finden, aber auch Spuren, die zu den beiden Männern vom Autohof passen könnten. Und nun Achtung, auch Spuren von Frauen. Vielleicht war die Laube Everts Liebesnest. Van Stevendaal will aber unbedingt überprüfen, ob es Hinweise auf die verdächtige Frau aus der Pension gibt. Vorher wollte er nichts darüber berichten, du sollst es aber schon wissen.« Sie ließ die Information ein wenig wirken, ehe sie fortfuhr.

»Der Graf meint, Folterspuren an der Frau vom Hunte-Wehr gesehen zu haben. Er möchte aber Frau Dr. Landmann nicht vorgreifen und hat auch darüber nichts in der großen Runde gesagt.« Erschöpft lehnte Babsi sich im Sitz zurück und betrachtete eine Weile ihren Ring. Dann telefonierte sie mit ihrem Verlobten und kündigte ihm an, dass es bei ihr heute Abend spät würde.

Vor einem Zebrastreifen stoppte Konnert den Passat. Eine junge Frau überquerte die Fahrbahn und bedankte sich mit einem Lächeln und dem Hochheben ihres Regenschirms. Konnert schaute hinter ihr her. Sie erinnerte ihn an Zahra. Babsi schmunzelte. Machte sie sich Gedanken über die Libido ihres Chefs? Der fuhr sportlich an, um den Wagen in Richtung der Privatwohnung der Riegeleins zu lenken. Die Sonne war hinter grauen Wolken verschwunden. Es begann stärker zu nieseln. Ab und zu musste Konnert den Scheibenwischer betätigen.

\*\*\*

Renate Riegelein öffnete die Haustür schwungvoll und bat Konnert und Babsi ins Haus. Konnerts Blick fiel auf ihre nackten Füße. Wo sie die schwarzen Schieferplatten berührten, mit denen der großzügige Flur gefliest war, blieben schwache, feuchte Abdrücke zurück. Ihre Fußnägel waren rot lackiert. Auf der Stelle war er von diesen Füßen fasziniert.

»Gehen wir in den Wintergarten!« Was wie eine Frage klingen sollte, wurde im Mund von Renate Riegelein zur Anordnung. In ihrer rechten Hand glomm eine Zigarette. »Ich gehe voraus.« Sie bewegte sich wie ein Model, wie an einer unsichtbaren Linie ausgerichtet. Ihr Becken schwang mit und knickte bei jedem Schritt lasziv ein. Konnert hörte das Platschen ihrer Sohlen auf dem

Schiefer. Er fühlte sich gezwungen auf ihren Po zu sehen, der die hautengen Designerjeans stramm ausfüllte. Ihr T-Shirt hatte sie vorn zusammengeknotet. Ein Streifen nackter, gebräunter Haut blieb am Rücken frei.

»Gefalle ich Ihnen?«, fragte Renate Riegelein, ohne sich umzudrehen. »Für eine Fünfzigjährige bin ich doch noch ganz gut in Schuss, oder? Was meinen Sie, Herr Kommissar?«

Konnert verschlug es erst die Sprache, dann überlegte er, warum sie ihn so provozierte, und antwortete: »Ich bin beeindruckt.«

»Dankeschön.«

Mehr nicht, nur ein klitzekleines Dankeschön und dafür so viel Aufwand und Exhibitionismus, um ein plattes Kompliment zu provozieren, das sie dann mit nur einem Wort quittiert? Konnerts Faszination schlug um in Misstrauen.

Sie gingen durch ein Wohnzimmer mit Nussbaumschrankwand und dazu passender Wohnlandschaft aus weißem Leder und wild hingeworfenen hellgrauen Leinenkissen mit aufgedruckten blassbraunen Blüten. Einige Kissen waren auf den Schafwollteppich gefallen. Beim Sideboard standen Schubfächer offen, davor lagen Pumps.

Der Wintergarten war so groß, dass gleich zwei Sitzgruppen und eine breite Liege darin Platz hatten. »Ich habe mir die Fußbodenheizung ein wenig angestellt. Ich bekomme so leicht kalte Füße auf den Fliesen. Es stört Sie doch nicht, oder? Notfalls ziehen Sie einfach Ihre Schuhe aus. Suchen Sie sich einen Sessel aus. Was darf ich Ihnen anbieten? Ich habe mir eine Flasche Sekt geöffnet. Möchten Sie auch ein Glas oder ein Bier, Herr Kommissar?«

Sie plapperte vor sich hin, erwartete keine Antworten, sprach einfach weiter. »Sie haben mir Ihre reizende Assistentin noch nicht vorgestellt. Möchten Sie nicht ein Glas Sekt mit mir trinken? So setzen Sie sich doch.«

Konnert wählte einen Platz mit Blick in den weitläufigen Garten. In einem Teich mit Fontäne schwammen farbenprächtige Kois dicht unter der Oberfläche. Im Hintergrund standen mächtige Eichen. Hätte Konnert hier mit Herrn Riegelein privat gesessen, hätte er ihn gefragt, wie man im Schatten unter Eichen einen so gepflegten, dichten, grünen Rasen wachsen lassen kann. Verschiedene Sträucher und Blumen blühten in aufeinander abgestimmten Farben und Größen.

Renate Riegelein goss Sekt in ihr Glas, setzte sich den Kommissaren gegenüber, sah sie herausfordernd an und schlug die Beine übereinander.

»Mit mir ist Kriminaloberkommissarin Barbara Deepe gekommen. Sie hat sich um Ihre Vermisstenanzeige gekümmert. Ich hätte gern ein Glas Wasser.«

»Das dürfen Sie mir auch geben«, waren Babsis erste Worte im Haus Riegelein.

Die Hausherrin holte Gläser und Mineralwasser von einem Servierwagen. »Sie wissen nicht, wo mein Mann steckt, stimmt's?« Sie öffnete die Flasche, ohne die Kommissare anzusehen und schenkte ihnen ein.

»Das ist korrekt.« Babsi kam Konnert zuvor.

»Nun gut, soll er doch bleiben, wo er ist.« Nach drei, vier Sekunden, in denen Renate Riegelein wie abwesend dasaß, sagte sie: »Ich habe die Vermisstenanzeige nur aufgegeben, damit man mir hinterher keine Vorwürfe machen kann.«

Um das zu verstehen, mussten sie mehr über Riegelein und seine Ehe wissen. Deshalb hakte Konnert nach: »Was für ein Mensch ist Ihr Mann?«

»Ich will offen und ehrlich zu Ihnen sein.« Sie überlegte einen Moment.

In Konnerts Kopf leuchtete eine rote Lampe auf. Wer so betont, offen und ehrlich zu sein, hat meistens etwas zu verbergen.

»Mein Mann ist ein guter Geschäftsmann, ein guter Chef, ein guter Kumpel für seine Freunde, ein guter Sponsor, auch ein guter Gastgeber in seinem Milieu, aber ein verdammtes Arschloch, entschuldigen Sie, als Ehemann. So, jetzt wissen Sie es. Prost!« Renate Riegelein hob ihr Glas.

Was verbirgt diese attraktive Frau unter ihrer saloppen Ausdrucksweise, fragte sich Konnert. Er kam noch nicht dahinter.

»Frau Riegelein«, Babsi war professionell, »wie Sie natürlich wissen, hat ein Erwachsener in unserem Land das Recht, seinen

Aufenthaltsort frei zu wählen. Wir sind nur deshalb hier, weil der Name Ihres Mannes im Zusammenhang mit Straftaten gefallen ist. Können Sie sich vorstellen, wo er sich aufhalten könnte?«

»Die Frage habe ich schon vor ein paar Tagen beantwortet. Nein, ich kann mir keinen Ort vorstellen, wo sich mein Mann zurzeit aufhält. Ich kann Ihnen aber sagen, was ich mir wünsche, wo er sich befinden sollte. Im Gefängnis zum Beispiel oder in einer Irrenanstalt oder in einem nordkoreanischen Arbeitslager oder meinetwegen auch in der Hölle, wenn es die denn gibt.«

»Sie wollten offen zu uns sein.« Konnert nahm Renate Riegelein beim Wort. »Darf ich Sie bitten, uns Ihre Beziehung zu Ihrem Ehemann zu schildern?«

»Möchten Sie, dass ich am Anfang anfange?«

Konnert wägte ab, ob das nur wieder eine Provokation sein sollte. Er ließ es darauf ankommen. »Wenn es helfen könnte, Ihren Mann zu finden, dann fangen Sie am Anfang an.«

»Ich habe meinen Mann vor knapp dreißig Jahren auf dem Kramermarkt kennengelernt. Wir waren eine Viererclique junger Frauen und haben uns auf der Kirmes amüsiert. Mein heutiger Mann war ebenfalls in einer Viererclique dort. Wir haben uns zufällig beim *Hau den Lukas* getroffen. Wir Frauen haben uns bei jedem Schlag schiefgelacht. Die Männer haben dagestanden und uns zugeguckt und anzügliche Bemerkungen gemacht. Da haben wir sie herausgefordert, und sie haben sich darauf eingelassen. Jeder von ihnen hat sich angestrengt, uns mit Muskeln-spielen-Lassen und theatralisch wuchtigen Schlägen zu imponieren. Nur Rainer hat es geschafft, den Lukas klingeln zu lassen. Wir sind den ganzen weiteren Abend zusammengeblieben. Wir haben satt Geld gehabt. Von der Achterbahn und dem Autoskooter bis zur Geisterbahn mit erster Knutscherei und Zuckerwatte haben wir nichts ausgelassen. Die anschließende Nacht haben wir in einer Disco durchgetanzt, und ich bin am nächsten Morgen in Rainers Bett aufgewacht.«

Auf einmal huschte ein entspanntes Lächeln über ihr Gesicht. Sie schaute aus dem Panoramafenster. Dann ging ein Ruck durch ihren Körper, und sie sprach in sachlichem Ton weiter. »Rainer und Renate, das passt, davon waren unsere Freunde überzeugt. Auch alles andere schien zu passen. Ich habe Rainer von ganzem Herzen geliebt, und er hat mir das Gefühl gegeben, geliebt zu werden. Sogar unsere Familien haben zusammengepasst. Rainer hatte gerade sein Studium abgeschlossen und baute als einziger Sohn und Erbe die Spedition seines Vaters zu einem Logistikunternehmen um. Mein Vater hat bei der Landesbank in gehobener Position gearbeitet. Mein einziger Onkel mütterlicherseits hatte die Schlachterei meines Opas zu einer Fleischwarenladenkette ausgebaut, und meiner Mutter gehörte ein Drittel der Firma. Geld passt zu Geld. Ein halbes Jahr nach dem Kramermarkt haben wir im Wonnemonat Mai geheiratet.«

Renate Riegelein trank einen großen Schluck Sekt. Ihre Erinnerungen zauberten ein Strahlen auf ihr Gesicht. Sie bot Konnert eine filterlose Zigarette an. Als er ablehnte, nahm sie selbst eine und begann mit tiefen Zügen zu rauchen.

Als sie weitererzählte, verschwand das Strahlen. »Ob Sie ihn leichter finden, wenn ich Ihnen alles erzähle, weiß ich nicht. Sie werden ihn aber besser kennen.« Sie überlegte einen Moment. »Also, ein paar Tage vor dem nächsten Kramermarkt ist Rainer spät in der Nacht nach Hause gekommen. Er hat mich aus dem Bett geholt, mit der Ankündigung, er hätte mir etwas Wichtiges mitzuteilen. Ohne Umschweife hat er angefangen: Wir könnten uns nicht scheiden lassen. Unser Ehevertrag würde uns ruinieren. Ich fragte, ob er mich deshalb geweckt hätte, ob er spinne oder zu viel getrunken habe und was eigentlich mit ihm los sei? Er ging gar nicht darauf ein. Er lamentierte weiter, dass ich seine sexuellen Bedürfnisse nicht befriedige. Und ich konterte, ich könnte mir auch einen besseren Liebhaber vorstellen. Ich solle still sein, bestimmte er, jetzt rede er. Und dann hat er mir in forderndem Ton geschildert, was er von mir erwartete. Ich fand sein Benehmen einfach nur lächerlich und seine Erwartungen, sagen wir mal, waren für mich widerlich, völlig daneben. Ich hab ihn ausgelacht. Da hat er mich geschlagen, ins Gesicht, und als ich ihn erschrocken angesehen habe, war da ein geiles Flackern in seinen Augen. Da hab ich genau gewusst, worum es ihm ging und dass er es mit seinen Forderungen ernst gemeint hatte. Das war die letzte, echte körperliche Berührung zwischen uns. Nur in der Öffentlichkeit hake ich mich manchmal bei ihm unter oder wir tanzen bei einem Ball ein-, zweimal miteinander – wenn es unumgänglich ist. Wir geben nach außen die Komödie *Uns geht's gut!* Anschließend dusche ich ausgiebig mit Kernseife.« Sie trank ihren Sekt aus und schenkte sich gleich nach. Babsi hatte auch ausgetrunken. Renate Riegelein bot ihr die Mineralwasserflasche an, und als Babsi nickte, füllte sie ihr Glas auf. »Herr Kommissar, Sie haben Ihr Wasser ja noch gar nicht angerührt.«

Ihre Offenheit überrumpelte Konnert. Damit hatte er nicht gerechnet. Aber sagte sie die Wahrheit? Was verschwieg sie?

In Babsis Gesicht regte sich kein Muskel. Cool sagte sie: »Und wie leben Sie sonst so zusammen?«

»Er kümmert sich um die Firma und macht ansonsten, was er will. Ich kümmere mich um Haus und Haushalt und mache ansonsten, was ich will. Einmal in der Woche, am Freitagmorgen, um zehn Uhr, treffen wir uns, um Firmenangelegenheiten abzustimmen und Termine abzusprechen. Mir gehören fünfzig Prozent der Firma. Und wenn sonst noch etwas zu beschließen ist, dann machen wir das auch am Freitagmorgen. In außergewöhnlichen Situationen telefonieren wir miteinander. Als er am letzten Freitag hier nicht erschienen ist und auch nicht angerufen hat, konnte ich mir nur vorstellen, dass er verunglückt sein musste, und hab die Polizei informiert.«

»Wissen Sie, was Ihr Mann so macht, wenn er macht, was er will?«

»Natürlich. Er hängt mit seinen Freunden aus der Männerclique von damals zusammen. Mal fahren sie nach Hamburg, mal nach Berlin oder nach Amsterdam. Sie sind oft für ein Wochenende in einer Jagdhütte und saufen. Sie fliegen gemeinsam in Urlaub nach Phuket oder Las Vegas oder auf die Philippinen. Ich nehme an, um auch da zu saufen und zu huren. In den letzten Jahren ist das allerdings weniger geworden. Außerdem arbeitet er hart. Ich sagte es schon, er ist ein guter Geschäftsmann.«

»Warum kam eine Scheidung nicht in Betracht?«, fragte Babsi.

»Damals hätten wir bei einer Scheidung viel Geld verloren. Heute würde die Firma Konkurs gehen, wenn ich meinen Anteil herausnähme. Warum? Fragen Sie mich nicht. Das sind die Auskünfte unserer Steuerberater damals und heute. Im Übrigen macht es sich in Oldenburgs gehobenen Kreisen immer noch nicht gut, wenn man sich scheiden lässt.«

Die letzte Aussage verwunderte Konnert, aber das war nicht der Moment, darüber nachzudenken. Jetzt wollte er wissen: »Frau Riegelein, würden Sie uns bitte die Namen der anderen Männer aus der Viererclique nennen?«

»Wenn es hilft! Zur Clique gehörten Rainer, Dr. Benjamin Brügge, Azrael Faulner und Dr. Justus Kretschmer. Brügge ist schon gestorben. Herzversagen. Auch Ärzte sterben manchmal überraschend früher als erwartet.« Sie sah Konnert vieldeutig an. »Von Kretschmer hört man in Oldenburg, dass er tot aufgefunden worden sein soll. Stimmt das?«

»Dazu kann ich Ihnen momentan nichts sagen.«

»Es stimmt also.« Renate Riegelein nickte zufrieden und zündete sich die nächste Zigarette an.

»Frau Riegelein«, setzte Babsi wieder an, »könnte ich einmal die Zimmer Ihres Mannes sehen?«

»Gehen Sie die Treppe rauf. Alle Räume oben beansprucht mein Mann für sich.«

»Ich nehme auch eine Probe für einen DNA-Test. Ist das in Ordnung?«

»Nehmen Sie! Nehmen Sie mit, was Sie wollen.« Sie ließ sich in ihren Sessel zurückfallen und starrte zur Schiebetür, durch die die Kommissarin gegangen war. Reglos verharrte sie in dieser Position.

Konnert nahm seine Nasenwurzel zwischen Daumen und Zeigefinger. Er überlegte, ob es unpassend sein könnte, sich eine Pfeife anzustecken. Er überlegte, ob er seinen Verdacht äußern sollte, dass die unbekannte Leiche vom Parkplatz möglicherweise der Ehemann sein könnte. Er überlegte, welchen Vorteil Renate Riegelein vom Tod ihres Mannes haben würde. Er überlegte, ob er wissen musste, was sie so machte, wenn sie machte, was sie wollte. Er überlegte wieder, ob er seine Pfeife hervorholen sollte. Er überlegte, welche Informationen über die Männerclique sie weiterbringen könnten. Er überlegte, ob er Renate Riegelein fragen sollte, wo sie sich in der Nacht, als der noch unbekannte Mann ermordet worden war, aufgehalten hatte. Er überlegte und überlegte und entschied sich dafür, seine Pfeife hervorzuholen.

»Es stört Sie doch nicht, wenn ich auch etwas Qualm mache?« Sie erschrak und grinste dann spöttisch. »Pfeife! Natürlich! Genau so habe ich mir Sherlock Holmes immer vorgestellt. Qualmen Sie nur.«

»Wo waren Sie in der Nacht von Donnerstag auf Freitag der vorigen Woche?«

»Jetzt wollen Sie mir doch wohl nicht einen Mord an meinem Mann anhängen?«

»Wo waren Sie?«

»Hier, in meiner Wohnung. Erst habe ich getrunken, dann bin ich betrunken ins Bett gegangen. Das Hantieren meiner Haushaltshilfe in der Küche hat mich geweckt. Bin ich jetzt entlastet?«

Sie schwieg. Während Konnert seine Pfeife in Gang brachte und seine Gesprächspartnerin ihre Zigarette ausdrückte, obwohl sie nicht einmal zur Hälfte aufgeraucht war, beobachtete er, wie sich ihr Gesichtsausdruck veränderte. Sie schüttelte gleich eine neue Filterlose aus der Packung, steckte sie aber noch nicht an. Zwischen ihren Augenbrauen bildete sich eine Furche. Dann schaute sie Konnert an und fragte verhalten: »Herr Kommissar, mir ist der Gedanke gekommen, der zweite Tote von der Autobahn könnte mein Mann sein. In den letzten Monaten wurde bei unseren Sitzungen am Freitagmorgen viel über Robert Evert gesprochen. Rainer hat ihn im Grunde genommen zum Spitzel in der ukrainischen Firma gemacht, mit der wir zusammenarbeiten. Evert wurde ermordet und unter einen Lkw gelegt. Der zweite Tote wurde unter einen Lkw gehängt. Könnte das mein Mann gewesen sein? Ist da etwas dran?«

»Der Gedanke ist uns auch schon gekommen. Kriminaloberkommissarin Deepe wird wohl die Zahnbürste Ihres Mannes mitnehmen. Nach einem DNA-Abgleich gibt es Fakten und keine Vermutungen mehr.«

»Steckt die ukrainische Mafia dahinter?«

»Das wissen wir nicht.« Konnert verwarf den Gedanken sofort, weil ihm der Tod vom Apotheker nicht dazu zu passen schien und die Frauenleiche vom Wehr erst recht nicht.

Renate Riegelein zündete ihre Zigarette an und schaute Konnert ins Gesicht. »Sie finden schrecklich, was ich Ihnen von mir und meinem Mann erzählt habe, nicht wahr?«

»Ich empfinde es als tragisch.«

Sie betrachtete ihre Füße. »Ich habe Sie einmal vor einigen Jahren bei einem Gottesdienst in der Friedenskirche gesehen. Die Enkelin einer Freundin wurde getauft. Sie lasen in der Liturgie Bibeltexte vor und beteten wie ein Pastor vor all den Leuten. Sie scheinen ein religiöser Mensch zu sein. Darf ich Sie etwas fragen?« Vorgebeugt wartete sie darauf, ihre Frage stellen zu dürfen.

Konnert sah die alternde Haut unter der Schminke. Ihre Haare umgaben das Gesicht wie ein Ebenholzrahmen. Das goldene Kreuz klemmte immer noch zwischen ihren Brustansätzen. »Bitte, fragen Sie.«

»Ist es eine Sünde, wenn ich mir wünsche, die zweite Leiche von der Autobahn wäre mein Mann?«

Konnert paffte nachdenklich Qualmwolken in den Wintergarten. Er sah die feinen Regentropfen an den Scheiben, wie sie größer und größer wurden und dann herunterliefen wie Tränen. Er beugte sich wie Renate Riegelein um wenige Zentimeter vor und sah ihr ins Gesicht. »Wenn ich mich in Ihre Situation versetze, dann kann ich Ihren Wunsch nachvollziehen. Die meisten Menschen würden Ihnen versichern, dass Sie sich nichts vorzuwerfen hätten. Soweit ich aber die Bibel kenne, ist Ihr Wunsch für Gott nicht in Ordnung. Ich glaube, Ihrem Mann den Tod zu wünschen ist eine Sünde. Ja.«

»Ist es auch eine Sünde, wenn der Mensch gewissenlos, brutal, grausam und wahrscheinlich sogar ein Mörder ist?«

Konnert zögerte mit der Antwort. »Auch dann. Ein Mensch behält seine Menschenwürde, auch wenn er moralisch verwerflich handelt. Gott will das Leben und nicht den Tod – für jeden.« Konnert merkte zu spät, dass ihm die Worte zu schnell und wie auswendig gelernt über die Lippen kamen. »Auch für Sie, Frau Riegelein«, lag ihm auf der Zunge, aber er sprach es nicht aus.

Renate Riegelein lehnte sich zurück, zog an ihrer Zigarette, beugte sich vor und griff zum Sektglas. Es war leer. Sie suchte mit der Hand die Flasche neben ihrem Sessel. Sie musste feststellen, dass auch die Flasche leer war. Sie goss sich Mineralwasser in ihr Sektglas, hob es Konnert entgegen und sagte: »Kein Sekt, wieder mal nur Selters«, und trank es in einem Zug aus.

Babsi schob die Verbindungstür zwischen Wohnzimmer und Wintergarten mit dem Ellenbogen zur Seite. Sie hielt in einer Hand zwei Asservatenbeutel. In einem lag die Zahnbürste von Rainer Riegelein, der andere war prall gefüllt mit DVD-Hüllen und einem Video. Unter ihrem Arm klemmte ein Laptop. »Diese Sachen nehmen wir mit.«

Sie setzte sich im selben Moment, in dem Renate Riegelein aufstand, um den Wintergarten wortlos zu verlassen.

»Videothek, DVD-Sammlung, einige Hundert passwortgeschützte Dateien auf der Festplatte«, fasste Babsi zusammen, »alles picobello aufgeräumt da oben, nichts abgeschlossen und alle Räume so gut wie klinisch rein.«

Konnert paffte und sah den Tropfen zu, die an der Scheibe herunterliefen.

»Hörst du mir zu?«

Konnert brummte »Hm« und sah weiter auf die Scheibe. Ohne den Blick zu lösen, kramte er einen Pfeifenstopfer aus der Hosentasche und drückte Asche und Tabak an. Dann ließ er den Stopfer wieder in der Tasche verschwinden. Babsi beobachtete ihn, ohne ihn anzusprechen. Konnert kaute auf dem Mundstück seiner Pfeife herum.

Mit einem Mal klopfte er mit beiden Händen auf seine Oberschenkel und sagte: »Wir müssen unbedingt Azrael Faulner finden. – Sieh doch bitte mal nach, wo Frau Riegelein geblieben ist.«

Babsi kam allein zurück. »Sie macht sich noch etwas frisch.«

Konnert kratzte seine Pfeife aus und verstaut sie in seiner Jackentasche. Zurückgelehnt in seinem Sessel saß er scheinbar entspannt mit seinem Wasserglas in der Hand da und betrachtete Regentropfen, die sich nach unten hin immer mehr vereinigten und an Volumen und Geschwindigkeit zunahmen. Er schloss seine Augen und legte auch die andere Hand um sein Wasserglas. Wer ihn kannte, wusste, dass er betete.

Renate Riegelein betrat den Wintergarten mit einer geöffneten Flasche Sekt und tat überrascht. »Sie sind noch da? Na, wunderbar. Darf ich Ihnen jetzt ein Glas Sekt einschenken?«

»Vielen Dank, Frau Riegelein. Ein anderes Mal vielleicht gern. Wir haben noch zwei, vielleicht auch drei Fragen. Nehmen Sie doch bitte noch einmal Platz.«

Sie stellte die Sektflasche neben ihren Sessel und setzte sich breitbeinig hin. Lässig lehnte sie sich zurück. Zeigefinger und Daumen ihrer Hände berührten sich und bildeten auf ihrem flachen Bauch ein Dreieck. »Fragen Sie!«

»War Dr. Brügge verheiratet, als er starb?«

»Ja.«

»Lebt seine Ehefrau noch?«

»Soweit ich weiß, ja.«

»Wissen Sie zufällig, wo sie jetzt wohnt?«

»Nein!«

»Haben Sie eine Vermutung, wo sie eventuell wohnen könnte?«

»Ja.«

»Würden Sie bitte so freundlich sein und uns sagen, wo Frau Brügge möglicherweise wohnen könnte.« Konnerts Stimme wurde leiser.

»Martina und Benjamin haben einen restaurierten Bauernhof besessen. Ich bin nie dagewesen. Irgendwo im Süden bei Hude oder Sandkrug im Wald. Als ich Martina mal getroffen und nur vorsichtig angemerkt habe, dass sie aber weit vom Schuss wohnen, hat sie schnippisch geantwortet: Aber mit einer besseren Autobahnanbindung als ihr! Mehr weiß ich nicht.«

»Und Azrael Faulner? Wenn er nicht zu Hause zu erreichen ist, wo könnte er sich dann aufhalten?«

»Herr Kommissar, das sind jetzt aber schon mehr als drei Fragen. Die Herrschaften melden sich bei mir nicht ab, wenn sie umziehen oder in Urlaub fahren oder allein sein wollen.« Renate Riegelein verschränkte die Arme unter ihrer Brust und schlug die Beine übereinander.

»Wo?«

»Er hat eine Jagdhütte oder so etwas Ähnliches. Ich habe Ihnen schon gesagt, dass sich die Clique dort öfters getroffen hat. Wo die liegt, weiß ich nicht. Irgendwo in der Pampa.«

»Danke, Frau Riegelein, das wäre es fürs Erste. Wenn wir etwas zum Verbleib Ihres Mannes herausfinden, bekommen Sie umgehend eine Nachricht. Bemühen Sie sich nicht, wir finden den Weg hinaus.«

\*\*\*

Auf dem Weg zum Wagen telefonierte Babsi schon. »Findet mal die Adresse einer Martina Brügge heraus, möglichst mit Telefonnummer. Sucht zuerst südlich von Oldenburg. Und kriegt raus, wie ist egal, wo Azrael Faulner seine Jagdhütte hat.«

Am Auto angekommen, warf Konnert die Schlüssel Babsi zu. »Du fährst. Ich muss nachdenken. Du bist jung und kannst das noch mit offenen Augen.«

Mit verschränkten Armen lehnte Konnert sich zurück, schloss wieder die Augen und ehe sie an die erste Ampel kamen, atmete er in tiefen Zügen.

Plötzlich erklang ein kurzes Stück aus einem Musical, das Konnert schon einmal gehört hatte. Babsi nahm ihr Handy ans Ohr. Als sie ihr Telefon zuklappte, fragte er ohne seinen Kopf zu bewegen oder die Augen aufzuschlagen: »Und?«

»Wir haben eine Adresse von Martina Brügge und eine Telefonnummer. Von Faulner noch nichts.«

»Melde uns bei Frau Brügge an. Wir sind unterwegs zu ihr.«

\*\*\*

Charito hatte zum Abendessen gerufen. Darija antwortete nicht. Sie blieb auf ihrem Zimmer. Den ganzen Nachmittag hatte sie auf ihrem Bett gelegen und in den Himmel geschaut. Als über ihrem Dachfenster alles grau geworden war, hatte sie sich zur Seite gedreht und die Wand angestarrt.

Zum dritten Mal an diesem Tag schrillte das Telefon. Darija zählte mit. Beim siebenten Rufton meldete sich Charito. Darija hörte, wie die Haustür aufgerissen wurde und gegen den Stopper an der Wand schlug. Wenige Augenblicke später tönte Martinas Stimme im Flur. Darija konnte nur einzelne Satzfetzen verstehen. »Wohnzimmer« und »schnell« verstand sie. Dann vernahm sie ihren Namen und wieder die Worte »mit ihr machen«. Schlagartig erinnerte sie sich an die Worte Martinas vom Nachmittag: »Wir müssen überlegen, was wir mit dir machen können.«

Darija drehte sich auf die andere Seite. Da stand immer noch ihre Reisetasche mit dem Geld. Wie einzelne Luftblasen stiegen die Erinnerungen in ihr Bewusstsein auf, dass sie in ihrem Dorf ein neues Leben beginnen wollte. Sie dachte an das Geld. Um Geld zu verdienen, war sie nach Deutschland gekommen. Da lag es, keine zwei Meter von ihr entfernt. Was hatte sie davon? Was nutzte es ihr hier bei den Schwarzen Engeln. Erst waren sie so liebevoll zu ihr gewesen und jetzt überlegten sie, was sie mit ihr machen könnten. Sie dachte an die Folterinstrumente in der Scheune und krümmte sich zusammen. Misstrauen schlich sich wieder in ihre Gefühle. Sie war in den vergangenen Monaten schon so oft getäuscht worden.

Ein Auto kam durch den Wald. Kamen die ersten Gäste zu einer Session? Würden bald andere kommen und hinüber zur Scheune gehen? Sie würden trinken und lachen und laut reden. Dann würde man sie holen und die Gäste würden sich daran aufgeilen, sie zu quälen. Aber die Frauen hatten sie noch nicht angewiesen, sich zu schminken, hatten sie nicht umgezogen, ihr kein Halsband und keine Fesseln an Händen und Füßen angelegt.

Darija schlich zum Dachfenster und sah, wie ein grauer Wagen auf den Hof fuhr. Ein alter Mann und eine Frau stiegen aus. Der Mann, in faltigen Hosen und einer dünnen Jacke über einem gestreiften Hemd, ließ seinen Blick über den Hof schweifen, als wollte er abschätzen, was er wohl wert sei. Oder suchte er etwas?

Die Frau war viel jünger, modisch, aber nicht auffällig gekleidet. Vielleicht Vater und Tochter, rätselte Darija. So hatten die Gäste in der Vergangenheit nie ausgesehen. Bin ich bei den Schwarzen Engeln doch in Sicherheit? Darija blieb angespannt.

Mit dem Ohr am Türblatt horchte sie. Im Flur wurde in normalem Ton gesprochen. Dann rief Charito nach Martina: »Hier Besucher. Für dich. Komm mal?« Und Martina antwortete in singendem Tonfall: »Bin gleich da!«

Sie hörte das schnelle Klackern von Schuhen auf der Treppe und dann Martinas Stimme: »Lassen Sie uns ins Wohnzimmer gehen!« Und: »Wie können wir Ihnen helfen, Herr Kommissar?«

Kommissar? Die Polizei war im Haus. Darija wich von der Tür zurück und ließ sich erleichtert aufs Bett fallen. Aber schon meldeten sich andere Gedanken. Sind sie wegen mir hier? Reden sie jetzt über mich? Erklärt Martina ihnen gerade, dass es ein Unfall war?

Mit einem Mal kam wieder Leben in sie. Sie wollte leben, frei leben, in ihrer Heimat leben, mit ihrer Schwester zusammenleben. Sie setzte sich auf, überlegte, ob ihr genug Zeit blieb zu fliehen.

Dann wieder war sie überzeugt: Sie sind nicht wegen mir gekommen. Woher sollen sie denn wissen, dass ich hier bin? Ein Stein fiel von ihrem Herzen. Das Haus bot ihr vor der Polizei Sicherheit. Wachsam sein, hieß es, und den richtigen Augenblick herausfinden, um vor der Polizei und den Schwarzen Engeln zu fliehen. Vorbereitet sein.

Auf der Flucht darf mich niemand erkennen, ging es ihr durch den Kopf. Auf der Ablage im Badezimmer liegt eine Schere. Damit kann ich mir die Haare abschneiden. Sie wachsen ja wieder. Puder, Lippenstift und Kajal wären gut. Auffällig im Gesicht, wie bei meinem Ausflug zu Doktor Justus. Einen Spiegel brauche ich auch, damit ich mich irgendwo im Wald schminken kann. Und möglichst eine Brille und einen Hut oder eine Mütze und das blaue Kapuzenshirt. Darija begann, ihre Reisetasche neu zu packen. Nach gut zwanzig Minuten hörte sie, wie sich die Besucher verabschiedeten und kurz darauf abfuhren. Man hatte sie nicht verhaftet. Auch die Frauen waren in Freiheit, obwohl sie in der

Scheune ein Folterstudio unterhielten. Lassen sich Polizisten so leicht hinters Licht führen?

Sie erinnerte sich an eine Nacht in einem Studio in der Nähe von Kassel. Sie hing gefesselt am Andreaskreuz, als Polizisten in schwarzen Uniformen mitten in die Session gestürmt kamen. Erst hatte sie gedacht, die brutal aussehenden Männer gehörten als besondere Attraktion zur Inszenierung. Dann erschienen Beamte in Zivil und kontrollierten die Gäste. Ihr Bewacher band sie unauffällig los und flüsterte ihr zu: »Du sagst, dass du freiwillig hier bist und es dich aufgeilt, zur Schau gestellt zu werden. Wir bringen dich und deine Schwester um, wenn du nicht gehorchst. Tust du, was ich dir sage, darfst du deiner Schwester einen Brief schreiben und ihr Geld schicken.« Sie gehorchte und die beiden anderen Sklavinnen auch. Die Polizisten waren abgezogen, und die Gäste hatten gejubelt und gefeiert und sich brutaler verhalten, als sie es je zuvor erlebt hatte.

Wieder fragte sich Darija, ob Polizisten wirklich so wenig über die Arbeitsweise von Sklavenhaltern und Menschenhändlern wussten.

Sie wollte nach Hause. Und sie würde nach Hause kommen, schwor sie sich. Sie brauchte nur ein bisschen Glück. Ein bisschen mehr Glück als beim Apotheker.

\*\*\*

»Der Graf lässt fragen, ob du bei der Hausdurchsuchung Faulner dabei sein willst. Sie könnten sofort losfahren.«

»Das bringt heute Abend nichts mehr. Er soll eine Streife hinschicken. Die überprüft, ob Faulner in der Zwischenzeit da aufgetaucht ist. Wenn ja, kümmern wir uns um ihn; wenn nein, können seine Leute meinetwegen Feierabend machen. Wichtiger als die Wohnung ist, dass wir Faulner selbst aufstöbern. Wissen wir immer noch nicht, wo die Jagdhütte liegt?«

Babsi klemmte ihr Handy in die Freisprechanlage und telefonierte.

Konnert redete dazwischen: »Wo fährst du eigentlich hin?«

Babsi schüttelte unwirsch den Kopf und sprach weiter mit van Stevendaal und dann mit Kilian.

»Kilian hört sich ganz schön geschafft an. Wir fahren natürlich ins Kommissariat.«

\*\*\*

Auf der dritten Etage saßen noch vier Mann vor flimmernden Bildschirmen. Geöffnete Pizzakartons mit Pizzaresten lagen auf dem großen Tisch neben Literflaschen Cola und Kaffeebechern. Kilian kam auf Konnert zu. »Zwei Männer haben sich geweigert, diesen Dreck weiter anzusehen. Ich habe sie gehen lassen.«

Konnert legte väterlich seine Hand auf ein Schulterblatt seines jungen Kollegen und schob ihn sanft in Richtung seines Büros. Er schloss die Tür. »Das hast du gutgemacht, dass du eine Runde Pizza ausgegeben hast. Ihr konntet nichts Verwertbares finden, oder?«

»Es sind Hunderte Filme. Alte. Wir haben den Eindruck, als würden die Kartons nicht leerer. Wir machen alles schon im Schnelldurchlauf und sehen uns nur zwischendurch einzelne Szenen an. Es ist zum Verzweifeln. Ich verstehe weder, dass es Frauen gibt, die sich anscheinend freiwillig bis aufs Blut auspeitschen lassen und am Ende lächelnd ihre Peiniger loben und sagen, es sei eine richtig gute Performance gewesen, noch dass es Männer und Frauen gibt, sogar Frauen, die so zuschlagen mögen.« Kilians Kinn zitterte, als wolle er gleich weinen. »Aber das ist ja nicht einmal das Schlimmste. Auf einem der Videos haben drei Männer erst einen Schäferhund am Halsband zwischen zwei Bäumen festgebunden und ihn dann mit Steinen beworfen, bis das arme Tier elendig verreckt ist. Anschließend haben sie mit demselben Halsband eine Frau festgebunden und auch sie gesteinigt und sich dabei gegenseitig angefeuert. Wir mussten den Ton abschalten. Es sah alles so echt aus. Es war nicht zum Aushalten.« Leise fügte er an: »Ich glaube, es war echt. Die haben wirklich den Hund und die Frau umgebracht.«

»Ich versteh es auch nicht, Kilian.«

Es entstand eine Pause, in der sie sich setzten. Kilian zündete sich eine Zigarette an. Konnert dachte an die Predigt vom Vortag. Geduldig sein und Gott vertrauen. Manchmal könnte es aber doch auch etwas schneller gehen. Und solche Grausamkeiten, wie Kilian sie ihm eben erzählt hatte, sollten zu verhindern sein. Ihm war klar, dass es Menschen waren, die Lust daran hatten zu erniedrigen und zu quälen und zu töten – und nicht Gott. Aber konnte Gott nicht eingreifen? Er hatte auf diese Frage schon so viele Antworten gehört. Alle richtig und doch …

»Chef, kann ich dich was fragen?«

»Ja, Kilian, rede nur.«

»Wir kriegen die doch, oder?«

»Ja, wir werden sie kriegen. Vielleicht nicht alle, aber einige. Und das ist auch schon was.«

Kilians Hand zitterte, als er seine Zigarette zum Mund führte. Nachdem er ausgeatmet hatte, sagte er: »Sie müssten auch mal so ausgepeitscht werden, damit sie am eigenen Leib spüren, was sie anderen angetan haben.«

»Meinst du, das würde helfen?«

»Ich weiß nicht. Vielleicht, vielleicht auch nicht. Wir müssen sie trotzdem kriegen und wenigstens für immer wegsperren, damit sie nie mehr jemandem wehtun können.«

»Ja, Kilian, wir müssen sie kriegen und einsperren.«

Regentropfen schlugen gegen die Fensterscheibe. Es wurde schon dunkel. Konnert knipste seine Schreibtischlampe an. Die Monitore tauchten die Männer auf der Etage in ein bläuliches Licht. Die Deckenbeleuchtung war noch nicht eingeschaltet.

Der junge Kollege hüstelte. »Du betest doch immer mal wieder, nicht? Meinst du wirklich, dass uns das hilft, die Täter zu finden?«

Konnert nahm seine Nasenwurzel zwischen Daumen und Zeigefinger. »Beweisen kann ich das nicht. Ich meine aber gemerkt zu haben, dass sich die hilfreichen Zufälle nach meinen Gebeten häufen.«

»Kann ich dich noch etwas fragen?«

»Kannst du.«

»Glaubst du, dass Kretschmer sich die Filme nur angeguckt hat, oder hat er selbst Frauen geschunden?«

»Kilian, ich fürchte, er war ein Täter. Ich gehe davon aus, dass irgendwer schon in die Tat umgesetzt hat, was du auch am liebsten mit ihnen tun würdest. Die Mörder lassen kriminelle Sadisten erst spüren, was andere von ihnen zu spüren bekamen. Dann töten sie sie und zerstören ihre Körper. Ich weiß nur noch nicht, wer das ist.«

Indem er das sagte, ging ihm auf, dass die Männer vor den Bildschirmen systematisch vorgegangen waren und natürlich mit den ältesten Filmen begonnen hatten. Den Nachmittag hatten sie damit vertan, alte Filme anzuschauen. Ich hätte ihnen sagen müssen, dass sie mit den jüngsten Dateien und DVDs anfangen müssen. Konnert schlug sich mit der Hand vor die Stirn.

»Was ist los, Chef?«

»Ihr seid am falschen Ende angefangen. Ich muss vergessen haben, dir zu sagen, dass ihr mit den Filmen aus jüngster Zeit beginnen sollt. Wir suchen doch die Frau aus der Pension und die Wasserleiche.«

»Verdammt. Das hätte mir auch einfallen müssen. Verdammt. Wir haben einen Nachmittag verloren.« Er war aufgesprungen und lief hin und her, während er ständig wiederholte: »Verdammt, verdammt, verdammt.«

»Lass mal das Fluchen. Ist nicht mehr zu ändern.« Und nach einem ruhigen Moment fragte Konnert: »Wer kümmert sich darum, die Adresse von Faulners Jagdhütte herauszufinden?«

»Eine Polizistin vom Innendienst. Sie meldet sich, sobald sie etwas für uns hat.«

Als Kirchner rausging, um den Männern vor den Bildschirmen das weitere Vorgehen zu erklären, betrat Babsi mit Venske die Etage. Venske sah mürrisch aus. »Nichts, gar nichts. Es ist zum Kotzen.«

»Na!«, protestierte Konnert.

»Ist doch wahr. Du kriegst einen Gehirntumor, weil du dir das Telefon den ganzen Nachmittag an die Birne hältst und die Strahlen dein Gehirn weichkochen, aber kein belastbares Material, nichts, gar nichts, keine klitzekleine Spur. Nichts! Und da sagst du *Na!*«

»Beruhige dich. In der nächsten Stunde bekommst du Bilder von der blonden Leiche.«

»Bist du nun doch Prophet geworden?«

»Ich bin mir ziemlich sicher, dass die Männer da draußen schon sehr bald in einem der Filme fündig werden.«

»Woher weißt du das?«

»Kann ich nicht sagen. Ist so ein Gefühl.«

Er drehte sich zu Babsi: »Die Streifenbeamten haben Faulner nicht in seiner Wohnung angetroffen, stimmt's?«

»Stimmt.«

»Kommt, wir gehen etwas essen. Kilian unterrichtet uns, wenn es was Neues gibt.«

Auf dem Weg zum Restaurant gegenüber dem Kommissariat schlug Konnert sich plötzlich wieder mit der flachen Hand vor die Stirn.

»Was ist los?«

»Ich werde älter, bin zu langsam im Denken.«

»Das ist nichts Neues. Deshalb musst du dein Gehirn nicht auch noch erschüttern.«

»Alois Weis hat guten Kontakt zu den Bestattungsinstituten, besonders zu Fauler. Er weiß vielleicht, wo Faulners Jagdhütte steht.« Er fummelte erstaunlich schnell sein Handy aus der Hosentasche. Es war tot.

»Geht ihr was essen. Ich behalte ja keine Telefonnummern im Kopf. Im Büro suche ich sie raus. Ich komme nach, bestellt mir etwas mit Fisch.« Damit machte Konnert kehrt. Er eilte so schnell er konnte zurück ins Kommissariat.

»Alois, wo liegt die Jagdhütte von Faulner?«, rief Konnert in sein Festnetztelefon.

»Nun mal langsam. Ich versuche seit Stunden, dich anzurufen. Warum ist dein Handy abgeschaltet, wenn du von mir eine Auskunft willst?«

»Betriebsgeheimnis.«

»Also vergessen, den Akku aufzuladen, habe ich Recht?«

»Willst du mich verhören oder meine Frage beantworten?«

»Am liebsten dich verhören. Wo ist eigentlich Faulner? Den bekomme ich auch nicht ans Telefon.«

»Ich habe dich zuerst gefragt.«

»Wer hat dir denn etwas von einer Jagdhütte erzählt? Das ist keine Hütte. Faulner konnte das *Alte Forsthaus* günstig kaufen. Das war mal ein Ausflugslokal mit Saal und ein paar Gästezimmern. Einmalige Alleinlage, mitten im Wald, mit geteerter Zufahrt. Er hat es aufwendig renovieren lassen.«

Alois Weis beschrieb die Route zu Faulners Forsthaus, und Konnert notierte sich auf seinem Block, wo rechts und wann links abzubiegen war. Er sagte sich, irgendwie würde er schon ans Ziel kommen, wenn er nur grob die Richtung behalten könnte. Alois Weis gab ihm auch noch eine Handynummer von Azrael Faulner, die nicht jeder hatte.

»Und nun zu meiner Frage: Wo ist Faulner?«

»Wir wissen es nicht. Wir suchen ihn. Deshalb will ich ja wissen, wo seine Hütte ist. Hoffentlich ist er da.«

»Die Fahrt dahin könnt ihr euch sparen. Wäre er da, nähme er meine Anrufe an.«

»Vielleicht ist er da, und sein Akku ist auch leer.«

»Das kommt bei dir vor, aber niemals bei Azrael Faulner. Ich kenne niemanden, mich selbst natürlich ausgenommen, der so sorgfältig darauf achtet, immer erreichbar zu sein. Bei uns hängt der Erfolg im Beruf von ununterbrochener Erreichbarkeit ab. Wir, ich betone, wir sind nicht bei der Polizei, wo die leicht freimachen können, weil andere währenddessen ihren Job übernehmen. Wir sind vierundzwanzig Stunden am Tag im Dienst, und zwar sieben Tage die Woche.«

Was sagt Venske noch immer, wenn einer jammert? Konnert erinnerte sich. Richtig: »Heul doch!« Und zwei Sekunden später fügte er noch an: »Die Sache mit der Bevorzugung von Faulner beim Abtransport der Leichen kannst du mir später einmal erklären.«

»Eins könnte aber jetzt schon wichtig sein. Angeblich hat nur Faulner die speziellen Leichensäcke, um Opfer zu transportieren.«

»Tu mir einen Gefallen und ruf van Stevendaal an. Sag ihm das und gib ihm den Tipp, er soll sich einen der speziellen Leichensäcke von Faulner besorgen und mit dem vom Hunte-Wehr vergleichen. Ihm sollte dann eine Idee kommen.«

»Kann ich dir sonst noch etwas abnehmen?«

»Nein, das wäre es fürs Erste.«

»Gern geschehen.«

»Pfiat di.«

Konnert betrat das Restaurant und wurde vom griechischen Wirt als Stammgast mit Handschlag begrüßt. »Ihre Kollegen sitzen dort drüben, Herr Konnert, in der Nische. Ihre gemischte Fischplatte mit Zeussoße und Brot kommt sofort. Was möchten Sie trinken?«

»Ein schöner Weißwein würde mir gefallen. Aber ich bin im Dienst, und wir dürfen noch ein bisschen arbeiten, ein Mineralwasser muss reichen.«

Am Tisch stellte er jedoch fest, dass Venske sich ein Bier zu seinem Schweinefilet bestellt hatte. Babsi pickte bereits Hühnerfleischstückchen aus ihrem Hirtensalat. Sie schaute kurz auf und fragte: »Hast du die Adresse?«

»So ungefähr. Weis war mal dort. Er hat mir den Weg beschrieben.« Konnert gab sich einsilbig. »Lasst uns doch erst einmal in Ruhe essen. Noch läuft uns nichts weg.«

Nach ein paar Minuten Schweigen legte Konnert sein Besteck zur Seite und fing an zu reden. »Also, ich sage mal so: Aus der Viererclique wurde Kretschmer eindeutig ermordet. Riegelein, wenn er die zweite Leiche vom Parkplatz ist, wurde ermordet. Faulner ist verschwunden. Nun frage ich mich: Woran ist eigentlich Dr. Brügge gestorben? Und wann?«

»Du meinst, jemand ist dabei, die Viererclique zu beseitigen?«

»Sieht doch so aus, oder?«

»Aber wie passt Evert dazu?«, fragte Babsi.

»Und was ist mit deiner Andeutung, meine blonde Frauenleiche gehöre auch zu diesem Fall?«, wollte Venske wissen.

»Und dann sind da noch die beiden Männer«, gab Babsi zu bedenken.

»Weiß ich nicht, weiß ich noch nicht. Ich bin mir aber ziemlich sicher, irgendwie fügt sich das alles zusammen.« Konnert nahm sein Besteck wieder auf und aß schweigend weiter.

Als der Ouzo serviert wurde, sagte Babsi plötzlich: »Martina Brügge weiß mehr, als sie uns vorhin in ihrem Haus im Wald mitgeteilt hat!«

»Da hast du Recht. Wir werden noch einmal unangemeldet hinfahren und konzentrierter nachfragen. Am besten gleich morgen früh.« Und nachdenklich fügte Konnert an: »Wie bekommen wir raus, woran Brügge gestorben ist?«

»Er ist an einem Herzanfall gestorben, das hat Frau Riegelein uns doch gesagt. Hast du das vergessen?«

»Herzversagen!« Konnert dachte nach. »Herzversagen? Damit kommt man doch in eine Klinik und vorher in einen Rettungswagen und ein Notarzt ist dann doch auch dabei. Ich will wissen, unter welchen Umständen der Mann gestorben ist.«

Hätte Venske ihn nicht zurückgehalten, wäre Konnert hinausgeeilt, ohne zu bezahlen.

***

Kilian lag mehr in seinem Bürostuhl, als dass er saß, und schlief. Als einer der Polizisten ihn sanft an der Schulter berührte, schreckte er auf: »Was ist?« Als Nächstes griff er zur Zigarettenpackung. Sie war leer.

»Wir meinen, etwas entdeckt zu haben. Komm mal mit!«

Eine Einstellung auf dem PC des Polizisten zeigte Rainer Riegelein, nur mit Boxershorts bekleidet, wie er einer nackten Frau mit verbundenen Augen und einem Knebel im Mund die Arme auf dem Rücken festhielt. Ein Mann mit einer Teufelsmaske vor dem Gesicht klemmte die Brustwarzen der Frau zwischen Daumen und Zeigefinger ein und riss ihre Brüste rhythmisch rauf und runter. Der Polizist ließ den Film weiterlaufen. Auch ohne Ton meinten die Männer, das schmerzvolle Stöhnen und Wimmern der Frau zu hören. Riegelein hingegen amüsierte sich köstlich.

Kilian griff zum Telefon, um Konnert anzurufen. Als er keinen Kontakt bekam, rief er Babsi an: »Warum geht Konnert nicht ans Handy? Wir haben was!«

»Geht gerade nicht. Wir sind auf dem Weg. Kommen sofort.«

Wenige Minuten später sahen auch Konnert, Babsi und Venske die Teufelsfratze und Riegelein in Aktion. Sie diskutierten noch, als ein anderer Beamter einen weiteren Fund meldete.

Dr. Justus Kretschmer penetrierte eine Frau, deren nackte Schultern mit hellroten Striemen überzogen waren. Im Rhythmus seiner Stöße riss Kretschmer den Kopf der Frau an den dunkelbraunen Haaren hoch. Weit ausholend schlug er mit der rechten Hand auf ihren Oberschenkel. Er grinste in die Kamera.

Der Beamte stoppte die Vorführung.

»Geiler Bock, elendiges Sadistenschwein.« Venske haute mit der Faust auf den Tisch. »Gott sei Dank hat dich einer abgestochen.«

»Lass da mal Gott aus dem Spiel«, sagte Konnert. Und zum Polizisten: »Wann wurde der Film aufgenommen?«

Der Beamte holte die DVD aus dem PC und hielt die Beschriftung ins Licht.

Kilian warf einen Blick auf das Datum und rechnete schnell nach: »Die Aufnahme liegt, von heute gerechnet, dreizehn Tage zurück, ist also von vor genau einer Woche, bevor Evert gefunden wurde.«

»Gute Arbeit!«, rief Konnert in den Raum. »Macht so weiter. Es kann nicht schaden, ab und zu auch mal eine Pause zu machen.«

Babsi ging zu ihrem Schreibtisch und rief Frau Riegelein an. Die war betrunken, meinte aber sich erinnern zu können, dass Brügge im Juli letzten Jahres gestorben sei. Anschließend telefonierte Babsi die Rettungsdienste durch und bekam bei den Johannitern die Auskunft, Brügge sei am 18. Juli ins Klinikum gebracht worden. Dort dauerte es eine Weile, bis feststand, welcher Notarzt Dienst hatte. Sie erreichte ihn zu Hause, um schließlich nach zähem Hin und Her und dem mehrmaligen Hinweis auf die ärztliche Schweigepflicht die Information zu bekommen, sie solle doch mit einem

Kommissar Hans-Gerhard Struß reden. Der könne ihr weiterhelfen.

Währenddessen saß Venske vor seinem PC und sah sich eine DVD an. Er fluchte mit geballten Fäusten leise vor sich hin. Sein frommer Chef musste es ja nicht hören.

Konnert stand am Fenster seines Büros und sah in die Regennacht. Er erahnte weit hinten den Friedhof und seine Ruhebänke. Ruhe brauchte er. Er hörte die leisen Flüche. Seine Ohren waren besser als Venske ahnte. Aber er reagierte nicht darauf, stattdessen schloss er die Verbindungstür und trat wieder ans Fenster. Unten auf der Straße entdeckte er Kilian, der eine Zigarette vor dem Regen zu schützen versuchte. Wahrscheinlich hatte er im Restaurant seinen Vorrat aufgefüllt. Dann sollte doch auch für ihn Zeit sein, eine Pfeife zu rauchen.

Mitten in das Stopf-Ritual platzte Babsi herein und berichtete ihm von dem Gespräch mit dem Arzt und seinem Hinweis auf Struß.

»Ruf ihn an!«, forderte Konnert sie auf.

»Jetzt noch? Zu Hause?«

»Er ist Beamter und hat jederzeit zur Verfügung zu stehen.«

»Ruf du ihn an.«

»Na gut.«

Doch statt zu telefonieren, schloss er hinter Babsi die Tür und streckte sich auf seinem Bürosessel aus, pafffte, war still und dachte nach.

Pudelnass kam Kilian nach oben und verschwand auf der Toilette, um sein Jackett auszuschütteln und sich die Haare zu kämmen. »Scheiß Sucht«, sagte er zu seinem Spiegelbild.

»Nichts, gar nichts«, war Venskes Kommentar, als er sich eine neue DVD holte.

Mit der leergerauchten Pfeife in der Hand rief Konnert seine Leute in sein Büro und redete nicht lange um den recht heißen Brei herum. »Folgendes: Wir haben einen langen Tag hinter uns. Ihr habt mehr getan, als man von euch verlangen sollte. Trotzdem müssen wir eine Stunde dranhängen.«

Er sah Venske an. »Du machst dich bitte zum Thema Sadisten, sadistische Psychopathen schlau. Geh alle Datenbanken durch und such nach Straftätern, die für unseren Fall infrage kommen könnten.« Er gab ihm seine Notizen über die Fälle vom Kiekutsee bei Delmenhorst und Sögel. »Sieh dir das an und rede mit den Kollegen, die die beiden Fälle bearbeiten. Vielleicht gibt es über den SM irgendeine Querverbindung.« Er fasste sich an die Nasenwurzel. »Ich meine schon mal von einem Bundesverband Sadomasochismus gelesen zu haben. Ein eingetragener Verein, soweit ich mich schwach erinnere. Bestimmt haben die auch eine Homepage.«

»Steuervergünstigungen für Sadisten? Das gibt es doch nicht.«

Konnert überhörte den Protest von Venske. »Kilian, du machst hier maximal noch eine Stunde weiter. Dann schickst du alle nach Hause, ein bisschen schlafen. Morgen ist auch noch ein Tag. Babsi, du gehst schon jetzt zu deinem Verlobten und grüßt ihn schön von uns.«

»Babsi ist verlobt?« Venske schien aus allen Wolken zu fallen. »Tatsächlich! Zeig mal.« Er nahm ihre Hand und betrachtete den Ring. »Fantastisch. Und ich dachte, du wolltest mich einmal heiraten.« Die Spannung des Tages löste sich für einen kurzen Augenblick in zaghaftem Lachen auf.

Eine Weile schwieg Babsi, dann protestierte sie: »Ich kann doch nicht weggehen und mit meinem Verlobten schmusen, wenn ihr hier rackert. Willst du denn nicht zur Jagdhütte, das heißt zum Forsthaus fahren, Adi? Da muss ich doch mitkommen.«

»Nein, du legst dich schön in die Arme deines Verlobten und nach dem ersten Kuss hast du den Stress hier vergessen. Ich fahre allein raus. Auf mich wartet niemand. Die Kontrolle vom Forsthaus ist völlig ungefährlich. Ist Faulner da, werden wir uns unterhalten. Ist er nicht da, schaue ich mich ein bisschen um und fahre zurück. Ist gut gemeint von dir, Babsi.«

Babsi fügte sich ungern und freute sich doch sichtbar auf den Feierabend mit ihrem Verlobten.

»Für heute haben wir getan, was möglich war. Wir sind ein gutes Stück weiter gekommen. Wir werden den Fall lösen. Verlasst euch darauf!« Mit dem Satz schickte Konnert sein Team aus dem Büro.

Er überlegte, ob er eine Waffe einstecken sollte, entschied sich aber dagegen und steckte stattdessen eine Pfeife aus seinem Pfeifenetui in die Jackentasche. In der untersten Schublade seines Schreibtisches fand er noch einen zusammengefalteten Regenschirm und griff ihn wie einen Schlagstock. Im Rausgehen sah er Venske, der flink seine Tastatur bearbeitete. Konnert beneidete ihn zum x-ten Mal um sein Zehnfingersystem.

***

In Darijas Zimmer herrschte schwarze Nacht. Sie hörte den Regen auf das Dachfenster klatschen. Im Haus rührte sich nichts.

Darija saß angezogen im Bett. Eine Regenjacke oder einen Anorak hatte sie auf die Schnelle nicht gefunden. Das Kapuzenshirt musste reichen. Fest entschlossen, in dieser Nacht zu fliehen, blickte sie ins Dunkel. Es kostete sie keine Mühe, wach zu bleiben. Ihr Herz schlug kräftig. Sie atmete angespannt, aber ruhig durch die Nase.

Bisweilen dachte sie an ihre Schwester und stellte sich vor, wie auch sie in der Dachkammer wach lag und an sie dachte. Wie hatten sie sich nur darauf einlassen können, sich voneinander zu trennen? Sie wagte es nicht, das Handy in der Reisetasche zu suchen, um wieder einmal die sechzehnstellige Nummer anzurufen.

Sie erträumte sich einen Anbau an ihr altes Haus. Für Tiere, die sie kaufen würden. Ein richtiges Badezimmer mit Dusche und einer Toilette mit Wasserspülung könnte im alten Stall entstehen. Und an die Stelle der Bretter über feuchter Erde wünschte sie sich isolierte Fußböden. Ob ihr Geld dafür reichte? Sie könnten vieles selbst machen. In einem Jahr, im nächsten Sommer, sollte dann alles fertig sein. Warm wurde ihr ums Herz und wehmütig.

Darija lauschte in die Nacht. Nur der Regen war zu hören und ein Geräusch, das sie als Gurgeln des abfließenden Regenwassers in der Dachrinne deutete. Sie schlich zum Fenster. Wenn sie sich auf die Fußspitzen stellte, konnte sie die ganze Scheune sehen. Da brannte nicht einmal die Außenleuchte. Nur an einem Fenster im hinteren, abgeschlossenen Teil meinte sie einen schmalen Lichtschein zu entdecken. Es konnte aber auch die Reflexion eines fernen Lichts auf der regennassen schwarzen Scheibe sein.

Darija tappte zurück zum Bett. Wann kam der richtige Augenblick, die Treppe hinunterzuschleichen, die Haustür vorsichtig zu öffnen und in den Wald zu fliehen? Sie wusste es nicht und wartete auf einen inneren Impuls.

\*\*\*

Die Landstraße lag schwarz glänzend vor ihm. Die Scheinwerfer fraßen sich vorwärts in die Regenschwaden. Selten kam ihm ein Auto entgegen. Konnert fuhr zügig, aber nicht so schnell, dass er andere Autos hätte überholen müssen.

Er hatte seine Tochter angerufen und war mit Selbstanklagen und noch mehr mit Vorwürfen gegen ihn und ihren Ehemann und die halbe übrige Welt überschüttet worden. Er blieb still und hörte zu und ließ sich sagen, dass sie ihn selbstverständlich in der Klinik erwartet hatte. Er versuchte nicht, seine Lage zu erklären.

Der Dieselmotor brummte zufrieden und einschläfernd. Gleichmäßig rutschten die Scheibenwischer hin und her. Konnert schaltete NDR Info ein und hörte, wie sich eine Hörerin über die Streitereien in der Regierungskoalition erregte. Das interessierte Konnert in dieser Nacht überhaupt nicht. Er suchte Musik, fand die ihm passende nicht und schaltete das Radio wieder aus.

Ich könnte selbst singen, ging es ihm durch den Kopf und dachte dabei an seine verstorbene Frau, die immer behauptet hatte, er könne allein vierstimmig singen. »Du konntest das bestimmt richtig beurteilen«, dachte er und blieb stumm.

Nach gut einer Dreiviertelstunde Fahrzeit fand er den Wegweiser, von dem Alois Weis gesprochen hatte. Konnert bog ab. Rund vier Kilometer weiter würde dann der Waldweg kommen, dem er nach rechts folgen sollte. Er merkte sich den Kilometerstand und fuhr langsamer. Kein Auto kam ihm entgegen. Irgendwo links meinte er im Vorbeifahren einen Lichtschein gesehen zu haben. Im Regen verschwammen die Konturen. Dann begann der Wald. Duster standen die Bäume rechts und links. Hier sagen sich Fuchs und Hase gute Nacht, ging es ihm durch den Sinn. »Sagten sich schon vor Stunden gute Nacht«, berichtigte er sich und schmunzelte.

Im Fernlicht sah er das »Vorfahrtstraße«-Schild. War er schon vier Kilometer gefahren? Er konnte sich nicht mehr an den exakten Kilometerstand erinnern. Er verringerte einfach sein Tempo und bog ab. Erst nach ein paar Minuten ging ihm auf, dass er einen Schotterweg befuhr. Alois Weis hatte von einer geteerten Straße gesprochen. Konnert suchte eine Stelle, um zu wenden und brauchte einige weitere Kilometer in die Tiefe des Waldes, bis er eine geeignete fand. Nur gut, dass er nicht unter Zeitdruck stand, tröstete er sich, als er wieder auf die Nebenstraße fuhr.

Nur noch im zweiten Gang, den Blick konzentriert auf die rechte Straßenseite gerichtet, rollte Konnert weiter durch den Wald. Er fand den geteerten Weg. Rund zehn Meter von der Straße entfernt befand sich eine Schranke. Sie war geöffnet. Im Scheinwerferlicht entdeckte Konnert sandige Reifenspuren, die noch nicht ganz vom Regen weggewaschen worden waren. Er schaltete das Fernlicht aus. Nur das Standlicht blieb an. Über das Steuer gebeugt beobachtete Konnert aufmerksam im schwachen Licht den Weg vor sich. Stockdunkel stand der Wald an beiden Seiten und streckte seine Zweige bis über den Weg. Er hielt an, drehte den Zündschlüssel, betätigte den linken Fensterheber und lauschte in die Nacht. Keine Motorengeräusche, kein Tierlaut aus dem Wald, nur das leise Strömen des Regens. Bedächtig fuhr Konnert wieder an und näherte sich dem Haus.

Es lag still auf einer Lichtung in hohem Gras. Eine Auffahrt wie vor einem Herrschaftshaus führte unter einem Vorbau hindurch, auf dem sich ein Balkon befand. Eine weiße Dachrinne trennte das rotbraune Ziegeldach mit sechs Gauben, die sich vom Nachthimmel abhoben, von den altersgrauen Balken der Holzwände, die im Licht der Scheinwerfer nass glänzten. Jeweils drei Fensterläden rechts und links vom Eingang waren geschlossen.

In einigem Abstand vom Haus befand sich eine recht große Remise mit mehreren Einstellplätzen. Neben einem Verschlag mit Tür standen ein großer Pkw-Anhänger und eine alte Kutsche.

Konnert fuhr von links unter den Vorbau, um nicht durch den Regen zum Haus laufen zu müssen. Er steckte die Autoschlüssel in seine Hosentasche, nahm die Taschenlampe aus der Halterung und stieg aus. Die Wagentür ließ er geräuschvoll zufallen. Man würde ihn sowieso schon gehört haben. Dann konnte er sich auch gleich deutlich bemerkbar machen.

Konnert stieg die Stufen zur Haustür hinauf und sah im Halbdunkel, dass sie zentimeterweit offen stand. Sie ließ sich leicht aufdrücken.

»Ist hier jemand?«

Und noch etwas lauter: »Hallo! Ist hier jemand?«

Es blieb still.

Er schaltete seine Taschenlampe ein. Konnert musste die Augen zukneifen und sie erst an das Licht gewöhnen, bevor er das Haus betrat. Ein großer, rechteckiger Flur lag vor ihm. Links wendelte sich eine breite Holztreppe mit geschnitztem Geländer an der Wand entlang nach oben. An den Wänden hingen die unvermeidlichen Jagdtrophäen und zogen die Aufmerksamkeit auf sich. Keilerzähne, kunstvoll auf Eichenholztafeln befestigt, umrahmten einen Keilerkopf, reihenweise Gehörn von Reh- und Damwild, ausgestopfte Eulen, Wiesel und Eichhörnchen und über der Tür gegenüber ein kapitales Rothirschgeweih.

Konnert rief noch einmal: »Ist hier jemand?«

Auch jetzt blieb es still.

Rechts gingen zwei Türen ab. Eine schmalere gehörte vermutlich zur Gästetoilette. Die breitere öffnete Konnert und blickte in einen dunklen Flur. Später, entschied er.

Als er sich umdrehte, blickte er auf nasse Fußspuren auf den roten Klinkern. Eine stammte von ihm selbst. Schwächere Abdrücke von Profilsohlen verliefen daneben bis zu der Tür, vor der er nun stand. Er öffnete sie bedächtig, leuchtete auf die roten Bodenklinker und folgte der Spur durch den Flur. Nach fünf Schritten bog der Flur links ab und nach weiteren sieben erreichte er eine Stahltür, die als Feuerschutztür den Wohnbereich abtrennte.

Mit einem Ruck riss er die Tür auf und wich behände zurück an die Wand. Nichts geschah. Dem Lichtstrahl der Taschenlampe folgend sah Konnert in eine mittelalterliche Folterkammer. Er ging in die Hocke, betrat gebückt den Raum und leuchtete um sich. Niemand war zu sehen. Die Profilspuren verloren sich auf dem Holzfußboden bei einem Streckbett. Ketten, mit angenieteten Hand- und Fußschellen, hingen schlaff von der Decke herunter. Zwischen verhangenen Fenstern standen an den Wänden verschiedene Andreaskreuze, mit schwarzem Leder überzogene Böcke und ein Sessel, dessen Sitzfläche und Rückenlehne mit spitzen Holzpflöcken gespickt war.

Konnert wartete gebückt. Nach ein paar Sekunden hörte er ein Nagen, ein Scharren und dann die trippelnden Geräusche einer Maus.

Er richtete sich etwas auf und rief erneut: »Ist da jemand?« Er lauschte.

Die Maus saß still und wartete mit Konnert ab. Als sich nichts rührte, huschten beide weiter in den Raum hinein. Konnert leuchtete die Wand neben sich ab, fand einen Lichtschalter und betätigte ihn. Theaterleuchter an der Decke tauchten den Saal in rötliches Licht.

In der Mitte erhob sich ein rundes Podest aus Holz. Konnert schätzte den Durchmesser auf gut drei Meter. Im Holz konnte er deutlich Löcher erkennen, wie sie entstehen, wenn man Schrauben entfernt. Die Ränder eines größeren, runden Lochs waren mit Blech stabilisiert. Der Pfahl für dieses Loch lag zusammen mit Seilen neben der Plattform. Konnert erkannte sie als die Bühne wieder, auf der Kretschmer die Frau penetriert hatte. War Faulner der Kameramann gewesen?

Im hinteren Teil des Raumes standen paarweise Sessel und dazwischen kleine Tische. Sie bildeten in zwei Reihen hintereinander einen Halbkreis um das Podest. Dahinter setzte sich im Halbdunkel eine breite Tür von der helleren Stirnwand ab. An ihr hingen großflächige Gemälde mit Darstellungen mittelalterlicher Folter.

Konnert ging nach links auf eine breite Schwingtür zu, wie man sie aus Restaurants kennt, und fand eine modern eingerichtete Profiküche mit Zapfanlage und Vorratsschränken. Er öffnete einen Schrank. Lebensmittelkartons und Tüten stapelten sich. Im Kühlschrank lagerten vor allem Sektflaschen. Ein Gaststättentiefkühlschrank enthielt vorbereitete Fleisch- und Gemüseportionen.

Zurück im Saal zog ein Samtvorhang Konnerts Interesse auf sich. Gut zwei Meter neben der Schwingtür verbarg er ungenügend einen Treppenaufgang. Konnert leuchtete hinein. Die Wände wurden von kleinen Nischen unterbrochen, in denen Figuren in unterschiedlichen Stellungen des Kamasutra ausgestellt wurden. An ihnen vorbei stieg er nach oben und erreichte einen schmalen Flur mit Türen auf beiden Seiten aus unterschiedlichen Hölzern und in ungleichen Designs. Er öffnete die erste. Eine Bettlandschaft nahm den größten Teil des Raumes ein. Im nächsten Zimmer eine ähnliche Einrichtung, diesmal mit einem Wasserbett. Die Möblierung der anderen Appartements entsprach wohl den Bedürfnissen von Paaren, die sich BDSM-Shows ansehen. Sie rochen nach Geruchsabsorber mit Zitronen-, Lavendel- oder Vanilleduft. Alle Räume waren leer.

Konnert stieg die Treppe hinunter und ging durch den Saal zurück zum Wohnbereich. Er wählte die Tür unter dem Rothirschgeweih und schaute in ein altdeutsches Wohnzimmer. Eichenparkett, reich verzierte Schränke und in der Mitte ein schwerer Tisch unter einem Leuchter aus Hirschgeweihen. Der Raum wirkte aufgeräumt. Hier roch es nach kaltem Rauch und muffig, wohl wegen der ausgestopften Tiere an den Wänden.

Er trat zurück in den Eingangsbereich. Eine breite Holztreppe mit schön gedrechselten Stäben unter dem Geländer führte ins Obergeschoss. Konnert stieg hinauf. Die Möbel in den lange unbenutzt aussehenden Räumen stammten wohl von Vorbewohnern der alten Gaststätte. Konnert fand hier nichts, was ihm bemerkenswert erschien.

Schließlich wollte er noch einen Blick hinter das Haus werfen. Es hatte aufgehört zu regnen. Der schwarze Teer auf dem Parkplatz für mehr als zwanzig Autos glänzte feucht. Eine gelbe Reifenspur zog sich quer über den Platz. Konnert besah die Stelle, an der die Spur begann. Jemand war mit hoher Geschwindigkeit rückwärts über die Randbegrenzung gefahren und im Sand stecken geblieben. Mit durchdrehenden Reifen musste der Fahrer den schweren Wagen zurück auf den festen Untergrund getrieben haben und weggefahren sein.

Vor mir war jemand im Forsthaus. Was hat er gesucht? Und viel wichtiger, was hat er gefunden? Faulner? Ich bin mal wieder zu spät, zu langsam. Die Fischplatte hätte nicht sein müssen. Dann wäre der Fall vielleicht schon gelöst. Hätte, wäre, könnte, das hilft auch nicht weiter.

Er sah sich die Reifenspur erneut an. Breite Reifen mit einem kräftigen Profil. Ein Geländewagen? Waren die Männer vom Autohof hier gewesen?

Frustriert machte er sich auf den Weg zurück nach Oldenburg.

Auf halber Strecke erinnerte sich Konnert, dass er Hans-Gerhard Struß anrufen wollte. Er hielt an, stieg aus und atmete die frische Nachtluft ein. Mit der Hand am Handy in der Hosentasche wurde ihm bewusst, dass sein Akku leer war.

»Merde.«

Er tröstete sich, indem er eine Pfeife ansteckte. Angelehnt ans Auto dachte er nach.

Evert passt nicht zur Viererclique. Aber vielleicht war er ihr Handlanger. Gehört die Frau aus der Pension zu den Männern vom Autohof? Sie ist der Lockvogel, getötet werden die Sadisten dann von den Männern. Ist Faulner in ihrer Gewalt? Was passt nicht? Wie lange wurden Evert und Riegelein gefoltert, bevor man sie tötete, und wo? Dass Riegelein die zweite Leiche vom Parkplatz war, stand nun für ihn fest.

Konnert fragte sich erneut, welches Bedürfnis die Täter mit ihren Morden befriedigten. Waren sie vielleicht mehr Moralisten als Rächer, die der Öffentlichkeit zeigen wollten, welche Verbrechen sich ständig im Untergrund ereigneten? Wollten sie erschüttern, eventuell sogar warnen: »So enden Gewalttäter! Benehmt euch den üblichen Normen gemäß! Sonst geht es euch an den Kragen.« Aber Moralisten, die foltern und verstümmeln? Und warum war Kretschmer nicht gefoltert und nach der Ermordung nicht depersonalisiert worden? War er nicht so schuldig wie die ersten Opfer? Und was war mit der Wasserleiche, der einzigen gefolterten und getöteten Frau in diesem Fall? Sie lag in einem Leichensack und wurde nicht wie die beiden ersten Leichen auf der Autobahn präsentiert. Dann fiel ihm der Bankangestellte im Stahlschrank und der Gekreuzigte in Sögel ein. Hatten die auch etwas mit ihrem Fall zu tun?

Ein Auto blendete auf und fuhr an ihm vorüber.

Die Fragen brachten Konnert nicht weiter. Er kannte noch zu wenige Fakten. Oder sah er die Zusammenhänge einfach nicht?

»Das Wichtigste ist jetzt, Faulner zu finden und herauszubekommen, unter welchen Umständen Brügge gestorben ist«, entschied er laut und zog noch ein paar Mal an seiner Pfeife.

\*\*\*

Es regnete nicht mehr, als Darija Unruhe im Haus bemerkte. Auf dem Flur wurde Licht gemacht und geflüstert. Dennoch konnte Darija mit dem Ohr an der Tür mitbekommen, wie Ayana kommandierte: »Ihr wisst, was ihr zu tun habt.« Dann hörte sie die Frauen die Treppe hinunterschleichen. Die Haustür wurde geöffnet und behutsam wieder geschlossen. Auf Zehenspitzen am Fenster sah sie, dass Martina und Ayana in der Scheune verschwanden.

Sie wartete. Wo war Charito? Im Haus? Im Flur? Und wo war Rizal? War jetzt der günstige Augenblick zur Flucht? Darija horchte weiter angespannt in die Dunkelheit.

Mit äußerster Vorsicht öffnete sie das Dachfenster einen Spaltbreit. Die frische Nachtluft strömte in ihr Zimmer. Draußen war es so still. Nicht einmal ein Käuzchen rief. Nur ab und zu wehte ein leichter Windhauch, und Tropfen fielen von den Bäumen. Selten fuhr ein Auto die Straße entlang.

Die Wolkendecke riss auf. Hin und wieder waren einzelne Sterne zu sehen, und wenn der halbe Mond eine Wolkenlücke erwischte, wurde der Platz vor der Scheune erleuchtet.

Minuten verstrichen. Darija pendelte zwischen Dachfenster und Bett. Die Wolkenlücken wurden größer. Sie konnte sich noch nicht entscheiden zu fliehen. Sie befürchtete, dass Charito im Hausflur Wache hielt und sie stoppen würde. Warteten die Frauen auf Leute, die ankommen sollten?

Von ganz fern näherte sich wieder ein Auto. Es fuhr nicht sehr schnell, stoppte in der Nähe der Einfahrt zum Haus. Dann bog es ein. Das Scheunentor reflektierte das Scheinwerferlicht. Ein schwerer Geländewagen wendete vor der Scheune und blieb wenige Meter neben der Haustür stehen. Die Lichter erloschen, der Motor wurde abgestellt. Im Mondlicht sah Darija zwei Männer aussteigen. Sie meinte erst, in einem den Kommissar vom Nachmittag wiederzuerkennen. Aber er war es nicht.

Einer der Ankommenden trug einen Anzug. Der andere war breitschultrig und ging voran. Als sie ins Licht der Haustürlampe traten, stockte Darija für einen Augenblick der Atem. Sie zuckte zusammen. Ihr Herz schlug von einem Moment auf den anderen rasend schnell. Schweißperlen bildeten sich auf ihrer Stirn. Sie fühlte sich betrogen, ausgeliefert, endgültig verloren.

Sie kannte die Männer. Sie kannte sie viel zu gut. Ihnen war sie verkauft worden. Unter ihrer Gewalt hatte sie gelitten. Diese beiden hatten sie für Stunden, Nächte, Tage an ihre Peiniger vermietet. Ihnen hatte sie nie wieder in ihrem Leben begegnen wollen.

Jetzt kamen sie aufs Haus zu. Zweifelsfrei würden sie ihren Besitz zurückfordern. Darija sackte nach hinten aufs Bett. Neben ihr stand die gepackte Reisetasche mit dem Geld für den Neuanfang in ihrer Heimat. Es wird bestimmt den Verbrechern in die Hände fallen. Leise begann Darija zu weinen.

Der schrille Ton der Klingel hallte durchs Haus. Nichts rührte sich. Darija schlich zurück zum Dachfenster. Sie konnte die Männer nicht mehr sehen. Wieder klingelte es und gleichzeitig wurde mit Fäusten gegen die Tür geschlagen. »Macht auf! Wir wissen, dass ihr da seid!«

Darija hörte Charitos Stimme. Sie tat so, als sei sie soeben aufgewacht. Darija konnte einen schwachen Lichtschein unter ihrer Tür wahrnehmen. Das Treppenlicht musste eingeschaltet worden sein.

Wieder wummerte einer der Männer gegen die Tür. Die Außenlampe vor der Scheune leuchtete auf. Charito sagte verschlafen: »Was ist denn?«

»Mach auf oder wir treten die Tür ein.«

Schlüsselklimpern war zu hören, obwohl die Tür nicht abgeschlossen war. »Was ist denn?«, wiederholte Charito.

»Wo ist sie? Wir wissen, dass ihr sie habt. Sie gehört uns, also gebt sie raus!«

Darija sah sich verzweifelt um. Sie konnte nirgends hin. Sie saß fest. Sollte sie aus der Tür stürmen, den Flur entlanglaufen und versuchen aus Rizals Zimmerfenster zu springen? Die Männer würden sie schnell einfangen. Es kam ihr vor, als bekäme sie keine Luft mehr. Sie riss am Ausschnitt ihres T-Shirts, obwohl er nur eben ihren Hals berührte. Ihr blieb nichts anderes übrig als zu warten und zu hoffen, dass sich irgendwie, wie durch ein Wunder, ein Fluchtweg auftun würde.

»Sie ist in Scheune. Ich hole Schlüssel.«

»Beeil dich!«

Darija konnte nicht glauben, was sie gehört hatte. Charito lenkte die Männer in die Scheune. Das konnte nur heißen … Die Frauen beschützten sie. Darijas Herz raste. Sie beobachtete die Männer, die schon ein paar Schritte in Richtung Scheune gingen und unruhig darauf warteten, dass Charito mit dem Schlüssel aus dem Haus kam. Einer schlug sich mit der Faust in die offene andere Hand. Darija spürte, wie ihr der kalte Schweiß den Rücken hinunterlief.

Dann erschien Charito auf der Bildfläche. Die Männer folgten ihr. Sie hielt das Tor auf und ließ ihnen den Vortritt.

Jetzt, jetzt ist es so weit.

Darija fasste die Reisetasche, öffnete die Zimmertür und schlich auf den Flur. Sie zuckte zusammen. Wenige Meter entfernt stand Rizal im Schlafanzug und sah sie an. »Viel Glück!«, flüsterte sie und hob ihren rechten Daumen. »Viel Glück«, wiederholte sie.

Darija nickte und sprang die Treppe hinunter. Die Haustür stand offen. Sie blickte kurz hinaus. Niemand war zu sehen. Schnell lief sie zum Geländewagen, um in seinen Schatten zu kommen. Aus Richtung der Scheune hörte sie laute Stimmen, Geschrei.

Gebückt stand sie hinter dem Wagen. Sie erhob sich, um durch die Scheiben zur Scheune zu gucken. Da war niemand. Ihre Augen blieben am Lenkrad hängen. Da baumelten die Autoschlüssel. Ihr Atem ging stoßweise. Ihre Hände zitterten, als sie vorsichtig die Beifahrertür öffnete.

Aus der Scheune war ein Knall zu hören. Ein Schuss?

Mit Schwung warf sie ihre Reisetasche in den Fußraum und zog sich in den Wagen hinein. Mit einem Ruck saß sie auf dem Fahrersitz und drehte den Zündschlüssel. Der Wagen sprang an. Sie trat aufs Gaspedal, und der Motor brüllte auf. Ein Blick zur Seite. Automatikgetriebe, schoss es ihr durch den Kopf. Aufs Geratewohl zog sie den Hebel nach hinten und gab wieder Gas. Die Räder drehten durch. Der schwere Wagen schoss nach vorn.

Ohne Licht jagte sie den Weg zur Straße entlang. Darija lenkte mit der rechten Hand und suchte mit der linken einen Schalter für das Licht. Sie fand ihn nicht. Stattdessen zog sie einfach den Hebel für den Blinker zu sich. Die Lichthupe erhellte den Weg, den Wald, die Ausfahrt.

Sie riss das Steuer nach rechts. Rutschende Reifen schleuderten die Erde vom Seitenstreifen hoch. Dann kontrollierte Darija den Wagen und trat weiter das Gaspedal bis unten durch. Der Motor heulte an der Leistungsgrenze.

***

Nach Hause oder ins Kommissariat? Bei dem Gedanken an Zuhause fiel ihm sein Sohn Elias ein. Vergessen. Er wird enttäuscht sein. Wieder einmal. Konnert wollte jetzt nicht nach Hause. Er entschied sich für das Kommissariat.

Er schaute kurz bei der Dienstbereitschaft vorbei. »Gibt's was Neues?«

»Ihr habt ja wohl Stress da oben. Bei uns ist es normal.«

»Dann weiterhin eine gute Nacht.«

»Schlaf gut, Adi!«, der Beamte kannte Konnert seit vielen Jahren.

Auf seiner Etage lag alles im Dunkeln. Die Computer waren abgestellt. Die Bildschirme sahen wie kleine schwarze Fenster aus. Die Blinklichter des Kaffeeautomaten leuchteten verführerisch. Es roch nach kalter Pizza und abgestandenem Schweiß, irgendwie muffig. Konnert öffnete ein paar Fenster. Die Mannschaft, die morgen früh zurückkam, sollte nicht von abgestandener Luft empfangen werden.

In seinem Büro hing der Geruch von kaltem Rauch. Das duftete auch nicht angenehm. Auch hier ließ er frische Luft herein.

Er griff zum Telefon und rief Hans-Gerhard Struß an. Es dauerte, bis der sich meldete.

»Hier ist Adi. Entschuldige die späte Störung.«

»Wer ist da?«

»Adi Konnert, Kriminalhauptkommissar.«

»Ja, ja. Ist was passiert?«

»Ich muss was wissen und es ist dringend.«

»Was?«

»Du hast im letzten Jahr einen Fall Brügge bearbeitet. Herzinfarkt. Weil irgendetwas nicht so ganz normal war, wurde die Kripo hinzugezogen. Venske war auf einem Lehrgang und weil nicht viel los war, hatte ich Urlaub genommen. Du hast uns vertreten. Erzähl mal.«

»Deshalb rufst du mich mitten in der Nacht an? Das hätte doch auch Zeit bis morgen gehabt.«

»Du bist Beamter, also auch in der Nacht im Dienst. Komm schon, erzähl es mir und du kannst in wenigen Minuten weiterschlafen.«

»Herzinfarkt beim Geschlechtsverkehr. Das Herz von Herrn Dr. Brügge setzte aus, als sein Vergnügen den Höhepunkt erreichen sollte.«

»Dr. Brügge im Bordell?«

»Nicht im Bordell. Auf seiner Frau.«

»Bitte noch einmal. Dr. Brügge ist an einem Herzinfarkt beim Geschlechtsverkehr mit seiner Frau gestorben?«

»Ja, so etwas kommt vor. So hat sie ausgesagt.«

»Und?«

»Was und?«

»Dafür holt man doch nicht die Polizei.«

»Gut kombiniert, Herr Kriminalhauptkommissar. Den Rettungssanitätern und dem Notarzt fielen Blutspuren am Körper des Dr. Brügge auf, die man wegzuwischen versucht hatte. Bei genauerem Hinsehen entdeckten sie auch verwischte Blutspuren in den Haaren von Frau Brügge. Deshalb benachrichtigten sie die Polizei.«

»Und?« Konnert war merkwürdig ungeduldig.

»Nichts mehr. Frau Brügge erklärte, sie habe vor Schreck Nasenbluten bekommen. Auch das kommt vor. Damit wurden die Ermittlungen von mir am nächsten Morgen abgeschlossen. Die Akte findest du im Archiv.«

»Nasenbluten?«

»Ja, Nasenbluten.«

»Wurde obduziert?«

»Ich sagte doch, die Ermittlungen wurden abgeschlossen.«

»Danke, Hans-Gerhard, und entschuldige nochmals die Störung. Es war wichtig. Gute Nacht.«

Herzinfarkt beim Geschlechtsverkehr mit seiner Frau. Konnert paffte. Rauchwolken zogen zum geöffneten Fenster. Die Witwe schien nicht mehr in Trauer zu sein, als wir sie besucht haben. Vielleicht verständlich nach über einem Jahr. Hatte sie Trost in einer Frauen-WG gefunden?

»Morgen ist auch noch ein Tag«, murmelte Konnert, kratzte seine Pfeife aus und machte sich auf den Weg nach Hause.

## DIENSTAG, 13. SEPTEMBER

Mit pochendem Herzen hielt sie den schweren Wagen an. Langsam löste sie ihre verkrampfte Hand vom Hebel der Lichthupe. Es wurde dunkel um sie herum. Sie blickte in den Rückspiegel. Die Straße glänzte schwarz im Mondlicht. Sie legte ihren Kopf auf das Lenkrad und versuchte, ihren Atem zu beruhigen.

Ein wenig später bemerkte sie aus den Augenwinkeln im Rückspiegel das Scheinwerferlicht eines Autos. Es näherte sich mit hoher Geschwindigkeit. Sie erstarrte. War man schon hinter ihr her? Im Bruchteil einer Sekunde wurde ihr bewusst, dass sie unbeleuchtet am Straßenrand parkte. Der Fahrer konnte sie gar nicht sehen. Instinktiv trat sie auf die Bremse. Das rote Licht der Bremsleuchten schimmerte auf dem nassen Asphalt. Der heranbrausende Wagen raste wild hupend an ihr vorbei.

Sie hatte keine Zeit, um sich ein wenig zu entspannen. Hektisch suchte sie den Lichtschalter und fand ihn erst, als sie die Tür öffnete und sich im Schein der Innenbeleuchtung das kleine Symbol für das Fahrlicht zeigte. Wieder legte sie sich stoßweise atmend aufs Lenkrad. Sie spürte ihr Herz, als schlüge ein Gefangener in ihr mit Fäusten gegen ihre Rippen.

Darija wusste, dass sie nach Hamburg oder Hannover fahren musste, um nach Hause zu kommen. Am Ende der Straße entdeckte sie den blauen Wegweiser in Richtung Autobahn und bog links ab.

Sie lenkte den Geländewagen zu einem Autobahnparkplatz und hielt unter einem mächtigen Baum an. Als das Geräusch des Motors verklang und die Lichter erloschen, kam es ihr so vor, als wäre der erste Teil ihrer Flucht gelungen. Sie verbarg ihr Gesicht in den Händen und Tränen liefen über ihre Wangen. Sie schmeckten salzig und irgendwie auch süß.

Nach einigen Minuten begann sie systematisch das Auto zu durchsuchen. Sie fand im Handschuhfach einen Straßenatlas, ein Handy, verschiedene Kugelschreiber, einen Kamm, einen kleinen Fotoapparat, Papiertaschentücher, eine angebrochene Tüte mit Lakritz und ein Schlüsselbund. Auf der Rückbank lag eine schwarze Tasche mit einem Laptop. Zwischen den Sitzreihen stand ein bordeauxroter, lederner Pilotenkoffer. In dessen vorderem Fach steckten ein weiteres Handy und fein gearbeitete Lederhandschuhe. Innen befanden sich zwei große braune Briefumschläge. Sie fühlten sich an, als wären sie voller Geldscheine. Sie riss die Laschen auf. Tatsächlich waren in dem einen verschiedene Euroscheine, im zweiten Dollarnoten.

Sollte ich so viel Glück haben? Wie selbstverständlich ging Darija davon aus, dass ihr das Geld zustand.

Das nächste Fach des Koffers enthielt unterschiedliche Pässe. Sie zählte neun, aus der Ukraine, Polen, Weißrussland. Alle von Frauen. Mit zitternden Händen schlug sie ein Dokument nach dem anderen auf und fand auch ihr eigenes.

Noch mehr Glück?

Darija lehnte sich zurück und betrachtete das Bild in ihrem Pass. Wie mädchenhaft ich aussah. Wie unschuldig, scheu ich lächele.

Mit einem Mal wurde ihr wehmütig ums Herz. Diese Darija war Vergangenheit. Sie trauerte ihr nach und starrte minutenlang in die Dunkelheit der Büsche und Bäume neben dem Parkplatz. In der Ferne schimmerten schwache Lichter. Hinter ihr donnerten Lastwagen auf der Autobahn vorbei.

Sie öffnete einen weiteren Pass und erkannte Natalie auf dem Foto. »Natalie, es tut mir so leid.« Mit diesen Gedanken verriegelte sie das Auto, rollte sich zur Seite, lag einige Momente mit zwiespältigen Gefühlen wach und schlief dann ein.

Darija parkte den Geländewagen in Hannover hinter dem Bahnhof. Er stand im absoluten Halteverbot und viel zu weit auf der Straße, man würde ihn nicht lange so stehen lassen. Eine blasse Vormittagssonne stand über der Zentrale der Sparkasse.

Sie leerte die Briefumschläge in ihre Reisetasche. Auf die Rückseite eines Umschlags schrieb sie mit ungelenken Großbuchstaben »Polizei in Oldenburg geben« und legte ihn mit dem Pass von Natalie auf den Pilotenkoffer. Auf die Rückseite des anderen Umschlags schrieb sie »Auto nur Polizei öffnen darf« mit drei Ausrufezeichen, jeweils vor und nach dem Text und platzierte ihn gut sichtbar hinter der Windschutzscheibe.

Sie zog die Kapuze über ihre braunen Haare, griff ihre Reisetasche und schloss die Wagentür hinter sich zu. Auf dem Weg zum Bahnhof ließ sie die Autoschlüssel in einen Gully fallen.

\*\*\*

Mit dem Mundstück seiner Pfeife zwischen den Schulterblättern zwang er den Riesen in die Knie. Als ließe er die Luft aus der Figur, schrumpfte der Koloss zusammen. Ein Zwerg drehte sich zu ihm um und lächelte ihn an. Er nahm ihn auf den Arm und wiegte mit einem Mal ein kreischendes Baby. Es bekam eine rötliche Gesichtsfarbe und dann wuchsen ihm Hörner. Es kreischte wieder, lauter, eindringlicher. Er wollte es nicht länger bei sich halten. Er streckte die Arme aus und ließ es fallen. Es schepperte, als das Baby auf die Erde fiel.

Konnert erwachte. Das Telefon klingelte. Er nahm den Hörer ab, ohne sich zu melden.

»Wehmeyer. Moin, Herr Konnert.«

»Moin.«

»Tut mir leid, dass ich Sie wecken muss. Wir haben die fünfte Leiche in acht Tagen.«

»Faulner?«

»Nein, nicht Faulner. Einer der beiden Männer, die bei Frau Evert waren und wohl identisch sind mit den Personen vom Autohof Moorburg und deren Spuren wir im Schrebergarten gefunden haben.«

»Wo?« Konnert bemühte sich, wach zu werden.

»In der Nähe von Hatten. Ein Zeitungszusteller hat die Leiche in einem Graben gefunden und die Polizei benachrichtigt. Der ausrückende Beamte konnte sich an die Fahndung von gestern erinnern und hat den Fund bei uns gemeldet. Sie fahren bitte gleich hin.«

»Ja, natürlich. Ist van Stevendaal unterwegs?«

»Davon können Sie ausgehen.« Nach einer für Konnert peinlichen Pause sagte sein Chef: »Dass Sie den Termin gestern Nachmittag versäumt haben, kann ich verstehen. Dass Sie nicht angerufen und Bescheid gesagt haben, ist absolut nicht in Ordnung.«

»Soll nicht wieder vorkommen.«

»Das will ich hoffen. Es ist dringend nötig, dass wir uns heute noch ausführlich unterhalten. Also gleich, nachdem Sie am Fundort waren, kommen Sie zu mir.«

Konnert sackte zusammen, rieb sich die Augen und schlurfte ins Bad. Wieder keine Brötchen zum Frühstück. Wieder kein aufmunterndes Wort von Zahra. Wieder mal keine Ruhe, um besinnlich in den Tag zu starten. Vor dem Spiegel schloss er die Augen. »Vater im Himmel, gib mir den langen Atem, diesen Tag zu bestehen.« Als er die Augen wieder öffnete, schaute er in sein müdes Ebenbild.

Mit beiden Händen warf er sich kaltes Wasser ins Gesicht. Als er aufblickte, schaute ihn ein müdes und jetzt nasses Ebenbild an.

Die Leiche läuft mir nicht weg. Er musste über diese Einsicht schmunzeln. Wenigstens eine ordentliche Rasur und eine richtige Dusche, beschloss er. So viel Zeit sollte schon noch sein.

Frisch geduscht mit glattem Kinn, in frischer Wäsche und neuem Hemd, machte er sich auch noch Kaffee und aß zwei Zwiebäcke mit Marmelade dazu im Stehen. Und jetzt noch eine Pfeife. Auf die Viertelstunde kommt es nun auch nicht mehr an.

Das kleine Regengebiet war durchgezogen. Hellgraue Wolken verdeckten die Sonne. Ein leichter Südwestwind fand einzelne Blätter und wirbelte sie herum. Konnert setzte sich auf seine Terrasse. Am Kompost ragten jetzt sieben Maulwurfshügel aus dem Rasen. »Bursche, ich habe dir doch gesagt, du sollst in die Wiesen verschwinden.« Meisen fütterten ihre zweite Brut im Nistkasten am Apfelbaum. Oder war es die dritte?

Konnert rauchte und schlug seine Bibel auf. Er las da weiter, wo er am Vortag aufgehört hatte. An einem fett gedruckten Vers blieben seine Gedanken hängen. »Wer Sünde tut, der ist der Sünde Knecht.« Er dachte an Frau Riegelein und ihren Wunsch, ihr Mann wäre tot. Es stimmte, was da stand. Letztlich lenkte die Verachtung für ihren Mann ihr Leben. Ihre Abhängigkeit vom Reichtum ließ sie ein verlogenes Leben führen. Er dachte an Männer und Frauen, die sich Menschen kauften, um sie zu missbrauchen. Ihr Treiben und ihre Triebe beherrschten mehr und mehr ihr Denken und Tun. Er dachte an sich und überlegte, wo und wann er selbst der Sünde gehorchte.

Im Auto sah Konnert auf die Uhr. Schon nach acht.

Gewappnet gegen neue Vorwürfe telefonierte er mit seiner Tochter. Sie reagierte zurückhaltend. Nur eine Frage beschäftigte sie, ob ihr Mann wohl bleibende Schäden durch das Delirium erlitten habe. Er versuchte, sie zu beruhigen, schließlich sei Sven doch sehr schnell im Krankenhaus gewesen, und dort habe man alles für ihn getan. Viel mehr beschäftigte ihn selbst die Frage, welche Folgen der langjährige Alkoholmissbrauch bei Sven verursacht haben könnte. Aber das sagte er ihr nicht.

Seinen Sohn erreichte er nicht. Mit der Schwiegertochter mochte er noch nicht telefonieren. Aber er hatte es versucht und konnte sich nun seinen Fällen widmen.

Zuerst fragte er bei Kilian nach: »Sind deine Beamten schon da?«

»Ja, Chef, zwei neue sind für die gekommen, die gestern abgebrochen haben.«

»Hast du von der fünften Leiche gehört? Bei Hatten wurde einer der Männer vom Autohof tot aufgefunden.«

Er hörte heftiges Fluchen im Hintergrund und gleich darauf, dass der Hörer hart auf die Tischplatte geknallt wurde. Dann war die Leitung unterbrochen. Er wählte Babsis Handynummer. Es dauerte, bis sie sich meldete.

»Babsi?«

»Ja.«

»Was ist denn bei euch los?« Er wartete eine Antwort nicht ab. »Es gibt eine neue Leiche. Lass dir bitte von der Bereitschaft den Fundort beschreiben und fahr hin. Wir treffen uns da.«

»Was meinst du eigentlich, wo ich bin?« Er hörte Babsi schlucken. »Mit nassen Füßen, ich bin mitten in den versumpften Graben getreten, stehe ich am Waldrand und besehe mir einen eingeschlagenen Schädel.«

»Entschuldigung. Ich komme.« Beschämt legte er auf.

»Baseballschläger, Bleirohr oder irgendetwas anderes Schweres, Rundes. Nur ein Schlag. Die Schädeldecke ist eingebrochen. Knochensplitter sind in das Gehirn eingedrungen. Was dann letztlich zum Tod geführt hat, klärt die Obduktion.« Van Stevendaal hockte neben der Leiche und stützte seine Hände auf den Knien ab. »Das Opfer wurde von hinten getroffen, und wenn ich es richtig einschätze, ist der Angreifer so um die einsfünfundsiebzig, einsachtzig groß und kräftig. Er hat von oben zugeschlagen.« Van Stevendaal stand behäbig auf und zeigte, was er meinte. Mit beiden Händen hieb er durch die Luft.

Bei Konnert stellten sich Bilder von Witzen ein, in denen die Frau mit dem Nudelholz hinter der Tür steht und auf ihren betrunkenen Ehemann wartet. Hatte der Täter hinter einem Baum, einer Tür seinem Opfer aufgelauert und ohne Vorwarnung zugeschlagen?

»Hier ist der Fundort. Die Leiche wurde mit einem Auto transportiert und dann hier abgelegt. Meine Mitarbeiter gießen gerade verschiedene Schuhabdrücke und das Reifenprofil am Straßenrand aus. Die Schuhgrößen passen eher zu Frauen.« Van Stevendaal zeigte hinüber zu zwei Männern, die Gips anrührten.

»Was ich als Kriminaltechniker noch sagen kann: Ich schätze den Todeszeitpunkt auf heute Nacht. Die Leichenstarre ist ausgebildet. Die Leiche selbst ist trocken. Unter ihr ist es nass. Also: Tatort ist ein Gebäude. Abgelegt wurde die Leiche, nachdem es aufgehört hatte zu regnen.«

»Der Regen hat hier gegen dreiundzwanzig Uhr aufgehört, hab ich mir vom Wetterdienst sagen lassen.« Babsi sah Konnert prüfend an. »Alles in Ordnung?«

»Ich denke schon. Und du?«

»Ein bisschen wenig Schlaf.« Um Babsis Augen legten sich Lachfältchen.

Konnert ging nicht weiter darauf ein und fragte den Grafen: »Kommt der Staatsanwalt noch?«

»War schon hier. Du bist der Letzte, der hier auftaucht. Entschuldige, du bist der Vorletzte, die Leute vom Bestattungsinstitut kommen ja auch noch.«

»Hast du den Termin für die Obduktion?«

»Nein.«

»Wann bist du wieder in deinem Labor?«

»Versuch es um zehn Uhr, und wenn du nicht kannst, ruf wenigstens an.«

»Ich versuche es.« Konnert ließ offen, was er versuchen würde.

***

Martina reichte Charito und ihrer Tochter ihre Hände über den Tisch und schloss die Augen.

»Herr unser Gott, Rächer der Unterdrückten, Freund der Gerechten. Wir danken dir, dass es gelungen ist, den Angriff der Feinde abzuwehren. Du gabst uns Mut und Kraft und hast das Werk gelingen lassen. Wir bitten dich, vergib uns unsere Unbeholfenheit, die dazu führte, dass ein Feind fliehen konnte. Suche und vernichte ihn. Wir bitten dich, vergib uns, dass unser Gast uns heimlich verlassen hat. Wir haben unsere Schwester wohl nicht genug geliebt. Behüte sie auf ihren Wegen. Wir bitten dich für unsere Schwester Ayana. Heile sie und stelle sie wieder vollständig her. Wir loben und preisen deine Allmacht, die den Guten segnet und den Frevler vernichtet. Amen.«

Die Frauen setzten sich. Charito stellte ein leichtes Frühstück für Ayana zusammen. Martina trug es hinaus. Mutter und Tochter aßen schweigend.

*** 

Im Kommissariat spürten die Beamten den Druck, zu weiterführenden Ergebnissen und endlich zum Erfolg zu kommen. Wenn Konnert durch den Raum ging, meinte er ihre ungeduldigen Blicke auf seinem Nacken zu spüren. Sie erwarten von mir den genialen Einfall, der die verschiedenen Spuren, Fakten, Erhebungen und Auswertungen zu einem Ganzen zusammensetzt. Sie erwarten von mir ein Wunder, befürchtete er und flüchtete sich in sein Büro.

Venske saß vorgebeugt vor seinem Bildschirm. Konnert konnte ihn durch die geöffnete Tür schwer atmen hören, hin und wieder auch fluchen. Ihm selbst war ebenfalls zum Fluchen zumute. Dürfen Christen fluchen? Fluchte Gott nicht auch manchmal? Er verscheuchte diese Fragen. Anderes war jetzt wichtiger.

Wo steckt Faulner? Und was stimmt nicht mit dem Tod von Dr. Brügge? Auf merkwürdige Weise setzte sich der Gedanke in ihm fest, dass er bei Frau Brügge die Antworten auf seine Fragen bekommen würde. Und was bedeutete es, dass die neue männliche Leiche nur wenige Kilometer von Brügges Haus abgelegt worden war? Wer hatte den Mann erschlagen? Frau Brügge? Die Asiatin? Ihre Tochter doch wohl nicht.

Er rief zu Venske rüber: »Hör auf zu fluchen und komm mit!«

Sie kamen nicht weit. Kilian stellte sich ihnen in den Weg und zeigte stumm auf einen Bildschirm. In der rechten Bildhälfte lag eine nackte Frau in einer Wasserlache auf ihren Armen. Seile, um beide Knöchel gebunden, hielten die Beine gespreizt in der Luft. Ihre nassen Haare fächerten sich um ihren Kopf, wie Strahlen einer dunklen Sonne. Mit einem bunten Tuch, dessen Enden hinter ihrem Kopf hervorragten, waren ihre Augen verbunden worden. Ein losgerissenes schwarzes Klebeband klebte noch mit einem Zipfel an ihrer Wange. Vom Hals abwärts, an ihren Brüsten vorbei, verliefen blutige Einschnitte, die sich an ihrem Bauchnabel trafen und sich in Schlangenlinien bis zu ihrer Scham fortsetzten. Auch an ihren Schenkeln schlängelten sich die Schnitte fort. Blut war aus den Wunden gequollen und geronnen. Im Hintergrund hockte eine weitere nackte Frau und balancierte ein Tablett auf ausgestreckten Armen, auf dem verschiedene Gerätschaften lagen.

Kilian ließ den Film weiterlaufen. »Mach endlich die Kamera aus!«, schrie eine Stimme. Ein Mann lief durch das Bild. Im Hintergrund warf die Frau im Aufstehen das Tablett zur Seite. Dann verschwand das Bild.

Venske kommandierte: »Zeig uns das noch mal!«

Kilian suchte die Einstellung und fuhr zu weit zurück. Ein Mann mit einer Teufelsmaske tätschelte der am Boden liegenden Frau die Wangen. »Komm schon! Mach die Augen auf, verdammt! Du sollst die Augen aufmachen!« Die Schläge ins Gesicht wurden heftiger.

Dann kam ein anderer Mann dazu und schüttete der Frau Wasser ins Gesicht. »Verdammt, die ist hinüber. Verdammt, verdammt, verdammt!« Der Mann mit der Maske zog sich diese vom Gesicht und schlug mit ihr wieder und wieder auf den Boden.

»Das ist Faulner!«, entfuhr es Venske. »Kilian, geh mal an den Anfang.«

»Ich will das nicht noch einmal sehen.« Kilian stand auf und ging raus. Venske nahm seinen Platz ein. Seine Finger bedienten geschickt die Maus. Auf dem Bildschirm tauchte immer heller werdend ein großer Raum auf. »Das ist ein Raum in Faulners Forsthaus. Ich war gestern Nacht da«, erläuterte Konnert.

Die Kameraeinstellung blieb. In der Mitte des Raumes, auf einem Podium, stand eine Frau. Sie war nackt bis auf ein breites Lederhalsband mit eingearbeitetem schwerem Metallring. Ihr Blick war auf den Boden gerichtet. Ihr braunes Haar fiel ihr über die Schultern und verdeckte den größten Teil ihres Gesichts. Sie trug auf ausgestreckten Armen ein mit rotem Tuch abgedecktes Tablett.

Als Nächstes trat mit bedächtigem Schritt ein fetter Mann im Ledertanga aufs Podium, den vor dem Bildschirm alle sofort als den Apotheker erkannten. »Knie dich vor mich hin! Guck nach vorn!«

Die Frau gehorchte.

»Stopp mal!« Konnert beugte sich vor. »Ist das nicht die Frau aus der Pension? Kannst du mal das Gesicht heranzoomen?«

»Ne, das geht mit unserer Software nicht. Das muss der Graf in seinem Labor machen.«

»Später, lass weiterlaufen.«

»Wetten, dass gleich Riegelein auf der Bildfläche erscheint?« Konnert war nicht zum Wetten zumute. Tatsächlich trat Riegelein auf und stellte sich neben Kretschmer. Danach kam der Mann mit der Teufelsmaske ins Bild, der schon als Azrael Faulner identifiziert worden war. Nebeneinander standen sie da und sahen erwartungsvoll in die Kamera.

Dann erschien ein kräftiger Mann in schwarzer Lederhose. In der Hand hielt er eine geflochtene Lederleine. An ihr zog er eine Frau ins Bild, die nur widerwillig folgte. Sie war mit einem seidenen Umhang bekleidet, der golden glänzte. Ihre blonden Haare hoben sich darauf kaum ab. Breite, lederne Fußfesseln, verbunden mit einer glänzenden Kette, behinderten ihre Schritte. Er zerrte sie aufs Podium.

Der Mann trat hinter sie und ließ den Umhang langsam von ihren Schultern gleiten. Unbekleidet stand die schlanke Frau unbeweglich da. Trotzig erhob sie ihren Kopf. Fesseln hielten ihre Arme auf dem Rücken zusammen. Kretschmer, Riegelein und Faulner applaudierten und klatschten sich gegenseitig ab.

»Ist gut, Evert, du kannst in die Küche gehen. Wenn wir dich brauchen, rufen wir dich.«

»Evert!«

»Halt mal an!«

Der Film blieb stehen. Im Hintergrund standen die drei Männer, deren Gesichter Vorfreude ausstrahlten. Davor die kniende Frau mit dem Tablett. Seitlich davon der Rücken der anderen Frau, gefesselt an Händen und Füßen. Und am linken Bildrand noch der größte Teil von dem Mann, den sie Evert genannt hatten, im Weggehen.

Kilian kam zurück. Er roch nach Zigarettenrauch.

»Wie geht es weiter, Kilian?«

»Sie bringen sie um. Sie schneiden ihr die Haut auf. Sie halten ihr Mund und Nase zu, diese Schweine, lassen sie zappeln und dann darf sie wieder Luft holen und dann drücken sie ihr wieder die Luft ab. Immer wieder so. Am Ende ist sie tot. Erwürgt. Erstickt. Erdrosselt. Was weiß ich. Ist doch auch scheißegal. Am Ende ist sie tot. Tot!«

Konnert ging zu ihm und legte ihm die Hand auf die Schulter.

»Ist gut, Junge. Ist ja gut!«

»Nichts ist gut!« Tränen traten in seine Augen, die er sich wütend mit beiden Handrücken gleichzeitig wegwischte. »Nichts ist gut«, flüsterte er und setzte sich auf einen freien Stuhl.

***

Hans-Gerhard Struß rief an. »Durchs Haus läuft das Gerücht, ihr habt die Morde vom Autobahnparkplatz gelöst. Was ist da dran?«

»Nichts, Hans-Gerhard.« Konnert wunderte sich trotz seines späten Anrufs am gestrigen Abend – oder war es schon Nacht gewesen? – keinen knurrigen Kollegen am Apparat zu haben. »Wer bringt solche Gerüchte in Umlauf? Wir wissen jetzt nur, was drei der Getöteten miteinander verbunden hat. Wer sie umgebracht hat, wissen wir immer noch nicht.«

»Hätte mich auch gewundert.«

Konnert schickte Venske mit der DVD zum Grafen. »Bestell ihm einen schönen Gruß von mir. Ich muss erst zu Wehmeyer und komme dann später.«

Er beobachtete Babsi. Sie saß vorgebeugt an ihrem Schreibtisch und telefonierte ausführlich mit den niederländischen Kollegen. Konnert nahm sich vor, alle, die an diesem Fall mitgearbeitet hatten, zum Grillen in seinen Garten einzuladen. Mit Partnern? Man würde sehen. Wenn sie erst mal den Fall gelöst hätten.

Wo steckt bloß Faulner?, schoss es ihm erneut durch den Kopf. Lebt er noch und versteckt sich irgendwo? Macht er sich vielleicht mit der Frau aus der Pension schöne Tage oder liegt am Strand in der Dominikanischen Republik? Oder ist er schon tot?

Evert hatten sie unter die Reifen eines Sattelzuges gelegt. Riegelein – warum dauert das mit dem DNA-Abgleich so lange? – hing unter einem Lkw. Fahrer und Spediteur zerstörten sie unter Lastwagen. Was machen sie mit einem Bestatter? Lassen sie Faulner in einem Leichensack verschwinden? Nein, sie wollen Öffentlichkeit. Deshalb die Information an Alois Weis. In der Zeitung soll zu lesen sein, was mit Menschenschändern passiert. Sie wollen nicht nur Rache. Sie wollen abschrecken, den Zeigefinger erheben, warnen und die Bevölkerung aufrütteln. Wir haben es mit Weltverbesserern zu tun. Was machen mordende Utopisten mit einem Bestatter?

Warum aber hatten sie den Apotheker erstochen? Vergiften oder mit Medikamenten vollstopfen bis zum Kollaps und dann von Säure zerfressen lassen, hätte doch viel näher gelegen. Konnert erschrak über seine Fantasie und war gleichzeitig darüber erstaunt, wie er sich in die Situation anderer hineinversetzen konnte.

Er kam trotzdem nicht darauf, was sie möglicherweise mit Azrael Faulner angestellt hatten. Wo und wie und in welchem Zustand würden sie ihn finden? Hatte er nicht viel zu oberflächlich im Forsthaus gesucht?

Und dann war da noch der zweite Mann vom Autohof. Sein Kollege war erschlagen worden. Wo versteckte der andere sich? Oder war er auch tot? Verwundet? Waren die Phantombilder an die Presse gegeben worden? Hatte Wehmeyer das veranlasst oder hätte er selbst das anordnen müssen? Oder Babsi?

Er raffte ein paar Papiere zusammen, um nicht mit leeren Händen dazustehen, und machte sich auf den Weg zum Obersten. Viel lieber wäre er hinausgefahren, um Frau Brügge erneut zu befragen. Aber noch einmal die Anweisung seines Vorgesetzten zu missachten, wollte er nicht riskieren. So stieg er schleppend Stufe für Stufe ins obere Stockwerk hinauf. Im Vorzimmer räumte die

Sekretärin gerade Teegeschirr ab und war auf dem Weg in einen kleinen angrenzenden Küchenraum.

»Herr Wehmeyer ist nicht da. Er kommt in einer Stunde zurück. Kann ich ihm etwas ausrichten, Herr Konnert?« Sie lächelte ihn kurz an und trippelte weiter in die Küche.

Konnert folgte ihr. »Sie können ihm sagen, dass ich hier war und jetzt wieder gehe, um Frau Brügge zu befragen und weiter nach Azrael Faulner zu suchen.«

»Ist das alles?«, fragte sie über die Schulter hinweg und räumte ihr Tablett ab.

Konnert überlegte, ob er etwas zu sagen vergessen hatte. »Ja, das wäre es fürs Erste.«

»Gibt es wirklich keine Ergebnisse, die ich dem Kriminaloberrat übermitteln könnte?«

Konnert spürte Missmut in sich aufsteigen. Was bildete sich die Frau ein, ihn wie einen dummen Jungen auszufragen. Aber er hatte gelernt, sich zu beherrschen und sich nicht vom Ärger antreiben zu lassen. Er ging über ihre Frage hinweg. »Sie könnten dem Kriminaloberrat noch einen schönen Gruß von mir bestellen und ihm sagen, dass ich mich wieder bei ihm melde, wenn ich zurück bin.«

Es gab Zeiten, in denen Konnert seine Fälle im Alleingang zu lösen versucht hatte. Seine Mitarbeiter fühlten sich damals wie Hilfstruppen, die erledigen mussten, wozu er nicht kam oder was ihm lästig war. Sie kreisten um ihn herum wie Satelliten, die ihre Beobachtungen und Ergebnisse übermittelten. Nicht, dass er den Erfolg für sich allein genießen wollte. Er war nur davon überzeugt, dass seine Alleingänge effektiver seien als Absprachen zur Arbeitsteilung und anschließende Sitzungen, um die einzelnen Ergebnisse zusammenzutragen. Seine Vorgesetzten hatten manches Gespräch mit ihm geführt, bis sie ihn von den Vorteilen echter Teamarbeit überzeugt hatten.

Nur manchmal, nur noch selten, verfiel er wieder in die alten Verhaltensmuster. Auch an diesem Vormittag wäre er liebend gern allein hinaus zu Frau Brügge gefahren. Es war auch mehr väterliche Fürsorge als innere Überzeugung, die ihn entscheiden ließ, Kilian mitzunehmen. Der räumte gerade mit anderen Mitarbeitern die DVDs und Kassetten in Umzugskartons. »Kilian, lass die anderen den Krempel für das LKA fertig verpacken. Komm, gehen wir in mein Büro.«

Als Kilian blass, mit Rändern unter den Augen, zu ihm kam, entschied er sich anders. »Wir gehen nach draußen.« Er sammelte Tabak und Pfeifen vom Schreibtisch ein, und wie Vater und Sohn verließen sie gemeinsam die Etage. Kilian wollte gleich ins Auto einsteigen, aber Konnert hielt ihn am Ärmel fest. »Wir müssen erst noch absprechen, wie wir vorgehen.« Er strebte der Straße zu und bog rechts ab in Richtung Friedhof.

Rauchend saßen sie nebeneinander. »Kilian, als wir das letzte Mal bei Frau Brügge waren, habe ich mich zu schnell mit ihren Antworten zufriedengegeben. Ich bin in der Zwischenzeit davon überzeugt, dass Frau Brügge viel mehr weiß, als sie uns eingestanden hat. Sie kann uns die Hinweise geben, die wir zur Überführung der Täter brauchen. Das spüre ich. Ich stelle mir sogar vor, dass wir von ihr Anhaltspunkte bekommen können, wie wir Azrael Faulner finden. Sie wird uns aber keine klaren Auskünfte geben. Du kennst das Spielchen good Cop/ bad Cop. Dafür ist sie zu clever. Sie wird uns schnell durchschauen. Wir spielen ein anderes Theaterstück: naive Bullen.«

Kilian sah seinen Chef fragend an. Von der Verhörmethode hatte er noch nichts gehört.

»Du fragst ihr einfach Löcher in den Bauch. Wie lange sie schon da lebt? Wer die Ideen für den Umbau hatte. Ob sie ihren Mann geliebt hat? Wie ihr Mann gestorben ist und ob sie weiß, warum? Ob der Rettungswagen rechtzeitig gekommen ist und so weiter. Lass dir Details schildern, frag sie nach ihrer Meinung, ihren Zielen, ihrem Vermögen, ihren Freunden. Alles querbeet. Wenn es ein Stichwort gibt, zu dem du eine Geschichte erzählen kannst, erzähl sie. Lächle. Tu einfach so, als seist du ein bisschen begriffsstutzig, ein bisschen dumm, ein bisschen durcheinander und lass dich nicht aus der Ruhe bringen. Wir tun so, als hätten wir viel Zeit. Mit deinen naiven Fragen wirst du sie nerven, provozieren, herausfordern.«

»Und du hörst einfach nur zu?«

»Nein, mein Part ist es, Zwischenfragen zu stellen, die sie noch mehr verwirren und aufbringen sollen. Wunder dich nicht, wenn meine Fragen nichts mit dem zu tun haben, was du gerade gefragt hast. Es ist die Taktik, dass sie blitzschnell auf einen ganz anderen Zusammenhang umschalten muss. Wir wollen sie durcheinanderbringen. Merk dir ihre Antworten gut. Achte besonders auf das, was sie nicht sagt.«

In Kilians Gesicht konnte man sein Erstaunen lesen.

»Irgendwann begreift sie, dass wir gar nicht blöd sind. Mal sehen, wann sie nach einem Rechtsanwalt ruft.«

Kilian steckte sich eine zweite Zigarette an. Konnert stopfte seinen Tabak nach und bekam ein Feuerzeug gereicht. Sie saßen in der Friedhofsruhe still beieinander, als gäbe es nichts Wichtigeres zu tun, als Tabakwolken in die Luft zu blasen.

Charito öffnete ihnen. »Sie?«

»Dürfen wir hereinkommen? Wir hätten noch einige Fragen an Frau Brügge.«

»Ja, ja, kommen.« Sie vergaß, ihnen die Wohnzimmertür zu öffnen, und hastete die Treppe hinauf. Konnert und Kilian blieben im Flur. Leckerer Duft verbreitete sich aus der Küche. Gleichzeitig blickten sie durch den Türspalt und sahen Einbauschränke mit hellen Eichenfronten. Auf dem Herd standen Töpfe und Pfannen.

Martina Brügge schritt die Stufen hinunter und ließ die linke Hand über das Geländer gleiten. Konnert übersetzte sich ihr Verhalten: Sie demonstriert Gelassenheit, muss aber doch Halt suchen.

»Guten Morgen, die Herren von der Polizei.«

»Guten Morgen, Frau Brügge. Entschuldigen Sie bitte die Störung.«

»Frau Antalan sagte mir, Sie hätten zusätzliche Fragen an mich. Gehen wir doch ins Wohnzimmer.«

Konnert nahm an, dass Frau Antalan die Frau sein musste, die ihnen die Tür geöffnet hatte.

»Kann ich Ihnen einen Kaffee oder Tee anbieten?«

Kilian nickte, und Konnert sagte: »Ja gern. Kaffee wäre passend.«

Charito stand in der Tür, als warte sie nur auf diesen Auftrag. Mit netten Worten über den Regen in der Nacht und die schwache Sonne am Morgen, über den herrlichen Ausblick bis in die Wiesen und die geschmackvolle Einrichtung verging die Zeit, bis der Kaffee serviert wurde. Konnert spürte die unterschwellige Verunsicherung der Frau, die ihm gegenüber im Sessel ihre Knie aneinanderdrückte und abwechselnd ihn und Kilian anlächelte.

Konnert behielt seine Tasse in der Hand. »Frau Brügge, wir sind immer noch dabei, das soziale Umfeld der Autobahn-Opfer zu erforschen. Es waren Freunde Ihres Mannes. Sie kannten sie. Bitte helfen Sie uns.«

Kilian stellte seine erste Frage: »Frau Brügge, wer wohnt noch mit Ihnen in diesem Haus?«

»Was hat die Frage mit den Morden zu tun?«

»Ach, entschuldigen Sie meine Neugierde. Es macht Ihnen doch sicher keine Probleme, das zu beantworten.«

»Frau Antalan und ihre Tochter.«

»Sonst niemand?«

»Nein.«

»Ist Frau Antalan Ihre Haushälterin?«

»Ja, sie hilft mir im Haushalt. Es ist ein großes Haus. Es gibt viel zu tun. Bisweilen besuchen mich auch Freunde und Verwandte für ein paar Tage.«

»Darf ich fragen, wie alt Sie sind?«

»Im Juni bin ich dreiundvierzig Jahre alt geworden.«

»Wie alt ist die Tochter von Frau Antalan?«

Frau Brügge sah zur Tür. »Elf.«

»Wo geht sie zur Schule?«

»Wir haben sie noch nicht angemeldet. Wir meinen, sie sollte erst noch besser Deutsch lernen, bevor sie zur Schule geht. Wir unterrichten sie hier. Sie ist ein kluges Mädchen. Auf den Philippinen ist sie schon fünf Jahre zur Schule gegangen. Danach hat ihr Vater sie selbst unterrichtet. Er ist Lehrer.«

»Ist Ihr Mann vermögend gewesen, als Sie ihn geheiratet haben?«, fragte Konnert dazwischen.

»Was hat das mit Frau Antalan und ihrer Tochter zu tun?«

»Wollen Sie die Frage nicht beantworten? Ist sie Ihnen peinlich?«

»Ja, er war vermögend.«

»Wie lange arbeitet Frau Antalan schon für Sie?«, schob nun wieder Kilian ein. Er legte seine Stirn in Falten.

»Sie ist im Frühjahr ins Haus, in unser Haus, in mein Haus gekommen.«

»Beschäftigen Sie noch andere Personen? Vielleicht für den Garten?«

»Nein, wir schaffen schon alles zu zweit.«

»Haben Sie Frau Antalan eingestellt, weil Sie die Arbeit in Haus und Garten nach dem Tod Ihres Mannes nicht mehr allein geschafft haben?«

»Ja, so war es. Erst habe ich versucht, alles allein zu erledigen, aber es war einfach zu viel. Um auch Frau Antalan in ihrer Notlage zu helfen, habe ich ihr angeboten, sie könnte sich bei mir nützlich machen. Sie ist mir eine große Hilfe.«

»Ihr Haus liegt ziemlich abseits. Haben Sie einmal überlegt, wieder in die Stadt zu ziehen?« Das war wieder Konnert, der sich wunderte, wie ausführlich Frau Brügge auf die Fragen einging und ihre Antworten auch noch begründete.

»Nein, wir ... ich fühle mich hier sehr wohl. Darf ich Ihnen Kaffee nachschenken?«

»Ja, gern.« Kilian hielt ihr seine Tasse mit Untertasse entgegen. Er wusste, was sich gehörte. »Ihr Mann ist in diesem Haus gestorben. Was meinen Sie, hätte er eine Überlebenschance gehabt, wenn Sie direkt in Oldenburg gewohnt hätten?«

»Mein Mann ist nicht in diesem Haus gestorben. Er ist auf der Intensivstation des Klinikums gestorben. Seine Kollegen haben sich alle Mühe gegeben, sein Leben zu retten. Nein, er hätte keine größere Überlebenschance gehabt, hätten wir in Oldenburg gewohnt.«

»Macht es Ihnen etwas aus, wenn Sie uns noch einmal schildern, was in der Nacht vor einem Jahr passiert ist?«

»Es macht mir etwas aus. Ich möchte nicht noch einmal darüber sprechen. Die Angelegenheit ist für mich abgeschlossen. Verstehen Sie das bitte.«

Es entstand eine Pause.

Konnert sah aus dem Fenster. Kilian trank seinen Kaffee. Frau Brügge veränderte erneut ihre Sitzposition. Ihre Tasse stand unberührt auf dem Tisch.

***

Gespannt sah Bernd Venske einem Spezialisten der Graf-Mannschaft über die Schulter. Auf dem Bildschirm erschien die Szene aus dem Forsthaus. Ganz schnell hatte er es geschafft, die Bilder so zu vergrößern, dass die Gesichter der Frauen einwandfrei zu erkennen waren. Die kniende Frau mit dem Tablett war eindeutig die Frau aus der Pension. Also keine Mittäterin, stellte Venske in Gedanken fest, sondern ein Opfer. Wo hielt sie sich jetzt auf?

Dann hatte van Stevendaals Mitarbeiter das Gesicht der getöteten Frau herangezoomt. »Das ist die Tote vom Hunte-Wehr«, entfuhr es Venske. »Fantastisch!«

»Das nennst du fantastisch? Bist du auch pervers?«

»Ich meine doch nicht den Mord. Konnert hat vorausgesagt, dass die Frau im Leichensack etwas mit den anderen Fällen zu tun hat, an denen wir arbeiten. Woher weiß der so etwas? Ist das Berufserfahrung oder Intuition oder kann er doch hellsehen?«

»Dazu kann ich nichts sagen. Ich halte mich an das, was technisch möglich und wissenschaftlich nachprüfbar ist.«

»Ich meine ja auch nur.«

»War es das, was du von uns bearbeitet haben wolltest?«

»Ja, danke.«

In seinem Büro saß Venske minutenlang mit einer Hand vor dem Mund da und dachte über seinen Vorgesetzten nach. Er wurde nicht schlau aus ihm. Einerseits hielt er ihn für einen frommen Spinner. Andererseits faszinierte ihn Konnert immer wieder wegen seiner Intuitionen, seiner originellen Methoden und der Gelassenheit, mit der an die Fälle heranging und sie löste.

Er schüttelte sich, als sei es ihm kalt geworden, und griff dann zum Telefon, um Kriminaloberrat Wehmeyer zu unterrichten.

Für Konnert wird es reichen, wenn ich ihm eine Nachricht auf den Schreibtisch lege, entschied er und diktierte sein Protokoll.

***

Martina Brügge wurde ungeduldig. »Warum fragen Sie das alles? Ich will jetzt wissen, was das mit Ihren Mordermittlungen zu tun hat?«

Kilian ließ sich nicht beirren. »War Ihre Ehe das, was man eine glückliche Ehe nennt?«

»Nun hören Sie mal mit diesen Fragen nach Dingen auf, die Sie nichts, aber auch gar nichts angehen.«

»Entschuldigen Sie bitte. Ich wollte Sie nicht in Verlegenheit bringen.« Kilian senkte den Blick.

»Ist Ihr Mann über Singapur auf die Philippinen gereist oder über die USA?«, fragte Konnert.

»Mein Mann ist nie auf den Philippinen gewesen.«

»Sind Sie sich da sicher?«

»Da bin ich mir sicher. Wir sind immer zusammen in den Urlaub gefahren. Niemals auf die Philippinen. Wir sind in Afrika gewesen und in Australien, aber niemals auf den Philippinen.«

»Waren Sie einmal in Thailand?«

»Nein.«

»Vielleicht Ihr Mann, einmal ohne Sie?«

»Auch nicht.«

Plötzlich so kurz angebunden, merkte Konnert, und Kilian machte weiter. »Welchen Beruf haben Sie.«

»Ich bin Krankenschwester mit der Zusatzausbildung zur Pflegekraft im Operationsdienst. Und bevor Sie neugierig danach fragen, sage ich es Ihnen gleich: Im OP habe ich auch meinen Mann kennengelernt.«

Jetzt griff Konnert wieder ein: »Sagt Ihnen der Name Azrael Faulner etwas?«

»Ja, er ist Inhaber des größten Beerdigungsinstituts in Oldenburg und Umgebung.«

»Kennen Sie Azrael Faulner persönlich?«

»Ja, er war ein Freund meines Mannes. Wir sind uns bei offiziellen Anlässen begegnet und ab und zu auch bei kleinen Festlichkeiten hier bei uns oder bei ihm.«

»Frau Brügge«, Kilian schlug einen ernsten Ton an, »hat Frau Antalan eine Arbeitserlaubnis?«

»Ich bezahle sie nicht. Sie kann hier wohnen und sie hilft mir. Das ist alles.«

»Eben haben Sie gesagt, dass Sie Frau Antalan eingestellt haben, als Ihnen die Arbeit in dem großen Haus hier zu viel wurde.«

»Einstellen war das Wort, das Sie benutzt haben. Ich habe davon gesprochen, dass ich sie um Hilfe bat. Frau Antalan ist keine Angestellte von mir.« Sie sprach das mit einer hohl klingenden Stimme aus. Ein ungeduldiger Schatten huschte über ihr Gesicht. Ihre Augenbrauen zogen sich einen kurzen Moment zusammen.

Kilian überlegte, ob er sich die Aufenthaltsgenehmigung zeigen lassen sollte. Stattdessen fragte er aber: »Frau Brügge, sind Sie noch in irgendeiner Weise in Ihrem Beruf tätig?«

»Ich frage Sie noch einmal: Was hat es mit Ihren Ermittlungen zu tun, womit ich mich beschäftige?«

Kilian sah sie direkt an. »Das müssen Sie schon uns überlassen, wie wir Ihre Informationen einordnen und bewerten.«

»Schluss jetzt!« Frau Brügge wollte sich erheben.

Die Beamten blieben sitzen und Konnert sagte ruhig: »Frau Brügge, wir suchen Azrael Faulner. Wir würden ihn gern zu verschiedenen Ereignissen befragen. Er ist nicht im Büro und nicht zu Hause. Können Sie uns helfen und uns sagen, wo er sich aufhalten könnte.«

Frau Brügge setzte sich aufrecht in ihren Sessel. »Meinen Sie, Herr Faulner meldet sich bei mir ab und sagt mir, wohin er geht und wann er zurückkommt?«

»Nein, das meine ich nicht. Aber Sie kennen ihn und es könnte doch sein, dass Sie wissen, wohin er sich zurückzieht, wenn er einmal ausspannen möchte.«

»Ich weiß es nicht.«

»Wir haben gehört, er habe eine Jagdhütte oder etwas Ähnliches. Ist er öfters mal zur Jagd gegangen?«

»Ich weiß es nicht.« Zwischen ihren Augenbrauen vertiefte sich die steile Falte. Sonst blieb ihr Gesicht ausdruckslos.

Konnert staunte über die Beherrschung, mit der Frau Brügge das Spielchen selbst dann noch weiter über sich ergehen ließ, wenn sie sichtlich verärgert war. Sie blieb kooperativ, wurde aber zunehmend unwilliger. Das nährte sein Misstrauen.

Obwohl sie keine Aussagen gemacht hatte, die ihnen unmittelbar weiterhalfen, hielt er die Befragung doch für erfolgreich. Auch was sie nicht gesagt hatte, war eine Information. Abrupt beendete er das Gespräch: »Vielen Dank, Frau Brügge, für den Kaffee und Ihre Bereitschaft, unsere Fragen zu beantworten. Sie haben uns sehr geholfen. Es würde mir gefallen, wenn Sie noch die Zeit hätten, uns Ihr schönes Anwesen zu zeigen. Wann hat unsereins schon mal die Gelegenheit, einen Bauernhof zu sehen, der mit so viel Liebe und Geschmack umgebaut worden ist.«

Sie hatte ihn ausreden lassen. Wies die Bitte dann aber schroff ab. »Ich muss mir von Ihnen nicht noch mehr in meine Privatsphäre gucken lassen. Wenn Sie einen Durchsuchungsbeschluss vorweisen können, steht Ihnen das Haus offen. Nein, ich werde meine Zeit nicht damit verschwenden, noch weiter Ihre Neugier zu befriedigen.«

Konnert machte ein neutrales Gesicht, verbeugte sich leicht und forderte Kilian auf: »Dann gehen wir jetzt.«

Sie stiegen in den grauen Passat, wendeten und fuhren ab. »Halt mal da vorne rechts an«, kommandierte Konnert. Der Wagen kam an einem Waldweg zum Stehen. Konnert marschierte sofort am Straßenrand zurück, Kilian folgte ihm. Sie sprangen über den Straßengraben, pirschten sich zwischen den Bäumen an und suchten eine Position, von der aus sie das Brüggesche Anwesen beobachteten.

»Wusste ich es doch«, raunte Konnert Kilian zu, »da kommt etwas in Bewegung.«

Vor dem Eingang parkte ein Multivan mit laufendem Motor und geöffneter Seitentür. »Der könnte bei Kretschmer gestanden haben«, vermutete Kilian.

Konnert nickte. »Schon möglich.«

Ein paar Sekunden vergingen, dann führten Frau Brügge und Frau Antalan eine Farbige vorsichtig zum Seiteneinstieg. Über ihren Schultern lag ein weißer Bademantel. Der Gürtel hielt, nur locker um ihre Hüften geschlungen, den Stoff zusammen. Sie verzog ihr Gesicht bei jedem Schritt und quälte sich in den Van.

Kilian notierte sich das Nummernschild und wollte sein Handy zum Ohr führen. Doch Konnert legte seine Hand darauf. »Später!«

Frau Brügge setzte sich hinters Steuer und fuhr den Wagen im Schneckentempo an der Scheune vorbei.

Mehr war von diesem Standort aus nicht zu sehen.

»Warte!«, flüsterte Konnert, als Kilian loseilen wollte, und schlug vorsichtig nach einer Mücke, erwischte sie aber nicht.

Aufgeregt trat Kilian von einem Bein aufs andere.

»Musst du pinkeln? Reiß dich zusammen! Steh still!« Wieder versuchte Konnert, eine Mücke in seinem Nacken zu treffen.

Nach einer Weile kam Frau Brügge zu Fuß hinter der Scheune hervor und ging ins Haus.

Die beiden Kommissare hielten noch einige Minuten aus. Dann wurden die Mücken Konnert zu lästig und sie schlichen zurück.

Als Kilian den Passat zurück auf die Straße lenkte, sah Konnert auf den Tacho. »Merk dir den Kilometerstand!« Sie fuhren eine Weile, als Konnert feststellte: »Irgendwo hier haben wir heute Morgen die Leiche gefunden. Am Ende der Straße nach links und dann etwas langsamer.«

Rund vierhundert Meter hinter der Kurve sahen sie den niedergedrückten Bewuchs am Randstreifen, auf dem die Einsatzfahrzeuge geparkt hatten. »Wie weit?«

»Sieben Komma acht Kilometer, vom Waldweg aus.«

»Die Leiche einer der beiden Männer vom Autohof wird nur knapp acht Kilometer vom Haus der Brügges abgelegt. Was meinst du, Kilian, ist das ein Zufall?«

Er wartete nicht auf eine Antwort.

»Fahr ein Stück weiter und halte irgendwo an, wo du pinkeln kannst, ich werde mir inzwischen die Beine vertreten.«

Während Kilian Ausschau nach einer Parkmöglichkeit hielt, telefonierte Konnert mit Dr. Görner und beantragte einen Durchsuchungsbeschluss für das Anwesen von Martina Brügge. Seine Argumente schienen den Staatsanwalt zu überzeugen, er sagte ihm zu, sich beim Ermittlungsrichter dafür einzusetzen.

Danach rief Konnert van Stevendaal an, kündigte schon mal die Durchsuchung an und fragte nach, was seine Techniker noch aus der DVD herausgeholt hatten. Er bekam die Antwort, das würde ihm bestimmt Venske gern selbst berichten wollen.

Kilian schlug sich in die Büsche und Konnert stopfte sich eine Pfeife, ging neben dem feuchten Gras des Randstreifens auf und ab und rauchte.

»Also, was konnten wir zwischen den Zeilen lesen?«

»Frau Brügge sagt uns nichts über die Umstände beim Ableben ihres Gatten. Vielmehr hat sie versucht, davon abzulenken.« Kilian lief nun neben Konnert her.

»Überleg mal! Struß sagt, es habe Blutspuren an Brügges Körper gegeben und auch in den Haaren von ihr. Nimm mal an, es war kein Nasenbluten, sondern …?« Kilian zuckte mit den Achseln.

»Überleg! Bezieh andere Faktoren dieses Falles mit ein!«

Erneutes Schulterzucken.

»Wir stochern im Sadomasoumfeld herum. Riegelein zum Beispiel wollte seine Frau mit in diese Kreise ziehen. Immer noch keine Idee?«

»Im Gegensatz zur Spediteursgemahlin hat Frau Brügge mitgemacht und war die Sklavin ihres Mannes? Das ist ihr peinlich. Darum redet sie drum herum.«

»Könnte sein. Könnte sogar gut sein, wenn ich mir seine Freunde ansehe.«

»Und sie haben es so wild getrieben, dass er dabei einen Herzinfarkt bekam.«

»Dann ginge es uns nichts an, und die Entscheidung vom Kollegen Struß, die Ermittlungen einzustellen, wäre in Ordnung.«

Konnert drehte um und schlenderte zum Auto.

»Was wäre beispielsweise, wenn Herr Brügge seine Frau nur noch als Sklavin benutzt hat und nicht mehr als geliebte Ehefrau?

Frau Brügge verging die Lust, die Sklavin ihres Mannes zu sein, plus ein paar andere Eheschwierigkeiten, und sie hat ein bisschen nachgeholfen, sein Blut nicht in Wallung, sondern gerinnen zu lassen?«

»Chef, das ist jetzt aber sehr spekulativ.«

Konnert blieb stehen. »Sie ist Krankenschwester und hatte doch wohl Zugang zum Medikamentenschrank ihres Mannes.« Er blies dicke Rauchwolken in die Luft und sah hinter ihnen her, wie sie sich im leichten Wind verflüchtigten.

»Ist jetzt auch nicht so wichtig. Wichtig ist, dass wir Frau Brügge zum Handeln zwingen konnten. Sie hat uns eine Mitbewohnerin verschwiegen und versteckt sie vor uns. Wichtig ist, was mit der Frau im Van ist, die wir nicht sehen sollen, und wichtig ist, dass wir Faulner finden.«

Mit großen Schritten strebte er zum Passat. Über das Autodach hinweg wies er Kilian an: »Ich will wissen, wer die angeschlagene Frau im Van ist. Fahr zurück bis zu der Stelle, wo wir gestanden haben.«

Im Auto rief Konnert Venske an, der ihm aufgeregt mitteilte: »Die Wasserleiche ist mit an Sicherheit grenzender Wahrscheinlichkeit die Frau von der DVD. Und die Frau im Hintergrund könnte tatsächlich die Verschwundene aus der Pension sein. Und bei euch?«

»Ein Antrag auf Durchsuchung des Brüggeschen Anwesens läuft schon. Ruf Dr. Görner an und bitte ihn, auch noch einen Durchsuchungsbeschluss für das Forsthaus von Faulner zu erwirken. Wenn die Beschlüsse vorliegen, rufst du mich an.«

Kilian lenkte den Passat in den Waldweg und rutschte mit einem Vorderrad in ein Schlammloch. Konnert stützte sich mit beiden Händen am Handschuhfach ab und stieß dabei das Handy aus der Halterung.

»Was ist bei euch los?«, hörte er vom Fahrzeugboden. Er rief: »Alles in Ordnung. Mir ist das Handy aus der Hand gefallen.« Er hob es auf und fragte: »Gibt es noch etwas?«

»Ja, Babsi hat von den Holländern Nachricht.«

»Von den Niederländern«, flüsterte Kilian.

»Die Holländer haben die Handynummer aus Kretschmers Telefonbuch überprüft. Sie ist in den Niederlanden auf einen Weißrussen Eduard Bukashkin eingetragen, gemeldet in Groningen. Das Handy ist tot. Sie versuchen, ihn in Groningen zu erreichen.«

»Wo ist Babsi jetzt?«

»Zum Mittagessen.«

Konnert sah auf die Uhr im Armaturenbrett. Mittag. »Grüß sie, wenn sie zurückkommt. Ende.«

Kilian stieg aus und achtete darauf, sich die Schuhe nicht schmutzig zu machen. Er schüttelte sich eine Zigarette aus der Packung. Konnert stellte sich neben ihn und erklärte: »Wir schlagen einen Bogen durch den Wald und nähern uns dem Haus von der Rückseite. Vielleicht haben wir Glück, der Van steht hinter der Scheune und wir können nachsehen, wer in ihm liegt.«

Sie zogen los. Je weiter sie kamen, desto schmaler wurde der Weg. An manchen Stellen wuchsen schon kleine Birken zwischen den Fahrspuren. Die Gräben links und rechts standen voll Wasser, in die kleine Frösche hineinsprangen, wenn die Beamten vorbeistapften. Mücken summten um Konnerts Kopf. Warum quälen sie nur mich und meiden Kilian? Hat er eine bessere Seife als ich oder schlechteren Mundgeruch?

Als sie den Wald verließen, stießen sie auf einen Stacheldrahtzaun, der eine Weide abtrennte. Zwischen Waldrand und Zaun schlichen sie in Richtung Haus und Scheune. Dann lag die Lichtung mit den Gebäuden vor ihnen. Nirgends ein Van. Auf der vom Haus abgewandten Seite der Scheune gab es einen Fahrweg zwischen den Bäumen. Stand der Van dort? Wie konnten sie dahin gelangen, ohne gesehen zu werden?

Konnert blickte vor sich ins Gras. Soll ich wie ein Soldat hinüberrobben und mir meine Cordhose versauen? Mit einem Seitenblick auf Kilians helle Leinenkombination entschied er, dessen feine Kleidung zu schonen. Stattdessen liefen sie so tief gebückt wie möglich hinter dem Jägerzaun entlang und erreichten hechelnd die Rückwand der Scheune. Die Arme auf die Knie gestützt, drückten sie sich an die roten Ziegel. Viel sportlicher als ich ist mein junger Kollege auch nicht, stellte Konnert erleichtert fest.

Gleichzeitig richteten sie sich auf und lugten um die Ecke. Sie entdeckten niemanden. Konnert versuchte, durch ein Fenster in die Scheune zu schauen. Die von innen geschwärzten Scheiben irritierten ihn. Er zeigte mit dem Finger darauf und schlich vorwärts. Hinter einem weiteren Fenster entdeckte er einen BMW und landwirtschaftliche Geräte. Er winkte Kilian heran.

»Der BMW, der bei Kretschmer um die Ecke geparkt hat«, flüsterte Kilian.

Konnert nickte erst und zuckte dann mit den Schultern. Er zeigte auf den Waldweg und beide huschten gebückt hinüber. Nach ein paar Metern blieb Konnert stehen, überlegte kurz und fragte: »Hast du eine Waffe dabei?«

Kilian schüttelte den Kopf. »Du denn?«

»Mir wird das für uns allein zu gefährlich. Wir brauchen Verstärkung.« Doch schon einen Augenblick später sagte er: »Erst einmal suchen wir den Van.« Er schlich voraus. Als er hörte, wie Kilian sich eine Zigarette aus der Packung schütteln wollte, raunte er: »Lass das! Kannst später rauchen.«

Vorsichtig, zwischendurch auch nach hinten absichernd, setzten sie einen Fuß vor den anderen. Hin und wieder hob Konnert die Hand und blieb stehen. Sie lauschten. In der Ferne tuckerte ein Traktor. Ein Specht klopfte einen trockenen Ast ab. Mücken summten. Sonst war es still. Sie schlichen weiter, um nach wenigen Augenblicken erneut zu horchen. Konnert wedelte ständig mit den Händen, um die lästigen Insekten zu verscheuchen.

Sein Telefon klingelte. Seine Hand fuhr in die Hosentasche, die Finger suchten eine Taste, um es auszuschalten. Es klingelte weiter. Er fummelte es heraus und schaltete es ab. »Stell deins auch aus, als Nächstes rufen sie dich an.«

Dann sahen sie hinter einem Holzstoß den toffeebraunen Van stehen. Geduckt erreichten sie ihn. Sie hockten sich am Heck nieder. Wieder horchten sie in den Wald, dann mit dem Ohr am Blech des Wagens. Ein leises Stöhnen war zu hören. Vorsichtig richteten sie sich auf.

Auf der Rückbank lag die dunkelhäutige Frau mit angezogenen Beinen und einem Kissen unter dem Kopf. Ihre Augen hielt sie geschlossen. Ihre rechte Hand krampfte sich hin und wieder zur Faust, löste sich, um sich gleich wieder zittrig zu schließen. Sie atmete stoßweise.

Konnert beobachtete ihre Augenlider. Sie flatterten. Er fasste den Türgriff. Es knackte, als er die Tür langsam aufzog. Die Frau bewegte sich nicht. Er öffnete die Tür. Wärme strömte ihm entgegen und ein leichter Krankenhausgeruch.

»Hallo.«

Sie rührte sich nicht.

»Hören Sie!«

Sie reagierte nicht.

Konnert stieg in den Van und berührte die Frau vorsichtig oberhalb der Hüfte. Sie zuckte nur etwas. Er beugte sich über sie und hob ihr sacht ein Augenlid an. Keine Reaktion.

»Sie scheint betäubt zu sein«, meinte Konnert.

Mit zwei Fingern lüftete er den Bademantel ein wenig und sah einen Blutfleck auf dem Verbandszeug in Höhe des Bauchnabels. Stichverletzung? Schussverletzung? Rufe ich jetzt den Rettungswagen, scheuche ich die Bewohner vom Haus auf. Lasse ich sie hier ohne ärztliche Versorgung, ist das eine unterlassene Hilfeleistung, denn offensichtlich ist die Frau verletzt und hilflos.

Er wägte ab.

»Kilian, ruf Dr. Görner an und frag ihn, ob der Durchsuchungsbeschluss für das Haus der Brügge durch ist. Wenn ja, bitte ihn, einen Streifenwagen mit dem Beschluss hierherzuschicken – besser sind zwei Streifenwagenbesatzungen – aber die letzten Kilometer ohne Sirene! Dann rufst du einen Rettungswagen und den Notarzt an. Auch die letzten Kilometer ohne Sirene.«

Kilian öffnete sein Handy.

»Warte! Noch etwas. Lauf du zurück zum Wagen und fahr ihn vor die Abzweigung zum Haus. Ruf von dort aus an. Warte da auf die Kollegen. Dann nehmt ihr in der Nähe des Hauses Stellung und behaltet die Türen im Auge und wartet auf meine Anweisungen. Geh hier direkt durch den Wald zur Straße.«

»Willst du allein hier bleiben?«

»Ja. Ist schon in Ordnung. Nun mach schon!«

Konnert schloss die Tür vom Van und suchte abseits vom Holz-stoß eine Position, von der aus er den Weg einsehen konnte. Sein Magen knurrte. Er stopfte sich eine Pfeife, rauchte und wartete. Es ist wieder so weit, mein Körper verlangt nach Nikotin. Süchtig, stellte er fest und fühlte sich unwohl. Er spürte die Wirkung des Nikotins bis in die Fußspitzen und lehnte sich zurück.

\*\*\*

Martina saß mit Charito in der Sofaecke. Sie rauchten und tranken Kaffee. Nur Musik hatten sie sich nicht angestellt.

»Ich erwarte jeden Moment den Kommissar mit einem Durch-suchungsbeschluss zurück. Er kommt garantiert. Und dann wer-den wir ihn nicht wieder so einfach los. Dreimal lässt er sich nicht abwimmeln.«

Charito hörte zu, ohne etwas zu erwidern.

»Ayana müsste zu einer Ärztin, die zu unserer Schwestern-schaft gehört. Sie kann nicht in ein Krankenhaus, sie hat keine Aufenthaltsgenehmigung. Aber sie muss dringend operiert wer-den. Die Kugel muss raus, bevor es eine Infektion gibt.«

Charito nickte.

»Ist das Zimmer von Darija gereinigt, die Wäsche gewaschen, sind ihre persönlichen Sachen vernichtet?«

Charito nickte.

»Und wie sieht es in Ayanas Zimmer aus?«

»Noch nicht fertig. Bald. Waschmaschine voll.«

Martina zündete sich an der Glut ihrer Zigarette eine neue an und drückte die Kippe in einen vollen Aschenbecher.

»Rizal sagen, Zaun bewegt sich.«

»Der Zaun kann sich nicht bewegen. Meinst du beim Zaun?«

»Ja, bei Zaun bewegt sich. Helle Menschen.«

»Dann sind die Kommissare schon zurück. Sie sind durch den Wald gekommen. Ich muss zu Ayana.«

»Ich nicht mitgehe. Ich bei Rizal.«

»Gut. Schließ hinter mir das Haus ab. Lass niemanden herein.«

Martina lief aus dem Wohnzimmer, hastete die Treppe hinauf,

holte aus einer Schublade eine Pistole und verstaute die Waffe in einer bereitstehenden Reisetasche. Sie wechselte die Schuhe und griff sich einen dunkelblauen Anorak und die Tasche. Zwei Stufen auf einmal nehmend, hetzte sie die Treppe hinunter, aus dem Haus und den Weg zum Van entlang.

***

Konnert hörte Laufschritte. Er blieb sitzen, kratzte ruhig die Pfeife aus und verstaute sie in der Jackentasche.

Ein wenig außer Atem erschien Frau Brügge auf der Lichtung und lief, ohne sich umzuschauen, auf den Multivan zu. Sie öffnete die Tür und warf einen Blick auf die Verletzte. Konnert beobachte, wie sie nach vorn auf den Fahrersitz stieg, und hörte den Motor anspringen. Er stand auf und trat auf den Weg. Als der Van auf ihn zukam, hob er die Hand. Indem sich die Vorderräder in den Weg drückten, stoppte der Wagen. Der Motor blieb abgewürgt stehen. Konnert sah in die aufgerissenen Augen von Frau Brügge. Ihr Mund verzerrte sich. Ihr Schrei war für Konnert schwach zu hören. Geschmeidig verschwand sie im rückwärtigen Teil des Vans und tauchte nicht wieder auf.

Konnert wartete ab. Als sich nichts weiter ereignete, ging er leicht gebückt auf den Wagen zu und kauerte sich vor die Seitentür, um sich dann vorsichtig aufzurichten und durch das Fester zu schauen.

Frau Brügge kniete über der Verletzten auf dem Wagenboden und versuchte, sie wieder auf den Rücksitz zu heben. Sie lag schlaff, mit schmerzverzerrtem Gesicht, in ihren Armen, die Augen geschlossen.

Konnert öffnete die Tür: »Warten Sie, ich helfe Ihnen.«

»Bleiben Sie, wo Sie sind!«

Konnert hielt inne. »Lassen Sie mich doch helfen. Sie tun Ihrer Freundin doch nur noch mehr weh, wenn Sie es allein versuchen.«

»Bleiben Sie, wo Sie sind!«

Konnert hob einen Fuß, um in den Wagen zu steigen. Da ließ Frau Brügge die Betäubte auf den Boden gleiten und griff in ihre

Reisetasche. Konnert stemmte sich hoch und sah plötzlich in die Mündung einer Pistole.

»Frau Brügge, lassen Sie das. Das bringt doch nichts.«

Sie ergriff auch mit der zweiten Hand die Pistole und richtete sie weiter auf Konnert.

»Ihre Freundin braucht Hilfe. Sie muss schleunigst in ein Krankenhaus. Ein Krankenwagen plus Notarzt ist angefordert.«

Sie zog sich in die Ecke hinter dem Fahrersitz zurück, hielt die Pistole krampfhaft auf Konnert gerichtet und kommandierte: »Heben Sie sie auf und legen Sie sie auf die Sitzbank. Machen Sie schon!«

Konnert stieg ein und schob seine rechte Hand behutsam unter den Rücken der Verletzten und in die Kniebeugen und hob sie achtsam an. Sie war leichter als erwartet. Ihr Kopf fiel in den Nacken. Sie stöhnte leise. Er empfand Mitleid und überraschend auch Zärtlichkeit für die Frau, als er sie auf den Armen trug. Seine Zuneigung verstärkte sich noch, als er sie sanft auf die Rückbank bettete und den Bademantel über dem Wundverband zusammenlegte. Frisches Blut glänzte durch die Mullbinde. Er kniete vor ihr.

»Und nun machen Sie, dass Sie wegkommen.«

Konnert drehte sich um. »Frau Brügge, nun seien Sie doch vernünftig. Wenn Sie hier wegfahren, rutscht Ihre Freundin beim nächsten Stoppen wieder von der Bank. Setzen Sie sich hierher und halten Sie sie fest. Ich kann Sie fahren.«

Sie sah zur Verletzten. Ein wenig sank die Pistole. Mit einem forschenden Blick sah sie Konnert in die Augen. Der legte den Kopf leicht schief, schob seine Lippen etwas vor und nickte ihr aufmunternd zu.

»Ich schieße, wenn Sie nicht tun, was ich Ihnen sage. Ist Ihnen das klar? Fahren Sie!«

Konnert kam auf die Beine und krabbelte auf den Fahrersitz. Der Lauf der Pistole folgte ihm. Er hielt seine rechte Hand nach hinten. »Ich brauche die Autoschlüssel.«

»Bleiben Sie sitzen, oder ich schieße.« Frau Brügge richtete sich halb auf und legte die Schlüssel in Konnerts Hand. Er startete und fuhr bedächtig den Waldweg entlang am Haus vorbei.

An der Einmündung zur Straße stand der Passat quer. Kilian stand daneben und rauchte. Konnert hupte, hielt an und ließ das Fenster herunter. »Kilian, keine Verfolgung und sonst alles wie abgesprochen.«

»Aber ...«

»Kein Aber. Fahr den Wagen weg und alles so wie abgesprochen.«

Während Kilian zum Wagen ging, fragte Frau Brügge: »Was ist abgesprochen? Reden Sie!«

»Mein Kollege wartet hier, bis er von mir neue Anweisungen bekommt.«

»Ist das alles? Ich warne Sie! Lügen Sie mich nicht an.«

»Das haben wir abgesprochen.«

Sie drückte ihren Rücken wieder gegen die Sitzbank und legte eine Hand auf den Kopf ihrer Freundin, mit der anderen hielt sie die Pistole. Es wurde immer schwieriger für sie, die Pistole auf Konnert gerichtet zu halten.

Als die Streifenwagen ihnen entgegenkamen, legte Konnert einen Finger über seine Lippen. Sie sah weder die Polizeifahrzeuge noch Konnerts Handbewegung. Ihre Augen ruhten bang auf der Verletzten.

\*\*\*

Charito saß auf dem Bett ihrer Tochter und hielt sie im Arm. Leise sprach sie mit ihr in ihrer Heimatsprache. »Wir fahren nach Hause. Bald, mein Liebling. Die Polizisten sind weg. Bald kommt Martina zurück. Sie wird uns helfen, ein Schiff zu finden, das uns nach Hause bringt. Vielleicht sogar ein Flugzeug. Alles wird wieder gut. Glaub mir!«

Die Worte machten ihr selbst mehr Mut als ihrer Tochter, die ihren Kopf still an sie drückte. Sie streichelte zärtlich über die schwarzen Haare ihres Mädchens und seufzte erneut.

Stunden konnten sie so beieinandersitzen. Unermüdlich strich sie dann über die streng nach hinten gekämmten Haare ihres Kindes, als könne sie damit die bösen Erinnerungen aus Rizals Kopf verjagen.

»Mama, wartet Papa auf uns?«

»Aber ja doch. Natürlich wartet er auf uns. Und auf dich wartet er besonders.«

»Wir haben doch kein Haus mehr. Wo wartet er denn auf uns?«

»Er wohnt jetzt bei seinem Bruder. Dein Onkel hat uns viel Geld geliehen, damit ich dich suchen und finden konnte.«

»Wenn wir wieder zu Hause sind, wohnen wir dann auch bei ihm?«

»Das weiß ich nicht. Wir werden schon etwas für uns drei finden.«

Charito seufzte und drückte ihre Tochter noch fester an sich.

»Mama, der Mann, der mich mitgenommen hat, hat gesagt, er tötet dich und Papa, wenn ich weglaufe. Uns beiden kann bei Martina nichts passieren. Und wenn der Mann Papa findet?«

»Papa passt gut auf sich auf.«

»Aber der Mann ist schlau und böse. Männer sind böse. Nur Papa nicht.«

»Und der Bruder von Papa nicht und meine Brüder sind nicht böse, und Monsieur Clabot in Belgien hat mir geholfen, dich zu finden. Nicht alle Männer sind böse. Bestimmt nicht. Glaube mir.«

Rizal schloss ihre Augen, und Charito spürte den Ruck in ihrem kleinen Körper, als sie sich versteifte und angespannt in ihren Armen lag. Sie streichelte die Wange ihres Kindes, bis es sich entspannte und die Augen wieder aufschlug.

»Komm, wir gehen in die Küche, und ich mache dir einen Kakao.«

\*\*\*

In einem Telefongespräch sollte Kilian Kriminaloberrat Wehmeyer über die Ereignisse der letzten Stunde unterrichten. »Wie schätzen Sie die Gefahrenlage ein?«

»Es ist wahrscheinlich nur eine Philippinerin und deren elfjährige Tochter im Haus und eventuell noch eine Frau. Sie stellen keine Bedrohung für uns dar.«

»Sind Sie sicher?«

War er sich sicher? Er wusste es nicht. Dennoch sagte er: »Ja, Herr Kriminaloberrat, ich bin mir da sicher.«

»Dann betreten Sie jetzt mit den Streifenbeamten das Haus und nehmen die Personen in Gewahrsam. Nach der Durchsuchung erwarte ich einen weiteren Bericht von Ihnen.«

Kilian wusste nicht, wie er sich nun verhalten sollte. Er antwortete ausweichend: »Ich melde mich dann wieder.« Tun, was Konnert sagt, oder der Anweisung vom Kriminaloberrat folgen? Eigentlich … aber Konnert kannte die Umstände besser als Wehmeyer. Sollte die Erziehung meiner Eltern zur Eigenverantwortung vergeblich gewesen sein? Erwachsen sein bedeutet, Entscheidungen zu treffen und dafür die Verantwortung zu übernehmen. Andererseits … Kilian fühlte sich unbehaglich. Er zog eine Zigarette aus der Packung und inhalierte tief. Auf der anderen Straßenseite tanzten Mücken vor der grünen Kulisse des Waldes. Von links näherten sich die Streifenwagen. Er musste langsam mal zu einem Entschluss kommen.

Ein Polizeiobermeister wuchtete sich aus der Fahrertür vom ersten Wagen heraus. »Thülen. Ich soll hier das Anwesen durchsuchen und zwei Frauen festnehmen.« Eine junge Polizistin versteckte geschickt ihren Pferdeschwanz unter der Dienstmütze, während sie über das Dach des Wagens lugte. Sie sah sich aufmerksam um. Mit einer Hand auf ihrem Pistolenhalfter blieb sie neben der Motorhaube geduckt stehen. Kilian nahm noch einen tiefen Zug, trat die Zigarette aus und schubste sie mit der Schuhspitze zu den anderen in den Seitenstreifen. Der Fahrer vom anderen Wagen, ein sportlicher Typ mit Schnauzbart, kam auf Kilian zu und stellte sich vor. »Eilers. Was gibt's«?

»Kilian mein Name.« Niemand antwortete ihm. »Die Lage ist folgende: Im Haus befinden sich wahrscheinlich zwei Frauen und ein etwa elfjähriges Mädchen. Ob sich Personen in der Scheune aufhalten, ist unklar. Wir verteilen uns um die Gebäude und beobachten die Ausgänge. Sollte es zu einem Fluchtversuch kommen, ist die Person festzunehmen. Soweit alles klar?«

»Wie ich schon sagte«, schaltete Thülen sich ein, »lautet unsere Anweisung, die sich im Haus aufhaltenden Personen festzunehmen. Dazu werden wir unverzüglich das Haus und die Scheune durchsuchen. Hier ist der Durchsuchungsbeschluss.« Er überreichte Kilian das Schreiben.

»Ich führe hier die Ermittlungen. Ich habe das Kommando.«

»Sieh einmal her, Kollege.« Er zeigte mit dem Finger auf die drei Sterne seiner Schulterklappe. »Polizeiobermeister!« Er betonte Obermeister. »Alles klar?«

Kilian knöpfte sein Jackett zu. »Ihre Sterne interessieren hier überhaupt nicht. Entscheidend ist, ich kenne die Lage. Gibt es genügend Handfunkgeräte in den Fahrzeugen?«

Thülen antwortete nicht.

Kilian verstand das als Verneinung. Er beugte sich zu Eilers vor, »Kollege, wende deinen Wagen, damit wir notfalls in beide Richtungen abfahrbereit sind.«

Eilers sah rüber zum Polizeiobermeister, der war damit beschäftigt seine Mütze zu richten. Schulterzuckend bestieg er den Wagen und wendete.

Sie gingen, Thülen missmutig als Letzter, den Weg entlang zum Haus. Bevor Kilian die Kollegen einweisen konnte, verschwand der Polizeiobermeister schon hinter der Scheune. Er selbst hockte sich mit der jungen Kollegin hinter einen Holunderstrauch und beobachtete die Haustür. Er musste Ruhe bewahren. Er hatte schon wieder Verlangen nach einer Zigarette, griff nervös in die Jackentasche und holte die Packung heraus. Sie war leer. Er knüllte die Schachtel in der Faust zusammen und warf sie hinter sich ins hohe Gras.

»Umweltverschmutzer«, flüsterte die junge Polizistin.

\*\*\*

Babsi blätterte die Hinweise aus der Bevölkerung durch. In den linken Ablagekorb stapelte sie Beobachtungen, die ihr irrelevant vorkamen. Vor sich legte sie die beiden DIN-A4-Blätter mit interessanten Meldungen. Eine Frau wollte beobachtet haben, dass sich ein Mann Tomaten, Radieschen und eine Packung Milch aus einem bäuerlichen Verkaufsstand an der Landstraße nach Wildeshausen genommen hatte, ohne zu bezahlen. Er habe ein Bein nachgezogen und sei ganz sicher der Mann, dessen Phantombild sie in der Zeitung gesehen habe. Die andere Mitteilung stammte von einem Kurierfahrer. Er habe gegen zehn Uhr einen Tramper von der Autobahnauffahrt Großenkneten mitgenommen. Ausgestiegen sei er auf dem Parkplatz hinter dem Emstunnel. Er könnte der Mann gewesen sein, der im Radio beschrieben worden sei. Auf dem Meldebogen war eine Handynummer notiert.

Entschlossen drückte Babsis Daumen die Nummer in die Tasten.

»Ja?«

»Barbara Deepe, Kriminalpolizei Oldenburg. Ich habe noch eine Frage zu Ihrer Mitteilung. Haben Sie gesehen, ob der Anhalter ein Bein nachgezogen hat?« Sie hörte Fahrgeräusche.

»Kann schon sein. Augenblick.« Reifen quietschten. »Idiot! Nicht Sie. Fährt fünfundneunzig, setzt einfach den Blinker raus und meint noch eben einen Lkw überholen zu müssen. Holländer, natürlich. Wo waren wir stehen geblieben. Sagt man doch so, oder? Auch wenn ich gerade auf der Autobahn hundertsechzig fahre. Was wollten Sie wissen? Richtig. Hinkebein, ja, kann sein. Reimt sich.«

»Das wär's schon. Gute Fahrt!«

Babsi wählte die Kollegen in den Niederlanden an. In fließendem Englisch fragte sie nach Ergebnissen und bekam Antworten in einem Gemisch aus Englisch, Niederländisch und Deutsch. Beamte hätten in Groningen in der Wohnung, die als Adresse zu der in Kretschmers Adressbuch gefundenen Handynummer gehörte, eine Frau angetroffen, die dort vor mehr als drei Monaten eingezogen sei. In der Wohnungsverwaltung habe sich niemand an eine persönliche Begegnung mit dem Vormieter erinnern können. Vom Grenzübergang der A 7 gebe es auch keine positive Meldung. Die Phantombilder würden auch im Regionalfernsehen gezeigt. Es tue ihnen leid, keine erfreulicheren Ergebnisse mitteilen zu können.

Babsi gab die Beobachtungen des Kurierfahrers weiter, vielleicht deuteten sie darauf hin, dass der Gesuchte in die Niederlande wollte, und wünschte den Kollegen Erfolg.

Regionalfernsehen. Warum denken wir nicht an so etwas? Sie rief nacheinander oeins, regiotv, heimatLIVE und verschiedene andere lokale Fernsehsender an und verabredete mit den Redaktionen die Ausstrahlung der Fahndungsbilder, ließ sich gleich dazu befragen. Der Journalist von heimatLIVE sagte zu, ein Kamerateam vorbeizuschicken. Sie steckte sich ihren Bleistift in den Mund und begann, darauf herumzukauen.

Babsi stand auf und hielt an der gegenüberliegenden Wand auf der Karte ihren Daumen neben das rote Fähnchen an der Fundstelle der Leiche vom Morgen und schlug mit dem Zeigefinger einen Bogen zur Straße nach Wildeshausen. Zehn Kilometer, ungefähr. Von da bis zur Auffahrt Großenkneten noch einmal an die zehn Kilometer. Eine ganz schöne Leistung für einen Fußgänger, der ein Bein nachzieht.

Sie machte einen Schritt nach links und sah sich auf der Karte die Position vom Parkplatz hinter dem Emstunnel an. Natürlich, wer nach Holland will, steigt da besser aus, wenn der Kurierfahrer ins Ruhrgebiet weiterfahren muss. Dass aber bislang keine Hinweise bei den niederländischen Kollegen eingegangen waren, verunsicherte Babsi.

Zwischen ihren Augenbrauen bildete sich eine steile Falte. Und wenn er gar nicht nach Holland wollte? Sie beugte sich vor und las die Namen der Dörfer in der Nähe des Parkplatzes: Bingum, Jemgum, Mitlum, Critzum, Hatzum. Und genügend verstreut liegende Bauernhöfe und von Holländern betriebene Ferienhaussiedlungen und Ferienwohnungen gab es da auch.

Wieder an ihrem Schreibtisch, betrachtete sie versonnen ihren Verlobungsring und wollte eben, nur ganz kurz, ihren Verlobten anrufen, als das Telefon klingelte. Struß war dran.

»Bei mir ist eine Anzeige eingegangen. Autodiebstahl. Lammersweg. Ein Mercedes E220, elfenbeinfarben, älteres Modell. Der Tatort liegt nur wenige Kilometer vom Fundort eurer Leiche von heute Morgen entfernt. Ihr sucht doch noch den zweiten Mann. Könnte das zusammenpassen?«

Babsi atmete tief ein und aus.

»Geht es dir nicht gut?«

»Alles in Ordnung. Ich komme zu dir runter.«

Sie legte auf, griff sich mit beiden Händen in die Haare, um die Arme dann in die Luft zu werfen.

***

»Wo fahren Sie denn hin?«

Konnert sah hartnäckig geradeaus.

»Sie sollen in Richtung Bremen fahren. Meine Freundin braucht ärztliche Hilfe.«

»Darum fahre ich ja auch zum Klinikum in Oldenburg.«

»Sind Sie verrückt? Halten Sie an! Drehen Sie um!«

»Dann wäre ich tatsächlich verrückt. Wir sind auf der Autobahn.«

Frau Brügge reckte ihren Hals, um hinaussehen zu können.

»Fahren Sie runter! Nächste Ausfahrt. Oder ich schieße.«

»Dann wären Sie verrückt. Aber ich fahre runter.«

Frau Brügge sackte in sich zusammen, straffte sich dann aber sofort wieder und drückte sich gegen die Hüfte der Verwundeten, als Konnert von der Autobahn abfuhr und vor einer Ampel abbremste.

Die Ampel schaltete um auf Grün, und Konnert fuhr nach links.

»Zurück auf die Autobahn, oder ich schieße.«

»Hören Sie auf mit den dauernden Drohungen. Ihre Freundin kommt ins Klinikum. Und damit basta.«

Im Rückspiegel sah Konnert, wie Frau Brügge versuchte, aufzustehen. Er tippte kurz die Bremse an, sie ging in die Knie. Hinter ihnen hupte ein erschrockener Lieferwagenfahrer.

Die Pistole wieder in beiden Händen beteuerte sie: »Sie unterschätzen mich, Herr Kommissar. Sie gehen davon aus, dass ich doch nicht schießen werde. Da irren Sie sich gewaltig.«

»So, tue ich das?« Konnert gab Gas, und sie musste sich wieder mit einer Hand abstützen.

»Wenden Sie! Sofort!«

Konnert bog nach links ab in die Auffahrt zur Unfallchirurgie, bremste hart vor der Schranke und hupte durchgehend.

»Was machen Sie denn?«

Ein Mitarbeiter der Klinik schaute aus seinem Büro und machte Zeichen zurückzufahren. Konnert hupte, blinkte mit dem Fernlicht, ließ den Motor aufheulen und fuhr noch knapper vor die Schranke. Er gestikulierte wild mit den Armen. Der Mitarbeiter begriff und verschwand in seinem Büro. Konnert fuhr vor, als sich die Schranke öffnete. Hinter ihm senkte sie sich sofort wieder.

»Sie Idiot! Sie verdammter, blöder, lebensmüder Idiot!« Frau Brügges Gesicht lief rot an. Die Verletzte stöhnte und zog ihren Arm an sich. Dabei stöhnte sie erneut. Konnert versuchte, in den Rückraum des Vans zu steigen.

»Bleiben Sie sitzen!« Er gehorchte. Aus der Klinik kamen Krankenpfleger gestürmt und stoppten an der Seitentür, als sie die Waffe auf Konnert gerichtet sahen.

»Zurück!«, schrie Frau Brügge und hob die Pistole. Die Männer suchten im Eingang Deckung.

»In ein paar Minuten wird es hier von Polizisten wimmeln. Frau Brügge, legen Sie die Pistole hin und dann nehmen Sie Ihre Hände hinter den Kopf.«

»Sie sind wirklich nicht bei Trost. Glauben Sie denn, Sie kommen hier mit mir und meiner Freundin lebend heraus? Eher erschieße ich Sie und dann uns.«

\*\*\*

Venske blätterte die Seiten aktueller Berichte und Protokolle so übel gelaunt um, dass er sie fast aus den Ordnern und Heftern riss. Schickt mich wie einen Laufburschen zum Grafen und nimmt den Kleinen mit zur Brügge. Ich sitze hier rum und weiß nicht einmal, wo er jetzt steckt. Er griff nach dem Telefon und versuchte zum wiederholten Mal, Konnert anzurufen.

Mit dem Hörer in der Hand lugte er aus seiner Bürotür und brüllte zu Babsi rüber: »Ich kann Konnert nicht erreichen. Sein Akku ist bestimmt wieder leer.«

»Nein. Ich habe mit ihm telefoniert.«

»Wann war das?«

»So gegen elf. Kann auch schon ein bisschen früher gewesen sein.«

»Da habe ich auch noch mit ihm gesprochen. Dann geht er jetzt wieder mal nicht dran«, brummte er und zog sich an seinen Schreibtisch zurück und tippte die Nummer von Kilian Kirchner ein. Mit seinen Fingerknöcheln klopfte er stakkato auf die Schreibtischplatte. Es klang wie ein Specht am trockenen Ast. Er hörte den Rufton. »Nun mach schon, Baby!« Dann war es still an seinem Ohr. »Der Kleine will auch nicht mit mir sprechen.«

Er schaute aus dem Fenster. Über den Himmel zogen hellgraue Wolken. Möwenschwärme, oder waren es Tauben?, kreisten in Richtung Friedhof.

Dann eben nicht!

Venske wählte die Nummer von Alois Weis.

***

»Warum wollen Sie mich erschießen?« Konnert spielte erneut den Ahnungslosen. »Ich will Ihnen doch helfen.«

»Die Hilfe kenne ich. Am Ende sitze ich wieder hinter Gittern, nur mit dem Unterschied, dass mich da kein Safeword mehr rausholt.«

»Warum sollte Sie jemand einsperren? Was haben Sie denn verbrochen?«

»Ach, nun tun Sie doch nicht so scheinheilig.«

»Ich kann Ihnen außer der Bedrohung hier nichts nachweisen. Ich schlage vor, Sie stecken die Pistole weg, und ich sage den Pflegern, dass Ihre Freundin schnellstens medizinisch versorgt werden muss.«

»Nein, auf keinen Fall. Sie sind mein Faustpfand. Ohne die Waffe bin ich Ihnen und der ganzen Polizei ausgeliefert. Ich werde meine Freundin beschützen, komme, was da wolle.«

»Dann müsste ich mal telefonieren.« Er bewegte seine Hand vom Lenkrad weg.

»Wagen Sie es nicht, in eine Tasche zu greifen!«

»Ich bin unbewaffnet. Ich will nur an mein Handy in der Hosentasche.«

»Das soll ich Ihnen glauben?«

»Dann stehen Sie doch auf und holen mein Handy für mich heraus.«

»Damit Sie mich dann schnell festhalten. Nein, niemals.«

»Ich nehme meine Hände über den Kopf. Machen Sie schon! Oder gleich sind hier Präzisionsgewehre und Pistolen auf Sie gerichtet.«

»Mit wem wollen Sie sprechen?«

»Ich muss meinem Vorgesetzten klarmachen, dass er das MEK nicht alarmiert. Nun los, sonst ist das Kommando schon unterwegs. Dann haben Sie und Ihre Freundin überhaupt keine Chance mehr.«

Frau Brügge richtete sich auf. Sie versuchte, überlegen zu wirken, gebückt ging sie zu Konnert. Zwischen den Sitzen hindurch tastete sie mit der linken Hand an Konnerts Bein entlang zu seiner Hosentasche und schob die Hand vorsichtig hinein. Sie griff das Handy und übergab es ihm. »Die linke Hand bleibt über dem Kopf!«

Konnert drückte die Kurzwahltaste für Wehmeyer und konnte Sekunden später mit dem Kriminaloberrat sprechen.

»Konnert hier. Ich sitze in einem braunen Multivan vor dem Klinikum Kreyenbrück. Mit mir im Wagen sind Frau Brügge und eine mir unbekannte Frau, die im Bauchbereich schwer verwundet ist. Frau Brügge hält mich mit einer Pistole in Schach. Ob sie geladen ist, weiß ich nicht.«

»Und ob die geladen ist. Und umgehen kann ich damit auch«, raunte sie ihm zu.

»Ich schlage vor, das MEK im Moment nicht zu benachrichtigen. Ich sehe die Möglichkeit zu einer gewaltfreien Lösung. Vorrangig scheint mir die Versorgung der Verletzten zu sein. Ein Streifenwagen zur Verstärkung kommt mir ausreichend vor, um die Lage nicht zu dramatisieren und eskalieren zu lassen.«

Er hörte den tiefen Bass des Kriminaloberrats brummen.

»Unterrichten Sie bitte die Klinikleitung.« Konnert wurde die linke Hand schwer. Er legte sie sich auf den Kopf.

»Wenn ich Sie nicht kennen würde, hielte ich Sie jetzt für verrückt. Lassen Sie Frau Brügge mithören.«

Konnert drückte die entsprechende Taste und drehte das Handy zu Frau Brügge.

»Hören Sie, Frau Brügge, Kriminalhauptkommissar Konnert gibt mir alle zehn Minuten einen Lagebericht. Meldet er sich nicht nach spätestens fünfzehn Minuten, alarmiere ich das MEK, und dann geht es um Geiselnahme. Alle zehn Minuten. Haben Sie mich verstanden?«

Martina Brügge reagierte nicht.

An ihrer Stelle antwortete Konnert: »Das ist eine gute Entscheidung, Herr Kriminaloberrat.« Und bevor der etwas erwidern konnte, unterbrach Konnert die Verbindung.

»Und wie geht es jetzt weiter?«, fragte er in den Wagen hinein.

Immer noch keine Antwort.

Konnert sah sich um. Martina Brügge beugte sich über die Verletzte und brachte ihr Ohr in die Nähe ihres Mundes. Die Verletzte flüsterte. Konnert konnte nicht hören, was sie sagte. Er wartete. Zögernd richtete sich Martina Brügge auf.

»Lassen Sie die Pfleger kommen! Sie gehen mit uns ins Krankenhaus! Ich erschieße Sie und jeden, der mir in die Quere kommt oder wenn einer versucht, mich oder meine Freundin festzunehmen. Mir ist es ernst damit. Glauben Sie mir.«

Konnert zögerte nicht lange, mit einem Winken rief er zwei Schwestern und einen Pfleger herbei. Sie rollten eine Trage neben den Van.

»Kommen Sie nach hinten!«, befahl Martina Brügge. Konnert schob sich zwischen den Vordersitzen hindurch. Die Pistole auf ihn gerichtet, öffnete Martina Brügge die Seitentür und ließ ihn aussteigen. Dann folgte sie ihm.

Pfleger und Ärzte in OP-Kleidung erschienen in der Eingangstür. Hinter allen Fenstern beobachteten entsetzte Gesichter neugierig die Ereignisse vor der Notaufnahme, sahen wie die Frau noch im Auto versorgt, auf die Trage gelegt und eilig weggefahren wurde.

Mit Frau Brügge im Rücken und dem Pistolenlauf im Nacken

folgte Konnert den Sanitätern in das Krankenhaus. Dort verschwand die Verletzte hinter der Tür zur Chirurgie. Konnert, immer noch mit dem Pistolenlauf im Nacken, hatte man auf Anweisung von Martina Brügge einen Stuhl vor die Tür gestellt. Man brachte auch ihr einen, aber sie blieb hinter Konnert stehen und wechselte ab und zu die Pistole von der rechten in die linke Hand.

Alle zehn Minuten rief Konnert Kriminaloberrat Wehmeyer an und erstattete Bericht. Die Minuten dazwischen nutzte er, um seine Gedanken zu ordnen und zu beten. Er dachte auch an seinen Schwiegersohn in einem anderen Krankenhaus und an seinen Sohn und an Lasse, und irgendwie schlich sich die Erinnerung an Zahra in seinen Kopf. Ich würde sie gern wiedersehen, stellte er fest. Mit einem Mal empfand er die Situation als unwirklich, als weggerückt, entrückt, aus dem normalen Leben gerückt. Ich bin tatsächlich verrückt, philosophierte er und schmunzelte erst, um dann zu erschrecken.

\*\*\*

Kilian hockte hinter dem Holunderstrauch und hatte Schmacht. Ich muss mit dem Rauchen aufhören. Morgen.

»Zappel doch nicht so rum«, flüsterte die junge Polizistin, als Thülen und Eilers plötzlich an der Scheune erschienen. Sie beobachteten eine Zeit lang die Fenster im Wohnhaus und gingen dann gebückt mit gezogener Waffe zur Haustür.

»Halt!«, befahl Kilian, »zurück auf eure Posten.«

Die beiden Polizisten kümmerten sich nicht um seine Aufforderung. Eilers sicherte mit ausgestreckten Armen ab, und der Polizeiobermeister klingelte an der Tür.

»Lasst das!« Es klang nicht überzeugt, Kilian fühlte sich ohnmächtig.

»Konnert ist entführt worden? Stimmt das?« Alois Weis saß neben Venske in dessen Beetle.

»Kennst du unsere Polizeifunkcodes?«

»Könnte sein, ich habe nicht nur gute Beziehungen zu Bestattungsunternehmen. Vielleicht kümmere ich mich ja auch um die noch Lebenden und deren Retter.«

Venske hielt seinen Mund.

»Was willst du eigentlich in Faulners Jagdhaus? Konnert war doch schon da.«

»Ich denke, du bist über alles informiert. Dann weißt du auch, dass wir Faulner suchen.«

»Hat ihn denn jemand als vermisst gemeldet?«

Venske sah geradeaus und schwieg.

»Keine Antwort ist auch eine Antwort. Da vorn musst du links abbiegen. Faulner ist also verdächtig.«

»Wir brauchen ihn als möglichen Zeugen.«

»Und weil er nicht zeugen will, darum ist er untergetaucht. Du erzählst mir Märchen.«

Venske schwieg weiter.

»Ohne mich würdest du sein Haus nie finden.«

»Darum musste ich dich ja auch mitnehmen. Und jetzt hör auf zu fragen.«

»Fahr mal langsamer. Der Waldweg zum alten Forsthaus kommt gleich.«

Venske schaltete runter. Rechts und links Tannen. Oder waren es Fichten? Er kannte sich eben in der Natur nicht aus. Er hielt Ausschau nach einer Einfahrt.

»Woher weißt du überhaupt, wo Faulner seine Hütte hat?«

»Ich bin eben über alles informiert, wie du gerade selbst festgestellt hast.«

»Das zum Thema Informationsaustausch.«

»Wir werden uns schon einig.« Etwas später sagte Alois Weis: »Hinterm Haus ist ein Parkplatz.«

Venske ließ die Remise unbeachtet links liegen und kurvte hinter das ehemalige Forsthaus. Da parkte ein elfenbeinfarbener Mercedes. Venske trat hart auf die Bremse.

»Saudrecksscheißdreckognogelta!«

Der Motor blieb abgewürgt stehen. Venske ließ sich im Sitz so weit nach unten rutschen, dass er nur noch durch die Speichen des Lenkrades spähen konnte. Im Mercedes rührte sich niemand.

»Da wird uns jemand schon Kaffee aufbrühen. Wollen mal sehen, ob er auch an Kuchen gedacht hat.« Bayerische Angstbewältigung.

\*\*\*

Niemand öffnete, nachdem der Polizeiobermeister geklingelt hatte. Kilian beobachtete die Fenster des Wohnhauses. Die junge Polizistin kniete mit der Waffe im Anschlag neben ihm.

Eilers wummerte gegen die Haustür. Im Haus blieb es still. »Polizei! Machen Sie auf! Wir haben einen Durchsuchungsbeschluss. Öffnen Sie die Tür!«

Keine Bewegung im Haus.

Thülen schaute zu Kilian und zog fragend die Schultern hoch. Jetzt soll ich wieder entscheiden, deutete Kilian die Geste. Konnert wollte, dass ich warte. Wehmeyer wollte den Zugriff und die Hausdurchsuchung. Ich muss eine Entscheidung treffen. Was will eigentlich ich?

Eilers schlich geduckt zum Fenster, setzte die Mütze ab und lugte hinein. Er fasste die Pistole am Lauf und schlug mit dem Pistolengriff kräftig gegen die Scheibe. Sie hielt stand. Sicherheitsglas, schoss es Kilian durch den Kopf.

»Was soll das?«, rief er. »Es gibt keinen Grund für ein gewaltsames Eindringen. Zurück!«

Eilers hörte nicht auf ihn. Er versuchte es erneut. Mit demselben Ergebnis. Unschlüssig blieben die Polizisten am Haus stehen.

Sollte doch Konnert entscheiden. Kilian verdrückte sich seitlich und rief ihn an: »Hier sind vier Kollegen von der Schutzpolizei. Ein Obermeister, der sein eigenes Ding durchziehen will, eine

Kollegin, die schon mit der Waffe in der Hand aus dem Wagen gestiegen ist und noch immer auf alles zielt, was sich bewegt. Der Obermeister will den Durchsuchungsbeschluss durchsetzen, wie Wehmeyer es angeordnet hat. Es öffnet aber niemand. Was willst du, was ich mache?«

»Ich will, dass du entscheidest. Martina Brügge hält eine Pistole auf mich gerichtet. Ich kann jetzt nicht mit dir reden. Ich muss mich alle zehn Minuten bei Wehmeyer melden. Die sind gerade um.«

Kilian packte sein Handy ein, atmete ein paar Mal tief durch und straffte sich: »Kollegen, kommt mal neben die Scheune, die Lage besprechen.«

Der Obermeister und sein Kollege folgten ihm zögerlich. Der dritte Mann kam von der Rückseite des Hauses.

»Und du steckst mal deine Waffe weg«, befahl Kilian der jungen Polizistin. Überrascht von seiner eigenen Entschlossenheit fügte er noch hinzu: »Aber ganz schnell!« Sie zögerte nur kurz und gehorchte. »Kollegen, ich wiederhole, im Haus befinden sich nur eine Mutter mit ihrer Tochter und eventuell eine weitere Frau. Ich gehe davon aus, dass von ihnen zurzeit keine Gefahr ausgeht. Nur weil sie nicht öffnen, besteht kein Anlass, Gewalt anzuwenden. Es gilt weiter meine Anweisung, die Eingänge zu beobachten.« Mit Blick auf den Obermeister ordnete er an: »Du bist für das Wohnhaus verantwortlich. Für seine Beobachtung!«, betonte er noch einmal und zeigte dann auf die Polizistin und auf Eilers: »Ihr beide kommt mit mir. Wir durchsuchen die Scheune.«

Das Scheunentor war offen. Sie scheiterten jedoch an der verschlossenen Feuerschutztür zum hinteren Teil der Scheune. Während sie überlegten, wie sie sich Zugang verschaffen könnten, rief Konnert an: »Bei mir ist jetzt gerade Ruhe. Was läuft bei dir?«

»Wir sind in der Scheune. Sie ist durch eine Mauer geteilt. Für eine abgeschlossene Stahltür brauchen wir einen Schlüsseldienst oder die Feuerwehr.«

»Bitte Wehmeyer, dass er umgehend den Grafen schickt. Seine Jungs machen das Schloss in null Komma nix auf und können gleich mit ihrer Arbeit anfangen. Ich bin hier leider gerade unabkömmlich. Frau Brügge zielt immer noch auf mich. Mach's gut.«

***

»Wann kommst du?« Babsis Verlobter hatte Sehnsucht.

»Ich kann jetzt nicht. Hier läuft alles auf Hochtouren.«

»Ich habe heute meinen freien Nachmittag und warte auf dich.«

»Sei mir nicht böse, Schatz, aber es wird spät.«

»Schon wieder.«

»Ja, schon wieder!«

Babsi betrachtete ihren Verlobungsring, riss ihren Blick davon los und konzentrierte sich wieder auf die Protokolle der Kriminaltechnik. Die hatten schnell gearbeitet und viele Ergebnisse geliefert.

An der männlichen Leiche von heute Morgen hatte man Fremdhaare nachgewiesen, die sowohl in Kretschmers Haus als auch bei dem Opfer Evert gefunden worden waren. Die Schriftvergleiche hatten ergeben, dass der Zettel aus Kretschmers Küche und der, den Weis erhalten hatte, von derselben Person geschrieben worden waren. Und schließlich bescheinigte ein Gutachten, das auf einem DNA-Vergleich beruhte, dass es sich bei der unbekannten Leiche von der Autobahn mit an Sicherheit grenzender Wahrscheinlichkeit um Rainer Riegelein handelte.

Endlich weiterführende Ergebnisse. Babsi wollte gerade zum nächsten Aktendeckel greifen, als das Telefon klingelte. Die niederländischen Kollegen riefen an.

»Mevrouw, goede dag.«

»Hallo!«

»Wij hebben iets voor jou.«

»Dann sagt mal an.«

»Bij de grensovergang Neuschanz een hinkende man is genommen.«

»Meine Anerkennung!«

»Hij is Duits, woont in Diepholz en wilde om te gaan winkelen in Niederland. We vermoeden dat hij wilde om drugs te kopen.«

»Dann ist das wohl nicht der von uns Gesuchte.«

»Jij ist niet de man van je mug shot. Dat is wat we weten. Goede dag nog niet.«

»Danke und guten Tag auch nach Groningen.«

Was heißt bloß »wilde om te gaan winkelen«? Und ist »mug shot« ein Fahndungsfoto? Babsi kümmerte sich nicht weiter darum. Die Spur war tot. Sie suchte im Papierstapel nach der Notiz des Autodiebstahls und legte sie nach oben. Sie war unsicher, wie sie weiter vorgehen sollte. Konnert würde sie in dieser Situation nicht fragen. Sie beschloss, Venske und Kilian über die neuen Erkenntnisse zu informieren und sich dann mit Wehmeyer zu besprechen. Vielleicht hatte er Neuigkeiten von Konnert. Sie machte sich Sorgen, und wenn er selbst die Situation noch so sehr bagatellisierte.

\*\*\*

Venske duckte sich am Beetle entlang und spurtete zur Hauswand. Alois Weis stieg behäbig aus und schritt aufrecht auf den Eingang zum Saal zu. Er zog die Augenbrauen hoch. »Sportlich, aber überflüssig. Wenn uns einer abknallen wollte, lägen wir schon einträchtig in deinem Cabriolet.«

Vom Parkplatz aus führte eine Hintertür in den Saal. Sie hatte vier kleine Fenster, hinter denen blickdichte Gardinen hingen. Venske zeigte stumm mit dem Finger auf kaum sichtbare Einbruchspuren am Schloss. Er griff zur Klinke, als Alois Weis ihn zurückhielt. »Fingerabdrücke, Herr Kommissar!« Venske hustete gekünstelt und holte ein Paar Einmalhandschuhe aus dem Auto.

Alois Weis nahm sein Taschentuch und öffnete. Er stand in einem Vorflur mit Garderobe und einer offenstehenden Tür zu einem Nebenraum mit großflächigen Spiegeln an den Wänden und einigen Stühlen. Über den Spiegeln waren kleine Strahler angebracht.

Venske schob sich an ihm vorbei und inspizierte den Raum. »Sauber!«

Schon war Alois Weis weitergegangen und drückte die Tür zum Saal einen Spaltbreit auf. Venske drängte Alois Weis von der Tür weg und trat ein. Niedliche Tischlampen. Über dem runden Podium in der Mitte hingen mächtige Scheinwerfer. Venske erkannte den Raum vom Video wieder. Er schaute in die Ecken und

Nischen und raunte »Sauber!« Alois Weis zog eine kleine Digital-kamera aus der Jackentasche und machte Fotos.

»Lass das!«

»Ich muss meine Brötchen verdienen.«

»Du dürftest gar nicht hier sein.«

»Muss ich dich daran erinnern, dass du ohne mich auch nicht hier wärst?«

»Du hast mich erpresst.«

»Ich bin von der Presse. Also hör auf zu jammern und lass mich meinen Job machen.«

»Ich beschlagnahme die Kamera.«

»Irgendwann leihe ich sie dir mal. Jetzt mach du deinen Job.«

»So geht das nicht. Alois, sei vernünftig und gib mir die Kamera oder lösch die Aufnahmen.«

»Ich versichere dir, ich werde sie erst verwenden, wenn du die Fotos freigibst. Und nun los.«

»Ich komme in Teufels Küche, wenn rauskommt, dass du mit mir hier warst und sogar Fotos gemacht hast.«

»Du bist schon drin. Mach vorwärts.«

Die Restaurantküche war leer. Im Obergeschoss durchsuchten sie jedes Zimmer gründlich und entdeckten auch da niemanden. Als sie den Flur zum Wohnhaus betraten, hörten sie eine Tür zu-schlagen. Sie stürmten den erleuchteten Flur entlang. Die Haustür war zu. Sie sprang aber auf, als Venske an ihr rüttelte. In dem Mo-ment hörten sie den Dieselmotor vom Mercedes anspringen, und Sekunden später schlitterte der Wagen über den Asphalt bei der Remise.

Alois Weis machte ein Foto von den Bremslichtern, die auf-leuchteten, als der Wagen in den Waldweg einbog und ver-schwand. Dann fluchten beide mit unterschiedlichen Worten, aber im selben derben Tonfall.

»Ich fress einen Besen, wenn das nicht der zweite Zuhälter war, der sich hier versteckt hat. Ich alarmiere und informiere den Po-lizeiposten hier. Die können sich besser um die Verfolgung des Mercedes kümmern. In meinem Beetle habe ich nicht einmal ein Blaulicht. Die Spurensicherung muss rauskommen und endlich mal genau hingucken. Hier ist mehr zu finden, als Konnert bei seinem Besuch entdeckt hat und unsere Augen sehen können. Du verdrückst dich. Ich habe hinterm Parkplatz im Wald einen Hochsitz gesehen. Steig da rauf, mach dich unsichtbar, und wenn hier alles in vollem Gang ist, kannst du ja ganz zufällig auftauchen.«Alois Weis fügte sich grinsend. Er war offensichtlich zufrieden, nicht fortgeschickt worden zu sein.

Die Leute der Spurensicherung brachten Babsi mit. Es waren nur drei Mann. Die anderen untersuchten die Scheune auf dem Anwesen von Frau Brügge.

***

»Nun setzen Sie sich doch. Ich verspreche Ihnen, ich werde nicht weglaufen.« Konnert beobachtete sorgenvoll die zunehmende Nervosität von Frau Brügge. Tatsächlich nahm sie endlich neben Konnert Platz. An der Pistole auf ihrem Schoß lag der Zeigefinger jetzt parallel zum Lauf.

»Ich würde gern etwas essen. Zum Frühstück hat mein Magen zum letzten Mal etwas bekommen: Kaffee und zwei Zwiebäcke. Hören Sie ihn nicht knurren?«

»Sie haben vielleicht Sorgen.«

»Wenigstens einen Kaffee.«

»Ich lasse Sie auf keinen Fall weggehen. Sie können jemanden fragen, der vorbeikommt, ob er Ihnen einen Kaffee holt.« Es kam niemand. Der Flur schien zur Sperrzone erklärt worden zu sein. Nur aus der Ferne schallten Gesprächsfetzen herüber.

Konnert dachte an die Predigt vom Sonntag und übte sich in Geduld. Sorgen machten ihm die ruckartigen Bewegungen von Frau Brügge. Sie versuchte, ruhig zu wirken, das merkte er. Es gelang ihr immer weniger. Zuckend fuhr ihr Kopf herum, um sich umzublicken. Dann wieder flog der Kopf in die andere Richtung, als erwarte sie einen Angriff von der Tür her, vor der sie nebeneinandersaßen. Und schon sah sie forschend in Konnerts Gesicht, um sich gleich darauf erneut dem Flur zuzuwenden.

»Frau Brügge, wer ist eigentlich die Frau, die im Van lag?«

»Bitte, was haben Sie gesagt?«

»Wer ist die Frau, die jetzt gerade operiert wird?«

»Eine Freundin.«

»Bestimmt eine gute Freundin.«

»Ja, das ist sie.«

»Man braucht Menschen, mit denen man sich gut versteht, wenn der Ehepartner stirbt. Ich weiß, wie es einem dann geht. Vor vierzehn Monaten ist meine Frau gestorben. Auch eine Chemotherapie hat sie nicht gerettet. Als sie im Pius-Hospital gestorben ist, sind meine Gefühle völlig durcheinandergeraten. Einerseits war ich traurig, und bin es immer noch, andererseits war es für sie das Ende eines langen Kampfes.« Nach einem Augenblick fügte er an: »Sie hat sich sehr mit dem Krebs abgequält.«

»Warum erzählen Sie mir das? Was Sie und Ihre Frau durchmachen mussten, ist etwas völlig anderes, als das, was ich erlebt habe.«

Konnert schwieg.

»Ihre Gefühle haben zwischen Traurigkeit und Erleichterung geschwankt. Meine Gefühle waren geprägt von Genugtuung und Triumph und dem Empfinden unbändiger Freude und grenzenloser Freiheit.« Sie fügte nach einem Augenblick hinzu. »Mein Mann war ein egoistischer Blender. In seinem weißen Arztkittel hat ein raffinierter Teufel gesteckt, ein Wolf im Schafspelz, eine bunt schillernde fleischfressende Pflanze, eine … ein …« Und nach einer weiteren Pause hauchte sie: »Gott sei Dank, er ist krepiert.«

Konnert zuckte zusammen. Er fing sich schnell und drehte seinen Stuhl so, dass er Frau Brügge anschauen konnte.

»Glotzen Sie nicht! Ich habe ihn geliebt, geliebt, wie eine Fliege den Geruch vom Leim des Fliegenfängers liebt, wie ein Tanzbär den liebt und für den tanzt, der ihm das Futter hinwirft, wie … wie …« Tränen standen in ihren Augen. Konnert zögerte und legte ihr dann doch die Hand auf den Arm.

Die Tür neben ihnen wurde aufgestoßen. Ein Arzt wollte heraustreten, erschrak und zog sich fluchtartig zurück. Ein Schwall Krankenhausluft schwappte an ihnen vorbei. Es roch nach Sauberkeit und auch ein bisschen nach Schweiß.

Frau Brügge sprang auf und rüttelte am Türgriff. Doch die Tür zu den Operationssälen blieb verschlossen. Mit hängenden Armen schlurfte sie ein paar Schritte auf und ab. Dann setzte sie sich wieder und betrachtete die Pistole, als wüsste sie nicht, was sie da in der Hand hielt.

Konnerts Handy klingelte. »Darf ich?«

»Ja, ja, machen Sie schon.«

Wehmeyer meldete sich. »Was ist los? Sie sind zwei Minuten über der Zeit.«

»Entschuldigung, Herr Kriminaloberrat, alles in Ordnung. Frau Brügge sitzt bei mir. Wir unterhalten uns. Wie sieht es bei den anderen aus?«

»Mensch, Sie haben Nerven!« In Wehmeyers Stimme klang Erstaunen, aber auch Bewunderung. Er unterrichtete Konnert über den Stand im Alten Forsthaus und in der Scheune von Frau Brügge. Er informierte ihn auch, dass Dr. Görner an Konnerts Vorgehen im Krankenhaus zweifelte. »Er kennt Sie nicht so gut und befürchtet ein Blutbad, wenn das MEK nicht sofort eingreift. Darum bitte nicht noch einmal die zehnminütige Meldung verpassen.«

»Ich will daran denken.«

Frau Brügge rutschte auf ihrem Stuhl hin und her. »Warum dauert das so lange? Warum sagen sie mir nicht, wie es um Ayana steht? Warum kommt keiner?«

»Ayana heißt Ihre Freundin?«

»Ja!«

»Aus welchem Land kommt sie?«

»Äthiopien.«

»Wir haben Sie in Ihrem Haus nicht danach gefragt, ob Frau Antalan und ihre Tochter eine gültige Aufenthaltsgenehmigung besitzen. Ich frage Sie jetzt: Besitzt Ihre Freundin Ayana eine gültige Aufenthaltsgenehmigung oder wenigstens eine Duldung?«

Frau Brügge blickte wütend in Konnerts Gesicht. »Paragrafenreiter! Bei euch muss alles nach Vorschrift gehen, ihr wollt das Leben in Normen pressen. Das wirkliche Leben hält sich aber nicht an Verfügungen, an Paragrafen und an eure Korinthenkackernormen.«

»Bitte, Frau Brügge, wir wollen doch nicht ausfallend werden.«

»Sie, Sie belästigen mich mit unsinnigen Fragen, vertun Ihre Zeit mit Pfadfinderspielchen, schleichen hinter Zäunen her und verunsichern Bürger, die Ihre Arbeit machen. Ja, gucken Sie nur: Ihre Arbeit. Sie unternehmen doch nichts gegen diese, diese …« Frau Brügge fuchtelte mit der Pistole vor Konnerts Gesicht herum. Er drückte den Pistolenlauf sacht herunter. Der Zeigefinger ihrer Hand lag neben den anderen Fingern am Griffstück.

Sie baute sich vor Konnert auf. »Jedes Jahr gibt es in Deutschland nur tausend Strafverfahren wegen Menschenhandel. Nur tausend! Schätzungen gehen davon aus, dass jährlich einhunderttausend Menschen nach und in Europa verschleppt, verkauft und ausgebeutet werden. Einhunderttausend! Mehr als achtzig Prozent sind Frauen und Kinder. Aber die Polizei deckt nicht einmal tausend Fälle auf.«

Sie wandte sich ab, um Konnert nach wenigen Sekunden von Neuem mit glühenden Augen anzusehen. »Und welche Strafen bekommen die Täter dann? Mal drei, mal dreieinhalb Jahre für unendliches Leid, das sie angerichtet haben. Und bei guter Führung sind sie nach zwei Jahren wieder auf freiem Fuß und können da weitermachen, wo sie vor dem Prozess aufgehört haben. Die versklavten und geschändeten Frauen aber leiden ihr Leben lang. Finden Sie, das ist in Ordnung?«

Konnert blieb mit auf den Knien liegenden Händen äußerlich wie unbeteiligt.

»Finden Sie das in Ordnung?« Ihre Stimme nahm einen höheren Ton an. Mal breitete sie ihre Arme aus, mal ließ sie sie wie resigniert sinken. Als hätten ihr die eigenen Worte neue Kraft gegeben, klagte sie weiter an: »Wer kümmert sich um die Frauen, wenn ihnen tatsächlich mal die Flucht gelingt? Wer? Sagen Sie es mir?«

Konnert schaute sie an und macht ein fragendes Gesicht.

»Niemand! Kennen Sie eine Kirchengemeinde, die sich um missbrauchte Frauen kümmert? Kennen Sie eine Partei, die den Kampf gegen Menschenhandel im Wahlkampf thematisiert? Denen sind doch Robbenbabys und Gorillas allemal wichtiger als entführte Frauen aus Afrika oder dem Ostblock.«

Konnert sagte immer noch nichts.

Sie zeigte mit der Pistole auf ihn, als wäre sie ihr verlängerter Zeigefinger. »Ausgewiesen werden die Frauen, weil sie keine Aufenthaltserlaubnis bekommen. Abgeschoben nach Afrika oder zurück in die Elendsviertel von Manila oder in ein trostloses Dorf in Osteuropa. Da zeigt man mit den Fingern auf sie und stößt sie aus der Gemeinschaft aus. Vielen bleibt nichts anderes übrig, als ihren Körper wieder zu verkaufen. Aber wen kümmert's? Wir sind sie ja los.«

»Aber Sie kümmern sich?«

»Ja, die Schwarzen Engel kümmern sich. Wir nehmen sie in unsere Häuser auf. Wir beschützen sie. Bei uns bekommen sie eine Chance zur Heilung ihrer inneren und äußeren Verletzungen.«

»Und Sie tun noch mehr.«

»In der Tat. Wir geben den Opfern Gelegenheit, die Täter zur Rechenschaft zu ziehen. Wir Schwarzen Engel sorgen für Gerechtigkeit. Wenn es sein muss, mit dem Schwert.«

Konnert stand langsam auf, machte einen Schritt auf Frau Brügge zu und blieb nahe bei ihr stehen.

Sie drehte ihm nun den Rücken zu. »Ach, lassen Sie mich doch in Ruhe.« Mit einem Mal war ihr Rücken rund und ihre Arme hingen schlaff an ihren Hüften herab. Sie sah vor sich auf die PVC-Fliesen.

Konnert holte seine Uhr aus der Hosentasche, verglich die Zeit, um Kriminaloberrat Wehmeyer pünktlich anzurufen: »Hier ist alles ruhig. Wir warten auf einen Bericht der Ärzte.«

***

Babsi stand neben Venske und fragte: »Hast du schon mal so etwas gesehen?«

»Ja, habe ich.«

»Im Kino.«

»Nein, in echt. Ein Ausbilder in Hannoversch Münden war der Meinung, wir bräuchten mehr Anschauungsunterricht und ist mit uns nach Kassel zu einer entsprechenden Session gefahren. In

Zivil natürlich und in kleinen Gruppen. Uns schien es, als wäre er in der Szene zu Hause gewesen.«

»Ach nee.«

»Was heißt ach nee? Sadisten gibt es in allen Gesellschaftsschichten, auch bei der Polizei.«

»Absolut richtig!« Alois Weis stellte sich zu den Kommissaren.

»Und Voyeure, die sich angucken, wie Menschen gequält werden.«

»Sich quälen lassen!« Alois Weis betonte »lassen«. »Sich demütigen und Schmerzen bereiten lassen und dabei sexuelle Lust empfinden.«

»Du scheinst dich ja auszukennen«, meinte Venske.

»Konnert wollte doch, dass du dich über Sadomaso schlaumachst«, mischte sich Babsi wieder ein. »Während die Männer in Weiß ihre Arbeit machen, lässt du uns an deinem Wissen teilhaben. Ich weiß nur so viel, dass es so etwas wie SM gibt und was ich so in Fernsehkrimis gesehen habe.«

»Du guckst Fernsehkrimis? Hast du bei der Arbeit nicht Krimi genug? Und musst du dich nicht kaputtlachen über die Superkommissare und ihre Ermittlungsmethoden?« Venske tippte sich an die Stirn. »Du konntest doch auf dem Video sehen, was da abgeht.«

»Auf dem Video waren keine Zuschauer dabei.«

»War vielleicht eine Generalprobe.«

Ein Spezialist der Kriminaltechnik kam auf sie zu. Er hielt ihnen Überschuhe und Einmalhandschuhe hin. Alois Weis griff ebenfalls zu. Ohne ein Wort zu sagen, lotste der Techniker die Dreiergruppe in die Küche. Wo der Tiefkühlschrank gestanden hatte, führte eine schmale Leiter in die Tiefe. Er zeigte darauf und murmelte durch seinen Mundschutz: »Seht es euch an.«

Venske ging voran.

Am Ende der Leiter öffnete sich ein Verlies. Auf dem grau gestrichenen Betonfußboden lagen zwei Matratzen. Weitere stapelten sich an einer Wand. In einer Ecke stand eine Chemietoilette. In die Wände waren Haken mit angeschweißten Ketten eingemauert, an deren Enden Handschellen befestigt waren. Eine vergitterte Deckenleuchte gab ein schwaches Licht ab. Es stank nach Fäkalien, Schweiß und abgestandener Luft.

Alois Weis machte Fotos. Babsi unterdrückte einen Schrei und verschloss ihren Mund mit beiden Händen. Venske wandte sich ab und stieg die Leiter wieder hoch. Warum konnte Faulner jetzt nicht an einer der Ketten hängen? Am besten verdurstet und verhungert und in seiner eigenen Scheiße, dachte er.

Ein anderer Techniker winkte Venske zu sich. Er zeigte ihm einen Terminkalender und schlug ihn auf. »Hier sind die vergangenen und geplanten Veranstaltungen eingetragen. Wir machen dir Kopien davon.«

Venske ging nach draußen, riss sich die Überschuhe von den Füßen und schmiss die Handschuhe an die Hauswand. »Faulner, ich kriege dich und wenn ich dich bis ans Ende der Welt verfolgen muss.«

\*\*\*

Zu van Stevendaals Leuten gehörte eine Frau, die das Schloss in der Scheune in wenigen Minuten knackte. Das Team machte sich an die Arbeit.

Kilian stand mit den Polizisten hinter der Scheune und behielt die Haustür im Blick. »Hat mal einer eine Zigarette für mich?« Eilers bot ihm eine an und rauchte mit ihm.

Thülen klemmte seine Mütze unter den Arm, wischte sich mit einem Taschentuch die Stirn und den Nacken ab, und ohne Kilian anzusehen, redete er los: »Wenn die das Schloss in der Scheune aufgekriegt hat, könnte sie doch auch die Haustür öffnen. Wir könnten nachgucken, ob die Frau mit ihrer Tochter da ist, ob sie lebt, ob sie vielleicht Hilfe braucht.«

»Und ob sie sich nicht gern festnehmen lassen möchte.« Kilian merkte, ihm gingen die Argumente gegen eine Festnahme aus. Um Zeit zu gewinnen, fragte er Eilers: »Spendierst du mir noch eine?« Der leichte Wind wehte Rauchwolken um die Scheunenecke.

Die Schlosserin kam aus der Scheune. Über beide Unterarme gelegt, präsentierte sie Kilian Männerkleidung. Zwischen Daumen und Zeigefingern klemmte je ein Paar Schuhe. »Van Stevendaal schlägt vor zu überprüfen, ob das Kleidungsstücke von Evert und Riegelein sind. Ist doch komisch, dass in dieser Frauen-WG Klamotten von Kerlen lagern. Und zwar zusammen mit Frauenkleidern in einem Altkleidersack. Vielleicht sollten sie entsorgt werden, und die Bewohnerinnen hatten keine Zeit mehr dazu. Ihr solltet das überprüfen. Vielleicht habt ihr Glück.«

Sie trug die Sachen zur Polizistin. »Na, nimm schon!« Die Polizistin schaute zum Obermeister. Der trat einen Schritt zur Seite und tat so, als beobachtete er etwas beim Wohnhaus.

»Thülen!« Kilian sah die Chance, seinen Widersacher loszuwerden. »Du fährst mit der Kollegin zu Frau Evert und zu Frau Riegelein, und ihr klärt ab, ob die Kleidungsstücke deren Männern gehört haben.«

Als der Obermeister sich nicht regte, dehnte Kilian jedes Wort: »Kollege, hörst du mir überhaupt zu?«

Der antwortete mit einem Brummen und setzte sich seine Mütze auf, ohne Kilian anzusehen.

»Die Ergebnisse der Befragungen kommen umgehend zu Konnert und zu mir.« Er spürte, dass er Oberwasser bekam. »So schnell wie möglich, bitte!«

»Aber wieder ohne Blaulicht, wenn ich mich recht erinnere.« Damit gab Thülen der jungen Kollegin ein Zeichen, und beide gingen am Wohnhaus vorbei den Fahrweg hinunter zu ihrem Streifenwagen. Während sie die Hemden und Hosen, Schuhe und Herrenslips trug, schwenkte er seine Mütze zum Abschied über dem Kopf.

Wenig später war die Haustür geöffnet.

Kilian beorderte Eilers vor die Treppe und griff sich wieder erfolglos unter die Achsel. Da fehlte immer noch die Waffe. Er drückte bedächtig die Tür zur Küche auf, lugte erst hinein und schritt dann auf eine schmale Tür zu, um festzustellen, dass sich auch keiner in der Speisekammer versteckte.

Zimmer für Zimmer inspizierte er. Nirgendwo eine Spur von der Asiatin oder ihrer Tochter oder der anderen Frau. Mit Eilers stieg er in die nächste Etage, öffnete Zimmertüren, schaute unter Betten und in Schränke, rief »Hallo!« und fand niemanden.

Im Flur zeigte Eilers zur Decke, auf die Klappe zu einer Einschubtreppe. Vorsichtig Deckung suchend zog er sie mit einem Spezialstiel auf, den er in einer Ecke gefunden hatte. Kilian ließ die Treppe herunter und schaute in ein schwarzes Loch.

»Taschenlampe?«

»Im Wagen.«

Eilers machte sich auf den Weg.

***

Konnert berührte sacht den Oberarm von Martina Brügge und streichelte ihn beruhigend auf und ab.

»Frau Brügge.« Er betrachtete ihren gebeugten Rücken und achtete auf ihre rechte Hand, mit der sie den Pistolengriff umklammerte. »Bitte, Frau Brügge, setzen wir uns doch wieder.« Mit leichtem Druck schob er ihren rechten Arm nach vorn. Er spürte, wie die Kraft zu kämpfen sie langsam verließ. Sie bewegte sich, machte kleine Schritte zur Seite, drehte sich zu Konnert hin und sah ihn an. Das fanatische Feuer in ihren Augen glomm nur noch unter der feuchten Oberfläche. Sie schniefte.

Konnert griff in seine linke Hosentasche und bot ihr Papiertaschentücher an. Sie wusste nicht, wohin mit der Pistole, um sich die Nase mit beiden Händen putzen zu können, und steckte den Lauf in den Bund ihrer Hose. Als sie sich etwas vorbeugte und sich höflich von Konnert wegdrehte, plumpste die Pistole auf den Boden.

Sie sah Konnert erstaunt an, als der sich nicht bückte. »Ich kann damit sowieso nicht umgehen. Ich weiß nicht einmal, ob sie geladen und entsichert ist.«

»Sie ist geladen und sie ist entsichert. Sie hätten mich jederzeit damit erschießen können.« Vorsichtig schob er sie mit dem Fuß zur Wand.

Zum zweiten Mal fasste Konnert Frau Brügges rechten Ellenbogen und dirigierte sie zu den Stühlen. »Setzen Sie sich! Ich muss wieder telefonieren.«

Nachdem er mit Kriminaloberrat Wehmeyer gesprochen hatte, sagte er: »Frau Brügge, Sie haben angedeutet, dass es weitere Frauen gibt, die sich für den Schutz von Unterdrückten einsetzen und ihnen Gerechtigkeit verschaffen. Das klingt nach einer Organisation. Ich habe aber noch nie davon gehört.«

»Der Herrgott möge dafür sorgen, dass gerade Sie auch in Zukunft nichts von ihr hören werden.«

»Wie haben Sie denn von der Organisation erfahren?«

Frau Brügge sah Konnert direkt an. »Sie haben mich gefunden und mich gebeten zu helfen.«

»Wann war das?«

»Darüber darf und will und werde ich nicht sprechen. Hören Sie auf, danach zu fragen.«

Konnert fasste sich an seine Nasenwurzel, betrachtete die gegenüberliegende Wand und ließ die Minuten verstreichen. In der Tür erschien ein Arzt. Misstrauisch beäugte er die Wartenden.

»Es besteht keine Gefahr«, beruhigte ihn Konnert. »Kommen Sie nur und sagen Sie uns, wie die Operation verläuft.«

Mit den Händen in den Kitteltaschen berichtete der Assistenzarzt: »Es gibt Komplikationen. Die Kugel hat die Milz getroffen. Die Patientin hat sehr viel Blut verloren. Wir konnten das Geschoss entfernen. Damit ist die Patientin aber nicht über den Berg. Rechnen Sie mit dem Schlimmsten.« Er nahm eine Hand aus der Tasche und übergab Konnert das Projektil in einem Plastikröhrchen.

Als er sich wieder der Tür zuwenden wollte, fragte Frau Brügge: »Kann ich zu ihr?«

»Es tut mir leid, das wird auf keinen Fall möglich sein.«

»Ich muss zu ihr. Sofort!« Noch einmal flackerte Feuer in ihren Augen auf. Sie schielte zur Wand, wo die Pistole lag. Dann ließ sie ihre Schultern fallen und flehte: »Bitte.«

Der Arzt wirkte hilflos.

»Könnten wir nicht irgendwo in einem Zimmer warten?«, schlug Konnert vor. »Das wäre auch in meinem Interesse.«

»Kommen Sie mit!«, sagte der Arzt, nachdem er kurz überlegt hatte.

Bevor Konnert dem Arzt folgte, hob er die Pistole auf, sicherte sie und steckte sie ein. Er informierte Wehmeyer, dass die Bedrohung vorbei sei und er nun keine Anrufe mehr tätigen werde.

Der Arzt brachte sie zu einem Raum, in dem sich Kartons und verpackte Handtücher und Getränke stapelten. Die Tür blieb einen Spalt weit geöffnet. Konnert sah ihn dankbar an.

»Und was wird mit mir?«, fragte Frau Brügge, als der Arzt gegangen war.

»Sie werden vorläufig festgenommen. Aber bis dahin würde ich mich gern hier noch etwas mit Ihnen unterhalten. Wir suchen Azrael Faulner. Können Sie uns sagen, wo er sich aufhält?«

»Ich weiß nicht, wo er ist.«

»Das bezweifle ich. Ich gehe davon aus, dass beim Tod Ihres Mannes nicht alles mit rechten Dingen zugegangen ist. Wir werden den Vorfall noch einmal gründlich überprüfen. Ich gehe weiter davon aus, dass Sie Robert Evert, Rainer Riegelein und Dr. Justus Kretschmer getötet haben. Zumindest haben Sie sich an den Tötungen beteiligt. Azrael Faulner gehörte mit den drei Getöteten zu einer Gruppe, die systematisch Frauen wie Sklaven behandelt und sadistisch gequält hat. Wenigstens in einem Fall führte das zum Tod einer Frau. Jetzt sagen Sie mir nicht, dass Sie nicht auch Azrael Faulner in Ihre Gewalt gebracht haben.«

Sie beugte sich nach vorn. »Was wird aus Ayana?«

»Man wird auch sie vorläufig festnehmen. Wenn der Richter einen Haftbefehl ausstellt, wird sie auf eine Krankenstation einer Justizvollzugsanstalt verlegt. Wo ist Azrael Faulner?«

»Sie schieben sie nicht ab?«

»Darüber entscheide nicht ich. Normalerweise werden Gesetzesverstöße in dem Land geahndet, in dem sie begangen wurden. Was im Einzelfall nach der Inhaftierung mit einem Täter geschieht, das entscheidet ein Richter. Dazu kann ich nichts sagen. Wo ist Azrael Faulner, Frau Brügge?«

»Im Wohnhaus ist noch Frau Antalan mit ihrer Tochter und Angelika, eine ehemalige Prostituierte aus Bremerhaven. Was passiert mit denen?«

»Das hängt von den Ermittlungsergebnissen ab, ob sie zum Beispiel auch an den Tötungen beteiligt waren oder sie nur nicht verhindert haben.«

»Nein, nein, Frau Antalan hat nichts damit zu tun. Sie hat nur in der Küche gearbeitet und das Haus geputzt. Was in der Scheune vor sich ging, davon wusste sie nichts.«

»Wo ist Azrael Faulner?«

Eine junge Krankenschwester kam den Flug entlang und drückte sich schnell an der Wand vorbei, als hätte sie Angst, sich mit einer unheilbaren Krankheit anzustecken.

»Hallo, Schwester! Können Sie uns bitte eine Kanne Kaffee besorgen und vielleicht auch eine Flasche Wasser?«

Sie antwortete nicht und verschwand durch die Tür zum Dienstzimmer.

Ich hätte mir wenigstens ein Butterbrot erbitten können. Als er an Essen dachte, hörte er seinen Magen knurren. Er wandte sich wieder an Frau Brügge: »Nun seien Sie doch nicht so stur. Wo ist Azrael Faulner?«

»Und wenn Sie mich noch hundert Mal fragen, ich werde es Ihnen nicht sagen.«

»Auch dann nicht, wenn sich Ihre Aussage positiv auf Ihr Strafverfahren auswirken könnte?«

Vorgebeugt, mit dem Kopf zwischen ihren Händen, presste Frau Brügge durch die Zähne: »Ich werde es Ihnen nicht sagen. Faulner soll verrotten, am lebendigen Leibe verrotten, wie seine Leichen in seinen Särgen verrotten. Er hat sich so viele Gemeinheiten für andere ausgedacht, dass es ihm gar nicht schlecht genug ergehen kann.« Und nach einem nachdenklichen Moment fügte sie an: »Ich habe nichts mehr zu verlieren. Ob es sich um den Tod von zwei oder drei oder dreißig toten Vergewaltigern und sadistischen Bestien handelt, spielt für das Strafmaß doch keine Rolle. Aber einen weniger von diesen Höllenhunden, ist, gottlob, jeden Verzicht wert.«

»Sie wissen also, wo Azrael Faulner ist, wollen es mir aber nicht sagen.«

Sie hob den Kopf und funkelte Konnert mit hasserfüllten Augen an. »Nein! Niemals!«

*\*\**

Nach dem ersten Schreck sah sich Babsi im Verlies um. In den Putz waren Namen und Daten eingekratzt. Neben manchen Ritzen schimmerte es dunkelbraun. Sie näherte sich, um besser sehen zu können.

»Das sind höchstwahrscheinlich Blutspuren«, erklärte der Techniker, »ihr könnt von jedem Detail ein Foto bekommen. Es ist alles dokumentiert und schon gesichert.«

Venske kam langsam die Treppe herunter. Seine sonst so sorgfältig gepflegten Haare standen wirr ab. In der Hand hielt er eine kleine, halb volle Flasche Mineralwasser. Er trank einen Schluck.

Babsi strich zart mit ihren Fingerkuppen die Wand entlang. Sie berührte ein ungelenk in den Putz gekratztes Herz. Daneben stand »Kato my love«. Zentimeter seitwärts kyrillische Buchstaben. Dann »Pomóż mi mój Boże."

»Das heißt: Hilf mir, mein Gott. Ist polnisch.« Der Techniker beobachtete sie.

»Wie viele haben hier etwas hinterlassen?«

»Sieben verschiedene Inschriften konnten wir schon unterscheiden. Weitere wurden einmal dick mit Dispersionsfarbe überstrichen. Wir werden auch sie entziffern.«

Venske trat wütend gegen die Wand. Er verzog sein Gesicht nicht und beachtete auch nicht, dass er seinen Schuh ruinierte. Babsis Stimme klang belegt: »Das bringt uns jetzt nicht weiter.«

»Besser, du tust dir selbst weh als anderen, hat meine Mutter mir beigebracht.«

»Eine kluge Frau.«

»Wenn Faulner nicht hier ist, wo ist er dann?«

»Auf Sylt, in Tschechien, mit einem zwölfjährigen Mädchen an der Hand am Strand von Phuket oder versteckt sich im Hinterzimmer von irgendeinem SM-Club.« Alois Weis äußerte seine Vermutungen.

»Ernsthaft, Alois. Witze helfen uns nicht.« Venske hatte sich etwas beruhigt.

Während sie die Treppe hinaufstiegen, sagte Weis zu Venske: »Wenn ihr hier nicht weiterkommt, bring mich zurück in mein Büro, dann kann ich schon mal mit meinem Artikel anfangen.«

»Keine Fotos, kein Insiderwissen verwenden, Alois, sonst ist es mit unserer Freundschaft zu Ende.«

»Freundschaft nennst du das? Ich gebe mein Wissen preis, und du lässt mich nichts verwerten.«

»Später.«

Ich rede schon wie Konnert. Wie geht es dem wohl mit einer Pistole am Kopf? »Babsi, weißt du etwas von Konnert?«

»Nichts. Ich rufe Wehmeyer an.«

»Fährst du mich jetzt, Bernd?«, fragte Weis währenddessen.

»Ich hab dich schließlich hergebracht.«

»Ich kann hier nicht weg.«

Babsi kam zurück und unterbrach ihr Geplänkel. »Wehmeyer sagt, Konnert werde nicht mehr bedroht. Er will, dass ich im Kommissariat die Fahndung nach dem Mercedes koordiniere.«

Alois Weis hörte genau zu und machte dann diesen Vorschlag: »Babsi könnte mich in deinem Beetle mit nach Oldenburg nehmen.«

»So weit kommt das noch, dass ich meinen Beetle in andere Hände gebe.«

»Hast du einen besseren Vorschlag?«, fragte Babsi und grinste.

Widerwillig gab er die Wagenschlüssel raus. »Fahr bloß vorsichtig!«

»Ich fahre so wie du.«

Während er ihnen voller Unbehagen nachsah, kam ein anderer Kriminaltechniker auf ihn zu. »Im Büro hängt ein Schlüsselschrank. Sieht so aus, als wäre er gewaltsam geöffnet worden. Innen alles mit geprägten Schildchen ordentlich beschriftet. Der Schlüssel *Firma hinten* fehlt. Könnte das etwas bedeuten?«

***

Konnert ließ sich nicht erschrecken. »Reden wir von etwas anderem. Wie ist es eigentlich zur Verwundung Ihrer Freundin gekommen?«

»Ja, darüber müssen wir reden. Darum sollten Sie sich kümmern, statt hier zu sitzen und auf Kaffee zu warten.«

»Erzählen Sie!«

Sie klemmte sich ihre Hände zwischen die Knie: »Ich habe herausbekommen, dass Frauen aus Osteuropa und Nordafrika mit Lkws der Spedition Riegelein nach Deutschland gebracht werden und dass Evert diese Fahrten unternahm. Lange haben die anderen Frauen und ich alles geplant, dann wollten wir zuschlagen. Wir haben Everts Wohnung observiert. Am Freitag haben ihn zwei Männer, vom Typ Arschloch und beschissenes Arschloch, besucht. Wir sind ihnen gefolgt, haben aber den Kontakt im Stadtverkehr verloren. Wir sind zurückgefahren. Ich bin rauf zu Everts Wohnung und habe seine Frau gefragt, was die beiden Männer gewollt hätten. Sie hat bereitwillig geantwortet, dass die Männer unterwegs zum Gartenhäuschen ihres Mannes seien. Wir sind sofort raus nach Bürgerfelde gefahren und haben die Arschlöcher überrascht, wie sie Evert in der Mangel hatten. Wir haben uns als Rächerinnen der gefolterten Frauen zu erkennen gegeben. Die Feiglinge sind vor unseren Waffen aus dem Fenster geflohen. Wahrscheinlich haben sie uns aber irgendwo beim Kleingartenverein aufgelauert und sind uns gefolgt.«

»Wie ging es Evert?«

»Darüber will ich nicht sprechen.«

»Gut. Wie ging es mit den beiden Männern weiter?«

»Sie haben uns wohl ausspioniert. Sie haben bisweilen in dem Waldweg gewartet, in dem Sie auch geparkt haben. Wir waren uns sicher, sie sind hinter der Frau her, die Zuflucht bei uns gefunden hatte. Menschenhändler und Zuhälter. Feige hassenswerte, todeswürdige Subjekte. Ungeziefer. Ausgeburten der Hölle. Wir haben uns gewundert, dass sie nicht gleich angegriffen haben.

Feiglinge, eben. Wollten erst auskundschaften, wie sie uns angreifen können, ohne eine Risiko eingehen zu müssen.«

Konnert schob seine linke Hand über die rechte.

»Aber das hat uns Zeit gegeben, einen Plan zu entwickeln. Würden sie kommen, dann sollte Frau Antalan sie etwas aufhalten, bis wir in die Scheune gelangt wären. Dann sollte sie die Männer zur Scheune schicken oder bringen. Da würden wir dann schon auf sie warten. Wir haben ständig die Zufahrt zu unserem Haus überwacht.« Ein Lächeln huschte über ihr Gesicht.

»Gestern haben sie erst an der Straße geparkt und sind dann mit ihrem protzigen Geländewagen vorgefahren. Wir haben schon in der Scheune gewartet. Frau Antalan hat die Haustür geöffnet, war freundlich, hat mit ihnen gesprochen. Dann ist sie mit ihnen zur Scheune gekommen. Als wir die Tür öffnen und sie packen wollten, hat einer geschossen und Ayana getroffen.« Sie musste mit den Tränen kämpfen, einen Moment die Wand anstarren, um sich wieder zu fangen und weitererzählen zu können.

»Im Moment, in dem die Männer in der Scheune waren, ist die junge Frau, die wir in unserem Haus beschützt haben, mit dem Geländewagen geflohen. Als die Männer das mitbekommen haben, sind sie hinterhergelaufen. Schwachköpfe, als wenn sie schnell genug laufen könnten, um den Wagen einzuholen.«

»Und danach sind sie nicht zurückgekommen?«

»Nein.«

»Wer hat Frau Ayana versorgt?«

»Ich bin Krankenschwester. Das wissen Sie doch. Ich habe getan, was ich konnte.«

»Genau so ist es passiert und nicht ein bisschen anders?«

»Genau so.«

»Frau Brügge, heute Morgen wurde eine männliche Leiche mit zertrümmertem Schädel nicht weit von Ihrem Haus gefunden. Es könnte nicht einer der Männer gewesen sein, die bei Ihnen waren?«

»Woher soll ich das wissen?«

»Nun, wir durchsuchen gerade Ihre Scheune und das Wohnhaus. Sollte der Erschlagene auf Ihrem Grundstück gestorben sein, dann werden wir Spuren finden und den Hergang rekonstruieren können.«

»Machen Sie, was Sie wollen. Mich interessiert das alles nicht mehr. Ich muss die schützen, für die ich Verantwortung übernommen habe. Das sind Ayana, Frau Antalan und ihre Tochter und Angelika aus Bremerhaven.«

»Es sind ja nicht nur Ihre Schützlinge, es sind auch Schwarze Engel, die kämpfen. Seit wann sorgen Sie gemeinsam für Gerechtigkeit?«

»Das will ich Ihnen sagen. Vielleicht kapieren Sie dann, dass verdammt noch mal jeder anständige Mensch so handeln müsste wie wir.« Sie sah Konnert in die Augen.

»Erzählen Sie es mir!«

Frau Brügge sah die gegenüberliegende Wand an. Sie sprach mit ausdrucksloser Stimme. »Mein Mann war mit Faulner befreundet, dadurch kannte ich ihn auch. Durch einen unglücklichen oder vielleicht doch glücklichen Zufall – ich denke, es war eine fehlende Absprache zwischen den Beteiligten – war ich auf seinem Grundstück. Ich wollte etwas aus der Remise abholen. Da kam Evert, wie ich heute weiß, mit einem Riegelein-Lkw. Er hat mich nicht gesehen. Ich habe mich gewundert, was das für eine riesige Kiste sei, eine Art Verschlag, die er dort abgestellt hatte.«

Frau Brügge traten Tränen in die Augen. Konnert fragte sich, ob es Tränen der Trauer oder der Wut waren.

»Ich habe geglaubt, er habe sich Tiere liefern lassen. Ich habe mich nicht zu erkennen gegeben, der Mann war mir auf Anhieb unsympathisch. Als er wieder abgefahren ist, wollte ich mir die Tiere anschauen. Im Verschlag war es absolut still. Ich habe gedacht, die Tiere schlafen vielleicht und habe ein bisschen an der Kiste gekratzt und geklopft, um sie zu wecken. Dann habe ich ein Stöhnen gehört, wie ich es noch nie von einem Tier gehört hatte. Ich habe mich fast zu Tode erschreckt, als das Ächzen eindringlicher, menschlicher wurde.«

Konnert reichte Frau Brügge die Packung Papiertaschentücher. Mit tränennassen Augen blickte sie weiter ins Leere.

»Ich habe eine Taschenlampe aus meinem Auto geholt und durch ein größeres Luftloch in die Kiste geleuchtet. Eine Frau in einem billigen Trainingsanzug hat auf den rauen Brettern gelegen. Um den Kopf war ein schwarzes Textilklebeband gewickelt, das ihre Augen und ihren Mund verschloss. In dem Klebeband hat sich nur ein kleines Loch befunden. In ihren gefesselten Händen hat sie eine leere Wasserflasche mit einem Trinkröhrchen aus Plastik gehalten.« Frau Brügge wischte sich mit ihren Fäusten die Tränen aus den Augen und schniefte. »Ich wollte die Frau befreien, habe aber nicht gewusst, wie ich das anstellen könnte. Ich habe angefangen zu schreien, um Hilfe zu rufen, aber es war ja niemand da. Ich habe Panik bekommen, bin zu meinem Auto und nach Hause gerast und habe meinem Mann alles erzählt. Ich wollte, dass wir gemeinsam dorthin fahren und der Frau helfen.« Sie hatte immer schneller gesprochen. Nun machte sie eine Pause und sah Konnert bedeutungsvoll an.

»Aber er hat nur leichthin gesagt: Reg dich nicht auf. Ich habe dich, und weil Faulner ledig ist, importiert er für sich ab und zu eine Nutte. Das organisiert Riegelein. Wofür hat man denn Freunde? Du sprichst mit niemandem darüber, verstanden?« Sie sah weiter die leere Wand an. »Ich war es gewöhnt zu gehorchen.« Wieder entstand eine Pause. »Ich schäme mich heute noch dafür, dass ich der Frau nicht geholfen habe. Aber in den nächsten Tagen und Wochen habe ich mich über Frauenhandel und Zwangsprostitution informiert. Ich hatte ja keine Ahnung. Wie so viele keine Ahnung davon haben, was man für Geld alles kaufen kann.« Sie sah zu Konnert »Wussten Sie, dass man Menschen kaufen kann, um sie zu töten? Die Lieferanten garantieren sogar die anschließende Entsorgung der Leiche. Alles eine Frage des Geldes. Wussten Sie das?«

Konnert nickte. »Ja, das wusste ich, Frau Brügge.«

»Und was tun Sie dagegen?«

Konnert antwortete nicht.

»Nichts tun Sie!«

Frau Brügge benutzte das nächste Papiertaschentuch. Als überlege sie noch, schaute sie zur Decke. »Ich habe auch herausgefunden, dass mein Mann sich mit den anderen aus der Clique in Shows an gemieteten und gekauften Frauen vergangen hat.« Sie atmete durch. »Was zwischen mir und meinem Mann in unserer

Scheune passiert ist, war ein Spiel, ein von gegenseitigem Vertrauen getragenes Liebesspiel, habe ich geglaubt. Exzentrisch, sicherlich, aber für ihn und mich zeitweise beglückend. Was mein Mann und die Schweine im Forsthaus getrieben haben, war ein Verbrechen. Darum hab ich begonnen, für Gerechtigkeit zu sorgen. Jetzt wissen Sie es.« Sie schaute Konnert herausfordernd an. Ihre Augen sprühten vor Verachtung: »Leute wie Sie sind der Grund für unsere Anstrengungen.«

Schweigend blieb sie neben ihm sitzen, wieder mit den Händen zwischen ihren Knien, etwas nach vorn gebeugt, und folgte mit ihren Augen den Fugen im Bodenbelag. Alle Kraft schien aus ihr gewichen zu sein. In Konnerts Gesicht arbeitete es. Seine Augenlider zuckten, seine Lippen presste er aufeinander. Konzentriert überlegte er, welche Schritte er verantworten konnte.

»Frau Brügge, ich muss jetzt gehen. Wir werden dieses Gespräch ein anderes Mal fortsetzen. Ich mache Ihnen diesen Vorschlag: Ich spreche mit dem Arzt und bitte ihn, dass Sie nach der Operation zu Ihrer Freundin dürfen, um sie noch einmal zu sehen. Verabschieden Sie sich von ihr. Anschließend werden Polizisten Sie in Gewahrsam nehmen.«

Er versuchte Augenkontakt zu Frau Brügge zu bekommen. Sie blickte aber nicht auf, atmete nur tief durch den Mund ein und ließ die Luft langsam wieder durch die Nase entweichen.

»Werden Sie bei Ihrer Festnahme keine Schwierigkeiten machen? Ich würde mich gern darauf verlassen können.«

»Können Sie. Ja, das können Sie. Mein Dienst zur Rettung von gedemütigten Frauen ist zu Ende. Die Schwarzen Engel werden ihn in Gottes Namen fortsetzen.«

Bevor er das Krankenhaus verließ, instruierte Konnert die Polizisten: »Wenn sich Frau Brügge nicht an die Abmachung hält, ist sie sofort festzunehmen. Lasst euch nicht von ihr täuschen. Sie ist nicht so harmlos, wie sie aussieht. Verstanden?«

»Verstanden!« Die Beamten nickten.

»Und wenn sich irgendetwas Ungewöhnliches ereignet, zuerst Meldung an mich.«

Konnert fühlte sich mit einem Mal ausgelaugt. Er wusste nicht, wie es gelungen war, dass Frau Brügge mit ihm gesprochen und aufgegeben hatte. Erst war da nur Erleichterung, dann Dankbarkeit – er schaute auf zum Himmel – und als er vor das Klinikum trat, verspürte er Hunger.

***

Wo ist Faulner? René blickte in den Rückspiegel. Bestimmt wissen die Bullen schon, dass ich den Mercedes geklaut habe. Aber ich hab keine Wahl. Ich muss Faulner finden. Er muss mich verstecken und in Sicherheit bringen. Er sah wieder hinter sich.

In Friesoythe hielt er sich genau an die vorgeschriebene Geschwindigkeit. Jetzt bloß nicht auffallen und schnell in Oldenburg das Haus von Faulner finden. Er sah zur Seite. Auf dem Beifahrersitz lag der Schlüssel für den Hintereingang. Irgendwo muss Faulner ja sein. Und wenn er nicht da ist? Ich muss ihn finden, unbedingt und dann für eine Zeit untertauchen.

***

»Herr Weis«, Babsi fuhr zügig in Richtung Oldenburg, »hat Azrael Faulner eigentlich Verwandte in Oldenburg oder in der Umgebung?«

»Mädel, lass mal den Herrn weg. Ich bin Alois.« Nach einer Sekundenpause fuhr er fort: »Jonathan Faulner, der Gründer des Bestattungsinstituts, war ein frommer Moslem. Das hat natürlich niemand gewusst. Er und seine Frau sind aus Süddeutschland zugezogen. Sie hatten nur diesen einen Sohn, und nannten ihn Engel, genauer Azrael, der Engel, der die Namen der Neugeborenen aufschreibt und die der Verstorbenen wieder durchstreicht. Azrael Faulner ist unverheiratet. Ob er irgendwo Kinder gezeugt hat, darüber hat er mit mir nicht gesprochen.«

»Woher wissen Sie … weißt du das alles?«

»Hast du schon gemerkt, dass ich mich mit nur einem S schreibe? Ich bin weise und weiß alles.« Aus den Augenwinkeln sah sie sein Grinsen. Typisch Journalist, der ließ sich nicht in die Karten gucken.

»Wir haben uns erkundigt. Azrael Faulner ist bei Hinterbliebenen sehr beliebt. Seine Firma hat jährlich zweistellige Zuwachsraten. Was ist Azrael Faulner für ein Mensch?«

»Über seinen Charakter kann ich kaum etwas sagen. Ich kann dir aber versichern, er wäre auch als Schauspieler erfolgreich geworden. Das hat er ja in den Inszenierungen seiner SM-Shows wohl auch ausgelebt.«

»Glaubst du, dass er sich noch in Oldenburg oder hier in der Gegend aufhält?«

»Ich glaube, dass ein Pfund Rindfleisch eine hervorragende Ochsenschwanzsuppe ergibt. Was Azrael Faulner angeht, vermute ich, dass er eher getürmt ist, als sich zu verstecken. Ich würde mich nicht wundern, wenn er lange vorgesorgt und Jahr für Jahr sein Geld in die Schweiz gebracht hätte. Der hat gut verdient, auch dank ausgezeichneter Beziehungen zur Polizei, hat viele Aufträge von euch bekommen. Vielleicht nimmt ja der ein oder andere Polizist ganz gern an den Shows teil? Oder erhält als Gegenleistung für einen neuen Auftrag eine DVD?« Babsi konnte sein Grinsen praktisch hören, ging aber auf diese Provokation nicht ein. Weis fuhr sachlich fort: »Der muss mit dem Verkauf der DVDs jede Menge Kohle gemacht haben. Das waren in der Szene bestimmt begehrte Stücke. Jedenfalls könnte ich mir gut vorstellen, dass er in Südamerika oder irgendwo in Asien ein Haus hat und jetzt da auf der Veranda sitzt.«

»Dann kriegen wir ihn nicht.«

»Damit liegst du richtig. Fahr mal links ab. Das ist eine Abkürzung.«

Allein im Auto fuhr Babsi zum Kommissariat.

Am Schreibtisch legte sie sich, wie sie es bei Konnert gesehen hatte, eine Liste der aktuellen Einsatzorte an und notierte den jeweiligen Stand der Ermittlungen.

Im Brüggeschen Haus suchte Kilian. Eine Frau mit ihrer Tochter sollte dort sein. Auch der Graf arbeitete da.

Polizisten befragten Frau Evert und Frau Riegelein in ihren Wohnungen. Versteckte sich Faulner bei einer der Frauen? Zwang er sie vielleicht, ihn zu verstecken?

In Faulners Forsthaus war Venske. Faulner war dort nicht gefunden worden.

Im Klinikum saß Konnert.

Hatte eigentlich irgendwer in Faulners Privatwohnung oder in seiner Firma intensiv nach ihm gesucht?

Babsi stieg gegenüber einem restaurierten Patrizierhaus aus dem Beetle. In schwarzen Lettern auf grauem Grund leuchtete dezent das Schild »Abschiedshaus« an der reich verzierten Fassade und darunter in bedeutend kleineren Buchstaben »Azrael Faulner«. Im gedämpft beleuchteten Schaufenster zog ein gewaltiger Eichensarg mit zweigeteiltem Deckel die Blicke auf sich. Eine Hälfte war geschlossen. Aus der anderen quollen strahlend weiße Decken und Kopfkissen mit unzähligen Rüschen an den Rändern. Auf einer niedrigen Säule ruhte eine Schatulle, gefüllt mit einem Samtkissen, auf dem ein Brillant funkelte. Darunter, in einem lichtgrauen Rahmen, die dazugehörende Beschreibung. Babsi schaute genau hin. Angepriesen wurde eine bleibende Erinnerung an Verstorbene. »Lassen Sie die Asche Ihrer Lieben in einen Diamanten verwandeln!«

Blickdichte Vorhänge trennten das Schaufenster vom Eingangsbereich. Babsi wandte sich nach links, zum etwas zurückliegenden Eingang. Unter den Öffnungszeiten stand: »Sie erreichen uns zu jeder Tages- und Nachtzeit. Telefon: 0441 16171819«.

Babsi wählte und wurde von einer freundlichen Männerstimme begrüßt: »Beerdigungsinstitut Azrael Faulner. Mein Name ist Gernot Metten.«

»Ich möchte Herrn Faulner persönlich sprechen.«

»Nennen Sie mir freundlicherweise Ihren Namen?«

»Barbara Deepe.« Sie ließ ihre Dienstbezeichnung weg, um keine falschen Aktionen am anderen Ende der Leitung zu provozieren.

»Frau Deepe, Herr Faulner ist zurzeit nicht erreichbar. Darf ich Ihnen weiterhelfen?«

»Ich würde mich gern einmal bei Ihnen umsehen.«

»Natürlich ist das möglich, Frau Deepe, wann ist es Ihnen morgen recht?«

»Ich stehe vor der Eingangstür. Geht es nicht jetzt?«

»Handelt es sich um einen Trauerfall, Frau Deepe?«

»Nein, ich möchte mich nur umsehen.«

»Bitte, Frau Deepe, entschuldigen Sie, aber ich spreche nicht vom Büro aus. Nach Geschäftsschluss organisieren wir unseren Service mobil. Verstehen Sie bitte, dass ich Sie an die Geschäftszeiten verweisen muss. Dann gern.«

»Hier ist also niemand?«

»Es tut mir leid, Frau Deepe, nein, im Geschäft in der Innenstadt hält sich zurzeit kein Mitarbeiter auf.«

»Dann danke ich Ihnen.«

»Dafür nicht. Ich wünsche Ihnen einen angenehmen Abend.«

Damit war das Gespräch beendet, aber Babsis Verdacht, Faulner irgendwo in seinen Firmenräumen zu finden, war damit nicht aus der Welt. Nicht eher aufgeben, hatte sie bei Konnert gelernt, als bis sich etwas als richtig oder als falsch erwiesen hatte.

Sie ging zur Rückseite des Gebäudes, in das ein Garagentor mit einer zusätzlichen Tür eingebaut war. Unter dem Türspion ein Klingelknopf. Sie legte das Ohr an das Blech und horchte. Im Haus sirrte etwas. Babsi tippte auf einen schleifenden Ventilator in einem Kühlschrank oder einer Klimaanlage. Kühlung für Leichen, kam es ihr in den Sinn. Sie klingelte. Von weit innen tönten leise die Glocken von Big Ben.

Im Weggehen fasste sie an den Türgriff und war überrascht, wie leicht sich die Tür öffnen ließ. Überall stehen Türen offen, ging es ihr durch den Kopf, überall waren andere vor uns da. Wer sucht noch nach Azrael Faulner? Sie mahnte sich zur Vorsicht, als sie das Gebäude betrat. An beiden Seitenwänden lagerten auf kräftigen Regalträgern unterschiedliche Särge. Hinter ihr schlug die Tür zu.

Während sie einen Moment horchend im Dunkeln verharrte, erinnerte sie sich, schemenhaft eine andere Tür auf der gegenüberliegenden Seite wahrgenommen zu haben. Mit vorgestreckten Händen ging sie Schritt für Schritt vorwärts. Als sie einen Sarg berührte, zog sie ihre Hand erschrocken zurück. Dann war die Tür erreicht. Sie ertastete die Klinke und war erstaunt, dass auch sie nicht abgeschlossen war.

Sie suchte und fand einen Lichtschalter. Der Schein einer einzelnen Deckenlampe warf gespenstische Schatten. Sie stand im Durchgang zu einem größeren Ausstellungsraum für Särge und Urnen und Grabschmuck. Hier hatte sie nichts zu suchen, aber sie entdeckte eine weitere angelehnte Tür und bewegte sich auf sie zu. Vorsichtig steckte sie ihren Kopf durch den Spalt.

Hellgrau gepolsterte Buchenstühle standen in Halbkreisen um ein achteckiges Podium. Links daneben ein Rednerpult in Buche und auf der rechten Seite eine elektronische Orgel. Eine Wand zierte ein abstraktes Gemälde. An den Rändern in dunklen Ocker- und Rottönen gemalt, zur Mitte hin mehr in Türkis und Hellblau übergehend. Nach oben nahmen zartes Grün, helles Orange und immer durchscheinenderes Gelb zu. Die ganze Wand wurde von indirekter Beleuchtung in ein warmes Licht getaucht. Alles wird gut, signalisierte ihr das Bild. Je genauer sie den Linien und Farbfeldern folgte, desto mehr fühlte sie sich ins Nichts geführt.

Sie empfand so etwas wie Andacht und bewegte sich langsam auf eine Tür zu, auf die der Gang zwischen den Stühlen zulief. Der Ausgang? Der Zugang zum Büro?

Ein Geräusch ließ sie erstarren. Durch ihren Kopf schoss die Erinnerung an ein Kinderbuch, in dem ein Kind seinem Vater erzählte: »Da ist ein Geräusch in der Wand, wie wenn einer versucht, kein Geräusch zu machen.« Oder so ähnlich.

Da war jemand. Sie lauschte konzentriert, hörte aber nur das Sirren vom Ventilator.

Wie komme ich eigentlich dazu, hier allein herumzuspionieren?

Auf dem Läufer machten ihre Schritte keinen Laut. Sie versuchte, die Tür leise aufzudrücken. Sie klemmte, und Babsi stemmte sich mit der Schulter dagegen. Mit einem Ruck sprang sie auf. Vor ihr lag ein weiterer nicht beleuchteter Flur, aber das Licht aus dem Abschiedsraum reichte aus, um einen Lichtschalter zu erkennen. Sie schlich darauf zu.

Mitten in der Bewegung griff eine Hand in ihr Haar. Gleichzeitig spürte sie einen Tritt in die Knie. Jemand warf sie zu Boden.

Eilers kam mit der Taschenlampe. Wachsam stieg Kilian Stufe für Stufe nach oben. Mit dem Kopf soeben über dem Holzfußboden, blickte er ins Dunkel. Er stieg ein Stück höher und leuchtete um sich. Der Schein war schwach, die Batterie hätte längst gewechselt werden müssen.

Kartons stapelten sich. Ein alter Kleiderschrank lehnte am Schornstein. Er konnte einen Schlitten und Ski erkennen. Verschiedene Matratzen in glänzenden Schonbezügen reflektierten das Licht. Er kletterte langsam höher. Sein Oberkörper erhob sich nun über den Brettern des Fußbodens.

Eilers stand hinter ihm auf der Treppe. »Nun mal los! Nicht so ängstlich!« Kilian stellte sich gebückt auf den Boden. Er hatte sich wieder gefangen und erteilte Eilers, der ihm gefolgt war, Befehle. »Weiter, sieh hinter jedem Karton nach. Irgendwo müssen sie sich doch verstecken.« Kilian hielt die Taschenlampe über seinem Kopf, und Eilers schob die Kartons zur Seite. Vor der Stirnwand, im hintersten Winkel, hockten Mutter und Tochter eng umschlungen. Eine andere Frau saß daneben. Als ihr das Taschenlampenlicht ins Gesicht schien, begann das Mädchen zu weinen.

»Kommen Sie!« Kilians Stimme hatte einen sanften Klang, selbst als er sagte: »Ich nehme Sie vorläufig fest.«

Während Eilers den Streifenwagen vorfahren ließ, beobachtete er die kleine Gruppe. Das Mädchen klammerte sich an die Mutter, die es streichelte und an sich drückte. Dann informierte er seine Vorgesetzten und van Stevendaal in der Scheune. Bevor Eilers in den Wagen stieg, um die Frauen ins Kommissariat zu bringen, fragte er ihn: »Hast du noch einmal eine Zigarette für mich?«

Eilers reichte ihm die Packung: »Kannst du behalten.«

»Du hast bei mir was gut.«

»Ist schon in Ordnung.«

Konnert atmete tief durch. Langsam entspannte er sich. Es kam ihm so vor, als sei alle Kraft aus ihm gewichen. Er drehte sich noch einmal zum Klinikum um und murmelte: »Gott sei Dank, es ist vorbei.«

An der Cloppenburger Straße fand er einen Imbiss, aß Seelachs mit einer Portion Kartoffelsalat, trank ausgiebig Kaffee. Pfeiferauchend schlenderte er langsam in Richtung Innenstadt.

Über sich konnte er einzelne Sterne erahnen. Ihm kam der Text von der Frau in den Sinn, die beim Ehebruch ertappt worden war. Männer hatten die Sünderin zu Jesus geschleppt. Er sollte ihnen bestätigen, dass die Frau gesteinigt werden musste. Jesus gab ihnen die Antwort: »Wer von euch ohne Sünde ist, der werfe den ersten Stein«. Da waren sie, einer nach dem anderen, still abgezogen. Jesus hatte die Frau noch ermahnt, nicht wieder schuldig zu werden. Konnert dachte daran, wie schnell Menschen andere verurteilten und meinten, Recht zu haben, sie zu bestrafen. Er winkte einem Taxi. Der Fahrer machte eine entschuldigende Geste und fuhr an ihm vorbei. Da erreichte ihn die Meldung von Kilians Festnahmen.

Er nahm sich Zeit zum Nachdenken. Eigentlich war der Tag doch gut gelaufen. Sie hatten belastbare Erkenntnisse gewonnen und hatten ohne Verluste vier Festnahmen vorgenommen. Blieben nur noch zwei offene Fragen: Wo war Azrael Faulner? Und wie verlief die Fahndung nach dem zweiten Zuhälter?

Ein anderer Gedanke erinnerte ihn an die Runde, die sich jetzt in seiner Gemeinde zur Bibelstunde traf. Gern wäre er dabei gewesen. Er murmelte ein Gebet, in dem er sich bedankte und für seine Mitarbeiter und sich selbst um Durchhaltevermögen und Schutz bat. Nachdenklich qualmte er vor sich hin. Man darf doch beim Rauchen beten. Ein zaghaftes Lächeln erhellte sein Gesicht und mit ihm verflog die Müdigkeit.

Es erfror, als er sich an seine Tochter und seinen Schwiegersohn erinnerte. Er wählte ihre Festnetznummer, aber sie nahm nicht ab. Er probierte es mit ihrer Handynummer, mit demselben Ergebnis. Zumindest habe ich es versucht und muss mir keine Vorhaltungen machen lassen, ich würde mich nicht um meine Familie kümmern. Völlig entlastet fühlte er sich jedoch nicht.

Ein Taxi brauste vorüber. Er hatte es zu spät bemerkt. Wahrscheinlich war es sowieso besetzt, tröstete er sich und bummelte an Tankstellen und Eiscafés vorbei. Es war nicht mehr viel los. Eine schrille Fahrradklingel erschreckte ihn. Er sprang zur Seite. Ein dünner Mann mit nackten Beinen und einem Helm auf dem Kopf sauste knapp an ihm vorbei.

Als ihm ein Streifenwagen entgegenkam, stellte er sich an den Straßenrand und winkte. Offensichtlich erkannten die Beamten ihn, sie hielten an. Er ging zu ihnen und bat sie, ihn ins Kommissariat zu fahren. Er saß noch nicht richtig auf der Rückbank, als ihn der Fahrer ansprach: »Der junge Spund aus deinem Team erlaubt sich ganz schön was.«

»Was meinst du?«

»Kommandiert einen Polizeiobermeister rum, als wäre er der Polizeipräsident. Bring dem Burschen mal Manieren bei.«

»Ich weiß immer noch nicht, worum es geht. Klär mich bitte auf.«

»Also, mein Kollege fährt mit einem eindeutigen Befehl raus, um deinem Mann aus der Klemme zu helfen. Der plustert sich auf, wie ein Spatz im Winter, setzt sich über alle Anweisungen hinweg und stellt einen bewährten Polizeiobermeister vor einer jungen Kollegin bloß. Damit nicht genug, er befiehlt ihm auch, seine Arbeit zu erledigen und schickt ihn wie einen Laufburschen zu Befragungen.«

»Und worüber unterhaltet ihr euch sonst noch so?«

»Konnert, verstehst du nicht? Wenn Befehlsstränge nicht eingehalten werden, bricht Chaos aus. Dann kann jeder unternehmen, was er will. Das geht doch nicht.«

»Meine Information besagt, dass Kilian seinen Job sehr umsichtig und erfolgreich gemacht hat.«

Ein Funkspruch informierte über einen Verkehrsunfall auf dem Theaterwall. Eine andere Streife fuhr hin. Der Beifahrer räusperte sich: »Stimmt es, dass es im Fall der Autobahnleichen Festnahmen gegeben hat?«

»Kann schon sein. Wir konnten den Fall aber bis jetzt nicht vollständig lösen. Wir, und damit meine ich auch euch, suchen immer noch den zweiten Zuhälter und den Aufenthaltsort von Azrael Faulner. Haltet darum bitte die Augen offen.«

»Wir sind immer mit offenen Augen im Dienst. Wir schlafen sogar mit offenen Augen«, gab der Fahrer zurück.

»Lass nun gut sein«, mahnte sein Kollege. Er hatte einen Stern mehr auf der Schulterklappe als der Fahrer.

Konnert war froh, dass sie im Kriminaldienst keine Uniformen tragen mussten.

Im Kommissariat diskutierten Mitarbeiter mit Kilian über seine Festnahmen. Als Konnert durch die Tür kam, richteten sich alle Augen auf ihn, dann klatschten einige und andere streckten ihm den erhobenen Daumen entgegen.

»Vielen Dank, Kollegen. Wie immer, neunzig Prozent vom Erfolg gehören euch.« Konnert applaudierte seinem Team. Sein Gesicht strahlte Zuneigung und Stolz aus. »Bevor Feierabend ist, müssen wir allerdings noch zwei Personen finden.« Er schaute um sich und fragte Kilian: »Wo ist Babsi?«

»Sie ist mit Venskes Beetle und Alois Weis vom Forsthaus zurückgekommen, hat man mir gesagt, war eine kurze Zeit hier und ist dann wieder weggefahren.«

»Was gibt's sonst?«

»Die Kleidungsstücke, die in der Scheune gefunden worden sind, haben tatsächlich Riegelein und Evert gehört. Nur ein schwarzes Oberhemd und einen schwarzen Slip konnte keine der Frauen ihrem Mann zuordnen.«

»Dann gehen wir einmal davon aus, dass beides Faulner gehört. – Wo ist Venske?«

»Bei den Kriminaltechnikern in Faulners Forsthaus.«

»Ruf ihn an und frag, was es dort Neues gibt.« Als Kilian sich abwenden wollte, schickte er schnell noch hinterher: »Gute Arbeit übrigens!«

Auf dem Weg zu seinem Büro kam Konnert an Babsis Schreibtisch vorbei. Im Vorbeigehen sah er ihre Liste, entdeckte seinen Namen und schaute genauer hin. Behandle die Menschen so, wie du von ihnen behandelt werden willst, fuhr es ihm durch den

Kopf. Du magst es nicht, dass andere deinen Schreibtisch inspizieren, also Finger weg. Doch er konnte nicht widerstehen und nahm die Liste zur Hand.

»Kilian!«

Sein Mitarbeiter legte die Hand über das Handy und sah ihn erwartungsvoll an.

»Babsi ist hinter Faulner her, wahrscheinlich in seiner Firma.«

Schnell beendete Kilian das Gespräch mit Venske, schüttelte den Kopf und sah zu Konnert rüber. »Er ist besorgt um sein Auto.«

***

Babsis Kopf knallte gegen den Fuß eines Garderobenständers. Für einen Moment blieb sie benommen liegen. Der Mann trat zu und traf ihre Rippen oberhalb der linken Niere. Babsi krümmte sich vor Schmerz. Instinktiv wollte sie sich zusammenrollen und mit den Armen ihren Kopf schützen.

Instinktiv. Aber sie hatte andere Reflexe trainiert. Sie riss die Augen auf und blickte dem Angreifer herausfordernd direkt ins Gesicht. Das war der gesuchte Zuhälter! Sie verwandelte den Schmerzensschrei in einen Schrei voller Wut und Aggressivität. Mit aller Kraft holte sie Schwung und traf mit ihren rechten Mittelfußknochen das Kniegelenk des Mannes über ihr.

Das brachte die einhundertzwanzig Kilo Knochen, Muskeln und Fett nicht ins Wanken. Auf seinem Gesicht waren aber Überraschung und Verunsicherung zu erkennen. Als er erneut zutreten wollte, rollte sich Babsi zur Seite und sein Tritt landete am Garderobenständer.

»Verfluchte Scheiße.«

Im Moment, in dem sich Babsi aufrichtete, drehte der Mann sich um, flüchtete und knallte die Tür hinter sich zu. Um sie öffnen zu können, musste Babsi mit Gewalt an der Klinke ziehen. Im Abschiedsraum sah sie ihn gerade noch durch die andere Tür verschwinden, sie hetzte hinter ihm her, durch das Sarglager nach draußen, schaute nach links und nach rechts. Vom Flüchtenden war nichts zu sehen.

Sie rannte zur Straße, warf einen schnellen Blick nach beiden Seiten. Rechts flammten in einer Parkbucht unter Bäumen Rücklichter auf. Im nächsten Augenblick heulte der Motor auf. In einem Bogen wendete der Fahrer, knallte mit dem Vorderrad über die Bordsteinkante und verschwand in Richtung Durchgangsstraße.

Babsi sah das Auto links abbiegen. Ein elfenbeinfarbener Mercedes! Der aus dem alten Forsthaus! Sie spurtete los, angelte im Laufen die Autoschlüssel aus der Tasche, öffnete aus der Ferne die Verriegelung, riss die Tür auf und sprang in den Beetle. Im Dunkeln suchte sie mit den Fingern das Zündschloss. Mit durchdrehenden Rädern jagte sie dem Fluchtauto hinterher. Gleichzeitig probierte sie, an ihr Handy zu kommen. War einen Moment abgelenkt und kam beim Abbiegen ins Schleudern. Das Handy verschwand zwischen Sitz und Handbremse.

Der Mercedes bretterte bei Rot über die Ampel. Babsi hinterher. Konnte jetzt nicht einmal ein Streifenwagen in einer Einfahrt stehen und die Verkehrssünder verfolgen? Autos kamen ihnen hupend entgegen. Hatte Venske ein Blaulicht in seinem Beetle? Babsi schaltete den Pannenblinker ein und betätigte unablässig die Lichthupe. Es gelang ihr, den Flüchtenden im Auge zu behalten. Kam sie ihm auch näher?

Sie versuchte, sich zu orientieren. Im Dunkeln konnte sie die Straßennamen nicht so schnell lesen, wie sie an ihnen vorbeiflitzte. Vom Gefühl her meinte sie, es ginge in westliche Richtung. Als sie dann an Hornbach vorbeipreschte, wusste sie, wo sie war und erhöhte das Tempo. Sie startete einen neuen Versuch, an ihr Handy zu kommen. Sie warf einen schnellen Blick zur Seite. In der ersten Kurve im Wilden Loh verlor sie deshalb kurz die Gewalt über den Beetle, schleuderte und schrammte ein paar Meter an der Leitplanke entlang. Sie fing den Wagen ab und brachte ihn in die Spur zurück.

Der Mercedes verschwand hinter der nächsten Straßenbiegung. Babsi gab Gas, beschleunigte weiter und hoffte, der Beetle würde es verkraften. In Friedrichsfehn verringerte der Mercedes unwesentlich die Geschwindigkeit. Babsi holte auf. Auf dem Jeddeloher Damm überholte der Mercedes einen Kleinwagen. Der Fahrer bremste erschrocken und kam dabei über die Mittellinie, als auch Babsi an ihm vorbeifahren wollte. Irritiert stieg Babsi auf die Bremse und konzentrierte sich darauf, dem Auto auszuweichen. Und dann sah sie die Rückleuchten des Mercedes nicht mehr. Er hatte das Licht ausgeschaltet!

Angestrengt spähte sie nach vorn gebeugt in die Nacht. Im Schein einer Straßenlaterne entdeckte sie weit vor sich die blassen Schemen des Mercedes. Schon wurde er wieder von der Dunkelheit verschluckt.

Sie gab Gas, beschleunigte auf der Geraden, blieb im fünften Gang des 6-Gang-Getriebes und trieb den Tourenzähler in Richtung Anschlag. Der Abstand verringerte sich. Ihr Fernlicht erreichte das Heck des Fluchtfahrzeugs. Sein Fahrer schaltete sein Licht wieder ein.

In Edewecht blinkte das Gelblicht der Ampel. Das Stoppschild warnte. Der Mercedes knallte geradeaus über die Kreuzung. Babsi verringerte ihr Tempo, tastete sich an die Kreuzung heran, ein schneller Blick in beide Richtungen und wieder Vollgas. Die Straße war nun schmaler. Plötzlich endete sie an einer Querstraße.

Der Mercedes schleuderte beim Versuch abzubiegen, geriet auf den Bürgersteig, trudelte zurück, rutschte durch eine Hecke und blieb neben der katholischen Kirche auf der Seite liegen. Babsi versuchte eine Vollbremsung, doch zu spät, der Beetle knallte mit voller Wucht auf die Bordsteinkante, die Räder verloren den Bodenkontakt, der Wagen machte einen Satz nach vorn und kam mit abgewürgtem Motor auf dem Fußweg zum Edewechter Bauamt zum Stehen.

Sie löste den Sicherheitsgurt, holte tief Luft und angelte sich ihr Handy aus dem Spalt. Im Aussteigen drückte sie die Kurzwahltaste zum Kommissariat, lief über die Straße und meldete sich: »Babsi hier. Ich bin in Edewecht. Über die Kreuzung geradeaus, dann rechts. Verdächtiger im Mercedes vor mir. Fahrer wahrscheinlich im Wagen eingeklemmt. Krankenwagen.«

»Verstanden!«

Im Mercedes bewegte sich nichts.

***

Konnert saß am Schreibtisch, rauchte und telefonierte mit van Stevendaal. »Im Alten Forsthaus ist Faulner nicht. Meine Mitarbeiter konnten nichts finden, was auf seine Anwesenheit schließen ließe. Keine weitere Geheimtür, kein Versteck auf dem Boden und selbst auf einen Hochsitz sind sie geklettert.«

»Ich danke dir, dass du mich unterrichtet hast. Ich wünsche dir eine gute Nacht. Ich gehe gleich nach Hause. Morgen ist auch noch ein Tag, und wenn morgen kein Tag mehr ist, brauche ich jetzt ohnehin nichts mehr zu tun.«

»Luther wollte noch ein Apfelbäumchen pflanzen.«

»Ich bin aber nicht Luther.«

»Stimmt. Gute Nacht also. Hoffentlich ohne Leiche.«

Konnert drückte die Glut in der Pfeife zusammen und saugte den Rauch ein. Er wollte sich gerade erheben, als Kilian sein Büro betrat. »Babsi hat angerufen. Sie hat den zweiten Zuhälter festgenommen und Venskes Beetle ruiniert.«

»Was ist die wichtigere Nachricht?«

»Für Venske bestimmt, dass er sein Cabriolet generalüberholen lassen muss.«

»Venske kommt gleich. Die Techniker setzen ihn hier ab. Willst du ihm die wichtige Nachricht beibringen?«

»Und er bringt mich dann auf der Stelle um? Das machst besser du.«

»Okay, mache ich. Etwas anderes, Kilian. Was meinst du, wo Faulner sich zurzeit aufhält?«

Kilian setzte sich und steckte sich eine Zigarette an. »Ich glaube nicht, dass Faulner geflüchtet ist. Entweder er ist tot, wie die anderen aus der Viererclique, oder er versteckt sich irgendwo in seinem Forsthaus.«

»Da ist er nicht, sagt der Graf. Seine Leute sind sicher.«

»Dann ist er tot.«

»Und wo ist seine Leiche?«

»Das wird Frau Brügge wissen.«

»Die hat geschworen, es nicht zu sagen.«

»Dann verhören wir morgen die Philippinerin und die Schwarze so lange, bis sie es uns verraten.«

»Und wenn er noch lebt, irgendwo eingesperrt ist? Dann haben wir nicht die Zeit für lange Verhöre.«

»Was meinst du denn, wo er ist?«

»Irgendwie spüre ich, dass er noch lebt, und ich muss ihn finden.«

Sorgfältig drückte Kilian seine Kippe im Aschenbecher aus. Das leise Surren des Computerlüfters wurde hörbar. Konnert reinigte seine Pfeife, legte sie beiseite und nahm sich eine andere. Mit ruhigen Handgriffen stopfte er sie, drückte den Tabak leicht mit dem Daumen zusammen und brannte ein Streichholz an, betrachtete es gedankenverloren, bevor er es mechanisch zum Pfeifenkopf führte.

Aufmerksam beobachtete Kilian das Ritual. »Irgendwann fange ich auch an, Pfeife zu rauchen«, murmelte er. Erst mal griff er aber zur Zigarettenpackung, die schon wieder fast leer war, und schüttelte eine Zigarette hervor, die er mit dem Mund herauszog. Konnert gab ihm Feuer. Schweigend rauchten beide.

Venske betrat sein Büro, als Kilian gerade seine Zigarette im Aschenbecher ausdrückte, und kam gleich zu ihnen rüber.

»Scheiß Tag!«

»Können wir nicht sagen«, antwortete Kilian und sah seinen Chef an. Der schmunzelte.

»Eine Pistole am Kopf empfindest du wahrscheinlich als Abkürzung auf dem Weg ins Paradies«, blaffte Venske Konnert an.

»Stimmt schon. Aber was ist besser: Mit der Hoffnung aufs Paradies ruhig und zuversichtlich zu bleiben oder sich aus Angst um das eigene bisschen Leben auf dieser Erde in die Hosen zu machen?«

Kilian erstickte ein Lachen im Hals und musste husten.

»Du hast auf alles eine fixe Antwort.«

»Wenn man sich immer mal wieder Gedanken über das Leben und Sterben macht, dann hat man – hoffentlich – mit der Zeit für viele Probleme Lösungen gefunden.«

Venske wechselte das Thema und fragte: »Wo ist eigentlich mein Beetle? Unten auf dem Parkplatz steht er nicht.«

»Du bekommst ihn in ein paar Tagen runderneuert zurück.«

»Scheiße!«

Venske drehte sich um und ging zum Kaffeeautomaten. Als er zurückkam, blieb er in seinem Büro. Seine Hand zitterte, als er den Kaffeebecher an die Lippen führte.

Kilian wollte zu ihm, doch Konnert hielt ihn zurück. »Lass ihn.«

Die Pfeife war ausgegangen. Konnert zündete sie wieder an. Das Zeichen für seinen jungen Kollegen, zur Schachtel zu greifen. »Ich rauche zu viél. Du hörst doch immer mal auf und lässt die Pfeife ruhen, für ein halbes Jahr oder länger. Wie machst du das?«

»Ich höre einfach auf. Und wenn ich nach einer Stunde Schmacht kriege, dann sage ich mir: Ich habe eine Stunde nicht geraucht, dann kann ich auch die nächste Stunde darauf verzichten. Und lasse es. Nach einem Tag sage ich mir: Ich habe gestern nicht geraucht, dann kann ich auch heute ohne Pfeife durchkommen. Und so weiter.«

»Und das klappt immer?«

»Fast immer. Manchmal brauche ich einen zweiten Anlauf.«

»Das probiere ich mal. Später.«

Um Konnerts Mundwinkel spielte ein Lächeln.

Mit schweren Schritten und einem müden Gesicht gesellte sich Babsi zu den beiden und schaute rüber zu Venske.

»Weiß er es schon?«, flüsterte sie. Konnert umarmte sie und konnte den Angstschweiß der vergangenen Nacht riechen. Er selbst roch bestimmt nicht besser.

Konnert stand auf und ging zu Venske. »Komm mit! Sind doch auch deine Erfolge.«

Immer noch mürrisch erhob er sich und ging hinter Konnert her in dessen Büro.

»Tut mir leid um deinen Beetle«, versuchte Babsi, ihn zu beschwichtigen.

»Hört auf, von dem blöden Wagen zu reden. Ich hatte sowieso geplant, mir ein anderes Auto zu kaufen.«

»Wir geben dem Tag einen gemeinsamen Abschluss«, schlug Konnert vor. »Babsi, hast du nicht eine Flasche Sekt im Kühlschrank liegen, mit der du deine Verlobung feiern wolltest?«

\*\*\*

Konnert hockte im Schlafanzug zurückgelehnt mit einer Decke über den Knien auf seiner Terrasse und betrachtete die Sterne. Er hatte nicht einschlafen können. Er rauchte bedächtig seine Lieblingspfeife. Schläfrigkeit stellte sich trotzdem nicht ein. Sein Verstand sagte ihm zum ungezählten Mal, dass er Schlaf brauche und Azrael Faulner sowieso entweder tot oder getürmt sei. Ein unruhiges Gefühl nagte Kerben in die Sicherheit seiner Logik. Und wenn er noch lebt, irgendwohin verschleppt und eingesperrt ist?

Dann soll er doch verrecken und seine verdiente Strafe erleiden, wie die anderen Folterknechte auch. Woher kam denn dieser Gedanke? Er erinnerte sich an sein Gespräch mit Frau Riegelein. Wann war das gewesen? Gestern? Vorgestern? Hatte er da nicht mit Überzeugung vollmundig gesagt, dass Gott das Leben und nicht den Tod will, und zwar für jeden Menschen?

Er musste gähnen. Müdigkeit und die Sehnsucht nach seinem Bett stiegen in ihm auf. Er spürte die Anspannung und die Anstrengungen der vergangenen Tage. Du bist auch nicht mehr der Jüngste. Es wird höchste Zeit zu Bett zu gehen. Morgen sollst du wieder fit sein.

Von irgendwo hörte er den Schlag einer Kirchenuhr. War es halb eins oder schon eins? Er ging in die Küche und sah auf die Uhr am Herd. Halb zwei. Er gähnte erneut, ohne die Hand vor den Mund zu nehmen.

Wo ist Azrael Faulner?

Er schaute in den Kühlschrank und fand eine angebrochene Packung Gouda in Scheiben, ein halb volles Glas mit eingelegten Gurken, zwei Milchpackungen, Curryketchup, Senf und im Gemüsefach drei kurze, eingeschweißte Bratwürste. Er legte die Pfeife weg und holte eine Pfanne aus dem Schrank. Während die Würstchen von einer Seite braun wurden, überlegte er, wie und wo er Faulner finden könnte. Obwohl Faulners Haus noch nicht gründlich durchsucht worden war, konnte er es sich weder als Versteck, noch als Gefängnis vorstellen. Der Zuhälter hätte ihn gefunden. Vor seinem inneren Auge erschien unvermittelt das Sarglager, wie es Babsi beschrieben hatte. Blitzartig durchzuckte ihn ein Satz von Frau Brügge: »Faulner soll verrotten, am lebendigen Leibe verrotten, wie seine Leichen in ihren Särgen verrotten.«

Konnert spurtete nach oben ins Badezimmer, zog sich hastig an, rannte in seine Werkstatt hinter der Garage und holte sich eine große Taschenlampe, knallte ein Brecheisen, Schraubendreher, Zangen, einen großen und einen kleinen Hammer und Handschuhe zu anderen Werkzeugen in eine grüne Werkzeugkiste. Zurück im Haus roch er die angebrannten Würstchen. Im Vorbeieilen nahm er die Pfanne vom Herd und knallte sie in die Spüle. Dann eilte er mit der Werkzeugkiste in der Hand zu seinem Auto.

Im Schein seiner Taschenlampe suchte Konnert im Sarglager den Lichtschalter. Jeweils zwei oder drei Sargunterteile desselben Modells lagerten ineinandergestapelt auf den Regalen. Die Sargdeckel lagen umgedreht in den Unterteilen. Konnert griff sich eine an der Wand lehnende Trittleiter und kontrollierte jeden Stapel. Sie waren alle leer.

Konnert schaltete volles Licht im Ausstellungsraum ein. Da standen die Särge fertig montiert mit Griffen und Füßen auf tuchverhangenen Podesten zwischen Leuchtern und einzelnen Stühlen. Konnert öffnete jeden. Leichte Deckel hob er kurz an, schwere eichene mit Bronzebeschlägen schob er zur Seite. Nichts.

Konnert erkundete das übrige Haus, fand die Kellertür, machte Licht und stieg hinunter. Kellerraum für Kellerraum überprüfte er sorgfältig. Er schob seine Hand zwischen Damastdecken, klopfte Wände ab, rief auch mal Faulners Namen, schaute hinter aufgehängte schwarze und graue Stoffbahnen, horchte zwischendurch, hob Kartons mit der Aufschrift »Leichensäcke« an, rückte Kerzenstapel beiseite, aber hörte und fand Faulner nicht.

Er inspizierte sogar das Schaufenster und untersuchte die dort ausgestellten Särge. Er erklomm schwer atmend eine Etage nach der anderen bis hinauf zum Dachboden. Überall war es aufgeräumt. Im Schlafzimmer war das Bett gemacht. In den Schränken herrschte Ordnung. In der Küche stand kein schmutziges Geschirr. Selbst die Spülmaschine war leer. Im Wohnzimmer lag die Fernsehzeitung, aufgeschlagen am 11. September, ordentlich neben der Fernbedienung. Nichts deutete auf eine überstürzte Flucht hin.

Enttäuscht ließ sich Konnert in einen braunen Ledersessel fallen. Mit hängenden Schultern saß er da und spürte Widerwillen gegen diesen sterilen Zustand und die perfekte Ordnung und tote Rechtwinkligkeit. Er bekam Lust, den kristallenen Aschenbecher vom Rauchtisch in die Glasvitrine zu schmeißen.

Das bringt mich nicht weiter. Konnert ermahnte sich, seine Gedanken auf die Aufgabe zu konzentrieren.

Wo war eigentlich Faulners Wagen? Konnert fand neben dem Sarglager die geräumige Garage. Neben einem teakbraunen Audi R8 Spyder stand ein schwarzer Bestattungswagen. Wo war der silbergraue? Hatte Faulner sich doch abgesetzt? Mit einem Leichenwagen? Dazu hätte er doch eher den R8 genommen.

Frustriert schloss Konnert die Tür im Garagentor und begab sich zu seinem Auto. Wieder war er nicht weitergekommen. Er sehnte sich nach seinem Bett.

Er stellte sich Faulner im Sarg vor und diskutierte in Gedanken mit sich selbst: Wenn die Frauen ihn am Sonntagabend überwältigt hatten, dann läge er jetzt die dritte Nacht in seinem Sarg.

Wie denn? Ist er tot?

Vielleicht lebt er noch und kann sich nicht befreien.

Warum? Ist er gefesselt?

Möglich, oder der Deckel ist festgeschraubt. Ich stell mir vor, wie er verzweifelt versucht, seine Fesseln zu lösen. Vielleicht hat er aber schon resigniert und wartet mit abgebrochenen Fingernägeln und blutigen Fingerkuppen, halb verrückt vor Schmerzen und Angst auf einen erlösenden Tod?

Oder hält ihn die Hoffnung am Leben, jemand würde nach ihm suchen?

Aber seine Freunde sind tot.

Also, Faulner liegt in einem Sarg. Frau Brügge hat ihn mit ihren Racheengeln da hineingelegt. Aber wo haben sie ihn verschwinden lassen?

Er war wieder an seinem Ausgangspunkt angelangt!

Geh ins Bett! Du verschwendest deine Nachtruhe, mahnte er sich. Er ist nicht hier, das weißt du nun. Und er ist nicht im Alten Forsthaus.

Sie haben nach Faulner gesucht, aber nicht nach einem Sarg!

Aber ist ein Sarg nicht viel schwerer zu verstecken, als eine Leiche?

Fordere für morgen früh die Hundestaffel an. Hunde besitzen eine bessere Nase als du.

Er startete den Motor und fuhr los. Nach wenigen Minuten stellte er verwundert fest, dass er auf dem Weg zum Alten Forsthaus war.


Van Stevendaals Siegelmarke leuchtete im Scheinwerferlicht an der Schranke auf. Er stieg aus, um sie zu öffnen.

Der Weg bis zum Haus schien ihm kürzer, als bei seinem ersten Besuch. Er schaltete das Fernlicht ein. Vor ihm tauchte das ehemalige Ausflugslokal auf. Er stoppte, dachte daran, dass hier einmal ausgelassen Familienfeste gefeiert worden waren, Liebespaare sich verträumt in die Augen gesehen und Kinder sich mit Eis bekleckert hatten. Azrael Faulner hatte das Alte Forsthaus für sich und andere Sadisten und Spanner zum Ausflugslokal ganz andersartiger Freuden umfunktioniert. Konnert gedachte der noch ungezählten gequälten Frauen, die hier Schmerzen und Demütigungen erlitten hatten. An ihren Schreien und verzweifelten Versuchen sich zu befreien, hatten Faulner und Riegelein und Kretschmer und andere sich aufgegeilt. Die Todesängste der Frauen hatten ihre Begierde zu Höhepunkten getrieben, um sich mit immer perverseren Reizen Befriedigung zu verschaffen. Und wenn eine Frau blutig, erschöpft nach Luft gerungen hatte, dann hatten sie ausgelassen in die Hände geklatscht. Mindestens eine Frau hatte die Tortur das Leben gekostet. Die anderen waren von hier aus weiterverkauft worden, in andere Clubs, in andere Städte, vielleicht in andere Länder. Ein nicht endendes Martyrium.

Konnert merkte, wie er sich mit der linken Hand übers Gesicht strich, von der Stirn über die Nase bis hinunter zum Kinn, als wolle er sich die Bilder aus dem Gedächtnis wischen. Er konnte Martina Brügges Hass verstehen. Er konnte nachvollziehen, dass sie Gerechtigkeit schaffen wollte. Er konnte auch begreifen, dass sie jedem einzelnen der Viererclique den Tod wünschte. Ja, er konnte sogar verstehen, dass sie ihre Wünsche in die Tat umgesetzt hatte. Aber verstehen heißt nicht rechtfertigen oder sogar gutheißen und auf keinen Fall zum Komplizen werden.

Deshalb, wenn Faulner hier irgendwo mit dem Tode rang, dann musste er alles unternehmen, um ihn zu finden. Aber wer hielt denn siebzig Stunden ohne Flüssigkeit aus? Und bekam man in einem Sarg überhaupt Luft? Faulner musste doch längst gestorben sein. Mit Sicherheit!

Und hatte Frau Brügge nicht davon gesprochen, dass er verrotten soll? Aber nur Leichen verrotten. Und die zu suchen, wäre morgen noch Zeit.

Konnert schüttelte den Kopf. Er war überzeugt, die Racheengel hatten ihn lebendig in den Sarg gelegt. Und sie gingen davon aus, er wäre bereits gestorben oder würde darin sterben, weil sie ihn gut versteckt hatten, sicher waren, er würde nicht gefunden. Er fuhr an. Einem Impuls folgend, lenkte er den Wagen um das Haus herum, an der Remise mit der alten Kutsche vorbei. Das Fernlicht leuchtete weit in den Waldweg hinein, bis zu dem Hochsitz, auf dem Alois Weis sich versteckt hatte. Er ging darauf zu, das Licht am Auto hatte er angelassen, und kletterte die schmale Leiter hinauf.

Er blickte zurück zum Alten Forsthaus. Jemand hatte in einem der Zimmer vergessen, das Licht auszumachen. Konnert konnte durch das Fenster das Bett sehen und stellte sich vor, dass der Hochsitz wohl weniger zur Beobachtung von Rehen und mehr zum Begaffen der sexuellen Aktivitäten von Gästen genutzt worden war. Ein leichter Wind bewegte die Fichten und das Unterholz am Weg. Er meinte, in einer Biegung des Waldweges habe etwas aufgeblitzt. Was da leuchtete, war nicht zu erkennen. Er vermutete eine Glasscherbe oder ein Blech hinter einem sich hin und her bewegenden Gebüsch. Blech?

Mit der Taschenlampe in der Hand eilte er den Weg entlang. Nach gut einhundert Schritten entdeckte er den silbergrauen Leichenwagen am Rand eines Fichtenschlags versteckt zwischen Büschen und hohem Farnkraut. Die Türen waren verschlossen. Konnert marschierte zurück zu seinem Auto und schleppte die Werkzeugkiste in den Wald. Seine Versuche, mit dem Brecheisen eine Tür am Schloss aufzuhebeln, misslangen. Beim Kramen in der Kiste entdeckte er einen Stechbeitel. Die Taschenlampe im Mund schlug er mit dem Hammer das Eisen zwischen Glas und Blech. Wieder und wieder, bis sich die rechte obere Ecke bewegen ließ und er nach langem Mühen endlich einen Spalt geschlagen hatte, der groß genug war, um hindurchzugreifen und die Gardine vor dem Fenster zur Seite zu schieben. Er leuchtete mit der Taschenlampe ins Innere.

Der Leichenwagen war leer. Merde! Merde! Merde! Konnert schmiss sein Werkzeug in die Kiste und warf den Deckel zu. Erschöpft setzte er sich darauf.

Er schaltete die Taschenlampe aus und stierte ins Schwarz der Fichten. Der Geruch von Waldboden und Pilzen stieg zu ihm auf. Kühle kroch Konnert am Rücken hoch. Langsam gewöhnten sich seine Augen ans Dunkel. Der Wagen des Bestatters lag fahl wie eine große, graue Leiche im hohen Farnkraut.

Was wollte er hier? Irgendwann musste er einsehen, dass seine Bemühungen umsonst waren. Er schleppte die Kiste zurück und sagte sich zum wiederholten Mal: Faulner ist schon lange tot.

Und wenn er doch irgendwo noch atmet und hofft, dass ihn einer befreit?

Ich kann nicht mehr.

Du magst nicht mehr, das ist die Wahrheit.

Ich habe mehr getan, als man von mir erwarten kann. Ich will ins Bett.

Hast du wirklich überall gesucht?

Ja, überall.

Sein Blick streifte die Remise. Waren van Stevendaals Leute dort tätig geworden? Er stellte die Kiste ab und schlurfte auf die Remise zu. Im Schein der Taschenlampe wurde eine Tür zu einem massiven Bretterverschlag sichtbar. Er konnte keine Siegelmarke darauf entdecken.

Ein letzter Versuch. Wenn die Tür verschlossen ist, dann sehe ich da noch nach. Ist sie unverschlossen, fahre ich nach Hause. Die Tür ließ sich nicht öffnen.

Ein Ruck mit dem Brecheisen genügte, und die Tür sprang auf. Konnert leuchte hinein. Gartengeräte hingen ordentlich in Wandhalterungen. Der Aufsitzrasenmäher parkte geputzt im rechten Winkel neben zwei Fahrrädern und gerade aufgerichteten Schubkarren. Auf einer Holztafel über der Werkbank waren die Umrisse verschiedener Werkzeuge aufgemalt, die davor zu platzieren waren. Kein einziges fehlte. Alles war vollkommen ordentlich und sauber.

Dann entdeckte er die achtlos in eine Ecke gestellten Schaufeln und Spaten, vor denen trockene Erdkrümel lagen. Mit einem Schlag verflogen Müdigkeit und Zweifel.

Faulner hatte die Geräte bestimmt nicht benutzt, der hätte Schaufeln und Spaten gesäubert und ordentlich an ihren Platz gehängt. Wer war es dann gewesen? Frau Brügge und ihre gnadenlosen Engel?

Konnert sah sich den Boden im Verschlag an. Überall war die Erde festgestampft und offensichtlich unberührt. Er verließ den Verschlag und leuchtete den Platz vor der Remise ab, dann in die Remise hinein. Auch hier festgestampfte Erde. Wenn hier gegraben worden war, dann höchstens dort, wo jetzt die Vehikel standen. Unter dem Anhänger entdeckte er im Scheine seiner Taschenlampe einen Gully. Ein Abfluss? Baut man einen Gully in einer Remise ein, deren Boden aus Erde besteht? Er legte sich auf den Boden und robbte unter den Anhänger. Er nahm das Gitter von dem Gully ab und leuchtete hinein. Ein orangefarbenes Rohr führte ein Stück in das Erdreich hinein, um dann einen Knick zu machen. Es war trocken, sauber und sah auch aus wie neu. Hier war noch nie Wasser abgeflossen.

Mit dem Mund dicht über der runden Öffnung rief er hinein: »Azrael Faulner? Hören Sie mich?«

Aus dem Rohr kam ein Geräusch, ein Rascheln, ein Schaben. Oder war es ein Rascheln im Wald? Er hielt sein Ohr über die Öffnung und meinte, ein Röcheln zu vernehmen und dann deutlich: »Durst.«

Er erinnerte sich, in dem Verschlag einen aufgerollten Schlauch gesehen zu haben, einen Wasserhahn hatte er jedoch nicht bemerkt. Er holte aus seinem Auto die Flasche stilles Wasser, die er immer bei sich hatte, kramte aus der Werkzeugkiste ein Teppichmesser, schnitt mühselig gut zwei Meter vom Wasserschlauch ab und führte ein Ende vorsichtig in das orangefarbene Rohr ein.

»Ich gieße Wasser in den Schlauch«, rief er nach unten und wartete nicht auf Antwort. Seine Hände zitterten, als er kleine Schlucke in die Schlauchöffnung füllen wollte. Er zwang sich, langsam zu gießen.

»Faulner, ich hol Sie da raus!«

Er bekam keine Antwort. Bildete er sich nur ein, dass er Faulner röcheln hörte? Plötzlich schoss ihm durch den Kopf, ob es nicht besser, gerechter, angemessener wäre, Faulner da unten einfach liegen zu lassen. Niemand weiß, dass ich hier bin. Keiner kann belegen, dass ich Faulner gefunden habe. So schnell der Gedanke gekommen war, so schnell war er wieder verschwunden. Er kramte sein Handy aus der Hosentasche, um Venske anzurufen. Es dauerte, bis er sich meldete.

»Venske, hier ist Konnert. Ich bin beim Alten Forsthaus. Ich glaube, ich habe Faulner gefunden. Er ist eingegraben. Alarmier den Polizeiposten hier und die Feuerwehr, auch einen Rettungswagen mit Notarzt. Und komm selbst, so schnell du kannst.« Trotz aller Anspannung konnte er sich nicht verkneifen hinzuzufügen: »Von mir aus auch mit Blaulicht und Sirene.«

Die Bemerkung entspannte Konnert ein wenig.

Er ging zu seinem Auto und fuhr es rückwärts an die Remise heran. Im Kofferraum fand er sein Abschleppseil und verband sein Auto mit dem Anhänger. Mit durchdrehenden Reifen preschte er nach vorn. Der Ruck, der das Seil spannte, ließ Konnert gegen das Lenkrad knallen. »Merde!« Als er bremste, krachte der Anhänger auf das Heck seines Autos. »Merde!«

Dann begann er zu graben. Das Erdreich war festgestampft. Konnert stellte sich vor, wie Frau Brügge und ihre Helferinnen wütend auf die Erdklumpen getrampelt und ihren ganzen Hass in das Treten und Stampfen hineingelegt hatten. Er stellte sich auch die Panik von Azrael Faulner vor.

Konnert bemühte sich, das Rohr nicht zu verrücken oder abzuknicken. Mit der Zeit verließen ihn die Kräfte. »Merde, no sports.« Er musste sich jedes Mal mit einem Fuß auf den Spaten stellen, um ihn mit seinem Körpergewicht einzustechen. Der Boden war feucht und schwer. Die Frauen mussten ihn wohl auch noch eingeschlämmt haben. Stich für Stich arbeitete er mit der Hoffnung weiter, endlich auf Holz zu stoßen. Er kam nur langsam voran.

Zwischendurch horchte er am Rohr. Manchmal meinte er Atemzüge, ja auch mal ein Röcheln zu vernehmen. Beim nächsten Horchen war dann aber wieder alles still.

Aus der Ferne hörte er ein Martinshorn. Er stieß den Spaten in die Erde und stützte sich erschöpft darauf ab. So wartete er, bis die Sirene verstummte und er das Blaulicht über dem roten Löschgruppenfahrzeug blinken sah.

»Moin«, sagte ein Mann zu ihm und reichte ihm die Hand herunter. Er ließ sich aus der Grube helfen. Vier Feuerwehrmänner wechselten sich dann beim Graben ab, während sich die beiden Polizeibeamten mit den Sanitätern unterhielten. Der Notarzt stellte sich neben Konnert, der auf seiner Werkzeugkiste saß und in seiner Jacke Pfeife und Tabak suchte. Venske erreichte mit Sirene und Blaulicht das Alte Forsthaus, als die Feuerwehrmänner auf den Sarg stießen. Der Notarzt eilte mit den Sanitätern zur Grube und wartete ungeduldig, bis der Sarg vollständig freigelegt war und geöffnet werden konnte.

»Du gibst wohl auch nie auf, was?«, fragte Venske seinen Chef.

»So sind wir eben«, antwortete Konnert mit der Pfeife zwischen den Zähnen und reichte ihm die Hand. Er sog den Rauch ein und stieß ihn durch die Nase wieder aus.

## MITTWOCH, 14. SEPTEMBER

Er träumte. Vor ihm saß seine Frau im Heck eines Bootes, das er über einen schwedischen See ruderte. Wenn sie lächelte, verwandelte sich ihr Gesicht in das von Zahra. Dann war es mit einem Mal das eingefallene Gesicht seiner sterbenden Frau. Das Boot stieß irgendwo an. Seine Frau stürzte seitwärts ins Wasser. Er sprang hinterher und hielt Zahra im Arm.

Er konnte sich genau an den Traum erinnern, als er vom Handyklingeln geweckt wurde. Die Sekretärin von Dr. Görner informierte ihn, dass der Staatsanwalt für zehn Uhr eine Besprechung und für elf Uhr eine Pressekonferenz angesetzt hatte.

Noch gut eine Stunde. Zeit genug, sich sorgfältig zu rasieren, und zu duschen, er band sich sogar eine Krawatte um. Bevor er ging, telefonierte er noch mit seiner Tochter. Sie antwortete kurz angebunden. Ihr Mann war noch nicht bei klarem Verstand. Konnert versprach, ihn so bald wie eben möglich zu besuchen.

»So bald wie möglich, also vielleicht in drei Wochen, wenn du dann keinen anderen Fall hast und eventuell eine halbe Stunde Zeit erübrigen kannst. Papa, versprich doch nichts, was du nicht halten kannst.« Er bekam ein schlechtes Gewissen und wünschte seiner Tochter so liebevoll wie möglich einen guten Tag.

Statt sich selbst Frühstück zu bereiten, hielt er beim Backshop an, setzte sich an einen runden Tisch und ließ sich von Zahra Brötchen mit Käse und Salami belegen und Kaffee bringen. Er erinnerte sich an seinen Traum, aß und trank zufrieden und schaute ihr zu, wie sie die Kunden stets freundlich und flink bediente.

Wenn niemand vor dem Tresen stand, lächelte sie ihn an, und wenn er zurücklächelte, meinte er einen Anflug von leichter Röte auf ihren braunen Wangen zu sehen.

Ich werde in Zukunft jeden Morgen hierherkommen. Der Kaffee ist schwarz und stark, die Brötchen sind knusprig und mit Hingabe zubereitet. Ich muss anschließend nicht aufräumen und abwaschen. Ich werde hier frühstücken, natürlich nur, wenn Zahra im Laden ist. Warum bin ich nicht früher auf die Idee gekommen?

Guter Dinge zahlte er, wünschte einen wunderschönen Tag und bekam als Dank ein ehrliches Lächeln.

***

In Dr. Görners Besprechungszimmer stand Konnert allein am Fenster. Von einem Servierwagen hatte er sich eine Tasse Kaffee geholt und rührte, ohne darauf zu achten, mal im Uhrzeigersinn, mal gegen ihn, den Zucker um. Kriminaloberrat Wehmeyer und Dr. Görner betraten miteinander den Raum und lachten herzhaft. Konnert drehte sich ihnen zu.

»Mensch, Konnert, wie sehen Sie denn aus? Krawatte?«, breit grinsend kam Dr. Görner auf ihn zu, hielt die rechte Hand hoch, als wolle er ihn abklatschen. Konnert hielt mit beiden Händen Tasse und Untertasse fest. »Aber Scherz beiseite, meinen allerherzlichsten Glückwunsch zu Ihrem Fahndungserfolg. Einfach wunderbar!« Er lachte dröhnend.

Kriminaloberrat Wehmeyer stand hinter ihm und zog eine Augenbraue hoch.

»Dann wollen wir mal wieder müssen. Aber Scherz beiseite. Meine Herren, nehmen wir unsere Plätze ein.« Dr. Görner ging nicht zum Besprechungstisch, sondern zum Servierwagen. »Kein Sekt, kein Bier, kein Schnaps, wie sollen wir denn da in Stimmung kommen?« Er lachte schon wieder, schenkte sich Kaffee ein und sagte nicht: »Aber Scherz beiseite.« Sondern: »Kommen Sie, Herr Wehmeyer, meine Sekretärin hat extra Tee für Sie gekocht.«

»Tee darf nicht kochen. Tee muss man mit nicht mehr sprudelndem Wasser übergießen und ziehen lassen.«

»Auch gut, dann hat ihn meine Sekretärin extra für Sie gezogen.«

Konnert dachte an den Kaffee, den Zahra ihm gemacht hatte, und stellte seine Tasse vor sich auf den Tisch. Er fragte: »Sind die anderen Ermittler nicht eingeladen worden? Frau Deepe, Venske, Kilian. Und wo sind van Stevendaal und Struß?«

Dr. Görner setzte sich, ohne darauf zu reagieren. Kriminaloberrat Wehmeyer zuckte mit den Schultern.

Erst ließen sich die beiden Vorgesetzten von Konnert informieren. Dann erklärte Wehmeyer, dass die angeschossene Äthiopierin wenige Stunden nach der Operation verstorben sei. Konnert fragte nach, ob Frau Brügge noch mit ihr habe sprechen können. »Das weiß ich leider nicht«, bedauerte Wehmeyer.

Konnert murmelte: »Merde.«

Die restliche Zeit nutzten sie, eine Strategie für die Pressekonferenz vorzubereiten. Sie einigten sich auf eine Prioritätenliste.

Zunächst sollte Wehmeyer über die Tötung von vier Männern und dem versuchten Mord an einem weiteren berichten. Alle fünf hatten sich nach derzeitigem Erkenntnisstand des gemeinschaftlichen Menschenhandels und der fortgesetzten schweren Körperverletzung an Zwangsprostituierten schuldig gemacht. Anschließend würde er den Journalisten einige Erkenntnisse zum Fall der ermordeten Frau vom Hunte-Wehr bekanntgeben. Dann sollte Dr. Görner über die Täter informieren, also über die Schwesternschaft der Schwarzen Engel, über die Festnahmen und die Unterbringung eines Kindes in einem Heim. Erst danach käme die Ermordung eines Mannes zur Sprache, der per internationalem Haftbefehl wegen Menschenhandels gesucht worden war, und die Festnahme seines Komplizen. Kurz sollte noch erwähnt werden, dass das BKA Ermittlungen gegen andere Gruppen der Schwarzen Engel einleiten würde.

Fernsehen und Rundfunk waren anwesend, bundesweite Presseagenturen hatten Reporter geschickt, Vertreter der regionalen und überregionalen Presse drängelten sich in dem viel zu kleinen Raum. Alois Weis stand seitlich zwischen zwei Fenstern. Seine Augen trafen die von Konnert, und sie nickten sich zu.

Dr. Görner begrüßte die Anwesenden wie bei ihm üblich mit einem Witz: »Frage, meine Damen und Herren: Was ist ein Mikroprozessor?« Wie eingeübt antworteten die ortsansässigen Journalisten im Chor: »Ein sehr kleiner Staatsanwalt.« Redakteure, die nicht aus der Region Oldenburg kamen, mussten tatsächlich grinsen.

»Aber Scherz beiseite, meine Damen und Herren.« Dr. Görner schlug seinen Aktendeckel auf, zuoberst lagen die Notizen, die er bei der Besprechung gemacht hatte. Er bat darum, Fragen erst nach seinem Vortrag zu stellen. Punkt für Punkt trug er mit ernster Miene vor und vergaß auch nicht die Oldenburger Ermittlungen vor dem Hintergrund europäischer, ja weltweiter Zusammenarbeit in der Bekämpfung des Menschenhandels hervorzuheben.

»Inwieweit«, wollte ein Redakteur des Senders heimatLIVE wissen, »hat die Berichterstattung in den Medien zur Festnahme der Mörderinnen beigetragen?«

»Ohne sie wäre es schlicht unmöglich gewesen. Aber Scherz beiseite. Ich bedanke mich ausdrücklich bei Presse, Rundfunk und Fernsehen für ihre Berichterstattung. Die Artikel und Beiträge haben zu einer Fülle von Hinweisen geführt.«

»Stimmt es, dass eine Verdächtige noch flüchtig ist?«, fragte die Redakteurin der Nordwest-Zeitung.

Dr. Görner blickte erst Konnert an, dann den Kriminaloberrat. In der Begeisterung über die Festnahmen der vergangenen Nacht war nicht mehr über die Frau aus der Pension gesprochen worden. »Die Fahndung nach ihr läuft noch«, sagte er schließlich kurz angebunden. »Das Fluchtfahrzeug ist inzwischen gefunden worden. Die darin gefundenen Spuren werden noch untersucht. Wir werden Sie wieder einladen, sobald wir über neue Erkenntnisse verfügen. Gibt es weitere Fragen?«

»Wie geht es dem Mann, den Kriminalhauptkommissar Konnert gestern im Alleingang aus einem vergrabenen Sarg gerettet hat?«

»Er ist in einem bedenklichen Zustand.«

Nun konnte sich Konnert nicht mehr zurückhalten. Er musste etwas dazu sagen, bevor jetzt alle in Mitleid für das bedauernswerte Opfer verfielen. Er klärte detailliert über den Menschhandel und die Gewaltpraktiken an Frauen auf, die als Sklavinnen missbraucht wurden, und schloss: »Lassen Sie mich noch ein paar persönliche Worte hinzufügen. Die Beamtinnen und Beamten sind im Zuge dieser Ermittlungen mit Grausamkeiten konfrontiert worden, die sie ständig an die Grenze ihrer psychischen Belastbarkeit gebracht haben. Und sie werden in den nächsten Wochen und Monaten, während sie den Fall abschließen, damit er zur Verhandlung gebracht werden kann, gezwungen sein, sich weiter damit auseinanderzusetzen. Vor Ihnen allen hier spreche ich meinen Mitarbeiterinnen und Mitarbeitern Anerkennung und Wertschätzung aus.«

Als wollte er klatschen, bewegte Dr. Görner seine Hände. Konnert sprach aber schon weiter: »Vier der dafür Verantwortlichen haben den Tod gefunden. Wenn das gesamte Ausmaß ihres perversen Handelns in der Gerichtsverhandlung zutage treten wird, werden viele denken, der schnelle Tod sei für sie eine Gnade gewesen. Ich sehe das nicht so. Unser Strafvollzug gibt Tätern die Chance, ihr Fehlverhalten zu erkennen, auch zu bereuen und zukünftig gewaltlos zu leben. Nicht der schnelle Tod ist Gnade, sondern die Möglichkeit, ein besseres Leben beginnen zu können. Ich danke Ihnen!«

## EPILOG

Darija reiste mit der Bahn über Berlin, Warschau und Kiew nach Hause. Sie umarmte ihre Schwester. Minutenlang hielten sie sich gegenseitig fest, als wollten sie sich nie mehr loslassen. Sie erzählte ihrer Schwester ausführlich, was sie erleben und erleiden musste. Anschließend schworen sie sich, zu niemandem darüber zu sprechen, woher Darija das viele Geld hatte.

Das Gerücht verbreitete sich, sie habe in Deutschland im Lotto gewonnen. Zum Weihnachtsfest im Januar bestand Diana darauf, dass sie gemeinsam an der Heiligen Liturgie teilnahmen und zum Dank für Darijas glückliche Heimkunft dem Priester eine Spende überreichten. Ende Februar begannen die Handwerker mit dem

Umbau ihres Elternhauses. Die neuen Landmaschinen wurden im März geliefert.

Dass Martina Brügge, ihr helfender Engel, sich im Gefängnis erhängte, sollte Darija niemals erfahren.

ENDE

## Mein Dank

*gilt denen, die mich ermutigten, diesen Krimi zu schreiben, mir
Tipps gaben oder mit ihrer konstruktiven Kritik halfen.
Gut, dass es Euch gab und gibt. Danke!*

*Einen ganz besonderen Dank bekommen meine beiden Lektorinnen,
die, wie versprochen, mein Manuskript mit großem Engagement
wesentlich verbesserten.*

# Vom selben Autor

*Manfred Brüning, Teuflische Stiche*
*343 Seiten, Paperback, ISBN 978-3-95475-075-7*

Ein neuer Fall für den eigenwilligen Oldenburger Kriminalhauptkommissar Konnert. Die stadtbekannte „schöne Gertrud", die sich um bedürftige Menschen kümmert, bittet ihn um Hilfe. Er soll ihr helfen, einen ihrer Schützlinge zu finden, den smarten und exzentrischen Sibelius Freiherr von Eck. Der scheint nicht nur spurlos verschwunden zu sein, sondern auch mit einer falschen Identität zu leben. Als dann eine tote Frau in seiner Wohnung gefunden wird, erhöht sich der Druck auf Konnerts Team ...

# Prolibris Krimi aus Ihrer Region

*Wolf S. Dietrich, Hotel Alte Liebe*
*246 Seiten, Paperback*
*ISBN 978-3-3935263-73-3*

Im Cuxhavener Watt kommen kurz nacheinander zwei Männer ums Leben. Sie waren einer Einladung zu einem Jahrgangstreffen gefolgt, zu dem nur sie eingeladen worden waren. Im Hotel Alte Liebe begegnen sie ihrem Mörder. Welche Rolle spielt der angesehene Hotelier und Ratsherr Christopher Hansen? Hauptkommissar Konrad Röverkamp und Kommissarin Marie Janssen bleiben in ihren Ermittlungen zunächst stecken. Als jedoch ein wegen mehrfachen Mordes verurteilter Straftäter aus der JVA entkommt und in Cuxhaven auftaucht, geraten die Tötungsdelikte in ein völlig neues Licht. Und Marie Janssen in Gefahr.

# Inselkrimis im Prolibris Verlag

Antje Friedrichs
## Letzte Lesung Langeoog
Paperback, 184 Seiten, ISBN: 978-3-935263-00-9

Antje Friedrichs
## Die Langeoog Lektion
Paperback, 232 Seiten, 978-3-935263-48-1

Antje Friedrichs
## Letztes Bad auf Norderney
Paperback, 204 Seiten, ISBN 978-3-935263-17-7

Klara G. Mini
## Badezeiten
Langeoog Krimi
Paperback, 222 Seiten, ISBN 978-3-935263-64-1

Volker Streiter
## Mörderische Nachsaison
Amrum Krimi
Paperback, 216 Seiten, ISBN 978-3-935263-95-5

Birgit C. Wolgarten
## Und es wurde Nacht
Rügen Krimi
Paperback, 251 Seiten, ISBN 978-3-935263-24-5

Birgit C. Wolgarten
## Der Tod der Königskinder
Rügen Krimi
Paperback, 190 Seiten, ISBN 978-3-935263-32-0